La femme aux yeux de tigre

MARSHA

CANHAM

LE LOUP DES MERS – 1

La femme aux yeux de tigre

Traduit de l'anglais (États-Unis)
par François Delpeuch

J'AI LU

J'AI LU POUR elle

Titre original
ACROSS A MOONLIT SEA

Éditeur original
Oliver Heber Books, Gnarly Wool Publishing

La version numérique américaine de ce livre
est dédiée à Austin et Payton,
qui me remplissent de fierté tous les jours,
et à ma belle-fille, Michelle.
J'espère qu'ils savent tous
combien ils comptent pour moi.

Prologue

Il y en avait six, alignés sur l'horizon. Six navires des Indes espagnoles, leurs voiles carrées déployées sous une forte brise sud-ouest qui les poussait droit vers l'îlot abritant les deux corsaires de Sa Majesté.

— La poisse ! s'exclama Victor Bloodstone en agrippant la rambarde du galion. D'abord cette satanée tempête qui manque nous réduire en satanés morceaux, et maintenant cette satanée escadre ennemie !

Bloodstone était un grand homme mince dont les traits fins et acérés témoignaient de ses nobles origines anglaises. Il commandait le *Talon*, un vaisseau de dix-huit canons qui se trouvait alors ancré à une centaine de mètres. Il avait rejoint le *Virago* dont la vigie de hune venait de signaler l'apparition des navires espagnols. Le *Virago* avait à peu près les dimensions et la silhouette du *Talon*, mais embarquait pour sa part six gros canons supplémentaires dans ses flancs, ainsi qu'une demi-douzaine de petits calibres en proue et en poupe.

Le capitaine du *Virago* était Simon Dante, comte de Tourville. Il dominait l'Anglais d'une demi-tête et, quoique issu d'une lignée d'aristocrates français vieille de quatorze générations, il arborait la carrure massive et l'air farouche d'un homme qui préférait le tonnerre de l'artillerie et le claquement des gréements aux titres et aux domaines.

Tous deux se trouvaient à des milliers de lieues de chez eux, à la barre de vaisseaux sévèrement endommagés par la tempête qui les avait secoués sept jours et sept nuits durant. C'était le *Virago* qui avait été le plus touché, notamment au niveau de son gouvernail et de son mât d'artimon qui avait été fendu par la violence des éléments. Plus inquiétant encore était le trou qui avait été percé dans sa coque lorsque, faute de gouvernail, il avait été jeté sur des récifs acérés.

Les deux équipages avaient passé les quatre dernières heures à transférer la cargaison du *Virago* sur la plage de l'îlot. Tout ce qui n'était pas fixé à bord du galion ni indispensable à sa réparation avait été déchargé à terre, y compris ses réserves de nourriture et d'eau douce. Des câbles attachés à la coque permettraient de le renverser sur le flanc pour rendre accessible le trou sous la ligne de flottaison. Sur l'îlot bouillonnaient d'énormes chaudrons noirs remplis de poix. Planches et étoupe goudronnée avaient été préparées en vue du calfatage.

C'était un travail qui exigerait au moins une demi-journée, mais les six navires espagnols ne leur en laisseraient pas le temps.

— Ces salauds sont eux-mêmes à des centaines de lieues de leur itinéraire, si du moins ils sont bien ceux que je crois.

Simon Dante plissa ses yeux d'un bleu argenté pour mieux distinguer les embarcations. C'étaient bien les *zabras* à trois mâts courts et trapus des Indes occidentales, hérissés de canons et conçus dans un seul but : dissuader forbans et corsaires de toute nationalité d'attaquer les transports de denrées précieuses effectuant la navette entre le Nouveau Monde et l'Espagne. Ils naviguaient d'ordinaire par escadre de cinquante navires. Que ceux-ci ne soient que six indiquait qu'ils avaient été séparés du reste de l'escorte, sans doute par la même tempête qui s'était abattue sur le *Talon* et le *Virago*.

— Des trois-mâts, énonça-t-il tout haut. Dotés d'au moins dix pièces d'artillerie – mais des fauconneaux, voire des demi-couleuvrines, donc rien d'inquiétant.

— Rien d'inquiétant ? répéta Victor Bloodstone en arquant un de ses sourcils couleur de sable. Ils vont nous fondre dcssus comme un essaim de frelons ! Et au cas où vous ne l'auriez pas remarqué, mon cher comte, nous ne sommes pas au mieux de notre forme – conséquence, me permettrai-je d'ajouter, d'une nouvelle décision hâtive de votre part.

Dante garda les yeux fixés sur l'horizon, avant de se tourner vers Bloodstone et de le toiser avec froideur. C'était le genre de regard qu'il réservait d'habitude aux sous-fifres et aux imbéciles, et il ne fallut pas longtemps à Bloodstone pour rougir sous son hâle de marin au long cours.

Il était devenu évident, au cours des trois derniers mois, que les deux hommes n'étaient pas faits pour s'entendre. L'un et l'autre étaient des navigateurs chevronnés, capables de sang-froid et d'audace au milieu des combats. Tous deux inspiraient une crainte révérencieuse à leur équipage pour s'être aventurés en territoire ennemi et en revenir avec leurs soutes bourrées à craquer de lingots d'or et d'argent espagnols.

Mais alors que Bloodstone avait hâte de rentrer en Angleterre pour y être couvert d'honneurs et récolter les fruits de son intrépidité, espérant bien recevoir au moins un titre de chevalier, Dante avait d'autres aspirations. Il était déjà couvert de distinctions et de récompenses. Surtout, le comte de Tourville n'en avait pas encore fini avec les Espagnols. Le *Virago* et lui se seraient même séparés de Bloodstone depuis une bonne semaine s'il n'y avait eu cette tempête qui les avait forcés à rester ensemble. Or voilà maintenant que six vaisseaux ennemis fondaient sur eux, et ils avaient besoin l'un de l'autre pour s'en sortir.

— Bon, fit Dante en croisant les bras sur sa poitrine, ce qui fit saillir les énormes muscles de ses épaules.

Le *Virago* n'a plus de gouvernail et fuit comme une passoire, tandis que le *Talon* a son mât fendu et manque de voile de rechange. Que proposez-vous ?

Bloodstone pinça ses lèvres minces en une forme de sourire.

— Je crains que nous n'ayons d'autre choix que de forcer leur rang.

— Et de les envoyer tous par le fond, renchérit Dante. Il ne faut pas que notre présence ici se sache, du moins pas avant la fin de notre mission.

— *Votre* mission, corrigea sèchement Bloodstone. La mienne est terminée. Nous avons atteint les objectifs fixés et envoyé à Philippe d'Espagne un camouflet qui va laisser des traces sur sa joue royale de papiste. Le travail que vous estimez inachevé relève de votre responsabilité. Je n'ai consenti à participer qu'à un seul raid.

Dante ravala l'opinion que lui inspirait l'Anglais. Bloodstone était le neveu de sir Francis Walsingham, secrétaire principal du conseil privé de la reine. Il avait navigué avec sir Francis Drake – un autre paon arrogant – et avait la réputation d'être très apprécié par Elizabeth. Comme savoir flatter les gandins et séduire les souveraines vieillissantes était loin d'être des critères de respectabilité aux yeux de Dante, il était impatient d'être débarrassé de Bloodstone et de pouvoir ainsi respirer un air moins vicié.

Il reporta son attention sur les pyramides de voiles qui grandissaient à l'horizon.

— Leurs vigies ont déjà dû repérer le *Virago*. Par chance, le *Talon* leur est encore plus ou moins caché par l'îlot et le restera quasiment jusqu'à ce qu'ils nous rejoignent. Ils ont le vent en poupe et voudront garder cet avantage aussi longtemps que possible. En conséquence, poursuivit-il en se retournant vers l'Anglais, je propose de couper leur route avec le *Virago* pour les éloigner de l'îlot. Nous engagerons le combat avec eux et les occuperons, jusqu'à ce que vous les preniez à revers avec le *Talon*.

Bloodstone hocha la tête pensivement. C'était un plan téméraire, risqué même, car le *Virago* allait s'attirer un tir nourri de la part des six *zabras*. La silhouette du navire de Dante était connue dans toutes les Caraïbes et le voir endommagé, prenant la fuite, allait très certainement galvaniser les Espagnols. Il ne resterait plus ensuite au *Talon* qu'à se glisser derrière eux pour les surprendre.

Bloodstone porta les doigts à l'une de ses boucles blondes. Il arborait quatre bagues à chaque main, et les joyaux étincelèrent aussi vivement que la lueur qui venait de s'allumer dans ses yeux d'un brun limpide.

— Mes compliments, capitaine Dante. Ce sera aussi facile que d'abattre des canards sur une mare.

Quatre heures plus tard, alors que le soleil frôlait l'horizon, Dante envoya ses hommes dans la mâture. Après avoir calfaté à la hâte la coque du *Virago*, ils avaient quitté l'îlot pour mettre le cap au sud-ouest. Comme Dante l'avait prédit, les navires espagnols virèrent presque aussitôt de concert pour les prendre en chasse, leur étrave fendant les flots. Dante avait soigneusement établi la voilure du navire pour donner l'impression qu'il cherchait à profiter de la moindre brise, tout en veillant à ne pas trop distancer ses poursuivants.

Debout sur le gaillard d'avant, les cheveux flottant au vent tel un drapeau de soie noire, il donnait des ordres calmes et précis au timonier qui se gardait bien de lui demander pourquoi il devait imposer au *Virago* une allure aussi heurtée et inconstante alors que, même avec son gouvernail endommagé, le navire restait capable de tourner autour des six *zabras* lancés à leurs trousses et de les semer ensuite.

Le second de Dante, Geoffrey Pitt, se tenait au milieu du pont supérieur, les jambes largement écartées pour compenser le roulis. Ses cheveux fauves étaient attachés sur sa nuque, et son visage, sous le bronzage, était presque aussi vert que ses yeux. Il n'était pas marin de profession, ni même par choix, et subissait encore les effets de la tempête qui les avait chahutés une semaine durant. Mais il s'y connaissait en artillerie et avait la responsabilité des batteries du *Virago* : dix canons de bronze pouvant envoyer des boulets de trente-deux livres à plus de trois cents mètres, appuyés par quatorze couleuvrines en fonte tirant des projectiles de dix-sept livres. Proue et poupe étaient par ailleurs garnies de fauconneaux, longues et fines bouches à feu réservées aux salves surprises à courte distance.

L'artilleur en chef était presque aussi impressionnant que les pièces dont il avait la charge. Haut de plus de deux mètres et d'une noirceur d'ébène, l'ancien esclave était peut-être le seul homme craint davantage que le capitaine à bord. Comme à son habitude, vêtu de son seul pagne, l'œil féroce, il grimpa pieds nus dans la mâture et lâcha un long jet d'urine méprisant vers l'escouade qui talonnait le *Virago*. Les hommes sur le pont et dans les vergues poussèrent des vivats et agitèrent le poing en direction des *zabras*, alors même qu'une première bouffée de fumée s'échappait des sabords du navire de tête.

Quoique plus petits que le galion et moins armés que lui, les navires espagnols avaient le vent en poupe et fondaient sur lui toutes voiles dehors. Ils avaient adopté une formation en croissant, dont la moitié tribord était commandée par le *zabra* ayant ouvert le feu sur le *Virago*. Voyant ce dernier virer comme pour répliquer à son premier coup, il se porta en avant de l'escouade.

— Faut-il que nous lui paraissions bien mal en point pour qu'il se croie capable de nous vaincre à lui tout seul ! s'exclama Dante. Prêt à le détromper, monsieur Pitt ?

— À vos ordres, capitaine !

Dante se tourna vers le timonier.

— Quand je vous le dirai, virez à gauche toute et maintenez-nous par le travers autant que vous le pourrez.

— Bien, monsieur ! répondit l'homme avant de jurer en empoignant la barre. Je ne sais pas combien de temps la réparation du gouvernail va tenir, dans ces conditions...

— Autant qu'il nous en faudra pour infliger à ce fanfaron la correction qu'il mérite, monsieur Brighton.

— Compris !

Dante sentit son sang bondir dans ses veines. L'Espagnol se rapprochait rapidement, sa proue fièrement dressée fendant les vagues d'un gris métallique. Le *Virago* feignait toujours des difficultés à manœuvrer et n'avait qu'un tiers de ses sabords ouverts, encourageant ainsi la témérité bravache du *zabra*. Celui-ci tira une nouvelle salve. Un des boulets se perdit dans le sillage du galion, tandis que l'autre rebondissait sur sa coque de près d'un mètre d'épaisseur.

Quand les deux navires ne furent plus qu'à quatre cents mètres l'un de l'autre, Dante aperçut des hommes agglutinés sur le gaillard d'avant. Ils conversaient avec animation tout en désignant le *Virago* du doigt, comme s'ils se disputaient déjà sa cargaison.

Un lent sourire se dessina sur les lèvres sensuelles du capitaine.

— Monsieur Brighton...

Le timonier raffermit sa prise sur la barre.

— Maintenant ! À gauche toute !

La mâture se mit à grincer et le gréement à vibrer tandis que les écoutes étaient libérées pour réorienter les voiles. Les grands carrés de toile claquèrent avec un bruit de détonation, et les immenses mâts du galion s'inclinèrent au-dessus des flots. Le *Virago* pivota quasiment sur lui-même en projetant de longues gerbes d'écume.

— Monsieur Pitt ! Toutes les batteries en position ! Montrons nos dents à l'imprudent ! Feu à volonté !

Sur le pont et l'entrepont, les équipes d'artilleurs ouvrirent le reste des sabords pour en approcher la gueule des canons. Pitt leva le bras et attendit que le navire ait retrouvé son assiette. L'Espagnol était le point de mire des douze gros calibres constituant la batterie bâbord. Des hommes se tenaient près des canons avec des mèches imbibées de salpêtre et d'alcool dont le bout avait été porté au rouge, tandis que d'autres avaient préparé bourre, projectile et poudre pour recharger les fûts sitôt la première salve lâchée.

— Maintenant ! s'écria Pitt en baissant le bras.

Les bouts incandescents embrasèrent leur amorce. L'instant suivant, toutes les pièces crachaient leur charge presque simultanément, ébranlant le navire.

Un nuage de fumée grise et âcre enveloppa les artilleurs qui se précipitaient déjà pour recharger les pièces. À deux cents mètres de là, la coque et la rambarde du *zabra* explosèrent en une myriade d'éclats. Des hommes moururent en hurlant, les uns sous la rafale d'échardes, les autres sous l'impact des boulets. Une seconde salve frappa l'Espagnol avant même qu'il puisse riposter, plongeant son pont supérieur sous un déluge de morceaux de mâts et d'espars.

Le *Virago* contourna sa proie anéantie et vint présenter sa batterie tribord aux ennemis restants. Bien que les cinq navires aient commencé à rompre leur formation, le galion réussit à leur envoyer pas moins de quatre salves avant que le plus proche d'entre eux ne soit en position de répliquer.

L'éruption des canons du *zabra* couvrit la mer de rosettes fuligineuses tandis que ses boulets mitraillaient le gréement du *Virago*. Cependant, alors même que les voiles du galion s'affaissaient, arrachées à leur vergue, ses gabiers montaient aux mâts pour en nettoyer les débris. Une seconde volée de projectiles percuta le plat-bord et fendit le beaupré, suivie d'une troisième qui envoya deux hommes par-dessus bord et en pulvérisa une douzaine d'autres, encore suspendus dans le gréement.

Simon Dante arpentait furieusement le pont arrière en criant ordres et encouragements. Sa joue était ensanglantée par la coupure d'une écharde, mais ce n'était qu'une égratignure. Quant à son navire, s'il avait pris plus de coups que prévu, il était nettement moins endommagé que ses cibles. L'un des Espagnols sombrait déjà dans les flots, sa voilure couchée sur l'eau tel un suaire. Deux autres *zabras* avaient leur gréement à moitié démantibulé, tandis qu'un quatrième avait presque perdu l'un de ses canons qui pendait au-dessus de la mer, la gueule en bas.

Cependant, les navires espagnols étaient en train de se regrouper – ou plutôt, échaudés par l'attaque du *Virago*, ils avaient adopté une formation plus distendue afin d'offrir une cible moins facile. Pire encore : ils allaient charger leur artillerie de chaînes afin de déchiqueter les voiles du *Virago* et réduire sa vitesse.

Les yeux bleu clair de Dante fouillèrent les nuages de fumée qui masquaient l'îlot. Le *Talon* avait dû sortir de sa cachette et profiter du vent pour procurer aux Espagnols une surprise aussi mortelle qu'inattendue.

Un avertissement de Pitt incita Dante à reporter son attention sur l'ennemi. Les deux plus gros *zabras* se rapprochaient rapidement pour prendre le galion en tenaille.

— Monsieur Brighton, à droite toute !

Anticipant son commandement, le timonier s'était jeté de tout son poids sur la barre contrôlant le gouvernail. Il y eut un craquement retentissant, suivi d'un fracas de poutre brisée, et la barre échappa soudain aux mains de Brighton qui tomba de tout son long sur le pont arrière. Il se redressa avec le menton écorché et se mit aussitôt à crier aux gabiers d'ajuster la voilure pour compenser la rupture du safran.

Le *Virago* dériva un bref instant, permettant aux *zabras* de réduire encore la distance qui les séparait du galion.

— Monsieur Brighton... !

Le hurlement strident d'une chaîne envoyée par l'ennemi couvrit l'ordre de Dante, qui vit avec horreur le timonier sectionné par le projectile, avant d'être lui-même jeté à terre par un morceau de rambarde. Il demeura assommé sur le gaillard d'arrière pendant presque une minute. Écoutes et haubans claquaient au-dessus de sa tête, au milieu des cris des marins lacérés par les chaînes et du bruit des voiles qui se déchiraient.

Il secoua la tête pour recouvrer ses esprits et se redressa sur ses pieds alors qu'une nouvelle salve heurtait le bateau. Il boita jusqu'au garde-corps, sa jambe gauche paralysée du genou au pied et trempée de sang. En contrebas, Pitt s'ingéniait à dégager les canons des cadavres et des débris qui jonchaient le pont. Une mare de sang ballottait d'un plat-bord à l'autre en suivant le roulis du navire, laissant des résilles rouges sur les planches de chêne blanchies par le soleil.

Saisi d'une rage froide, Dante redressa la tête vers la mâture pour donner des ordres aux quelques gabiers qui s'y accrochaient encore. Si le *Virago* pouvait louvoyer quelques minutes de plus pour échapper au feu adverse, nul doute que le *Talon* ne tarderait pas à lui porter secours.

Aussi endommagé fût-il, le vaillant corsaire réagit dans l'instant pour se remettre dans l'axe du vent et esquiver ainsi le navire qui l'avait pris sous le feu de son artillerie, et présenter son flanc tribord à l'autre *zabra* qui n'avait pas encore réussi à régler la portée de ses propres pièces. Dès que ce dernier fut en face de leurs canons, Pitt commanda un tir continu, exhortant les survivants de son équipe d'artilleurs à alimenter sans cesse les bouches à feu.

Dante se porta à la proue pour recharger un des fauconneaux et l'orienta vers le vaisseau ennemi qui les avait mitraillés et qui ne se trouvait plus qu'à une centaine de mètres. Sitôt la visée établie, il tira et, dans l'épaisse fumée qui lui brûlait les yeux, eut la satisfaction d'entendre un vacarme de poutres brisées et de hurlements d'agonie. Il s'essuya vivement les paupières pour jauger l'étendue des dégâts... et poussa soudain un grondement si rageur qu'il couvrit le fracas de la canonnade en contrebas et incita Pitt à le rejoindre sur le gaillard d'avant.

— Ah, le salaud ! Ah, le lâche ! Le maudit traître à foie jaune !

Il fallut un moment au second du *Virago* pour distinguer ce qui suscitait un tel emportement chez son capitaine.

Dans le lointain, toutes voiles déployées, le *Talon* cinglait vers le bleu de l'horizon.

Loin de la bataille en cours.

Bloodstone fuyait vers le large, abandonnant Dante et son équipage à la vindicte des Espagnols.

Première partie

En danger

1

Le galion émergea du banc de brume tel un vaisseau fantôme. L'air était d'un calme sépulcral et les flots lisses comme du verre. Le gréement du navire était festonné de gouttes de rosée qui se mirent à scintiller sous les premiers rayons du soleil.

L'artimon et le mât de misaine étaient gravement endommagés. Ce dernier était carrément rompu à mi-hauteur et sa moitié supérieure repliée sur sa base, suspendue aux échelons de cordes de ses haubans.

La grand-voile pendait mollement à sa vergue, une moitié en lambeaux. Son autre moitié avait été reprisée à la diable et ses écoutes doublées, sans doute dans l'espoir de mieux tenir au vent – sauf qu'il n'y avait pas de vent.

D'autres avaries étaient visibles sur le plat-bord et la coque du vaisseau, qui gîtait par ailleurs fortement.

Le capitaine Jonas Spence fronça de gros sourcils broussailleux.

— Je ne vois aucun fanal ni le moindre signe de vie sur les ponts.

Son second, Spit McCutcheon, prit également un air soucieux, mais il semblait moins préoccupé par le galion silencieux que par l'épais mur de brouillard qui se dressait derrière lui.

— Il pourrait y avoir une douzaine d'autres navires en embuscade dans cette purée de pois, grommela-t-il à travers ses incisives manquantes. C'est typiquement le genre de guet-apens que ces chiens d'Espagnols seraient capables de tendre : utiliser un de nos vaisseaux comme appât...

Il se pencha par-dessus la rambarde pour expulser un crachat qui tomba dans la mer, six mètres plus bas.

— ... et nous larder ensuite comme un gigot d'agneau !

Spence se renfrogna de plus belle, ses rides devenant des crevasses dans son visage de vieux loup de mer buriné par les intempéries. En fait de loup, c'était plutôt un taureau, aussi grand et massif que son vaisseau et aussi chauve que les œufs au vinaigre dont il raffolait.

— Du gigot ? répéta-t-il en foudroyant du regard McCutcheon. Fallait-il vraiment que tu parles de gigot, maudite face de bouledogue ? Je vais maintenant en avoir le goût dans la bouche durant toute la sainte journée !

Comme pour confirmer cette prédiction, son estomac poussa un grondement irrité qui fut entendu par la plupart des matelots rassemblés derrière eux sur le gaillard d'avant. Plusieurs sourirent malgré la tension du moment : l'appétit de leur capitaine était proverbial.

— Du gigot, franchement, ronchonna Spence en mettant la main en visière pour se protéger de la réverbération argentée du ciel qui se dégageait peu à peu.

Il prit le temps d'inspecter l'horizon désormais visible, puis fixa de nouveau son regard sur le galion.

— Mettons la chaloupe à la mer, décida-t-il. Si cette épave renferme une douzaine de papistes, ils se trouveront aussi coincés que nous ici, avec ce maudit calme plat. Et si c'est vraiment un compatriote, il peut y avoir des survivants à bord qui auront besoin de notre aide. Timonier ! Mieux vaut nous mettre en panne et ne garder qu'une voile ou deux.

L'ordre fut relayé, et presque aussitôt des hommes grimpèrent dans la mâture pour se suspendre aux vergues tandis que d'autres libéraient les écoutes afin que les voiles puissent être ferlées. Ce ne fut pas une mince affaire, car les grands carrés de toile avaient été mouillés d'eau de mer pour profiter de la moindre brise. Voilà trois jours que l'*Egret* était à l'arrêt.

Il se trouvait dans des eaux dangereuses et, sans vent pour le pousser, il offrait une cible facile à d'éventuels artilleurs ennemis.

L'épaisse couche nuageuse avait rendu quasi impossible l'observation du soleil ainsi que celle des étoiles. Le timonier avait quand même estimé qu'ils devaient être encalminés au beau milieu des voies maritimes espagnoles les plus fréquentées, et à au moins quatre semaines encore de Plymouth. Or si vivres et eau douce n'allaient pas tarder à leur manquer, pouvoir se confronter à un vaisseau ennemi leur manquait déjà.

Avant leur départ des Caraïbes, ils avaient eu vent d'une rumeur prétendant que la flotte marchande du roi Philippe avait quitté l'île d'Hispaniola deux semaines auparavant. Les énormes galions, bourrés d'or et d'argent provenant des mines du Panama et du Mexique, étaient plus lents que l'*Egret*, si bien qu'ils avaient pu les rattraper. Malheureusement, ces vaisseaux de transport étaient toujours accompagnés d'une escorte considérable de *zabras* des Indes occidentales, dont les ponts étaient hérissés de bouches à feu de toute taille et de tout calibre, et dont les capitaines n'avaient aucun scrupule à attaquer les embarcations anglaises isolées pour en asservir l'équipage et l'enrôler de force sur leurs galères.

Le maigre et noueux McCutcheon avait donc raison d'être inquiet, et Spence prenait très au sérieux les avertissements de son second. Spit parcourait les mers depuis longtemps. Les rares touffes de cheveux qui s'accrochaient encore à son crâne ainsi que les poils qui lui hérissaient le menton étaient gris. Et, dressé sur la pointe des pieds, il arrivait à peine à l'aisselle de son capitaine. Voilà des années qu'ils naviguaient ensemble, formant l'un des plus vieux couples de l'océan, et l'un des plus réputés parmi les marchands et négociants de Plymouth pour la qualité du rhum qu'ils rapportaient du Nouveau Monde.

L'*Egret* était armé, comme devait l'être tout navire marchand, et avait connu son lot de combats, en particulier contre des corsaires espagnols et portugais qui voyaient d'un mauvais œil les ingérences de Spence dans leurs monopoles commerciaux. Mais comme le savait n'importe quel Anglais, la valeur d'un capitaine se mesurait à celle de son vaisseau. Espagnols et Portugais s'en tenaient encore au modèle du gréement en carré, avec les espars portant les voiles perpendiculaires aussi bien aux mâts qu'à la quille du vaisseau, et ne pouvaient donc se rendre que là où le vent les poussait. Les navires anglais en revanche, en dehors de leur grand-voile, portaient un gréement aurique ou longitudinal qui leur permettait de virer plus serré et d'être plus maniables.

Le galion endommagé qui se dressait devant eux arborait son origine anglaise aussi bien dans sa conception que dans son pavillon accroché au grand mât qui, quoique lacéré et noirci de suie, montrait visiblement une croix de saint Georges.

— Et que dit la bannière, juste en dessous du pavillon ? interrogea Spence en plissant les yeux.

— Rouge sur noir, marmonna McCutcheon. On dirait un cerf, ou peut-être un bouc… Ce blason ne me dit rien.

— Mouais, fit Spence. N'empêche que je lui trouve un air familier. En tout cas, ce n'est pas un simple marchand égaré – pas avec les dix demi-canons et les quatorze couleuvrines qui garnissent ses ponts, sans compter les fauconneaux.

Il désigna les énormes pièces nichées dans ses flancs.

— Quel que soit le maître de ce vaisseau, je parie qu'il n'est pas du genre à marchander le prix de ses cargaisons.

— Peut-être qu'il lui reste des boulets et de la poudre dans ses réserves, si du moins elles ne sont pas inondées, renchérit McCutcheon. Et à supposer qu'il n'ait pas tout utilisé pour se mettre dans ce sale état...

Spence se redressa et gratta pensivement la barbe d'un roux flamboyant qui buissonnait sur son menton. Malgré la fraîcheur de la matinée, son front était couvert d'une fine pellicule de transpiration qui rendait sa calvitie luisante. Il continuait de fixer le pavillon qui pendait comme un chiffon dans l'air calme. Les armes peintes sur ce tissu le tracassaient sourdement.

— Bon, il n'y a pas le choix : il faut aller voir. Et un petit tour par l'armurerie ne fera pas de mal.

— Compris, grommela Spit avant de transmettre l'ordre par-dessus son épaule. Couteaux et pistolets, dix balles chacun. Lewis, Gabinet, Brockman, Hubbard, Mawhinney...

Il marqua une pause dans son appel des meilleurs tireurs du bord et fixa un visage en particulier, un visage plein d'espoir.

Les yeux ambrés du capitaine, d'ordinaire pétillants de malice et de jovialité, avaient un autre éclat chez sa progéniture. Le plus souvent graves et sérieux, ceux de Beau Spence étaient grands, fiers, ardents, rappelant le regard d'un tigre. Fort heureusement, le capitaine n'avait transmis à sa fille ni son imposante corpulence ni la pilosité rousse qui mangeait ses traits. La chevelure de Beau ne montrait que quelques traces fauves, et encore était-ce en plein soleil et les rares fois où elle ne l'avait pas tressée. La plupart du temps, elle comprimait sa somptueuse crinière auburn dans une natte et sa poitrine sous son pourpoint – pour éviter certaines tentations aux membres de l'équipage dont elle était la seule femme.

Voilà longtemps toutefois qu'aucun de ses compagnons ne s'était aventuré à lui faire des avances. On la savait prompte à sortir ses lames et fort habile à s'en servir, depuis la dague tranchante comme un rasoir qu'elle portait à la ceinture jusqu'au stylet acéré qu'elle cachait dans la tige de ses bottes, et dont un malheureux avait eu la surprise de découvrir l'existence aux dépens de ses attributs virils.

Il y en avait bien eu, parmi ses camarades, pour protester contre la présence d'une femme à bord de l'*Egret* – ce qui était somme toute assez normal, de la part de marins superstitieux par nature. Elle n'en connaissait pas moins chaque planche, chaque espar et chaque taquet du navire. Elle travaillait aussi dur qu'eux, voire plus dur, et les sept voyages au long cours qu'elle avait déjà effectués, d'une durée de six mois à une année entière, avaient achevé de lui gagner leur respect.

Mais maintenant qu'ils n'étaient plus qu'à quatre semaines de la maison, le capitaine commençait à prendre des précautions avec elle, comme s'il se rappelait soudain qu'elle était sa fille.

Ce n'était pas le cas de Spit McCutcheon, qui n'hésitait jamais à la choisir pour les entreprises les plus aventureuses. Il fallait dire qu'elle était une tireuse d'élite et qu'elle pouvait tenir tête, avec une lame, à des hommes deux fois plus grands qu'elle. Et même si ses yeux de tigre n'avaient pas été en train de le fixer, comme pour le mettre au défi de l'ignorer, il aurait probablement appelé son nom.

— Et Beau. Va donc te chercher aussi un coutelas pour te joindre à l'équipe. Et demande à Roald de remplir quelques gourdes. On ne sait jamais ce qu'on trouvera là-bas.

La jeune femme suivit les autres membres du détachement sur le pont supérieur. Elle pendit le coutelas près de sa dague et passa en écharpe une bandoulière garnie de cartouches de poudre ainsi que d'une bourse remplie de balles en plomb. Pour finir, elle reçut une paire de pistolets qu'elle glissa sous sa ceinture.

Jonas Spence n'accorda pas plus d'attention à sa fille qu'aux autres membres du groupe qu'il passa en revue. Satisfait de son inspection, il ouvrit la marche vers le bastingage et descendit l'échelle pour rejoindre les quatre rameurs qui les attendaient dans la chaloupe. Il enfila des gants de cuir tandis que l'embarcation s'écartait de l'*Egret*.

Ces gants avaient été fabriqués sur mesure pour lui, le gauche comportant deux doigts rembourrés pour remplacer ceux qu'il avait perdus plusieurs années auparavant dans l'explosion d'une cartouche défectueuse de mousquet. Ce souci de cacher son infirmité aux yeux d'éventuels étrangers était l'une de ses rares coquetteries, au même titre que la prothèse en bois attachée à son genou avec laquelle il avait appris à se déplacer avec une claudication minime. Ce double handicap n'empêchait nullement ses hommes d'être prêts à le suivre en enfer s'il le leur ordonnait. L'*Egret* ne comportait pas moins de quatre-vingt-dix membres d'équipage, et pas un ne l'avait quitté depuis que le vaisseau avait été mis à la mer dix ans plus tôt.

La chaloupe arrivait à portée de voix du mystérieux navire, mais il n'y avait toujours aucun signe de vie à bord. Nulle tête curieuse n'était apparue au-dessus du bastingage, aucun grincement menaçant n'avait trahi la rotation d'un fauconneau sur son affût en direction des marins de l'*Egret*. Seul était perceptible le froissement liquide des eaux sous la coque de la chaloupe.

— Ohé, du galion ! Personne à bord ?

La voix de Spence s'élevait de manière irréelle au-dessus des flots.

Huit mains étaient posées sur la crosse incurvée de huit pistolets armés, tandis que huit paires d'yeux continuaient à observer attentivement le vaisseau fantôme. Vues de près, ses avaries indiquaient clairement son implication dans un combat féroce. En dehors des éraflures meurtrissant sa coque, les quelque trois mètres de planches claires immergées signalaient une importante voie d'eau dans la quille. Encore deux mètres, et les sabords du pont inférieur seraient envahis par la mer, qui achèverait alors de couler le navire.

Spence ordonna aux rameurs de les rapprocher de l'échelle de coupée. Il fut le premier à y monter, immédiatement suivi par McCutcheon. Beau était l'avant-dernière et grimpa sans difficulté les échelons de corde en dépit de l'inclinaison périlleuse de la muraille.

Le spectacle qui les attendait là-haut les tétanisa. Le pont était jonché de débris : planches tordues et noircies par le feu, cordages et écoutes lovés un peu partout. Le gaillard d'avant avait été pulvérisé et à sa place s'ouvrait un trou béant donnant directement dans l'entrepont. Des poutres brisées barraient l'accès aux écoutilles et des voiles déchirées pendaient lamentablement des espars au-dessus de leurs têtes. Trois canons gisaient près de leur support dont ils avaient été arrachés. Un bras dépassait sous l'une des pièces, terminé par une main noircie, crispée en forme de serre.

Une bataille impitoyable avait bel et bien ravagé le vaisseau, et cela depuis un certain temps, à en juger par l'absence de traces de sang et de cendre sur le pont supérieur, lessivé par les éléments. Il n'en régnait pas moins une puanteur de bois carbonisé et de chair en décomposition indiquant que le désastre n'était pas si ancien.

— Ohé ! répéta Spence. S'il reste quelqu'un à bord, montrez-vous sans crainte. Nous naviguons sous le pavillon de la croix de saint Georges et servons Sa Royale Majesté, Elizabeth d'Angleterre.

Un bruit ressemblant au frottement d'une pièce de bois écartée sans ménagement attira l'attention des marins de l'*Egret* vers le gouffre noir qui se creusait à la place du gaillard d'avant. Un homme émergea des vestiges d'une écoutille. Il était si grand qu'il dut incliner la tête pour éviter le linteau de l'ouverture. Il portait une chemise déchirée et crasseuse qui avait perdu ses lacets et dont les pans bâillaient jusqu'à la taille. Les manches disparues révélaient des bras pourvus d'une musculature qui paraissait aussi dure que le roc, assez forts pour braquer sur le groupe deux mousquets.

Il se tenait campé sur ses jambes largement écartées, comme pour compenser un fort roulis. Ses yeux semblaient perçants, d'un bleu si pâle qu'ils avaient des reflets argentés. Ses cheveux retombaient en boucles lourdes et noires le long de sa mâchoire carrée et de la large colonne de son cou. La profonde échancrure de sa chemise s'ouvrait sur une toison de poils luisants et soyeux.

C'était une apparition formidable, mais sa peau n'en arborait pas moins une couleur maladive sous son hâle. Il avait en outre les lèvres gercées par le manque d'eau et le blanc des yeux injecté de sang. En dépit de son imposante musculature, ses joues creuses montraient qu'il devait encore plus souffrir de la faim que de la soif.

— Qui êtes-vous ? demanda-t-il d'une voix rauque. Quel est votre navire ?

Spence leva une main pour apaiser ses hommes tandis qu'il avançait d'un pas prudent vers l'inconnu.

— Je m'appelle Jonas Spence. Mon vaisseau est l'*Egret*. Notre port d'attache est Plymouth, et nous avons commercé dans les Caraïbes au cours des huit derniers mois.

— Un honnête marchand anglais ? Je compte cinq canons rien que sur votre flanc tribord.

— Et moi, deux douzaines sur vos ponts, ainsi qu'en proue et en poupe, et je ne connais toujours pas votre nom ni celui de votre navire - même si, d'après votre pavillon, je suppose que vous êtes également au service de la reine d'Angleterre.

Les yeux d'argent flambèrent d'une rage inexplicable avant que l'inconnu ne réponde.

— Je n'ai plus trop foi dans les apparences ni les protestations de loyauté, capitaine Spence, bien moins qu'il y a un mois en tout cas. Vous me pardonnerez si je préfère pécher par excès de circonspection.

— Vous êtes seul sur ce galion ? s'enquit Spence en balayant le pont du regard.

— Si je l'étais, je serais devenu fou depuis longtemps.

Il baissa le canon des deux mousquets. Il devait s'agir d'un signal convenu à l'avance avec ses hommes, car ceux-ci apparurent derrière lui dans l'encadrement de l'écoutille, ainsi que derrière des piles de débris. Ils étaient peut-être une cinquantaine en tout. L'un d'eux en particulier attira l'attention des marins de l'*Egret*. Grand, massif et nu à l'exception d'un pagne indigo qui tranchait sur sa peau d'ébène, il brandissait deux longues épées en forme de croissant dans des poings aussi gros que des jambonneaux.

L'homme aux yeux d'argent suivit le regard ébahi des marins de l'*Egret* et afficha un sourire carnassier.

— Je vous présente Lucifer. Il est ce qu'on appelle un cimarron, c'est-à-dire un chef africain enlevé de sa Guinée natale par les Espagnols et réduit en esclavage dans leurs mines d'or du Mexique. Et je dois vous prévenir que sa haine des Anglais, qui ont également pillé ses villages et volé leur population, est à peine moins vive que sa rancune envers les sujets du roi Philippe. En fait, depuis que je l'ai libéré de ses chaînes, il y a douze ans de cela, il n'est vraiment loyal qu'envers moi. Aussi vous recommanderais-je de ranger vos armes, avant que ces présentations ne prennent un tour sanglant.

2

Spence finit par hocher la tête à l'adresse de ses hommes et leur montra l'exemple en désarmant son pistolet avant de le glisser sous sa ceinture. Il tenait cependant à l'œil le cimarron qui demeurait aussi immobile qu'une statue, ses lames affûtées brillant au soleil.

Un autre homme, émergé de la même écoutille que leur chef, se tenait près de ce dernier. Sans être aussi grand ni aussi musclé que lui, il aurait pu difficilement passer pour un gringalet. Il avait des cheveux brun clair que les éléments avaient rendus mordorés. Ses traits étaient fins et aussi bien dessinés que le reste de son corps d'athlète. Ce fut avec un sourire presque timide qu'il désigna le cylindre que Spit McCutcheon portait en bandoulière.

— Serait-ce par hasard de l'eau fraîche, monsieur ? La plupart d'entre nous n'ont eu que la rosée du matin pour se désaltérer, ces deux dernières semaines.

— Oui, c'est bien de l'eau, mon garçon, répondit Spit en décrochant sa gourde et en invitant ses camarades à l'imiter. Nous avons même pensé à prendre un tonnelet dans la chaloupe, au cas où… Mais voilà deux semaines que vous dérivez, dites-vous ?

— Deux semaines d'enfer, admit l'inconnu, passant la langue sur ses lèvres parcheminées.

Beau tendit une de ses deux réserves à un marin reconnaissant. Elle rompit ensuite avec sa dague le sceau en cire fermant la seconde, avant de la déposer dans les mains tremblantes de l'homme aux cheveux mordorés. Elle remarqua qu'entre ses paupières plissées sous la clarté du soleil, ses yeux avaient la couleur du jade. La fatigue les avait cernés de pourpre et sa bouche, comme celle de son chef, semblait sèche et craquelée par la soif.

C'était le seul, en dehors du cimarron, à ne pas porter la culotte longue et la chemise de toile grossière du commun des matelots. Sa chemise, sous la crasse qui la souillait, était en linge fin et ses chausses de laine ne présentaient aucune couture. Quant à ses mains, elles étaient dépourvues des cals laissés d'ordinaire par la manipulation des cordages et des voiles. Ses bottes avaient une coupe espagnole, avec une tige épousant le mollet et un rabat en cuir. Surtout, il avait une démarche raide et mal assurée.

Ce qui n'était pas le cas de son chef. Le grand gaillard aux cheveux noirs avait tout de l'écumeur des mers, depuis sa mâchoire carrée et son menton volontaire jusqu'à la grosseur de ses biceps et de ses pectoraux. Ses traits anguleux étaient dominés par un nez droit et des lèvres fermes. Grave et froid, son regard n'avait cessé d'évaluer chaque membre du détachement de l'*Egret*. Aucun n'avait semblé éveiller la moindre suspicion chez lui mais il n'avait toujours pas rangé ses mousquets et, s'il en posa un pour boire à son tour, il n'en garda pas moins l'autre sous son bras, l'index sur la détente.

Il adressa un murmure à son compagnon, qui hocha la tête avant de sourire au père de la jeune femme avec l'air affable d'un courtisan.

— Votre vaisseau semble solide et bien conçu, capitaine Spence. Il fait plaisir à voir, vous pouvez me croire.

L'interpellé se rengorgea.

— C'est une fière beauté, en effet. En huit mois de campagne, on n'a eu à le mettre en cale sèche qu'une seule fois pour récurer la quille.

— Et vous n'avez pas eu d'ennuis avec les Espagnols ?

— Nous n'en avons pas cherché. Nous sommes d'honnêtes marchands vivant d'honnêtes négoces. Assez honnêtes pour partager notre nom, ajouta Spence avec un regard appuyé.

— Vous avez raison, capitaine, repartit l'autre en s'avançant sous le soleil. Nous manquons à la courtoisie la plus élémentaire.

Il tendit la main.

— Je m'appelle Pitt. Geoffrey Pitt. Honoré de faire votre connaissance. Et je vous prie de pardonner au capitaine Dante la rudesse de ses manières qui lui est, pour ainsi dire, congénitale.

— Dante ? s'exclama Spence dont les sourcils flamboyants vinrent s'affronter sur l'arête de son nez. Pas... *Simon* Dante, quand même ?

Geoffrey Pitt afficha une surprise polie.

— Ce nom ne vous est donc pas inconnu ?

— Pas inconnu ? répéta Spit McCutcheon avec un air incrédule. Par le petit Jésus en culotte courte... Y a-t-il un seul quidam d'un côté ou l'autre de l'océan qui n'ait entendu le nom de Simon Dante ? Tenez, dans les Caraïbes, là même d'où nous venons, on le disait recherché par la moitié de la fichue flotte espagnole – ce qui nous a d'ailleurs sans doute permis d'y mener nos affaires sans être trop inquiétés par la marine du roi Philippe.

— Oui, eh bien, comme vous pouvez le constater, repartit Pitt avec un sourire un peu crispé, elle a fini par nous retrouver.

Spence pivota sur le talon de sa jambe de bois, parcourant des yeux le pont ravagé du navire.

— Ce vaisseau serait donc... le *Virago* ?

Il était impressionné – et à juste titre : à en croire la rumeur, le fameux galion corsaire n'avait pas hésité à s'introduire dans le port espagnol de Veracruz, l'un des plus fortifiés de tout l'Atlantique, pour y dérober une quantité d'or d'une valeur de plusieurs centaines de milliers de ducats !

Spence releva vivement les yeux vers le haut du grand mât où pendaient toujours les pavillons du vaisseau.

— Ce n'est ni un cerf ni un bouc, espèce de coincé du bulbe, marmonna-t-il à l'adresse de McCutcheon. C'est un chien-loup. « De sable, au loup de gueules accompagné d'une fleur de lys azur », autrement dit un chien-loup rouge et une fleur de lys bleue sur fond noir : les armes de Simon Dante, comte de Tourville.

Beau et ses camarades ne purent cacher leur stupéfaction en apprenant que cet homme à la beauté sombre et altière n'était autre que Dante de Tourville. Les Espagnols l'avaient surnommé *pirata lobo* – le loup pirate ou le loup des mers – en raison de l'habileté et de l'audace dont il faisait preuve pour approcher les plus riches navires du roi Philippe. Les Anglais le traitaient de voyou héroïque, et beaucoup le tenaient en plus haute estime encore que les fameux sirs Francis Drake, John Hawkyns et Martin Frobisher. Il se chuchotait aussi que la reine, qui l'appelait « ce maudit Français » en public, lui donnait des noms bien différents dans l'intimité de ses appartements... Noble titré, Simon Dante était français de naissance mais à moitié anglais par le sang, et voleur invétéré.

Ce qui expliquait probablement pourquoi Beau éprouvait un vague malaise à le voir s'attarder dans la pénombre de l'écoutille. Certes, s'il avait été traqué et attaqué par les Espagnols, il avait toutes les raisons de se montrer prudent et même méfiant envers des étrangers abordant son vaisseau. Mais maintenant que ces étrangers s'étaient révélés des alliés, n'aurait-il pas dû leur témoigner plus de cordialité ? Après tout, son navire était en train de sombrer. Les dernières écharpes de brume s'étaient levées et l'horizon apparaissait dégagé, ce qui voulait dire que l'*Egret* était la seule planche de salut offerte à l'équipage du *Virago*.

Comme sur un signal, le galion émit un gargouillis sonore depuis les profondeurs de ses entrailles et gîta encore plus nettement. Il y eut un craquement de poutres brisées tandis que l'eau se ruait à travers sa coque. Beau dut s'accrocher au bastingage, le temps que le *Virago* retrouve un semblant d'assiette.

— Nous avons rameuté les hommes des pompes, expliqua Pitt tout en jetant un coup d'œil inquiet vers le trou laissé par la disparition du gaillard d'avant. Nous n'étions pas vraiment certains de vos intentions… Peut-être pourrions-nous les renvoyer à leur poste ?

Il avait ajouté cette dernière question à l'intention de Dante, qui hocha la tête. Aussitôt, douze de leurs hommes s'empressèrent de redescendre à l'entrepont. Spence fronça de nouveau les buissons cuivrés de ses sourcils.

— Vous n'espérez tout de même pas maintenir éternellement ce vaisseau à flot ? La première brise va le retourner quille en l'air !

— Nous pouvons toujours gagner un peu de temps, répliqua Pitt, avant de changer brusquement de sujet. Vos canons, capitaine Spence… ce sont des pièces de dix-huit, n'est-ce pas ?

— En effet, acquiesça lentement le père de Beau. Des couleuvrines. Les autres sont des bouches à feu de cinq livres.

— Curiosité étrange de la part d'un marin dont le navire est en train de couler, murmura Beau à l'adresse de McCutcheon.

Le second de son père se renfrogna pour lui intimer le silence.

— Et vos soutes, sont-elles pleines ou vides ? demanda Pitt avant de lever la main pour excuser son indiscrétion. Je désire juste savoir si vous pouvez embarquer une cargaison supplémentaire… de plusieurs tonnes.

— Plusieurs tonnes ? s'écria Spence, l'air surpris, avant de reporter son attention sur Dante. La rumeur disait donc vrai ? Vous avez réussi à dévaliser le dépôt de Veracruz ?

— Oui, répondit simplement le comte de Tourville en émergeant enfin en pleine lumière.

Ses cheveux noirs prenaient des reflets bleutés sous le soleil et, aux rigoles de sueur qui sillonnaient ses tempes et son front, il était clair qu'il ne souffrait pas seulement d'une gorge sèche et d'un ventre vide. Du reste il boitait, et la raison de ce handicap devint évidente quand il eut achevé de s'avancer à la vue de tous : ses chausses étaient déchirées du genou à la cheville, et son mollet serré dans un bandage crasseux. Il se servait d'un de ses mousquets comme béquille.

— Avez-vous un treuil et des câbles ? s'enquit-il.

— Hein ? Oh, euh... absolument ! Absolument ! répondit Spence en réprimant à grand-peine son excitation. Des câbles épais comme mon bras et un palan capable de soulever un couple de bœufs !

À voir les mines de l'équipage, il semblait que ses hommes aussi espéraient toucher une part du trésor que le Français ne manquerait pas de leur céder en rétribution de leurs efforts. Le navire marchand n'avait cessé de jouer de malchance pendant cette campagne. Deux mois après leur départ, une tempête les avait forcés à trouver refuge sur l'île de la Tortue, où la majorité de leur cargaison avait été confisquée par des officiers portuaires corrompus. Il ne leur restait que quelques barriques de rhum et sacs d'épices qui rapporteraient à peine de quoi couvrir les frais de l'expédition.

Dante vint malheureusement doucher leur rêve de fortune.

— Ce n'est pas de l'or que nous allons transférer à votre bord, capitaine Spence, mais des canons.

— Des... canons ?

Le corsaire opina du chef.

— Une ressource nettement plus appréciable que l'or, de nos jours. Et comme vous avez dû le remarquer, nous ne manquons pas d'artillerie sur le *Virago*. Je ne suis peut-être pas en mesure de sauver mon navire, mais je veux sauver ces canons pour pouvoir m'en resservir plus tard.

Spence considéra les énormes demi-canons en bronze. C'étaient assurément de belles pièces, avec la gueule évasée et un fût orné de grandes ailes d'aigle moulées dans la masse.

— Mais... et l'or que vous avez pris à Veracruz ?

— Nous avons déjà été soulagés de ce fardeau, répondit le Loup des Mers d'une voix rendue âpre par la colère qui enflammait son regard. Je vous assure toutefois que ces canons ont plus de valeur. Ils sont même uniques et proviennent de la fonderie royale de Marseille. Votre *Egret* jauge quoi... cent quatre-vingts tonneaux, à peu près ?

Spence acquiesça en silence.

— Le *Virago* n'en fait que cent soixante, et il a supporté cette charge sans broncher. Le jeu en vaut la chandelle, vous savez, ajouta-t-il avec une mimique d'impatience. Ces canons envoient trente livres à quatre cents mètres, avec assez de puissance pour pulvériser n'importe quelle embarcation.

— N'importe quelle embarcation, sauf celle qui vous est tombée dessus, grommela Beau.

Spit lui adressa une œillade courroucée, mais le mal était fait.

Le regard incroyablement pénétrant du corsaire localisa l'origine du sarcasme, et Beau sentit les poils de sa nuque se mettre au garde-à-vous. Il marcha vers elle, écartant de son chemin McCutcheon qui toussait en vain pour couvrir le commentaire de la jeune femme.

Campé juste devant Beau, il lui imposa la proximité de sa masse de muscles dont la chaleur aurait anéanti le courage de n'importe quel homme.

— Tu voulais me dire quelque chose, mon garçon ?

Sa mâchoire aux reflets d'acier était à la hauteur de la tête de la jeune femme, si bien qu'elle dut carrer les épaules et redresser le menton pour le regarder dans les yeux. C'était là une posture que son père ne connaissait que trop bien et elle crut l'entendre gémir sourdement.

D'aussi près, elle ne put s'empêcher d'être impressionnée par la stature du corsaire aux yeux d'argent. Il avait de longues jambes musculeuses, une taille mince, un ventre aussi plat et dur qu'une planche, dont elle pouvait admirer le dessin entre les pans ouverts de sa chemise, un torse et des bras dont aurait pu s'enorgueillir un gladiateur. Son cou était comme une colonne de pierre et le bas de son visage, quoique estompé par une barbe de plusieurs semaines, était aussi imposant que le reste, avec une fossette qui ombrait le centre du menton. Ses cils, incroyablement longs pour un homme et noirs comme de l'encre, encadraient un regard brûlant autant de mépris que d'arrogance. Beau sentit son sang vibrer comme dans le moment de calme précédant une bataille.

— D'abord, je ne suis pas votre garçon, rétorqua-t-elle d'une voix égale. Ensuite, ce que je disais, c'est que vos canons de prix ne semblent pas avoir été très efficaces pour vous protéger des Espagnols qui vous sont tombés dessus.

Il réussit à se mettre encore plus en colère qu'il ne l'était déjà, si cela était possible. Plus tard, elle se rappellerait avoir vu ses yeux passer du gris argenté à un bleu limpide et cristallin mais, sur le coup, tout ce qu'elle vit fut sa main qui se tendait vers elle avec la vivacité d'un cobra, pour la prendre par la gorge et la soulever en serrant si violemment qu'elle en perdit le souffle. Alors que ses pieds ne touchaient presque plus le pont, il rapprocha son visage du sien jusqu'à ce qu'elle sente la brûlure de son haleine sur ses joues.

— Pour ton information, *gamin*, ce sont six navires qui nous ont attaqués. Nous en avons coulé quatre, et nous avons suffisamment endommagé les deux autres pour être certains qu'ils sombreraient avant la nuit !

Il avait ponctué sa repartie en secouant sèchement la jeune femme. Celle-ci étreignit les doigts qui l'étouffaient, sans parvenir à les écarter. Son champ de vision s'assombrissait peu à peu tandis que la douleur l'empêchait de penser. Elle voulut le frapper aux tibias de la pointe de ses bottes, mais il para ses coups avec une facilité déconcertante.

Certains de ses compagnons de l'*Egret*, la voyant en difficulté, esquissèrent le mouvement de se porter à son secours, mais furent eux-mêmes arrêtés dans leur élan par une grande ombre noire qui, avec un rugissement guerrier, vint s'interposer entre eux et le corsaire. L'acier poli des cimeterres du cimarron étincela au soleil, poussant Spence à intervenir de sa voix de stentor.

— Suffit ! s'exclama-t-il. Laissez-la tranquille, espèce de voyou ! Lâchez-la, m'entendez-vous ?

Geoffrey Pitt fut le premier à réagir. Pivotant vers Beau, il étudia son visage congestionné et violacé, puis le devant de son pourpoint que ses efforts pour se dégager avaient tendu sur les rondeurs de sa poitrine.

— Simon ! Simon, pour l'amour du ciel... C'est une femme !

Dante plissa les paupières. Des veines battaient à ses tempes et le long de son cou.

Il cilla et parut soudain prendre conscience que les traits du visage qui lui faisait face étaient trop fins et réguliers pour appartenir à un homme. Et que le regard d'ambre qui le foudroyait de rage était voilé de cils bien longs.

— Que diable...

Ses doigts s'ouvrirent d'un coup, comme sous l'action d'un ressort, et Beau s'affala sur le pont du *Virago*. Comme elle cherchait à reprendre sa respiration en hoquetant, elle se plia en deux, montrant ainsi à Tourville l'épaisse tresse auburn qui pendait dans son dos. S'il avait encore besoin d'une preuve supplémentaire, elle se mit ensuite, entre deux quintes de toux, à l'invectiver d'une voix perçante dont elle ne chercha plus à maîtriser la tonalité.

— Beau ! Beau, tu vas bien, ma petite ? demanda Spence en passant devant le cimarron pour venir s'agenouiller avec raideur près d'elle. Doucement... reprends ton souffle doucement...

La jeune femme étreignit le bras que lui tendait son père, tout en continuant à aspirer de longues goulées d'air.

Ses jurons et ses insultes devenaient de plus en plus distincts, à mesure qu'elle recouvrait sa respiration. Au bout d'une minute, elle redressa la tête et croisa le regard de Dante de Tourville.

— Espèce... de... salaud ! cracha-t-elle. Maudit... fils de garce !

— Bon, grommela Spence, ça va mieux, on dirait...

Il se redressa et toisa avec humeur le Français.

— Elle a parfois le verbe un peu trop vif et n'aurait pas dû douter ainsi de votre bravoure, mais vous n'aviez pas non plus à l'étrangler.

— Le capitaine n'est plus tout à fait lui-même..., commença à expliquer Pitt.

— Je n'ai pas besoin qu'on me cherche des excuses, le coupa Dante. Et ma réaction était parfaitement justifiée. Cette femme n'a pas su tenir sa langue. Peut-être y réfléchira-t-elle désormais à deux fois, avant d'ouvrir la bouche sans qu'on lui ait rien demandé. En attendant, monsieur Pitt, il faut nous hâter. Je veux qu'autant de canons que possible soient transférés à bord de l'*Egret*.

— Minute papillon ! gronda Spence. Je suis toujours le commandant de ce navire, et je n'ai pas donné mon accord.

— Vous n'avez pas le choix, capitaine Spence. Pas plus que je n'ai le temps de vous raisonner.

— Eh bien, vous allez devoir le prendre quand même, sacredieu, ou il vous en cuira !

Spence recula d'un pas, tout en dégainant son coutelas. Avant même qu'il ait achevé son geste, une lame incurvée heurta son arme et la projeta dans les airs. Le cimeterre du cimarron revint ensuite avec une vitesse fulgurante se poser sur la jugulaire de Spence, lui coupant une bonne longueur de barbe rousse au passage. Les marins de Dante sortirent eux-mêmes épées et pistolets, pour prévenir tout autre geste inconsidéré de la part des hommes de l'*Egret*.

— J'aurais préféré ne pas en arriver là, capitaine, articula Dante sur un ton lugubre. Et ne pas être contraint de prendre le commandement de votre vaisseau.

— Le commandement de mon vaisseau ?

Un mince filet de sang s'était mis à couler le long de la gorge de Spence, tachant le col de sa chemise.

— Il y a près d'une centaine d'hommes armés à bord de l'*Egret,* rappela-t-il avec un rictus incrédule. Des hommes qui me sont totalement dévoués.

— Je compte justement sur vous pour m'aider à les convaincre.

Le père de Beau écarquilla les yeux.

— Vous pouvez toujours rêver ! lâcha-t-il avec un reniflement méprisant. Si vous espérez que je vais donner des ordres en ce sens, vous avez décidément perdu la raison.

Un silence de plomb retomba sur le pont du *Virago*. Dante continuait à fixer Spence du regard. Puis il reporta son attention sur Beau qui était toujours accroupie devant lui. Il lui releva le menton avec le canon de son mousquet et vit des yeux semblables à ceux de Spence le foudroyer avec la même animosité. Il considéra ce dernier d'un air pensif.

— Voilà une couleur d'iris peu commune, déclara-t-il sur un ton faussement détaché. Je doute qu'on la trouve souvent chez deux personnes d'un même groupe… à moins que les personnes en question n'aient un lien de parenté, or mademoiselle est trop jeune et trop fringante pour être votre sœur. Votre fille, alors ? Une fille avec un long cou gracile qui se trancherait aisément si son père montrait trop d'entêtement…

Spence ne put dissimuler un frémissement. Cependant, au lieu de céder au chantage de Dante, il croisa les bras sur son torse aussi large qu'une barrique et se permit même de décocher un sourire dédaigneux au corsaire.

— Brillante déduction, mon cher comte. Beau est effectivement le fruit de mes entrailles. Peut-être est-ce d'ailleurs pour cela qu'elle ne tolère pas plus les menaces que moi-même.

Dante se figea en sentant soudain le contact d'une lame d'acier. Baissant lentement le regard vers l'origine de la sensation, il croisa d'abord le regard mordoré de Beau, puis vit sa main – ou plutôt le stylet dont elle appliquait la pointe affûtée sur le renflement de sa virilité qui gonflait ses chausses – et put calculer qu'une simple torsion du poignet de la jeune femme suffirait à en réduire considérablement la grosseur.

— Il semblerait que nous soyons dans une impasse, capitaine Dante, ajouta Spence avec un gloussement sans joie. À moins, bien sûr, qu'il soit dans vos projets de passer le reste de votre existence à pisser par un trou dans le ventre. Ma fille sait manier un couteau, et je peux vous garantir qu'elle n'hésiterait pas une seconde à rectifier vos attributs.

Dante n'en doutait pas non plus. Beau dardait sur lui un regard de tigre. Comme pour confirmer sa résolution, elle appuya un tout petit peu plus sa lame sur la partie la plus tendre de son anatomie.

Geoffrey Pitt leva les mains en signe d'apaisement.

— Messieurs… je suis certain que nous pouvons parvenir à un arrangement, ne croyez-vous pas ?

— Pas avec une épée contre ma gorge, répliqua Spence. Ce barbare comprend-il au moins notre langue ?

— Oh, oui, répondit Pitt en jaugeant nerveusement Lucifer. Et plutôt bien, je préfère vous en prévenir.

— Dans ce cas, prévenez-le, *lui*, que s'il ne baisse pas sa lame, je lui arracherai les deux mains et les lui fourrerai dans la gorge.

Les yeux d'agate du cimarron lorgnaient Spence sans ciller. Il soufflait si fort par les narines que celles-ci étaient entourées d'un cercle pourpre. En plein soleil, son visage comme son torse présentaient des tatouages formés de lignes et de points. Ses oreilles étaient trouées et leurs lobes distendus. L'affranchi était de la même taille que Spence et sensiblement du même poids, mais il était autrement bâti.

En guise de réponse à l'avertissement du capitaine, il retroussa les lèvres en un rictus rose vif qui dévoila une impressionnante rangée de dents blanches taillées en pointe.

— Lucifer, le supplia Pitt, pas maintenant...

Il scruta d'un air anxieux le visage inexpressif de son chef.

— Simon ?

Ce dernier contemplait toujours Beau Spence, dont le bras demeurait aussi ferme que le regard.

— Pour une fille de capitaine de marine marchande, vous possédez une férocité de pirate, mademoiselle, murmura-t-il.

— Je n'ai jamais regretté de savoir me défendre.

— Pour l'instant, répliqua-t-il dans un chuchotement avant de s'adresser au cimarron. Lucifer, baisse cette lame.

L'interpellé obéit, non sans un dernier tour de poignet qui gonfla l'énorme biceps de son bras droit. Le geste élargit la plaie de Spence et, sans atteindre sa jugulaire, provoqua un surcroît d'épanchement sanguin qui, à l'évidence, était censé servir d'avertissement.

Le commandant de l'*Egret* porta une main à son cou et considéra le fluide vermillon sur ses doigts.

— Traitez-vous toujours ainsi vos sauveteurs, capitaine Dante ?

— Seulement ceux qui se mettent en travers de ma route.

Spence se renfrogna sous le regard bleu cobalt du Français.

— Beau, relâche donc un peu la pression sur le capitaine.

— Vraiment, père ? demanda-t-elle.

— Oui. Un minimum de confiance est parfois nécessaire. Allons, sois une bonne fille et rengaine ta lame.

Un homme ne peut pas avoir les idées claires quand il est obligé de se tenir sur la pointe des pieds.

— Ou quand il a un mousquet entre les mains, rétorqua-t-elle avec un air entendu.

Dante croisa de nouveau le regard ambré et frangé de longs cils de la jeune femme, et faillit sourire à la perspective de la punition qu'il se promettait de lui infliger. Il écarta le mousquet avec lenteur et, tout aussi précautionneusement, ramena les mains le long de son corps, les poings serrés.

Ayant remarqué le souvenir que le cimarron avait laissé à son père, Beau ne manqua pas de tordre un peu le poignet tout en retirant sa lame, et fut satisfaite de voir un mince filet de sang tacher les chausses du Français. Elle rangea ensuite son couteau dans la tige de sa botte et se redressa tout en se massant le cou, sans quitter Dante des yeux.

Spence s'éclaircit la voix.

— M'est avis, capitaine, que vous n'avez guère que six heures devant vous, huit tout au plus, avant que ce vaisseau ne soit englouti. À votre place, donc, je parlerais vite et bien parce que, si vous désirez mon assistance, vous allez d'abord devoir me convaincre de vous l'accorder.

Simon Dante fixa sur lui un regard qui n'avait rien perdu de son intensité.

— Je suis sincèrement désolé, capitaine. Si j'avais une heure à perdre, je pourrais peut-être vous faire comprendre que nous ne sommes pas des imbéciles frappés de démence mais, comme vous venez de le souligner, nous manquons de temps. Quant à vous convaincre de m'écouter...

Il glissa une main dans son dos et, avec une rapidité qui surprit tout le monde, brandit un pistolet dont il pressa le canon contre la tempe de Beau.

— Cet argument vous suffit-il ?

3

Dante appuyait juste assez sur l'arme pour mettre sa gueule en contact avec la peau de la jeune femme. Il avait l'index replié sur la détente et toisait Beau du même regard que celui qu'elle dardait sur lui quand elle avait menacé ses parties.

— Je n'ai pas le loisir de vous fournir des explications, capitaine Spence. Du moins, pas maintenant. Mais vous en aurez sitôt les canons à l'abri sur votre navire, je vous donne ma parole. Pour l'instant, il nous faut opérer ce transfert dans les plus brefs délais. Votre fille, j'imagine, doit tenir à sa calotte crânienne ; je vous invite donc à parvenir à un arrangement avec moi séance tenante.

Beau se mit à glisser une main vers sa dague, mais une poigne ferme prévint son geste.

— Désolé, murmura Geoffrey Pitt qu'elle n'avait pas entendu approcher. Une fois suffit.

Il lui confisqua la dague qu'elle portait à la ceinture, ainsi que ses pistolets et son coutelas, avant de se pencher vers sa botte pour en extraire son stylet. Dante, qui suivait les opérations, eut un hochement de sourcil ironique quand son second découvrit une troisième lame, dissimulée dans le col du pourpoint de la jeune femme.

— C'est tout ? lui lança-t-il.

— Vous le saurez quand vous aurez le dos tourné.

— Je le saurai encore plus tôt, si je vous fais déshabiller.

Beau serra les dents et leva l'ourlet de son pourpoint, pour dégager le manche d'un autre couteau attaché à sa hanche.

— Armée de précautions à défaut de bonne volonté, à ce que je constate.

— Non sans raison, répliqua-t-elle du tac au tac.

Il afficha un rictus dédaigneux avant de se tourner vers son père.

— Alors capitaine, puis-je, oui ou non, compter sur votre coopération ?

— Vous tenez ma fille en joue. Ai-je le moindre choix ?

— Non, admit sèchement Dante. M. Pitt va vous accompagner sur l'*Egret* pour superviser l'installation du système de levage. Il sera accompagné par Lucifer et quelques autres de mes hommes, qui s'assureront que ce travail est effectué dans la bonne humeur. Quant à votre escorte, elle restera sur le *Virago* pour préparer le transbordement des canons depuis ce bord.

Spence le foudroya du regard, avant de reporter son attention sur sa fille.

— Mademoiselle demeurera naturellement à mes côtés, précisa Dante.

— Si vous touchez à un seul de ses cheveux..., commença Spence.

— Ce ne sera pas nécessaire... tant qu'elle se montrera obéissante.

— Père, ai-je la permission de lui trancher le foie si l'occasion s'en présente ? s'enquit la jeune femme en affectant un mépris souverain pour le canon du pistolet posé sur sa tempe.

— Je doute qu'un tel comportement soit considéré comme une preuve d'obéissance, prévint Pitt dans son dos.

Elle l'ignora et se contenta d'attendre l'autorisation de son père.

Dante répondit à sa place.

— Lucifer veillera aussi attentivement sur votre père que moi-même sur vous. Si je perds mon foie, il perdra aussi le sien… Monsieur Pitt ?

— Je m'y mets tout de suite, repartit le second tout en fourrant les pistolets de Beau sous sa ceinture. Sans vent, nous allons devoir haler l'un des navires près de l'autre pour les mettre bord à bord.

Dante hocha la tête.

— Pendant ce temps, je vais faire démonter les canons. Vous, là, ajouta-t-il à l'intention de Spit McCutcheon, vous y connaissez-vous en artillerie ?

— Assez pour vous projeter à l'autre bout de la Terre si je vous ai dans ma ligne de mire.

— Parfait. Vous serez responsable du démontage.

Spit mit sa langue dans sa joue et croisa les bras.

Tourville soupira.

— Capitaine Spence ?

— Fais ce qu'il dit, Spit, ordonna Spence en plissant les yeux. Après tout, on ne va pas refuser une cargaison de cette valeur.

McCutcheon garda sa posture butée un instant, avant de se pencher en avant et d'expulser un crachat qui atterrit à un cheveu de la botte de Dante.

— Vous trouverez des projectiles et de la poudre – si l'eau de mer ne l'a pas gâtée – dans les soutes, poursuivit ce dernier en ignorant la provocation. Il faudra également les transborder sur votre vaisseau… Vous disiez avoir emporté un tonnelet d'eau fraîche dans votre chaloupe, n'est-ce pas ?

— En effet, admit Spence à contrecœur.

— Je suis sûr que ce sera fort apprécié par l'équipe de démontage… Mademoiselle Spence, si vous voulez bien me suivre, je dois aller récupérer mes cartes et le journal de bord dans ma cabine.

Ce n'était pas une suggestion, comme Beau ne tarda pas à s'en apercevoir lorsque le Loup des Mers lui saisit le bras pour l'entraîner vers l'écoutille de poupe. Elle eut à peine le temps de jeter un coup d'œil en arrière pour voir son père disparaître par l'échelle. Il était flanqué de Pitt et du cimarron qui le surveillaient étroitement, l'empêchant de mettre en œuvre le moindre plan pour la sauver – à supposer qu'il en ait conçu un.

— Vous ne vous en tirerez pas impunément, promit-elle au corsaire sur un ton vindicatif. Mon père a des amis en Angleterre, des relations à la Cour qui ne toléreront pas cet acte de piraterie perpétré à l'encontre d'un des leurs.

— Oui, eh bien, la prochaine fois que je dînerai avec Elizabeth, je me renseignerai sur leur identité, vous pouvez y compter. En attendant, prenez garde à votre tête : le plafond s'est affaissé par endroits.

Sitôt qu'elle eut franchi l'écoutille, elle se retrouva plongée dans l'atmosphère sombre et confinée de l'entrepont, où seules les fissures de la membrure laissaient pénétrer un semblant de clarté. Toutes les marches de l'escalier étaient soit fendues soit brisées, et elle se serait certainement rompu le cou dans l'obscurité si les doigts d'acier refermés sur son biceps n'avaient constamment assuré son équilibre.

Ils se retrouvèrent dans une coursive étroite, empuantie par une odeur de fumée et de putréfaction. Dante poussa d'abord Beau tout droit, puis à gauche par un passage voûté qui débouchait sur sa cabine. La jeune femme fut soulagée de quitter l'atmosphère nauséabonde des couloirs du *Virago*.

Quoique aussi jonché de débris que le reste du vaisseau, le repaire du corsaire montrait les restes d'une décoration luxueuse. Les parois étaient lambrissées de chêne, avec des appliques en cuivre. L'une d'elles était occupée par une bibliothèque, naguère fermée par un treillis métallique qui avait été défoncé. Les ouvrages à reliure de cuir estampée d'or qu'elle avait contenus gisaient maintenant sur le plancher. Certains avaient été rassemblés en piles pour ménager un passage vers un imposant secrétaire en bois de gommier.

Sur toute la largeur de la cabine s'ouvrait le bandeau des fenêtres de poupe. La plupart de leurs carreaux en forme de losange avaient été brisés en mille morceaux qui parsemaient l'intérieur – plancher, fauteuils, étagères – d'une poussière chatoyante de verre pulvérisé. Seul le plateau du bureau en avait été débarrassé pour dégager cartes, instruments de navigation et nécessaire d'écriture. Un modèle réduit en or massif du galion, toutes voiles dehors, servait de presse-papiers sur un tas de documents souillés par la fumée et l'eau de mer.

Aucun lit n'était visible. Un amas roussi de planches tordues indiquait néanmoins son ancien emplacement et, à en juger par ses dimensions, il devait avoir été bien plus grand que les couchettes purement fonctionnelles de l'*Egret*.

— Asseyez-vous là, déclara Dante en désignant un large fauteuil en bois avec un dossier à barreaux.

Elle resta debout et planta les poings sur ses hanches.

— Vous avez peut-être réussi à convaincre mon père que vous m'auriez tuée s'il ne vous avait pas obéi, mais je doute fort que vous ayez aussi peu de scrupules à *lui* ôter la vie, alors vous m'excuserez de ne pas frémir de terreur chaque fois que vous aboyez des ordres.

Dante contourna son secrétaire et la considéra sous l'arc noir de ses sourcils.

— Vous avez probablement raison. Je ne le tuerais pas simplement parce que vous m'avez désobéi. Mais cela pourrait me contrarier assez pour que je lui brise une rotule. Ou sa cheville valide. Il boite déjà d'une jambe ; je suppose qu'il est difficile pour un capitaine de prendre la mer avec ses deux membres inférieurs handicapés. En tout cas, cela reste à vérifier…

Beau ouvrit la bouche, la referma. Et finit par s'asseoir.

Avec un sourire en coin, Dante posa son pistolet sur le bureau et cala son grand corps dans son fauteuil. Il eut quelque peine à dissimuler son soulagement quand il put enfin reposer sa jambe blessée, et plus encore quand il l'étendit devant lui.

Beau n'accorda qu'un coup d'œil à son mollet bandé, espérant de tout cœur que la plaie était infectée et grouillait de vermine. Se concentrant sur le visage du corsaire, elle lui souhaita un sort identique, l'imaginant affligé de coupures et d'ulcères, de pustules ouvertes, d'une dentition lacunaire et branlante. Elle tirait par ailleurs quelque réconfort du contact discret, dans son dos, du petit couteau dissimulé au creux de ses reins et de la possibilité qui lui restait, à la première occasion, de faire ravaler au gredin son rictus sardonique.

Entre-temps, elle prenait plaisir à le voir souffrir et l'observait de ce regard fixe et intense que son père appelait son « œil de fauve ».

Pour une légende des mers, songea-t-elle, le comte de Tourville manquait singulièrement de charme. Ses traits auraient pu être taillés dans le roc, tant ils exprimaient la dureté et l'intransigeance. Une figure aussi sombre et menaçante aurait mieux convenu à un démon ou un satyre qu'à un homme qui frayait avec le gratin de la noblesse. Certes, il avait le front haut et lisse d'un aristocrate, mais ce dernier était à moitié caché par les épaisses ondulations de sa chevelure noire. Coupée avec désinvolture, cette crinière retombait en boucles inégales sur son col de chemise et flottait au niveau des tempes et du cou comme si elle était constamment agitée par le vent. Il y avait aussi un détail que la jeune femme n'avait pas noté jusqu'alors : il portait un anneau d'or à une oreille. C'était un ornement courant chez les marins, qui leur assurait de bénéficier d'un enterrement décent après leur mort – ou leur permettait d'acheter un grand tonneau de bière lors d'une escale. Chez un homme de la réputation de Dante de Tourville, cependant, le port de ce bijou semblait un rien affecté. En plus d'être un lord titré, ne se vantait-il pas d'être un des corsaires les plus fortunés de toutes les mers ?

On prétendait que même sir Francis Drake commençait à prendre ombrage de la renommée grandissante du Loup des Mers et craignait qu'elle ne finisse par surpasser la sienne, en particulier auprès de la reine. Sans compter que, avec sa silhouette râblée et ses jambes arquées, Drake était loin de pouvoir rivaliser avec ce voyou qui incarnait la virilité. S'il était vrai que Simon Dante partageait les soupers privés de Sa Majesté, rien de ce qu'il pourrait faire à un modeste négociant ne saurait lui valoir plus qu'une simple réprimande.

Beau reporta son attention sur la large poitrine du corsaire, sur ses longs bras musclés, ses mains qui lui avaient déjà démontré la force et la sauvagerie dont elles étaient capables. Dante de Tourville était une bête au sommet de sa puissance et elle en avait déjà croisé assez, de ces éphèbes arrogants, pour les savoir incapables d'admettre qu'on puisse résister à leur charme.

Or elle n'était pas près d'y succomber. Elle ne nourrissait aucune illusion sur ce que les séducteurs comme ce corsaire attendaient des femmes, ni sur la promptitude avec laquelle ils finissaient par mépriser puis rejeter leurs conquêtes de la veille. Cette lucidité, elle l'avait acquise au prix fort, en laissant un homme lui remplir la tête de rêves, avant de découvrir qu'il préférait emmener une vierge devant l'autel et attendait d'une épouse qu'elle se plie à ses quatre volontés.

Et puis, elle était la fille de son père. Ayant perdu sa mère en bas âge, elle avait été élevée par un blasphémateur sans vergogne qui n'avait pas peur d'appeler un chat un chat. Spence avait bien tenté de la confier à une tante, qui avait voulu lui inculquer les principes de l'éducation des jeunes dames de bonne famille, mais le jour où, attifée d'une robe à panier en velours raide, elle avait appris que l'*Egret* avait appareillé sans elle, elle avait proféré un tel chapelet d'obscénités que la pauvre tante en était tombée raide de saisissement.

La deuxième fois où son père était parti en mer sans elle, elle avait volé une barque à un seul mât pour le suivre, n'hésitant pas à braver les forts courants de la Manche et ses sautes de vent trois jours durant. Quand elle avait enfin réussi à rattraper l'*Egret*, elle était à demi morte de fatigue mais n'en avait pas moins obstinément refusé d'être ramenée à terre. L'équipage s'en était amusé. Spence, en revanche, avait été tellement furieux qu'il l'avait envoyée dans la mâture pour servir de vigie en pleine tempête, espérant briser son esprit rebelle. Elle y était restée sept jours et sept nuits, attachée à la hune, jusqu'à ce que son père, pris de remords, la supplie de redescendre.

Cette aventure remontait à huit ans et, depuis, elle était membre à part entière de l'équipage de l'*Egret*. Entre-temps, il lui était arrivé de dîner avec des pirates comme avec des lords, de partager la compagnie de princes ou de gredins. Jamais aucune de ses fréquentations masculines n'avait réussi à la détourner de sa vocation de marin. À l'exception d'un bref moment d'égarement, de cette erreur qu'elle considérait aujourd'hui comme une expérience nécessaire, elle n'avait succombé au charme d'aucun homme, aussi dangereux et viril fût-il.

Voilà pourquoi elle contemplait le Loup des Mers avec un certain détachement dans l'intimité de sa cabine, même si une part d'elle-même réagissait de manière singulière à sa proximité – et au fait qu'il était sans doute trois fois plus costaud qu'elle et pourrait faire ce qu'il voulait si l'envie lui en prenait.

Une autre partie d'elle-même aurait aimé savoir quelles pensées l'agitaient alors que, assis derrière son bureau, il soutenait sans ciller son regard.

Au vrai, les pensées de Dante étaient des plus triviales. Il trouvait la jeune femme plutôt chétive et la voyait mal supporter les rigueurs de la vie au large. Elle avait la taille si mince qu'il aurait pu en faire le tour avec les mains. Certes, quand il lui avait empoigné le bras pour l'entraîner à l'entrepont, il avait senti qu'elle possédait une plus grande force que la plupart des femmes, mais elle n'avait pas une silhouette taillée par les muscles, loin de là. Son cou était mince et souple, comme le reste de sa personne. Et à en juger par les renflements jumeaux qui tendaient son pourpoint, elle possédait une poitrine ferme et ronde, quoique de dimensions modestes.

Alors que, dans l'embrasure de l'écoutille, il passait en revue chacun des membres du détachement de l'*Egret*, elle n'avait pas éveillé en lui la moindre méfiance. Elle lui était apparue comme un garçon mince à cheveux bruns, juste un peu agité.

Du reste, assise maintenant en face de lui, elle avait l'air aussi peu tranquille, même s'il ne détectait aucun mouvement chez elle. L'atmosphère qui l'entourait était une brume de particules de poussière qui chatoyait à la lumière des baies.

Beau n'avait pas une beauté conventionnelle. Pour commencer, elle avait le teint trop foncé, le soleil lui ayant donné un hâle qu'aucune poudre de riz ou lotion lactée n'aurait pu éclaircir. Ce bronzage de la couleur du miel s'accordait néanmoins à ses longs cils auburn, ainsi qu'à ses sourcils en forme d'ailes dont le dessin aurait sans doute paru trop agressif sur une carnation plus pâle. Ses cheveux étaient noués en une tresse unique qui présentait une nuance de brun aussi riche et profonde qu'une écorce de châtaigne. Elle avait la bouche trop boudeuse à son goût, mais il était prêt à croire qu'un mot doux de sa part – si du moins elle était capable d'en formuler – aurait donné des frissons à un mâle aux abois. Son nez était délicat et ses joues fines. Et puis, il y avait ses yeux. Des iris de félin, d'un brun mordoré, au regard dangereusement fixe, dangereusement provocant.

Dangereux tout court.

Un regard qui soutenait le sien sans flancher, ce qui était une expérience inédite pour lui : la plupart des femmes de sa connaissance évitaient de lever les yeux au-dessus de son menton, aussi hardies et délurées soient-elles. Geoffrey prétendait que c'était parce qu'il contemplait le beau sexe avec autant d'intensité qu'un faucon reluquant sa proie. Mais Geoffrey Pitt avait tendance pour sa part à s'éprendre de toute jouvencelle qui lui adressait des battements de paupières un peu appuyés.

Dante préférait sa liberté et y tenait comme un roi tient à sa couronne. Il aimait les femmes à leur place, c'est-à-dire de préférence sous lui, avec les reins arqués et les jambes nouées étroitement autour de ses cuisses, mais il n'avait pas envie de s'attacher un boulet au pied ni de devenir esclave des émotions d'autrui.

Les yeux de la jeune femme captèrent de nouveau son attention. D'un ambre mordoré très soutenu, nuancé de taches tirant subtilement vers le brun et le vert, ils étaient aussi brillants qu'une pierre polie. Et assez intenses pour susciter une tension gênante dans son bas-ventre. Ce n'étaient pas les yeux d'une vierge, car ils ne recelaient aucune peur. Ce n'étaient pas non plus des yeux de courtisane consommée, car ils n'exprimaient aucune invitation. De nouveau, il se prit à comparer Beau aux autres femmes qu'il avait croisées, sans se rappeler en avoir connu qui sachent allumer en lui ce mélange explosif de colère et de désir.

Il en vint même à se demander à quoi elle ressemblait nue.

Il cilla pour rompre le contact.

C'était une nouveauté pour lui : se trouver confronté à une fille capable de troubler le cours de ses pensées. Elle n'avait de son côté toujours pas détourné le regard, comme si elle voulait lui signifier qu'elle avait parfaitement conscience de son pouvoir sur lui.

Il souleva le modèle réduit en or du *Virago* et commença à rassembler les lettres et documents qui se trouvaient dessous. La majorité était écrite en espagnol et portait sceaux et rubans officiels, ainsi que les signatures fleuries de gouverneurs et dignitaires du Nouveau Monde. Il parlait lui-même six langues couramment, dont l'espagnol, et avait retranscrit en anglais la plupart de ces papiers. Certains étaient importants, d'autres non. Certains détaillaient avec une minutie assommante récoltes et moissons, conditions climatiques, et même le supplice de servir de pâture aux insectes suceurs de sang qui sévissaient jour et nuit dans la jungle. D'autres documents, plus susceptibles d'attirer l'attention d'un corsaire, évoquaient les quantités faramineuses d'or et d'argent qui devaient gagner l'Europe par le prochain convoi. Ces navires de transport tentaient les pilleurs de toute nationalité, qui les savaient bourrés jusqu'au plat-bord des métaux précieux volés dans les temples et villages du Mexique et du Panama.

Tous ces papiers, lettres et documents avaient été stockés au dépôt de Veracruz dans l'attente de leur expédition en Espagne. Pitt les avait ramassés sur un coup de tête, supposant qu'ils devaient contenir quelques renseignements de valeur pour quiconque s'intéressait aux territoires conquis par les armées du roi Philippe. Il ne s'attendait assurément pas à y trouver de quoi changer radicalement leur destin.

Dante releva les yeux vers la jeune femme. Et constata qu'elle le fixait toujours.

— Si vous voulez vous rendre utile, lança-t-il avec agacement, vous pouvez commencer par rouler ces cartes et les ranger dans un coffre.

— Mais je n'ai absolument aucun désir de me rendre utile, capitaine Dante, rétorqua-t-elle avec un haussement de sourcils, visiblement étonnée qu'il ait pu avoir cette idée. Pour tout vous avouer, je compte bien m'efforcer de vous être aussi peu utile que possible, pendant aussi longtemps que possible.

— Ce à quoi vous avez brillamment réussi jusqu'à présent, mademoiselle, répliqua-t-il sur un ton égal.

— Alors nous n'avons plus rien à nous dire.

Il la toisa avec sévérité.

— Je suis contrarié par la tournure des événements. Je n'ai aucune envie de me disputer avec votre père ni avec son équipage, pas plus que je n'ai de vues sur votre navire.

Elle se contenta de lui rendre son regard sans chercher à cacher son plus parfait mépris.

Il se mit à pianoter du bout des doigts sur le plateau de son secrétaire.

— D'après votre père, vous êtes en campagne depuis maintenant huit mois.

Elle garda le silence.

— Était-ce donc votre premier voyage au long cours ?

— Qu'est-ce qui vous fait penser ça ?

— D'abord vos mains n'ont pas de cals ou très peu, et ensuite vous n'avez pas exactement la figure burinée d'un vieux loup de mer.

— Sachez que je navigue depuis l'âge de douze ans, l'informa-t-elle sèchement.

— Depuis plus d'un an ? articula-t-il d'une voix moqueuse, tout en penchant la tête de côté. J'en suis impressionné.

— Huit ans, précisément.

Au vu des étincelles qui s'allumaient dans ses yeux de fauve, il comprit qu'il avait abordé un sujet sensible. Manifestement, elle avait déjà essuyé ce genre de sarcasmes, aussi bien au sujet de la carrière qu'elle s'était choisie que de la juvénilité dont rayonnait son visage – quand du moins elle ne se renfrognait pas.

Cette petite victoire sur la jeune femme ne lui procura cependant pas toute la satisfaction escomptée, car en fait il n'était pas loin de l'admirer malgré lui. Huit ans, c'était long. La vie de marin n'avait rien de facile, et la moindre faiblesse était interdite.

Beau éprouvait des sentiments tout aussi partagés à l'égard du corsaire. Il l'agaçait, l'ulcérait même avec sa fatuité, mais il représentait aussi une énigme à ses yeux. Après tout, il était Simon Dante, un aristocrate, propriétaire de vastes domaines en Angleterre comme en France. Or il avait passé au moins le tiers de son existence – c'est-à-dire quoi ? Dix ans ? – à harceler les navires espagnols. Tout récemment encore, ainsi qu'il venait de l'avouer, il avait pillé le trésor de Veracruz avant de livrer bataille à pas moins de six *zabras* des Indes occidentales.

En temps ordinaire, cette démonstration d'audace et de courage l'aurait captivée, fascinée même. Mais elle ne pouvait évidemment l'interroger à ce sujet. Elle ne se sentait même pas le droit de *paraître* intéressée par le personnage.

Elle préféra donc reporter son attention sur le tas d'ouvrages qui jonchaient le plancher.

— Vous savez lire, énonça-t-elle avec le même ton condescendant dont il avait usé à son égard. Je suis impressionnée.

Simon cessa de battre la mesure sur son bureau. Les yeux de tigre venaient de remarquer un volume en particulier, parmi tous ceux qui avaient été éjectés de la bibliothèque. Il les vit s'écarquiller et le corps tout entier de la jeune femme tressaillir légèrement. Il voulut suivre son regard pour connaître la cause de cette réaction, mais elle détourna la tête en reprenant son air indifférent.

— Si vous désirez emporter un livre, ne vous gênez pas : vous lui éviterez de finir au fond de l'océan avec les autres.

— Ce que je désire par-dessus tout, riposta-t-elle en rivant de nouveau les yeux aux siens, c'est retourner sur l'*Egret*.

— Votre souhait sera exaucé dès que toutes ces cartes et ces portulans seront roulés et rangés dans un coffre.

Beau se redressa du fauteuil avec une telle vivacité que Dante ne put empêcher sa main de se rapprocher légèrement du pistolet posé sur le secrétaire.

— Où est ce satané coffre ? gronda-t-elle.

Dante détendit sa main, ou plutôt il l'étendit sur le plateau du bureau pour donner à son geste plus de naturel – ce qui ne trompa pas la jeune femme, il en était certain.

— Derrière vous. Videz les vêtements contenus dans la grosse malle et mettez-y autant de papiers que vous le pourrez. Et mon navire avec, s'il vous plaît, ajouta-t-il d'une voix radoucie en caressant la réplique en or du *Virago*.

— C'est un navire magnifique, admit Beau malgré elle.

— Oui, c'était un splendide vaisseau, murmura-t-il comme s'il se parlait à lui-même. Rapide et vif comme une nymphe. Le compagnon idéal : loyal, fidèle, brave, avec un caractère farouche qui ne s'en laissait pas conter… Il ne méritait pas *ça*, conclut-il en désignant la cabine saccagée.

— Vous dites avoir affronté six bateaux espagnols et les avoir tous coulés. Je n'imaginerais pas de fin plus glorieuse pour mon propre navire.

— Il nous a toujours fait honneur devant la flotte du roi Philippe, reconnut le corsaire. Et tout ça pour être trahi par un Anglais…

— Vous avez été trahis ? C'est un *Anglais* qui a révélé votre position aux Espagnols ?

Il plissa les paupières à l'évocation de ce souvenir et, l'espace d'un instant, la rage et la fureur qui assombrissaient son visage furent assez puissantes pour que Beau, même à distance, en perçoive l'ardeur. Elle nota aussi le subtil changement de couleur de ses yeux, passant d'un gris fumée pâle à un bleu pénétrant, et se souvint d'avoir assisté au même phénomène juste avant qu'il ne la saisisse à la gorge. Elle se força à relâcher son souffle, soudain consciente d'avoir rempli ses poumons comme en prévision d'un nouveau coup de sa part.

— Capitaine… ?

— Derrière vous, dit-il d'une voix qui craqua comme du petit bois jeté au feu. Le gros coffre. Plus vite ce sera fait, plus vite nous pourrons partir d'ici. C'est bien ce que vous voulez, non ?

Beau sentit sa propre colère refaire surface et lui chauffer les joues. Dante avait été trahi. Soit. Cela expliquait sans doute sa méfiance à l'égard des étrangers. Mais cela ne justifiait en rien son ingratitude à l'égard de Jonas Spence, qui non seulement n'avait causé aucun tort à son équipage mais lui avait au contraire apporté de l'eau fraîche et s'était proposé de le sauver du naufrage !

Elle tourna les talons et traversa la cabine, tout en écartant d'un pied rageur les débris qui se trouvaient sur son chemin. Elle grommela plusieurs des jurons favoris de son père en s'agenouillant devant la malle en cuir, dont elle souleva le couvercle.

Pendant presque une minute entière, elle demeura comme tétanisée, sa colère se dissipant graduellement. Le coffre de marine était plein à ras bord de vêtements féminins – de jupes et de jupons, de corsets, et même de chemises taillées dans un tissu diaphane, presque impalpable. Elle sortit du tas chatoyant une pièce brodée de fils de soie et d'or pur, et la laissa glisser entre ses mains, admirant sa fluidité. Elle se voyait mal porter quelque chose d'aussi fin et fragile, et se demanda quel genre de femme pouvait l'oser. Le moindre défaut de la peau, le plus petit grain de beauté devait se deviner sous un voile aussi délicat et transparent. Et quel genre d'homme était Dante lui-même pour convoyer de tels vêtements d'un bord à l'autre de l'océan ? Et pour les offrir à qui ? une épouse ? une maîtresse ?

Terriblement consciente de la présence du capitaine à l'autre bout de la pièce, elle se secoua et entreprit de sortir le contenu de la malle, qu'elle déposa à côté d'elle. Quand le coffre fut presque vide, elle avisa autre chose qui la paralysa de nouveau. Dans un coin de la malle, niché dans un nid de bas de soie, reposait une cassette à bijoux en argent. Dotée d'un couvercle rond, elle était supportée par quatre petits pieds griffus. Le style de l'objet indiquait sa provenance française, confirmée par le blason des Tourville – le chien-loup et la fleur de lys – gravé sur le couvercle.

Beau regarda discrètement par-dessus son épaule et constata que Dante semblait l'avoir oubliée. Il contemplait la mer par les baies sans vitre, immobile et le visage dénué d'expression, ses cheveux de jais prenant des reflets bleus sous la clarté vaporeuse.

La jeune femme saisit la boîte à bijoux et la posa sur ses genoux pliés. Elle souleva le petit fermoir du bout de l'ongle et bascula lentement le couvercle, craignant à moitié de voir des serpents en jaillir. Mais il n'y avait aucun serpent dedans, sinon une salamandre en or qui devait avoir la longueur de sa main et deux doigts de largeur. Les yeux de la bête étaient formés de deux cabochons en rubis, et un alignement rutilant de diamants taillés en pyramides soulignait son échine. Ses quatre pattes reptiliennes étaient étalées sur un lit de joyaux comprenant des perles, des tourmalines, des émeraudes et des diamants, la plupart bruts mais tous d'une grosseur et d'une qualité qui déclenchèrent un petit frisson dans le creux de ses reins.

— Eh bien, mademoiselle Spence, serait-ce une lueur de cupidité qui brille dans vos prunelles ? demanda Dante.

Sa voix basse et profonde était toute proche de l'oreille de la jeune femme. Arrachée à sa contemplation, elle prit conscience qu'il se tenait juste derrière elle. Sa présence massive la dominait, et cette sensation suffit à transformer la chaleur qui lui chatouillait le bas du dos en flamme vive.

Elle referma sèchement le couvercle de la boîte à bijoux.

— Je suppose que vous désirez emporter ceci avec vous ? dit-elle.

— En vérité, j'avais oublié son existence.

Une grosse main calleuse passa par-dessus son épaule pour se saisir du coffret.

— Je suis surpris que cela ait échappé à la fouille.

— Votre navire a été fouillé ? Par qui ?

Il ignora la question et, après avoir remué le contenu de la boîte, la rendit à Beau qui ne s'était toujours pas retournée vers lui.

— Servez-vous si ça vous chante, lui dit-il.

— Et si j'avais envie de prendre tout le coffret ? s'enquit-elle sur un ton de défi.

— Considérez-le comme vôtre. Si ma mémoire est bonne, il contient des topazes qui, une fois taillées et polies, devraient être assorties à la couleur de vos yeux.

Tout cet échange était tellement peu conforme au personnage que la jeune femme flaira un piège. Prenant une profonde inspiration, elle se redressa et pivota sur elle-même.

Les mots moururent sur ses lèvres : Dante était en fait si proche qu'elle sentit les pans de sa chemise l'effleurer lorsqu'il les sortit de la ceinture de son pantalon, avant d'ôter le vêtement.

Le spectacle de sa musculature ainsi dévoilée l'étourdit. Le corsaire avait des bras qui semblaient sculptés dans le marbre tant ils paraissaient à la fois durs, pleins et soyeux en surface. Ses épaules présentaient un creux marqué là où le haut de son sternum rencontrait la base de son cou. Un épais tapis de poils noirs et luisants couvrait sa poitrine et se resserrait en un toron lustré sur son ventre. Un fin pelage d'ébène enveloppait également ses avant-bras, tandis que le tracé des veines au-dessus du coude soulignait le bronzage de sa peau en se gonflant à chaque mouvement.

Il émanait de lui une senteur de soleil, de mer… et d'arrogance virile.

Elle aurait dû se douter de ce qui l'attendait, songea-t-elle. Elle aurait dû le prévoir…

— Que croyez-vous être en train de faire ? s'enquit-elle sur un ton vibrant.

Dante fixa un moment les lèvres boudeuses de Beau Spence. Elles avaient brusquement perdu leur moue insolente et, à mesure qu'il dévisageait la jeune femme, ses joues rosissaient de plus belle, la couleur s'épanouissant sur ses pommettes ciselées avant d'atteindre la longueur gracile de son cou. Il comprit qu'il venait de toucher une nouvelle corde sensible chez elle, et il se demanda combien de fois, malgré ses bravades et ses reparties acides, elle avait été confrontée à ce genre de menace contre laquelle elle était impuissante. Certes, c'était une femme plus hardie que la moyenne, plus forte aussi, mais pouvait-elle vraiment se défendre contre un homme qui avait passé plusieurs mois en mer sans s'insinuer dans le fourreau velouté d'une chair féminine ?

Avec une lenteur délibérée, il baissa les mains vers la boucle de sa ceinture.

— Et que suis-je en train de faire, à votre avis ?

4

Dante ôta sa ceinture et la jeta sur son épaule.

— Voilà bien longtemps que je n'ai plus eu besoin de me rendre présentable. Vous voudrez bien pardonner mon erreur. Je pensais que c'était ce coffre qui contenait mes habits, mais je vois que je me suis trompé. En fait, c'est celui qui est là-bas...

Il la contourna, la libérant de l'ardeur de son regard. Beau en éprouva comme une perte et fut la proie d'un léger vertige tandis que Dante s'éloignait. Le sang vibrait dans ses veines, et son ventre lui donnait l'impression d'avoir fondu.

Elle avait plus ou moins réussi à se ressaisir quand elle se retourna pour foudroyer le corsaire du regard... et tomba sur son dos nu.

C'était une masse de lignes, de traces de coups et de cicatrices entrecroisées. Ces marques n'étaient pas récentes, la plupart s'étant intégrées à la musculature et présentant le même bronzage que le reste. Mais certaines de ces lacérations avaient été graves et profondes, et elles n'étaient pas près de disparaître avec le temps.

Beau avait déjà assisté à des séances de flagellation. C'était un moyen admis pour préserver la discipline sur un navire. Son père n'allait cependant jamais au-delà de cinq coups de fouet et s'efforçait de ne pas fendre la peau.

Simon Dante, comte de Tourville, avait pour sa part reçu dix à vingt fois cette correction, et celle-ci avait été infligée par une main impitoyable.

Qu'est-ce qui pouvait valoir à un homme une centaine de coups de fouet ?

Alors qu'elle méditait cette question, Dante ouvrit la seconde malle et en rejeta le contenu avec impatience, avant de tomber sur ce qu'il cherchait. La longue chemise qu'il enfila était aussi blanche que de la neige. Elle avait des manches bouffantes, serrées au poignet et ornées de guipure. Son col était agrémenté d'un jabot dont il s'abstint de fermer les lacets, laissant les pans du vêtement ouvert sur son poitrail tandis qu'il continuait à fouiller dans le coffre.

Quand il porta les mains à sa taille pour faire glisser ses chausses sur ses hanches, Beau détourna pudiquement les yeux. Elle entendit le choc sourd des bottes tombant sur le plancher, puis un juron étouffé indiquant sans doute qu'il venait de toucher le bandage enserrant son mollet. La jeune femme se permit un coup d'œil à la dérobée, et entrevit une jambe nue et musclée ainsi que des fesses fermes. Elle reporta son attention sur le pistolet qu'il avait laissé sur son secrétaire.

Le corsaire était penché sur sa blessure à la jambe, occupé à dérouler le bandage crasseux qui l'enserrait. Il tournait le dos au bureau et, bien qu'il fût un peu plus proche du meuble que la jeune femme, celle-ci pouvait compter sur sa vivacité.

Elle s'humecta les lèvres et s'élança vers le secrétaire, réussissant à s'emparer de l'arme et à la braquer sur Dante avant même que celui-ci ait achevé de pivoter vers elle.

Le pistolet à rouet était plus lourd qu'elle ne l'avait imaginé, sa crosse incrustée d'ivoire et de nacre. Le percuteur et la platine étaient en cuivre plaqué d'un filigrane d'or ; le chien avait la forme d'un dragon dont le corps sinueux se prolongeait en un S constituant la queue de détente. Il était en position armée, ce qui signifiait que son ressort était tendu et que la moindre pression sur la détente relâcherait la roue qui projetterait des étincelles dans le bassinet contenant la poudre d'amorce, laquelle mettrait le feu à la charge.

D'abord surpris par la rapidité de Beau, Dante se redressa et contempla l'arme avec une curiosité détachée.

— Eh bien, énonça-t-il calmement, il semblerait que vous ayez le chic pour créer des situations problématiques.

— Je ne vois aucun problème en l'occurrence, capitaine. Je vous tiens en joue et vous laisse deux secondes pour enfiler une culotte et me précéder dans la coursive.

Dante croisa les bras sur la poitrine.

— Et si je refuse ?

— Vous pouvez toujours mourir dans votre tenue présente. À vous de choisir.

Une lueur amusée s'alluma dans les iris argentés du corsaire.

— Et une fois que nous serons sortis de cette cabine, que comptez-vous faire ?

— Vous rappellerez vos hommes partis sur le navire de mon père et, si vous avez beaucoup de chance et si le capitaine Spence ne vous tient pas trop rigueur de votre ingratitude, il se peut que nous vous laissions un ou deux tonnelets d'eau fraîche avant de mettre les voiles.

— Vous nous abandonneriez à notre sort ?

— Avec le plus grand plaisir.

Il prit un air pensif, puis les ridules au coin de ses yeux se creusèrent et sa bouche sensuelle se fendit en un sourire vorace.

— Vous est-il déjà arrivé de tuer quelqu'un, mademoiselle ? Je veux dire : face à face, à bout portant... et de vous retrouver aspergée par le sang ?

Beau recula involontairement, sans pour autant cesser de viser la poitrine du corsaire.

— Je fais ce que j'ai à faire, capitaine Dante, même si ce n'est pas au départ mon intention.

— Non, répliqua-t-il sur un ton badin, votre intention au départ était de me châtrer.

Elle baissa machinalement les yeux et, bien que la chemisc lui tombât à mi-cuisses, la lumière provenant des fenêtres l'éclairait à contre-jour et profilait sa virilité en ombre chinoise. Une virilité dont les dimensions imposantes étaient en accord avec le reste de sa personne.

— Reposez ce pistolet, mademoiselle Spence, ordonna-t-il à voix basse. Avant que je ne me mette réellement en colère.

Elle raffermit sa prise sur la crosse de l'arme, l'étreignant à deux mains.

— Trouvez-vous donc une culotte, capitaine, avant que *je* ne me mette réellement en colère.

— Voilà un spectacle qui ne me déplairait peut-être pas.

— J'en doute.

— Pourquoi ? Parce que la colère vous fait cracher et feuler comme une tigresse ?

— Avancez d'un pas et vous le découvrirez par vous-même, le prévint-elle.

Il effectua le pas en question, tout en guettant son expression.

— Je vais tirer, articula-t-elle.

Il secoua lentement la tête.

— Je ne le crois pas.

Beau inspira sèchement entre ses dents en voyant le corsaire s'approcher encore. Elle inclina le pistolet pour le braquer sur sa jambe valide.

— Peut-être ne vais-je pas vous tuer, juste vous estropier.

Dante s'immobilisa et afficha une moue dubitative. Des taches de bleu cobalt commençaient à scintiller dans ses yeux, menaçantes. Puis son sourire s'élargit et il fit un pas de plus vers elle.

— Rappelez-moi de ne plus vous donner de mauvaises idées.

— Capitaine… !

Il avança toujours, si bien que l'index de la jeune femme se crispa involontairement sur la détente, libérant le ressort du rouet qui se mit à tourner contre la pyrite du chien en produisant des étincelles. Cependant, au lieu d'une violente déflagration, l'arme ne produisit qu'un claquement sec et une petite bouffée de fumée âcre.

Dante se figea.

— Par le Christ ! s'exclama-t-il. Je ne pensais pas que vous le feriez. J'avais naturellement pris la précaution d'enlever la charge, mais quand même…

Beau considéra le pistolet avec consternation, avant de jurer et de lancer l'arme au visage du corsaire. Alors qu'elle se ruait vers la porte, Dante la rattrapa par la taille et plaqua une paume sur sa bouche pour étouffer son cri. Elle se sentit soulevée dans les airs, écrasée contre un mur de muscles. Elle donna des coups de talon, se débattit et voulut griffer, mais il la tenait fermement et la projeta sur le secrétaire, dans une envolée de papiers. Elle continua à gigoter en tous sens, les poumons en feu. Finalement, il s'allongea sur elle pour l'immobiliser de toute sa masse.

— Arrêtez donc, maugréa-t-il. Arrêtez tout de suite ou je…

La jeune femme sentit sous ses doigts la statuette en or du *Virago*. Elle s'en empara et, sans réfléchir, s'en servit pour frapper Dante, manquant sa tempe et son œil d'un cheveu.

Il jura et lui emprisonna le poignet de sa main libre, avant de lui arracher la sculpture et de plaquer ses bras au-dessus de sa tête. Les jambes de la jeune femme pendaient par-dessus le secrétaire et, comme elle se remettait à gigoter pour dégager un de ses pieds dans l'intention de le frapper, il s'inséra entre ses cuisses.

Elle cambra le dos pour résister à la pression de ses hanches et poussa un grognement de rage et de souffrance tandis qu'il l'écrasait de tout son poids, chassant l'air de ses poumons. Elle respirait avec difficulté, les paupières closes, et tremblait de tous ses membres.

— Bon, fit-il d'une voix rauque, si j'enlève ma main de votre bouche, allez-vous me le faire regretter ?

Elle rouvrit les yeux pour le transpercer de son regard le plus vindicatif.

— Ne vous pressez pas pour vous décider, surtout, ajouta-t-il sur un ton ironique. Moi, je suis très bien dans cette position.

Il souligna cette dernière phrase en appuyant délibérément son bassin contre son ventre.

— Cela dit, vous risquez d'être moins à l'aise dans une minute, quand votre culotte commencera à me gêner...

Beau écarquilla les yeux. L'allusion était claire : elle percevait l'ardeur du corsaire au niveau de son entrecuisse – une ardeur qui n'avait ni la douceur trompeuse de ses menaces ni la fausse indifférence de son regard d'acier bleuté.

Elle tenta une dernière fois de se dégager, mais il afficha un lent sourire tout en accentuant la pression, ce qui la rendit encore plus consciente de sa virilité qui durcissait à chacun de ses efforts.

Choquée de découvrir que cette partie de son anatomie pouvait prendre de telles proportions, elle se tint coite. Elle respirait précipitamment, comme si elle venait de nager sur des kilomètres, et sentait son cœur battre à coups redoublés.

— M'en voulez-vous pour une parole déplacée ? s'enquit-il avec un rictus carnassier. Ou pour un geste que je n'aurais *pas* eu à votre égard ?

Son visage était si proche du sien qu'elle pouvait juste distinguer l'arc de ses sourcils, la mèche rebelle qui lui barrait le front... et la lueur de moquerie qui dansait dans ses prunelles. Elle referma les paupières un instant. Quand elle les rouvrit, ses yeux devaient exprimer un mépris sans bornes car le gredin émit un gloussement satisfait.

— Je suppose que nous nous comprenons, n'est-ce pas ?

Elle hocha brièvement la tête, et il souleva doucement la main qu'il avait plaquée sur ses lèvres. Il la posa ensuite sur sa gorge, afin de maintenir sa tête sur le bureau et la forcer à soutenir son regard.

— Je me répète, mademoiselle : vous avez une férocité de pirate – de pirate aussi dangereux que séduisant, je dois l'avouer, précisa-t-il tout en remuant le bassin. J'imagine que vous refuseriez d'autres formes de galipettes ?

Elle déglutit. Il sentit le mouvement des muscles de son cou sous ses doigts.

— Écartez-vous, murmura-t-elle.

— Ah, c'est un oui, donc, répliqua-t-il sur le même ton. Pour le moment, du moins...

— É-car-tez-vous ! scanda-t-elle.

Il regarda les lèvres de la jeune femme former ces mots et en savoura l'écho le long de sa colonne vertébrale. Il avait lancé cette provocation pour s'amuser, mais sa chair trahissait la séduction réelle que Beau Spence exerçait sur lui et lui rappelait qu'il existait des besoins, hormis celui de se nourrir et de boire, qu'il avait négligés depuis trop longtemps.

— Soit, mais à condition que vous me donniez votre parole – votre parole d'honneur – de ne plus tenter de folie.

— Ma parole ? répéta-t-elle. Ma parole d'honneur ? Et pourquoi lui accorderiez-vous le moindre crédit ?

— Parce que vous allez en accorder vous-même à la mienne, mademoiselle.

Il baissa la tête pour approcher la bouche de son oreille, ce qui provoqua instantanément une nouvelle montée de chaleur sur les joues de la jeune femme.

— Si jamais, au grand jamais, vous recommencez à me menacer d'une arme, quelle qu'elle soit, je promets de vous écarteler sur les haubans et de vous fouetter le dos jusqu'à le déchirer en lambeaux. Et cela, ajouta-t-il en resserrant les doigts sur son larynx, après vous avoir coupé la langue et l'avoir jetée en pâture aux requins.

Elle déglutit de nouveau et entrouvrit les lèvres, frémissant autant sous la pression qu'il exerçait sur sa gorge que sous son regard d'acier.

— Alors, ai-je votre parole, mademoiselle ?

Elle dut s'y reprendre à deux fois avant de pouvoir articuler une réponse à peu près audible. Elle avait le visage en feu, les poings glacés tant ils étaient serrés, et ses jambes l'élançaient à force de faire barrage à l'intrusion du corsaire entre ses cuisses.

— Oui, vous l'avez, chuchota-t-elle. Vous avez ma parole.

— Vraiment ?

— Vraiment.

Il relâcha son cou et, avec un petit sourire en coin, se mit à suivre du doigt le dessin de sa lèvre inférieure. Alors qu'il retirait son autre main des poignets de la jeune femme et se redressait, une image se superposa à la vision qu'il avait sous les yeux : celle de Beau Spence étendue dans la même position, sur un fouillis de papiers et de portulans, mais nue et offerte, ses cheveux défaits formant un éventail de soie auburn autour de sa tête.

Sa chair réagit dans l'instant à cette fantaisie de son imagination. Il supposa que, après avoir été si longtemps en mer – et avoir frôlé la mort –, n'importe quelle autre fille un peu jolie aurait eu sur lui le même effet. Ce n'était qu'un réflexe de son corps, se dit-il, comparable à l'empressement avec lequel un assoiffé se jette sur une source d'eau claire.

Il laissa la jeune femme se redresser et retourna près du coffre contenant ses habits. Il dégota des chausses relativement propres et, mettant à l'épreuve sa confiance en la jeune femme comme son sens de l'honneur, acheva de se changer en lui tournant le dos. Il ne se soucia pas de bander son mollet et jeta à peine un coup d'œil à la plaie à vif avant de renfiler ses bottes : la douleur l'aiderait à garder les idées nettes et à réprimer ses élans sensuels.

Après avoir passé les bras dans les manches d'un pourpoint de cuir, il boucla son ceinturon, se peigna les cheveux avec les doigts et se sentit aussitôt reprendre contenance.

Beau avait profité de ce répit pour se ressaisir elle-même. Mais son corps frémissait encore du contact du corsaire. Ses seins, en particulier, lui faisaient l'effet d'une pelote d'épingles. Quant à ses cuisses, elles lui donnaient l'impression d'avoir été distendues et leur point de jonction semblait singulièrement humide, comme si la sensation de fondre qu'elle avait éprouvée n'avait pas été une hallucination.

— Je remonte sur le pont, annonça Dante d'une voix détachée, tout en la dévisageant depuis l'autre bout de la cabine. Rejoignez-moi là-haut quand vous en aurez terminé ici.

Il passa la porte en veillant à baisser la tête pour ne pas heurter le linteau, referma le battant, mais n'effectua que quelques pas dans l'obscurité de la coursive avant de s'arrêter et de tendre l'oreille.

Il n'eut pas à patienter longtemps. Bientôt, dans la cabine, retentit un juron féroce, suivi du heurt d'un objet – un bougeoir en cuivre, jugea-t-il au son – contre la porte.

Apparemment, le caractère de Beau Spence était loin d'avoir été dompté. Sans trop savoir pourquoi, il ne put s'empêcher de sourire à cette pensée.

5

Le *Virago* réussit à se maintenir à flot pendant dix heures de plus. Quoique pressés par le temps, les deux équipages, unissant leurs efforts, parvinrent à hisser six des dix énormes canons du galion à bord de l'*Egret*. Ce poids supplémentaire de presque douze tonnes enfonça sensiblement la coque mais, sous la houlette de Pitt, la charge fut également répartie sur le pont du navire marchand. Une certaine quantité de projectiles et de poudre fut également sauvée, même si la bataille contre les navires espagnols en avait beaucoup consommé. Il n'y avait que quelques affaires personnelles qui méritaient d'être gardées, la plupart ayant été irrémédiablement esquintées par l'eau de mer. Le chat du bord, un gros matou blanc du nom de Clarence, se cachait obstinément et il fallut une bonne heure à Pitt et deux matelots pour le débusquer. Quand il eut émergé de sa cachette, la fourrure plus noire que blanche, il refusa obstinément d'être porté et, le dos hérissé, passa de lui-même sur l'*Egret* en empruntant un des filins qui reliaient les deux navires.

Sans compter le chat, ce fut quarante survivants qui quittèrent le *Virago* en file indienne avant de s'aligner le long du bastingage du vaisseau de commerce, les traits tendus, tandis que Pitt et Dante procédaient à une ultime fouille des décombres qui jonchaient le pont du galion. Le capitaine corsaire attendit le tout dernier moment, alors que son navire grondait et frémissait sous lui, pour grimper au sommet du grand mât rompu et y récupérer les pavillons. Quand enfin il monta à bord de l'*Egret*, les fanions serrés dans son poing, son boitement plus prononcé que jamais et le visage gris de souffrance, Pitt ordonna qu'on coupe les amarres et, constatant un léger regain de brise, demanda qu'on déploie quelques voiles pour permettre au vaisseau marchand de s'éloigner.

Le soleil était en train de se coucher derrière le *Virago* et teignait d'or sa coque endommagée. La flambée de couleurs se propagea à la surface de l'océan. Un à un, les hommes se détournèrent du spectacle pour fixer la silhouette solitaire dressée sur le gaillard d'arrière, les mains agrippées à la rambarde, son profil se découpant sur les nuées orangées tandis que, devant lui, agonisait son vaisseau.

Même Spence, qui avait ruminé sa colère la majeure partie de la journée, se radoucit quelque peu, compatissant à la peine d'un confrère forcé de contempler le naufrage de son navire dans les flots murmurants.

— Il suffirait d'un coup, père, chuchota Beau tout près de lui. Un seul coup bien placé, et je le descends.

— Je suis certain que tu en serais capable, ma petite. Et je garde cette solution sous le coude, crois-moi.

— En attendant, tu vas le laisser s'en tirer impunément ?

— Disons que je suis curieux d'entendre ses justifications. Un homme avec la réputation de Dante de Tourville ne se comporte pas comme le dernier des forbans sans avoir une bonne raison.

— Il t'a volé ton navire ! répliqua Beau entre ses dents, soucieuse de ne pas se faire entendre de Pitt ni du cimarron qui se tenaient non loin de là. Il en a pris d'autorité le commandement ! Ce n'est pas un mince forfait.

— Plus exactement, je l'ai laissé faire, rétorqua sèchement son père. Je te rappelle que nous sommes deux fois plus nombreux qu'eux.

Spit McCutcheon les rejoignit, tout en s'épongeant le visage et le cou avec un grand carré de linge rouge. Des lanternes et des fanaux éclairaient la partie centrale du pont où quelques hommes s'activaient.

— Sacrés bestiaux qu'on a embarqués là, déclara-t-il, désignant les canons. Ils ne doivent pas être sortis de la fonderie depuis plus d'un an ou deux, mais ils sont déjà bien culottés et ne présentent ni fissure ni fente. Ils atteindraient un sacré bon prix à Plymouth. L'autre ne vous a pas raconté de sornettes à leur sujet.

Spence grommela un vague acquiescement, attendant la suite.

— J'ai, euh..., bien tendu l'oreille et ouvert les yeux quand je travaillais avec les gars de Dante, comme vous me l'aviez demandé, capitaine, reprit Spit en baissant la voix. Franchement, ce sont des phénomènes, ces types-là. La plupart n'ont plus que la peau sur les os, quand ils ne traînent pas de vilaines blessures, et pourtant ils se sont tous mis au boulot comme un seul homme, sans prendre plus de repos que les nôtres ni exiger plus de nourriture et d'eau. Et tout cela avec une discipline d'enfer, n'arrêtant pas de me donner du « À vos ordres, monsieur », « Bien, monsieur », « Sauf votre respect, monsieur ». C'était limite pas naturel, je vous le dis, et ça m'a donné plus de frissons que si j'avais un nid d'asticots au fond de la culotte !

Il cracha par-dessus bord et s'essuya de nouveau la figure, avant de s'éloigner en marmonnant vers une équipe qui achevait, non sans peine, d'installer le dernier des monstres de bronze sur son affût. Le mât de misaine avait été dépouillé de ses voiles pour servir de support au palan. Dans le craquement des poutres et le grincement des cordes, dix hommes suspendus au câble de levage s'échinaient à maintenir en l'air l'énorme fût de la pièce d'artillerie, tandis qu'une demi-douzaine d'autres armés de gaffes et de perches le guidaient vers la poutre d'une section carrée de vingt-cinq centimètres de côté, montée sur roues, qui lui servait de berceau. Thomas Moone, le charpentier du bord, avait découpé un nouveau sabord dans la muraille du vaisseau et terminait de fixer les charnières au moment où le canon fut enfin déposé sur son affût.

L'*Egret* se mit alors à gîter légèrement sous la houle du soir. Malheureusement, on avait oublié de caler les roues de l'affût, et le mastodonte de deux tonnes se mit à rouler en suivant l'inclinaison du navire – c'est-à-dire droit vers son sabord. En entendant les cris qui lui étaient adressés ainsi que le grondement des roues sur les planches du pont, Thomas Moone se retourna juste à temps pour voir le trou noir de la gueule du canon se précipiter vers son visage.

Il voulut s'écarter, mais son pied se prit dans une écoute et il s'affala de tout son long, la jambe coincée entre la pièce d'artillerie et l'ouverture du sabord. Son hurlement de douleur attira l'attention de Simon Dante qui se trouvait alors sur l'arrière-pont. Négligeant l'échelle qui descendait du gaillard, il sauta par-dessus la balustrade et se reçut lourdement sur le pont principal avant de se relever aussitôt, malgré la douleur cuisante qui transperçait son mollet blessé. Il fut près du canon en deux enjambées, en même temps que Jonas Spence qui s'empara du câble le plus proche pour le tendre aux hommes qui venaient de les rejoindre. Hélas, une des roues de l'affût s'était fendue sous le poids de la pièce et l'ensemble ne voulait plus reculer. Dante prit alors une barre en fer qu'il glissa au-dessus de la jambe du malheureux, entre la gueule du canon et le bastingage, et la poussa de toutes ses forces pour permettre à Spit et Geoffrey Pitt de tirer Moone en arrière. L'instant d'après, la barre se rompait, la roue se cassait et le canon passait à travers le sabord jusqu'à ce que son affût heurte le bastingage, l'immobilisant dans sa glissade.

Spit considéra la pièce coincée dans l'ouverture, puis la jambe contusionnée mais miraculeusement indemne de Moone, et enfin Dante ainsi que les deux moitiés de la barre en fer. Il croisa ensuite le regard de son capitaine avec un air entendu qui semblait signifier : « Vous voyez bien que c'est pas naturel ! »

Entre-temps, Simon Dante s'était effondré près du canon, le visage couvert de sueur, les mains plaquées sur ses chausses où venait de fleurir une tache de sang.

— Simon ? s'enquit Pitt en s'agenouillant près de lui.

Dante secoua la tête et répondit entre ses dents serrées :

— Ce n'est rien. Ça va passer.

Spence contourna l'affût pour les rejoindre.

— Qu'est-ce qui ne va pas ?

— Sa jambe, l'informa Pitt. Cette tête de mule prétend qu'il n'a rien mais, depuis deux semaines, cette plaie aurait dû guérir. Avez-vous un barbier ou un chirurgien à bord ?

— Le coq sait réduire les fractures et percer les furoncles, répondit Spence. Et notre maître voilier peut vous recoudre en un tournemain.

— Ce n'est qu'une égratignure, assura Dante. J'ai juste un peu trop sollicité ma jambe, ces derniers temps.

— Ce n'est pas qu'une égratignure, objecta Beau en apparaissant derrière son père. J'ai eu l'occasion d'y jeter un œil tout à l'heure, quand il s'est changé, et j'ai trouvé la blessure trop gonflée et colorée pour une simple coupure.

— Par pitié, grinça Dante, ne me dites pas que vous servez de coq ou de maître voilier sur ce navire.

Beau afficha un air amusé qu'il ne lui connaissait pas.

— Ne vous inquiétez pas, capitaine : même mourant de faim, aucun homme sain d'esprit ne goûterait à ma cuisine, et je suis plus douée pour me trouer les doigts avec une aiguille que pour ravauder de la toile.

— Et si vous me disiez au juste à quoi vous servez ici ?

Les yeux de la jeune femme prirent la même teinte d'ambre que le fanal allumé près d'elle tandis qu'elle s'accroupissait devant lui, les coudes posés sur les genoux.

— Je doute que ce renseignement suffise à combler l'abîme de votre ignorance – ignorance dont votre jambe est la preuve. Même un benêt aurait eu la jugeote de ravaler sa fierté pour demander de l'aide, dans votre état.

Puis, sans lui laisser le temps de protester, elle fit jaillir son stylet et trancha les chausses ensanglantées pour révéler sa blessure au mollet. La plaie était longue comme la main, et la peau autour était tuméfiée et d'un rouge marbré de bleu. Plus inquiétant encore était le liquide blanc qui s'écoulait avec le sang de la croûte fendue.

— Il doit y avoir un corps étranger qui est resté à l'intérieur et qui vous empêche de guérir, déclara Beau tout en tâtant le pourtour de l'estafilade de la pointe de son couteau.

— Pouvez-vous l'enlever ? demanda Pitt.

La jeune femme se redressa.

— Je ne suis pas médecin, mais si cette blessure suppure ainsi depuis deux semaines, il va bien falloir que quelqu'un le fasse. Ou alors il faudra se résigner à l'amputation.

Spence remua sur place, l'air gêné.

— Elle a raison, malheureusement.

Dante ramena son attention sur Pitt avec un froncement de sourcils menaçant.

— C'est vous qui vous en occupez. Ou Lucifer. Pas question que je laisse à cette fille le plaisir de me charcuter.

Beau eut un haussement de sourcils. Sans attendre qu'une décision soit prise, ou qu'on lui en donne la permission, elle appliqua la lame de son stylet contre la plaie et l'y enfonça, jusqu'à sentir sous l'acier un objet dur qu'elle éjecta de la chair du corsaire d'une torsion du poignet.

Tout cela fut l'affaire de quelques secondes.

Dante rugit de douleur, tandis que Pitt jurait. Spence bondit en avant pour maintenir les épaules du capitaine contre l'affût du canon, cependant que son second lui saisissait les poignets pour l'empêcher de se jeter sur Beau. Celle-ci, très calmement, exhiba l'écharde de plusieurs centimètres.

— Doux Jésus ! cracha Dante. Je parie que vous avez aimé ça, hein ?

— Certainement moins que ce qui va suivre, rétorqua-t-elle.

Elle laissa tomber l'écharde sanguinolente sur le pont et se pencha de nouveau sur la blessure pour mettre à nu ses bords et la nettoyer. Spit l'éclairait avec une lanterne. Thomas Moone, en dépit de son hématome à la jambe, alla chercher un gobelet de vinaigre à la coquerie pour rincer la blessure qui laissait désormais échapper un sang clair. Spence ordonna de son côté qu'on lui apporte une certaine cruche de sa cabine, ainsi que des coupes en étain.

Sitôt la cruche arrivée, il en ôta le cachet avec les dents et remplit une coupe à ras bord.

— Avalez-moi ça, capitaine Dante. Et cul sec, je vous prie : ce truc va tellement vous brûler les entrailles que vous ne vous rappellerez même plus avoir un mollet !

Les longs doigts de Dante se refermèrent sur la coupe, et son regard croisa brièvement celui de Beau. Il était clair, à la lueur meurtrière qui brasillait dans ses prunelles, qu'il aurait préféré refermer les doigts sur la gorge de la jeune femme. Il renversa néanmoins la tête en arrière et, comme on le lui avait prescrit, but d'un coup le contenu de la coupe, aussitôt imité par Spence qui claqua les lèvres de satisfaction tandis que l'alcool lui embrasait l'estomac.

Dante ouvrit grand la bouche pour retrouver son souffle et dut s'appuyer à l'affût du canon pour encaisser le choc causé par le liquide. Le vieux capitaine avait cependant raison : il ne prêta plus aucune attention aux soins que Beau continuait à dispenser à sa jambe.

Spence étouffa un gloussement.

— Un autre ? demanda-t-il avec une feinte innocence.

— À votre place, répliqua Dante d'une voix rauque, jamais je ne vous aurais soigné ni offert une rasade de tafia… à moins, naturellement, que cette chose soit empoisonnée.

— L'idée m'en a traversé l'esprit, figurez-vous. Mais je me voyais mal gâcher un bon tord-boyaux.

— Cela aurait été dommage, en effet, admit Dante en tendant sa coupe. Mais, par la dent de Dieu, ce rhum a un sacré mordant !

— Il est distillé par les barbares de la Tortue, qui boivent ça comme de l'eau fraîche et n'ont qu'à pisser ensuite sur un bout de bois pour y mettre le feu !

Dante vida une nouvelle fois sa coupe et laissa sa tête reposer contre le moyeu de la roue cassée. Son regard se baissa vers Beau qu'éclairait la lanterne. Au fil de la journée, une fine brume de cheveux s'était échappée de sa tresse. Elle avait enlevé son pourpoint, révélant une poitrine plus pleine qu'il ne l'avait imaginée. Elle avait gardé sa chemise lacée jusqu'au cou mais il pouvait distinguer la courbe de ses seins sous le tissu, ainsi que le méplat de son ventre.

— Je suppose que vous aussi buvez ce genre de gnôle comme de l'eau fraîche ? lui lança-t-il abruptement.

— En tout cas, je n'ouvre pas la bouche ni ne halète comme un môme quand j'en prends, répliqua-t-elle sur le même ton, tout en finissant de bander étroitement son mollet.

Il accueillit la repartie avec un sourire qui surprit la jeune femme, puis s'empara du cruchon et remplit sa coupe, qu'il lui tendit. Le regard rivé au sien, elle prit la coupe et la porta à sa bouche, la vidant d'un trait avant de produire un claquement de lèvres satisfait comme son père.

Ce dernier émit un rire approbateur.

— C'est bien mon petit Cygne noir, ça ! Elle aimerait encore mieux s'éborgner avec un bâton que décliner un défi !

— Pourquoi n'en suis-je pas étonné ? murmura Dante.

— Pas de raison que vous le soyez, repartit Spence. Sauf si vous êtes moins perspicace que vous ne le paraissez...

Tourville le gratifia d'un sourire vacillant. Sa jambe l'élançait sourdement, mais le tremblement de ses mains et de ses bras avait diminué. Le rhum lui chauffait le ventre, et il n'était pas pressé de bouger ni de se protéger de la fraîcheur nocturne. Il aurait d'ailleurs pu s'endormir ainsi, affalé sur le pont, et attendre le lendemain pour s'expliquer – ou laisser Geoffrey Pitt le faire à sa place – mais il avait conscience que le capitaine de l'*Egret* ne méritait pas une telle désinvolture.

— Y a-t-il un endroit où nous pourrions parler en privé ?

— Ma cabine – si du moins c'est encore la mienne.

— C'est encore la vôtre. Tout comme le reste de ce vaisseau, et je vous prie de m'excuser si mon attitude a pu suggérer le contraire. M. Pitt se joindra à nous, si vous n'y voyez pas d'objection, de même que votre timonier s'il peut se libérer. Nous avons perdu le nôtre, ainsi que la plupart de nos instruments dans la tempête qui nous a balayés sur la mer des Caraïbes. Après la bataille que nous avons livrée contre les *zabras* espagnols, nous avons longuement dérivé sans pouvoir faire le point, d'autant moins avec le couvert nuageux qui s'est ensuite abattu sur nous.

— Nous l'avons subi aussi. Cependant, nos derniers relevés nous situaient à une semaine au sud des Canaries. Encore trois autres semaines de navigation, et nous serons de retour à la maison.

Dante hocha la tête, tout en évitant soigneusement le regard de Pitt. Il ne refusa cependant pas la main que ce dernier lui tendit pour l'aider à se relever et, après avoir appuyé précautionneusement sur sa jambe blessée, il constata qu'il avait moins mal. Il n'en restait pas moins un peu chancelant : la lassitude et deux coupes de rhum dans son estomac vide lui procuraient un tel vertige que, en plissant les yeux vers le ciel, il vit deux étoiles polaires briller au-dessus de la proue.

Jonas les entraîna vers la poupe.

— Beau, tu ne veux pas voir si le coq a gardé un morceau au chaud ? Apporte aussi deux biscuits de mer : un homme est plus capable de réfléchir et de parler quand il n'a pas constamment la plainte de son ventre dans les oreilles.

La jeune femme planta les poings sur ses hanches et décocha une œillade rebelle à son père.

— Je ne suis pas non plus ton garçon de courses, grommela-t-elle en suivant d'un regard noir les trois hommes qui disparaissaient par l'écoutille.

Dante fermait la marche et, bientôt, les taches blanches de sa chemise et de son bandage à la jambe disparurent à leur tour dans l'entrepont.

— Et un simple petit « merci », c'était aussi de trop pour Sa Seigneurie ? lâcha-t-elle avec un reniflement courroucé.

6

Beau ronchonnait toujours quand elle descendit l'escalier menant à l'entrepont sous le gaillard d'avant, là où le coq régnait sur les réserves du navire. C'était un homme acariâtre, laid comme un pou. La requête de Beau lui valut un geste agacé de la main en direction d'une immense marmite en fonte. Supposant qu'il l'invitait à se servir, elle s'exécuta. Le chaudron contenait un épais brouet de riz et de haricots mêlés. Elle en versa une large portion dans une écuelle en bois et déposa sur un plat en fer-blanc deux épaisses tranches de poisson salé, accompagnées d'une poignée de biscuits de mer aussi durs que du bois et d'un morceau de fromage jaune.

La lèvre inférieure ornée des miettes d'un des biscuits englouti à la hâte, Beau remonta vers la poupe en passant par l'entrepont. L'atmosphère des quartiers était saturée par l'humidité et les remugles de corps en sueur pressés les uns contre les autres. Des hamacs étaient tendus entre les poteaux et les membrures, la plupart déjà occupés par des membres des deux équipages qui avaient travaillé dur jusqu'au soir. La majorité d'entre eux serait debout avant l'aube pour reprendre la routine quotidienne.

Un petit espace d'environ deux mètres carrés avait été ménagé à l'écart des couchages et c'était là, autour d'un tonneau renversé, qu'une douzaine d'hommes qui n'étaient pas du quart du matin se rassemblaient pour tailler de menus objets au couteau et partager des histoires. Une lanterne sourde accrochée au-dessus de leurs têtes se balançait à chaque mouvement du navire. Certains, pour s'occuper la bouche, mâchaient des nœuds de cuir ou suçotaient des bouts de canne à sucre qu'ils avaient laissés fermenter au soleil.

Comme la plupart étaient de l'*Egret*, ils saluèrent respectueusement la jeune femme en levant une main à leur front. L'un d'eux lui offrit une section de canne, qu'elle emporta et dont elle se mit à humecter la pulpe fibreuse pour en extraire le suc.

Deux hommes du *Virago* la regardèrent s'éloigner avec un œil égrillard.

— Elle n'est à personne, entendit-elle répondre dans son dos à une demande proférée à mi-voix. Et si j'étais toi, j'oublierais même que j'ai posé cette question.

L'étroite coursive menant à la cabine du capitaine était plongée dans le noir, mais Beau la connaissait comme le fond de sa poche. Elle courba la tête pour éviter les poutres basses et s'écarta à deux endroits précis du centre du couloir, la première fois pour éviter de se cogner à la rampe d'un escalier et la seconde pour contourner un tonnelet d'eau.

Sur les autres navires, l'entrepont sous le gaillard d'arrière était généralement occupé par une seule cabine. Sur l'*Egret*, il en comportait deux. C'était la seule concession de Spence au sexe de Beau : qu'elle ait à sa disposition un endroit où dormir seule et procéder en toute discrétion à ses « affaires de femme ». Aussi ce grand espace avait-il été divisé par un mur de planches en deux cabines distinctes, munies de leur porte respective. La plus grande était celle de Spence et croulait sous un mobilier aussi massif que le commandant du navire. Une large couchette en occupait un angle, le coin opposé étant encombré par un secrétaire et une armoire grillagée. Une grosse roue à cinq rayons portant des lampes en cuivre était accrochée à une poutre du plafond et projetait une clarté lunaire sur le plateau éraflé d'une table qu'entouraient quatre chaises.

Spence, Simon Dante et Geoffrey Pitt y étaient assis, un cruchon de rhum entre eux. L'arrivée de Beau fut si silencieuse que personne ne parut remarquer sa silhouette dans l'obscurité de la coursive.

— C'est loin d'être aussi raffiné que sur votre *Virago*, pour sûr, disait Spence. Mais je ne suis pas un homme raffiné, et ça me convient très bien ainsi. Beau a l'exclusivité de l'autre moitié – pour sa propre sécurité, si vous voyez ce que je veux dire. Maintenant, si ça ne tenait qu'à elle, elle irait volontiers passer ses nuits dans un hamac, avec les autres membres d'équipage. Mais vous pouvez vous servir de sa couchette jusqu'à notre arrivée en Angleterre. Ma fille n'y verra pas d'inconvénient.

La jeune femme en demeura bouche bée dans le couloir.

— Je préfère rester avec mes hommes, repartit le corsaire. Je ne veux priver personne de son lit.

— C'est absurde. Beau peut se faire un nid douillet dans la réserve de voiles. Et je ne veux pas qu'on me présente comme l'homme qui a fourré Dante de Tourville dans un sac de toile pendu entre deux poteaux.

Dante considéra le commandant à barbe rousse d'un air intrigué.

— Il y a quelques heures à peine, vous m'auriez volontiers jeté à la mer.

Spence haussa les épaules.

— C'était il y a quelques heures. Depuis, j'en suis venu à penser que vous êtes un salaud respectable, en dépit de vos manières.

Pitt sourit au-dessus de sa coupe de rhum.

— Il est plutôt bien élevé, quand il ne mâche pas de clous ni ne crache le feu.

Spence s'esclaffa.

— Oui, c'est la conclusion à laquelle je suis moi-même parvenu quand j'ai vu qu'il s'était abstenu de violer ma fille alors qu'il en avait l'occasion à ce qu'on m'a rapporté.

— L'aurais-je donc déçue ? s'enquit Dante sèchement.

— Seulement en ne chargeant pas votre pistolet.

— Précaution dont je me félicite. Elle était manifestement prête à me faire sauter le gésier.

— Estimez-vous heureux qu'elle ne vous l'ait pas découpé avec un couteau, car elle devait avoir d'autres lames sur elle, répliqua placidement Spence. Même nue comme un ver et fouillée de la tête aux pieds, elle arriverait à en garder une cachée quelque part.

— Je ne l'oublierai pas.

— Contentez-vous de la respecter, capitaine, articula Spence avec un sourire froid. Il n'est pas encore né, l'homme qui pourra lui prendre ce qu'elle ne souhaite pas lui donner. Pour ça, elle ressemble à sa regrettée mère. Elle aussi savait montrer les griffes. C'est à elle que je dois ça, ajouta-t-il en levant le menton et en soulevant une pleine poignée de crin pour révéler une balafre de quinze bons centimètres qui descendait le long de sa trachée. C'était pendant notre nuit de noces. Et ça...

Il ouvrit sa chemise pour montrer un autre souvenir sur son épaule – une trace de balle.

— ... c'est le jour où elle m'a annoncé qu'elle était enceinte.

— C'était sa manière à elle de fêter l'événement ?

Spence se remit à glousser.

— Elle était portugaise. Une Gitane aux yeux sombres, au sang chaud et à l'âme pleine de malice. Je l'ai enlevée sur un navire que nous avions abordé et épousée le soir même. Comme nous ne sommes pas passés devant le prêtre, elle n'a jamais considéré que nous étions mariés. Aussi, lorsqu'elle a découvert qu'elle portait notre enfant, elle m'a forcé, l'arme au poing, à aller lui chercher un prêtre catholique. Le coup est parti tout seul, et elle a pleuré deux jours durant en croyant m'avoir tué. Quand elle m'a jugé de nouveau capable de marcher, elle m'a fait monter dans une voiture et m'a emmené voir un curé.

Il marqua une pause, un sourire nostalgique aux lèvres.

— C'est la seule fille que j'aie jamais connue qui était capable de donner à un homme un avant-goût du paradis, pour le plonger dans les flammes de l'enfer l'instant d'après. Et vous-même, vous êtes marié ?

— Je l'ai été, répondit laconiquement le corsaire. Mais voilà longtemps que mon ex-épouse a quitté ma vie – pour notre plus grand bien à tous les deux.

Spence pouffa.

— Une expérience pas très agréable, en somme ?

— Pas plus que de tomber dans une fosse à serpents.

— J'ai l'impression d'entendre Beau. Le mariage lui fait également horreur. Elle a trop peur de se retrouver coincée à terre.

— Et qui l'a entraînée sur un navire, pour commencer ?

Le père de la jeune femme haussa les épaules.

— Elle s'y est retrouvée de son propre chef.

Supposant que les coupes de ses compagnons devaient être aussi vides que la sienne, il les remplit, avant de reposer le cruchon et de se gratter nonchalamment l'aisselle.

— Bon, fit-il, je peux vous raconter comment mon Isabeau a fini par être enrôlée sur l'*Egret*, histoire de vous laisser le temps de décider si vous devez ou non me faire confiance... ou alors, vous pouvez me dire tout de suite ce qui a causé la perte de votre navire.

Pitt et Dante échangèrent un regard. Pitt leva légèrement les sourcils ; Dante baissa la coupe qu'il avait portée à ses lèvres.

— La cupidité, capitaine. C'est la cupidité et la lâcheté qui ont causé la perte du *Virago*.

La barbe de Spence bougea au-dessus d'une moue pensive.

— La rumeur du raid sur Veracruz évoquait une attaque effectuée par deux vaisseaux, qui en sont repartis avec les soutes bourrées d'or.

Dante hocha la tête.

— Dès la mise au point de cette opération, j'ai su que je ne pourrais la mener à bien tout seul. Le risque était énorme, mais le bénéfice valait au moins dix fois le revenu d'une campagne solitaire. C'est Sa Majesté elle-même qui m'a suggéré le nom de mon partenaire. Elle m'a certifié qu'il était... de la bonne étoffe.

Spence grogna.

— Même les toiles les plus solides peuvent cacher des défauts, mon garçon. Voire des trous gros comme le bras.

— Oui, eh bien, vous pouvez être certain que Victor Bloodstone en aura un dans la peau quand je lui aurai remis la main dessus.

— Bloodstone ? Le bâtard de Walsingham ?

— Il préfère le terme de « neveu », mais oui, c'est bien de lui qu'il s'agit.

— Aux dernières nouvelles, il était la nouvelle coqueluche de la Cour et le joli cœur préféré de la reine.

— Oh, il n'est certes pas désagréable à regarder, et Elizabeth aime s'entourer de jeunes gens séduisants dans l'espoir que leur beauté soit contagieuse. C'est aussi un navigateur chevronné, je dois l'admettre. C'est d'ailleurs la raison pour laquelle je l'ai pris pour coéquipier et, au début, il ne m'a pas déçu. Nous avons appareillé pour Veracruz tels deux loups affamés partant en chasse de chair fraîche.

Dante marqua une pause et contempla d'un œil vide l'obscurité derrière les baies.

— Connaissez-vous un peu ce port espagnol ?

Spence remua sur son siège, visiblement gêné d'avoir à admettre qu'il n'avait jamais osé s'aventurer aussi loin dans les eaux ennemies. Veracruz était le point de convergence des caravanes de mules qui descendaient l'or et l'argent des montagnes du Mexique.

Les Espagnols la présentaient comme une place forte inexpugnable – ce qu'elle était, jusqu'au raid de Dante et Bloodstone.

— Mais peu importe, reprit le corsaire en ramenant son attention sur son rhum. Lucifer nous avait appris l'existence d'un petit havre isolé sur la côte d'Isla Sacrificios, à moins de cinq lieues de Veracruz. Il était assez grand pour abriter deux navires, et à portée de barque de la citadelle. Nous avions emporté plusieurs chaloupes démontées dans nos cales. Les remonter ne posa aucune difficulté et nous permit d'opérer une attaque surprise dès la nuit suivante.

« Personne ne nous attendait, et personne ne donna l'alarme car nous ressemblions à d'inoffensifs pêcheurs. Nous avons débarqué à deux kilomètres environ au nord de Veracruz, que nous avons ensuite rejointe à pied. Nous étions quatre-vingts en tout, et chacun d'entre nous est revenu avec autant de lingots qu'il pouvait en charger sur une mule – car ces arrogants sujets du roi Philippe n'avaient même pas estimé nécessaire de faire garder leurs écuries !

« Le matin venu, bien évidemment, ce fut l'alerte générale : nous avions dû neutraliser les deux pauvres sentinelles qui défendaient l'accès au trésor. Mais la Providence veillait sur nous car un grain s'est alors abattu sur la ville, retardant nos poursuivants et nous permettant de rejoindre nos navires, puis de retraverser la mer des Caraïbes sans être inquiétés pour poursuivre notre mission. Mais notre chance ne devait pas durer. Un coup de vent comme je n'en avais pas vu depuis vingt ans nous a malmenés pendant sept jours et sept nuits, à tel point que le *Virago* a fini par heurter un récif de corail qui a creusé un trou dans la coque.

« Sitôt la tempête terminée, nous avons cherché un refuge où réparer notre vaisseau, et la vigie a fini par repérer un îlot où nous avons pu décharger le navire afin de l'alléger en vue des travaux. Nous avons tout débarqué à terre : les lingots d'or, notre réserve de tonneaux et de caisses – jusqu'à nos vivres.

« Nous avions arrimé le *Virago* pour le coucher sur le flanc et l'équipe de calfatage avait tout préparé, quand la vigie s'est remise à crier, cette fois pour nous signaler l'apparition de voiles à l'horizon.

Dante s'interrompit avec un reniflement ironique.

— C'étaient les satanés *zabras*. Six navires des Indes occidentales que la tempête avait poussés dans notre direction.

— Quelle déveine ! compatit Spence. Et qu'avez-vous fait ?

— La seule chose que nous pouvions faire : affronter l'adversité. Le *Virago* était certes endommagé, mais nous avions Bloodstone à nos côtés. Nous avons convenu qu'il resterait caché derrière l'îlot pendant que nous entraînions les *zabras* à notre poursuite, lui permettant de les prendre à revers. Son vaisseau, le *Talon*, avait lui-même son grand mât esquinté mais avait gardé sa puissance de feu.

La voix du corsaire se tendit tandis qu'il serrait sa coupe en étain.

— Les bateaux espagnols ont mordu à l'hameçon, et nous ont donné la chasse toutes voiles dehors. Nous avons feint d'être plus sévèrement endommagés que nous ne l'étions, nous attendant à voir d'un instant à l'autre Victor Bloodstone, courtisan de Sa Majesté et neveu du secrétaire principal de son conseil privé, se porter à notre rescousse.

Dante marqua une nouvelle pause pour avaler d'un trait le contenu de sa coupe.

— Et il est parti vers le nord-est, loin de nous. Il nous a abandonnés aux six *zabras* sans leur envoyer la moindre bordée, trop occupé à fuir comme un lâche.

L'alcool commençait à érailler la voix du corsaire, mais le feu bleu de ses yeux demeurait fixé sur sa coupe, et la jeune femme s'étonna de ne pas voir le rhum s'enflammer sous la brûlure de son regard.

— Mon brave *Virago*, chuchota-t-il. Même blessé, il n'était pas près de tendre docilement sa gorge aux loups. Il en a coulé quatre et a laissé les deux autres en panne, leur gréement démembré. À la fin, il ne restait plus que soixante d'entre nous… Soixante hommes sur les cent trente du départ. Le pont était rouge du sang que nos camarades avaient versé pour nous.

« Quand nous sommes retournés sur l'îlot pour y panser nos plaies, tout avait disparu. Absolument tout : l'or, l'argent et même les vivres. Ce qui n'avait pu être embarqué sur le *Talon* avait été soit détruit, soit jeté à la mer. Nous n'avions même pas de quoi soigner nos blessés.

Il avait prononcé ces derniers mots dans une sorte de feulement rageur et se tint ensuite silencieux. Pitt prit la suite :

— Nous avons rafistolé le *Virago* du mieux que nous avons pu et déployé tout ce qui nous restait comme voiles pour nous éloigner de là, craignant que les deux *zabras* qui flottaient encore n'aient réussi à rejoindre un port et révélé notre position. Le vaisseau était trop endommagé et l'équipage trop fatigué pour que nous puissions soutenir une nouvelle attaque… ce qui explique d'ailleurs notre prudence extrême et notre brusquerie quand vous êtes montés à notre bord, ce matin.

Spence hocha pensivement la tête. Il avait l'air abasourdi. Il existait des règles tacites, un code d'honneur chez les marins qui était aussi sacré que la loi divine. Et le premier de ces principes était de ne jamais abandonner un navire frère en détresse. Certes, Tourville était un corsaire et un aventurier français, et il s'en trouvait même pour le qualifier de pirate, mais c'était aussi un membre éminent, par son audace comme par ses talents de navigateur, de la flotte anglaise empêchant l'Espagne d'exercer une domination totale sur les mers du globe ainsi que dans le Nouveau Monde.

Tout en regrettant publiquement les revers infligés au roi Philippe par les corsaires, la Couronne anglaise non seulement encourageait en sous-main ces derniers à piller les convois, mais finançait leurs expéditions. Des rumeurs couraient d'ailleurs ces derniers temps, laissant entendre que le roi Philippe était las de l'hypocrisie de la reine Elizabeth. Les corsaires de Sa Majesté commençaient à coûter cher à l'Espagne, tant en matériel qu'en prestige, et on disait qu'une énorme flotte de galions était en train de se rassembler dans les ports ibériques, une armada conçue pour transporter une armée jusqu'en Angleterre.

L'heure n'était donc pas à la trahison entre sujets d'Elizabeth. La souveraine allait avoir besoin de tous ses capitaines, de ses navires les plus rapides et les mieux armés, pour parer aux menées du roi Philippe.

Ce qui ne voulait pas dire pour autant que la solidarité était de mise entre écumeurs des mers. Ils se méfiaient les uns des autres et n'étaient pas enclins à révéler à un autre corsaire leurs projets et destinations. Même Jonas Spence avait ménagé des cachettes dans ses soutes et n'hésitait pas à s'en prendre à des proies faciles, s'il pouvait impunément les détrousser. Mais de là à abandonner un partenaire… ou à fuir un combat… Ce n'était pas en se défilant devant l'ennemi qu'il avait perdu deux doigts et la moitié d'une jambe !

— Eh bien, murmura-t-il, je comprends que vous en vouliez à ce compatriote. Et pourquoi vous teniez tant à vos canons. Mais si vous les avez fait charger sur l'*Egret*, serait-ce pour que nous lui donnions la chasse ?

Dante secoua la tête, ce qui fit scintiller sous la lanterne l'anneau qu'il portait à l'oreille.

— Bloodstone a plus de deux semaines d'avance sur nous, et même si le *Talon* est lourdement chargé, je doute que nous puissions le rattraper avant qu'il n'atteigne l'Angleterre.

Spence se renfrogna tandis que Beau, toujours dissimulée dans l'ombre de la coursive avec le repas du corsaire, sentait les poils de sa nuque se hérisser sous l'insulte. Comment le Loup des Mers osait-il suggérer que l'*Egret* était inférieur à un galion de guerre ?

— Sachez, monsieur, intervint-elle en avançant dans le rond de clarté, qu'avec un bon vent nous pouvons dépasser les quinze nœuds.

Elle déposa brutalement le plateau devant Dante et planta les mains sur la table.

— Nous avons gagné la Tortue depuis Plymouth en moins de six semaines. Je doute que même votre *Virago* ait été capable d'un tel exploit.

Le corsaire la foudroya du regard. Pitt estima nécessaire de calmer le jeu.

— Vous devez avoir un excellent pilote.

— En effet, répondit-elle sur un ton égal, se tournant vers le regard souriant de ses yeux verts. Moi.

Pitt recouvra aussitôt son sérieux.

— Vous ?

Spence se renfonça contre le dossier de sa chaise.

— Je n'ai jamais eu meilleur timonier, confirma-t-il. Elle nous a même fait franchir un jour le détroit de Magellan en pleine tempête ! Et ses cartes... Vous n'en trouverez pas de plus précise. S'il y a quelqu'un capable de filer votre renégat, c'est bien mon Isabeau.

— Une femme à la barre d'un navire ? marmonna Dante d'une voix incrédule. Le monde serait-il donc devenu fou ?

Beau le toisa avec humeur.

— Seulement la partie qui vous comprend.

— En tout cas, s'empressa de rappeler Pitt, nous avons au moins l'avantage de savoir où se rend Bloodstone.

— À Londres, vous voulez dire ? s'enquit Spence.

Le second acquiesça.

— Croyez-moi, il va courir se vanter de sa prouesse devant la reine et son conseil privé, et s'en attribuer sans doute tout le mérite, en même temps qu'il versera des larmes de crocodile sur la perte de Simon Dante.

— Et les poches pleines d'or.

— Mon or, précisa Dante en détachant enfin les yeux de Beau. Dont la moitié sera à vous si vous m'amenez à portée de tir de ce scélérat.

— La moitié ? répéta Spence, ébahi.

Cela représentait une sacrée somme. Une fortune, même. Et à voir le regard du corsaire, il était douteux qu'il n'honore pas cet engagement. Or le *Talon* serait non seulement ralenti par le poids de sa cargaison, mais prendrait certainement une route détournée pour éviter d'attirer la curiosité de ses « confrères ». Moyennant une bonne brise, le vaisseau de Bloodstone était tout à fait rattrapable par l'*Egret*, surtout avec la jeune femme au gouvernail.

Cela restait cependant une aventure risquée.

— Beau ? s'enquit Jonas.

Elle regarda son père, éberluée qu'il puisse envisager de se prêter à cette folie.

— Et si les *zabras* avaient bel et bien rallié un port espagnol ? répliqua-t-elle. Et s'il y avait des douzaines de navires ennemis lancés en ce moment même à la recherche d'un certain corsaire blessé ?

Spence pinça les lèvres. La côte ibérique n'était pas loin, et si les Espagnols avaient effectivement décidé de pourchasser le Loup des Mers...

Un détail dans le récit du Français revint alors à la mémoire du vieux capitaine, qui se tourna de nouveau vers lui.

— Vous avez dit tout à l'heure que vous comptiez poursuivre votre mission en quittant la mer des Caraïbes. Pas « terminer », mais « poursuivre », répéta-t-il en levant un doigt. Que vouliez-vous dire par là ? Vous aviez un autre objectif que le trésor de Veracruz ?

Dante prit une profonde inspiration, tout en évitant de croiser le regard de son second.

— Rien ne vous échappe, capitaine Spence. Nous comptions en effet passer par le port de Cadix.

Le vieux capitaine secoua la tête comme pour chasser de l'eau de ses oreilles.

— Cadix ? Vous avez bien dit *Cadix* ?

Le corsaire eut un sourire lugubre.

— Bloodstone a eu exactement la même réaction que vous, sur l'îlot, quand je lui en ai parlé. Il a refusé de m'entendre et m'a annoncé que nos routes se sépareraient dès que nous aurions repris la direction de l'Europe.

— Et pourquoi diable voudriez-vous vous approcher de cette ville, au risque de vous faire griller les orteils par les inquisiteurs du roi Philippe ?

— À cause de Pitt, lâcha Dante dans un soupir alcoolisé.

— Pitt ?

— Un coéquipier sacrément efficace. Trop, parfois. Alors que la plupart de nos hommes étaient occupés à rafler tout ce qui brillait dans le dépôt de Veracruz, lui était penché sur un tas de lettres et de documents en instance de départ pour l'Espagne. Il s'est dit que la reine et ses conseillers y trouveraient peut-être matière à réflexion.

Dante s'interrompit pour faire remplir sa coupe.

— Vous n'êtes pas sans savoir, j'imagine, que tout vaisseau appareillant d'un port anglais pour une destination ou une autre est aussi en mission officieuse de reconnaissance pour Sa Majesté. Même si Drake et les autres corsaires ont maintes fois recommandé à Elizabeth de se préparer à une invasion espagnole, sans réelle preuve des intentions de Philippe, elle ne peut justifier de vider le trésor de la Couronne pour construire une véritable flotte de guerre. Et puis, surtout, elle est farouchement déterminée à négocier la prolongation de la paix, alors qu'il devient de plus en plus clair que Philippe, pour sa part, se prépare à la guerre.

Beau tressaillit et vit son père frémir à son tour.

— Seriez-vous en train de laisser entendre que vous détenez une telle preuve ?

— Presque. J'ai des lettres où des gouverneurs du Panama et du Mexique félicitent leur souverain d'avoir choisi don Álvaro de Bazán, marquis de Santa Cruz, pour, je cite, « commander la flotte de conquête ». Je possède également une liste de fournitures que ces mêmes gouverneurs seraient en mesure de procurer à la Couronne espagnole, or cette liste cite une somme faramineuse d'un million de ducats censée payer la solde de militaires et qui pourrait être levée, je cite encore, « avant le printemps ». Dans les papiers récupérés par Pitt se trouvent d'autres listes, des énumérations de matériels et de vivres en si grandes quantités qu'elles semblent bel et bien confirmer la rumeur prétendant Philippe sur le pied de guerre.

— Et vous aviez l'intention de contrecarrer ce projet en allant à Cadix lui cracher dans l'œil ? demanda Beau avec aigreur.

— J'avais seulement l'intention de passer au large du port pour observer ce qui s'y trame. L'importance de Cadix est évoquée dans presque tous ces documents, conjointement à la Cantabrie et Lisbonne. J'ignore où se trouve la Cantabrie, et Lisbonne est trop bien défendu. Cadix, en revanche, est nettement plus au sud, assez éloigné pour que les autorités ne craignent pas l'irruption de navires anglais.

— Pas plus que les autorités de Veracruz ne craignaient d'en voir arriver chez elles pour ponctionner le trésor royal placé sous leur protection ?

Dante salua la repartie d'un franc sourire.

— Exactement.

— N'empêche, ronchonna Spence dans sa barbe, savez-vous le sort que les Ibériques réservent aux prisonniers anglais, ou tenez-vous si peu que ça à vos parties ? C'est la torture qui vous guette, mon gars, avec les fers portés au rouge, les carcans, la herse, le pal et j'en passe – tout cela administré pour le salut de votre âme, bien entendu. Après quoi, si vous êtes encore vivants, vous serez enchaînés dans une galère jusqu'à la fin de vos jours.

— J'ai parfaitement conscience des dangers courus là-bas par nos compatriotes, capitaine, mais j'ai aussi conscience de l'ampleur du malheur qui risque de s'abattre sur l'Angleterre tout entière si l'Espagne dispose bien d'un millier de navires pour l'envahir.

Spence se tint coi. Dante releva les yeux de sa coupe et croisa de nouveau le regard félin de Beau, qui affichait un air fermé.

— Je croyais que vous aimiez relever les défis, mademoiselle ?

— Quand ils ne sont pas insensés.

— Ah, il est sûr que si vous ne vous sentez pas à la hauteur..., commença-t-il.

— Vous, apparemment, vous ne l'étiez pas.

Dante se redressa d'un bloc et parut sur le point de se jeter à la gorge de la jeune femme.

— Vous avez la langue singulièrement acérée, mademoiselle, et semblez prendre plaisir à éprouver ma patience.

— Vous avez une arrogance peu commune, monsieur, et semblez croire que votre naissance, votre réputation et l'ignominie dont vous avez été victime vous donnent le droit de traiter autrui avec désinvolture et mépris.

— Uniquement ceux qui le méritent, rétorqua-t-il. Auriez-vous par hasard oublié que vous avez visé mes génitoires avec une lame, et manqué me trouer la poitrine avec une balle ? Croyez-vous qu'un tel comportement puisse vous valoir estime et considération ?

— Auriez-vous oublié de votre côté que vous avez été le premier à braquer un pistolet sur moi, et que vous avez ensuite menacé de me violer ? Vous me permettrez de ne pas trouver ce genre d'attitude plus honorable.

— Ce n'était qu'une menace en l'air, répondit-il sur un ton égal tout en détaillant sa silhouette. Je ne crois pas y avoir mis beaucoup de conviction.

Elle le gratifia d'un sourire froid.

— J'en ai été à peine affectée, capitaine, rassurez-vous. À vrai dire, j'ai déjà reçu des menaces plus *substantielles*.

— Je n'en doute pas. Il n'y a guère que des nigauds à peine sevrés pour trouver le moindre charme à vos ongles crasseux.

Beau s'empourpra, tandis que le corsaire levait sa coupe vers elle. Il ne put cependant achever son geste car la coupe glissa brusquement de ses doigts, éclaboussant de rhum le devant de sa chemise. Il contempla un moment les taches avec une expression abasourdie. Ses yeux s'écarquillèrent plus encore quand il se mit à pencher en avant, trahi par ses jambes qui se dérobaient sous lui.

Spence le prit sous un bras. La jeune femme, qui était plus proche de Dante que Pitt, réagit par réflexe en lui saisissant l'autre bras.

— C'est le rhum, expliqua Jonas en vacillant lui-même sur place. Ça vous envoie les breloques dans les chausses quand on n'y est pas habitué – ou quand on a le ventre vide.

— Je suis sûr qu'il te remerciera de lui avoir trouvé une excuse, grommela Beau, tout en peinant à soutenir la masse de muscles qui pesait en travers de ses épaules. Mais il te sera sans doute moins reconnaissant pour la belle gueule de bois qu'il aura demain matin.

— Écoute, ma fille – Jésus, qu'il est lourd ! –, montre donc un peu de charité chrétienne. Tu l'as entendu comme moi, n'est-ce pas ? Malgré ses crâneries, c'est un brave homme. Et tu sais que rattraper l'autre félon est un beau défi à relever.

Beau fixa son père d'un œil inquisiteur.

— Affronter tout seul six navires de guerre espagnols est peut-être pour toi de la bravoure, répliqua-t-elle.

Moi, j'appelle ça de la témérité, sinon de la folie. Quant à traquer Victor Bloodstone...

La tête brune de Dante, qui pendait mollement au bout de son cou, allait de l'un à l'autre au gré de leur échange. Quand il ouvrit la bouche, il avait la tempe appuyée contre un sein de la jeune femme.

— Une femme à la barre, marmonna-t-il. Une autre sur le trône d'Angleterre. Et puis quoi encore ? Des jupons dans la mâture et des culottes en cuisine ?

Beau jura et s'écarta, laissant Geoffrey Pitt se précipiter vers son capitaine pour le rattraper avant que Spence et lui ne s'affalent par terre.

— Vous feriez bien d'emmener cet ivrogne avant qu'il ne sente de nouveau ma lame sur ses parties, lança-t-elle au second de Dante. Et prévenez-le de ma part que, s'il touche à quoi que ce soit dans ma cabine, dès que nous serons en vue du navire de Bloodstone, je le fourrerai dans un de ses maudits canons et me servirai de lui comme projectile !

— Je... je me ferai un plaisir de lui transmettre le message.

— Prenez aussi ceci avec vous, ajouta-t-elle en fichant son stylet dans le bois de la table. Si mes yeux ne m'ont pas trompée, il a de la vermine plein la barbe et les cheveux. Mieux vaut pour lui que je n'en retrouve pas ensuite dans mon lit, ou je m'occuperai moi-même de lui mettre la boule à zéro. À propos, vous trouverez un pain de savon sur le bord de la fenêtre. Je vous conseille de vous en servir également, monsieur Pitt, si du moins vous ne partagez pas l'attachement du capitaine à la crasse.

— Euh, non... enfin, oui, madame Spence. Mais il faut dire, à la décharge de Simon, que la propreté était le cadet de nos soucis, ces derniers temps.

Elle posa les poings sur ses hanches et le toisa d'un œil sévère.

— Je ne suis la *dame* de personne, monsieur Pitt. À bord de ce navire, on m'appelle juste Beau.

Avec un dernier juron, elle sortit en trombe de la cabine.

Soutenant Dante d'un bras tout en éclairant leur chemin avec une bougie allumée, Pitt réussit à traîner son capitaine dans la pièce contiguë. Il le déposa contre la cloison et chercha une lanterne – tout en prenant garde à ne pas déplacer un seul grain de poussière. L'endroit était impeccablement tenu. En tout cas, il était moins encombré et sentait moins le moisi que la cabine de Spence. Ses parois étaient en planches nues, et il comportait une couchette qui paraissait aussi confortable qu'un cercueil. La majeure partie de l'espace libre était occupée par une table à carte disposée pour recevoir le maximum de lumière des baies de la galerie – un étroit balcon ceignant la poupe. Le mobilier comprenait également un casier contenant des portulans roulés, une bibliothèque garnie de livres parfaitement alignés et maintenus par des courroies de cuir, un coffre de marine et un petit secrétaire qui croulait sous les instruments de navigation.

Dante entrouvrit les paupières. Il n'était pas ivre mort, comme il avait feint de l'être, mais n'en avait pas moins le tournis.

— Que signifie cette moue réprobatrice ? demanda-t-il.

— C'était vraiment un piètre numéro... Aviez-vous donc si peur qu'elle vous cloue le bec ?

Dante jura et se frotta les tempes.

— Je n'étais pas d'humeur à m'expliquer devant une femme.

— Ah oui ? Voilà pourtant longtemps que je ne vous avais vu aussi hargneux dans une discussion.

— Je n'ai rien dit qu'elle n'ait mérité.

— Mouais... Vous lui en avez dit assez, en tout cas, pour la persuader de traquer Victor Bloodstone. La question est : lui faites-vous confiance ? La pensez-vous réellement à même de piloter ce vaisseau ?

— Si elle n'en est pas capable, elle se retrouvera à la mer.

— Toujours adepte des manières expéditives, hein ? s'enquit Pitt sèchement. Et si vous usiez plutôt de votre charme sur elle ?

— Et dans quel but, je vous prie ?

— Eh bien, c'est une femme, et plutôt bien faite par-dessus le marché.

— Je n'ai aucune envie de séduire une tigresse.

— Depuis quand êtes-vous difficile en amour ? Vous ne vous gênez pas, d'ordinaire, pour attirer dans votre lit tout ce qui respire.

Dante fixa Pitt du regard, puis la porte.

— N'avez-vous pas un hamac qui vous attend quelque part ?

Pitt sourit de toutes ses dents et le salua en portant une main à son front. Juste avant de sortir, il déposa le stylet bien en évidence sur le secrétaire.

— Je présume que vous préférez vous trancher vous-même la gorge plutôt que d'en donner la tentation à quelqu'un d'autre ?

Dante grogna et chercha un objet à lancer à la tête de l'impertinent, mais Pitt était déjà sorti et son rire étouffé s'éloignait dans la coursive.

7

Dante de Tourville dormit à poings fermés pendant presque soixante-douze heures. Un gros grain accompagné de tonnerre et d'éclairs ne le réveilla même pas, non plus que le fracas de la douzaine d'assiettes lâchées juste derrière la porte par le coq, quand le chat Clarence bondit sur lui dans l'obscurité de la coursive.

Il ne sortit de sa torpeur – et encore à contrecœur – qu'en entendant un léger bruit de pas qui traversaient la pièce. Et en percevant les senteurs qui émanaient d'un plateau comprenant un potage, une grosse tranche de poisson cuit au court-bouillon et une portion du mélange haricots et riz qui constituait l'ordinaire du bord.

Les narines finement ciselées du corsaire palpitèrent et ses longs cils s'entrouvrirent en frémissant.

Dante se sentit momentanément désorienté, avant de se rappeler où il se trouvait. Ce devait être la fin de l'après-midi, car la pièce était inondée de soleil. La baie de la galerie était à meneaux et les losanges de verre qui constituaient ses vitres, grands comme une paume et assemblés par des filets de plomb, étaient embrasés par des rayons de feu. Il referma presque aussitôt les paupières – mais pas complètement, car il désirait savoir qui l'avait dérangé dans son sommeil.

Il cilla de nouveau, tant il avait du mal à en croire ses yeux. C'était la fille du capitaine. Elle se tenait à la table à carte et procédait à des calculs tout en grignotant le contenu du plateau, qui ne lui était pourtant pas destiné. De l'autre main, elle passait une serviette dans ses cheveux mouillés.

Dante s'abstint de tout mouvement, préférant profiter de cette occasion d'observer Beau Spence au naturel. Elle avait les cheveux plus longs qu'ils ne le paraissaient quand ils étaient tressés. Leur masse épaisse et naturellement ondulée s'étendait en un riche éventail jusqu'au milieu du dos. Dans la lumière qui tombait sur elle en contre-jour, ses boucles les plus sèches luisaient de nuances mordorées et rousses, formant comme un halo vaporeux autour de sa tête. Son visage était dominé par ses grands yeux expressifs et une bouche qui semblait aussi peu faite pour les jurons que pour les moues pincées. La clarté était assez vive pour révéler le corps élancé qui se cachait sous la chemise trop grande et la culotte. Le vague souvenir du contact de ses seins fermes contre sa tempe amena un sourire au coin des lèvres de Dante... et un afflux de sang dans ses veines.

Comme Beau relevait les yeux de la table, il se hâta de fermer les paupières. Deux choses le désavantageaient : la lumière aveuglante qui tombait sur lui et le nœud de couvertures qui lui entravait les chevilles – seule partie de son anatomie qui ne soit pas exposée à la vue de la jeune femme.

— Apparemment, capitaine Dante, votre second n'a pas tenu compte de ma demande, murmura-t-elle en s'avançant vers le lit. Voilà trois jours que vous vous prélassez dans *ma* cabine, dans *mon* lit, et personne n'a songé à vous épouiller.

Elle frotta ses mains pour en ôter graisse et miettes, et jeta la serviette dans un coin. Alors qu'elle passait devant le secrétaire, elle ramassa le stylet qu'elle avait confié à Pitt ainsi qu'une pierre à aiguiser, et se mit à affûter la lame du couteau jusqu'à lui donner le tranchant d'un rasoir.

Dante vit son ombre lui masquer le soleil et dut opérer un effort considérable sur lui-même pour ne pas rouvrir les yeux ni se tendre dans l'attente de ce qui allait suivre. Il se força à garder une respiration calme et régulière, les mains bien à plat sur son ventre.

Cependant, le parfum léger des cheveux fraîchement lavés de la jeune femme émoustillait ses sens, et son imagination suppléa bientôt sa cécité provisoire en lui rappelant l'image qu'il avait eue d'elle – ce rêve de la voir nue sur son bureau du *Virago*, les cheveux étalés sous elle en un nuage soyeux, les reins cambrés pour le recevoir, ses iris ambrés pleins d'ardeur entre ses paupières alourdies de passion...

Le chuintement de l'acier sur l'aiguisoir le tira de cet abîme de fantaisie. Il se hasarda à entrouvrir une paupière. Beau se tenait tout près et continuait à polir le fil déjà terriblement affûté de sa lame, tout en se repaissant du spectacle de son corps. Dante n'était pas particulièrement fier de l'ampleur de sa carrure ni de la musculature de ses bras et de ses jambes : la mer était une maîtresse exigeante qui punissait chèrement naïveté et faiblesse. Cela dit, sa modestie ne s'étendait pas forcément à certaines autres parties de son anatomie qu'il savait aussi massives que le reste de sa personne, et il envisageait avec un certain amusement de voir sa petite pirate se pâmer de saisissement.

Le frottement de l'acier sur la pierre cessa, et Dante vit Beau saisir son bras dont elle coupa quelques poils avec son stylet pour en éprouver le tranchant. Puis, loin de s'évanouir, elle se pencha résolument vers lui et Dante ne put s'empêcher de se crisper en sentant la lame appuyée juste sous sa pommette. Un lent passage sur sa joue traça un sillon frais dans sa barbe. Un second agrandit l'étendue de peau rasée jusqu'à l'oreille.

La jeune femme s'arrêta pour nettoyer la lame, juste au moment où il ouvrait carrément les yeux.

— J'espère que vous n'allez pas jeter ça sur le plancher. J'ai bien spécifié de respecter la propreté des lieux.

Beau faillit en lâcher son stylet.

— Doux Jésus ! Depuis combien de temps êtes-vous réveillé ?

— Assez longtemps, répondit-il vaguement, avant de lever une main vers le menton de la jeune femme pour essuyer une tache de gras. Avez-vous apprécié mon repas ?

Elle se recula pour se mettre hors de portée de son bras.

— Laisser de la bonne nourriture se gâter est un crime. Vous avez déjà sauté, en dormant, assez de repas pour engraisser dix hommes comme vous.

Il se redressa sur les coudes.

— Avez-vous dit que j'ai dormi pendant trois jours ?

— À une heure près, oui, acquiesça-t-elle en regardant par la fenêtre.

— Trois jours, répéta-t-il tout en se massant les tempes. Bon sang de bois ! J'ai l'impression d'avoir des milliers de tambours en train de jouer dans le crâne...

— Peu étonnant, vu tout ce que vous avez bu la dernière fois.

Il releva les yeux vers elle.

— Et comment vont mes hommes ?

— Ils sont bien nourris et bien reposés.

— Et Lucifer ? Il n'a pas encore tué quelqu'un ?

— Parce que c'est une habitude chez lui ?

— Mettons que son humeur peut être... imprévisible.

— Le jour, il ne quitte pas M. Pitt d'une semelle et la nuit, il dort en travers de votre porte. À part ça, il semble plutôt bien élevé, sauf qu'il n'est pas très causant.

— Il aurait du mal à l'être, étant donné que les Espagnols lui ont coupé la langue, répliqua Dante avant de passer une main dans ses cheveux, puis sur la partie de sa joue qui venait d'être rasée. Ne vous est-il pas venu à l'esprit que je pourrais vouloir garder quelques poils ?

— Si telle était votre intention, vous auriez été bien inspiré de vous débarrasser de la vermine qui infeste votre pelage avant de vous effondrer sur ma couchette.

Il lui adressa un sourire languide.

— Et si vous terminiez ce que vous avez commencé ?

Elle jeta un bref coup d'œil à sa virilité légèrement gonflée.

— Non, merci. Vous semblez tirer un peu trop de plaisir de ma sollicitude.

Sans cesser de sourire, il attrapa le bord de la couverture pour s'en couvrir le bassin.

— Veuillez m'excuser d'avoir heurté votre pudeur.

Les yeux mordorés de la jeune femme reprirent leur éclat félin, et Dante dut admettre que c'était une fort adorable créature, avec son visage encadré de boucles encore humides et ses joues poudrées d'un subtil incarnat.

— N'allez pas croire posséder quoi que ce soit que je n'aie déjà vu des centaines de fois.

— La flatterie est bien le cadet de mes besoins en ce moment, assura-t-il.

— Ah oui ? Et quels sont vos premiers besoins ?

— La faim. Et la soif : j'ai l'impression d'avoir de la paille moisie au fond de la gorge.

— Le coq vous a envoyé de la bière.

— J'aurais préféré de l'eau... si cela ne vous dérange pas.

Elle poussa un soupir d'exaspération et partit dans la coursive, pour revenir quelques instants plus tard avec une louche en bois remplie d'eau à ras bord.

Entre-temps, Dante s'était assis sur le lit, ses longues jambes pendant jusqu'au plancher, la couverture jetée sur ses cuisses. Il prit la louche avec reconnaissance et la vida en quelques goulées, savourant la fraîcheur de l'eau et même sa saveur, bien qu'elle ait pris les arômes boisés de la barrique en chêne dans laquelle elle était stockée.

Beau le regarda boire, observant les mouvements de sa gorge pendant qu'il déglutissait. Son regard descendit sur sa large carrure, ses bras musclés, puis passa à la toison épaisse qui lui couvrait la poitrine. Elle négligea la partie cachée par la couverture, même si la vision de ce qui se trouvait dessous s'était gravée dans sa mémoire comme au fer rouge.

— Le coq a changé deux fois votre bandage. La blessure semble en bonne voie de guérison.

Dante baissa les yeux sur son mollet et fit jouer son pied ainsi que sa cheville.

— Oui, ma jambe a l'air d'aller beaucoup mieux. Merci.

Le corsaire avait eu beau exprimer sa gratitude sur un ton détaché, la jeune femme se sentit rougir de plus belle. Elle s'éclaircit la gorge.

— Le capitaine sera intéressé de savoir que vous êtes réveillé. Je vais l'en informer.

— Attendez, lui intima Dante en reposant la louche.

Voyant la jeune femme se raidir, il comprit que son ton de commandement l'avait heurtée et, se rappelant le conseil de Pitt, s'efforça de montrer plus de douceur et d'humilité.

— J'ai conscience du mauvais départ pris par notre relation, avoua-t-il, mais vous comprendrez, j'espère, que j'étais au bord du désespoir et ne possédais plus toute ma lucidité.

Beau plissa les paupières, trouvant qu'il ressemblait à Clarence quand il était surpris en train de voler du poisson dans la coquerie.

— Je ne pensais qu'à assurer la sécurité de mes hommes et à récupérer tout ce que nous pouvions sur le *Virago*, ajouta-t-il.

— Mon père s'est porté à votre secours sans arrière-pensée. Son seul objectif était de vous sauver, avant que votre navire ne sombre. Encore récemment, il a autorisé l'accès de votre équipage à nos vivres alors que nous souffrons nous-mêmes de restrictions.

Dante serra les dents, mais ne se départit pas de son sourire.

— J'ai déjà présenté mes excuses à votre père, et tenté de lui expliquer…

— Des excuses et des explications de la part de Victor Bloodstone suffiraient-elles à apaiser votre colère ? le coupa-t-elle.

— Nos crimes respectifs ne sont guère comparables.

— Ah oui ? Nous avons trouvé votre galion alors qu'il était sur le point de couler. Pourtant vous avez menacé de me tuer, vous avez pris d'autorité le commandement de l'*Egret* comme de son équipage, et vous nous avez forcés à nous alourdir du poids de vos canons. Vous avez transformé un honnête navire de commerce en vaisseau de guerre, sans aucun égard pour les vies que vous mettiez en danger.

— Au contraire : ces vies sont mieux protégées qu'auparavant, grâce à mes canons.

— Le seront-elles toujours quand nous aurons rattrapé le *Talon* ? Ou si nous croisons un autre navire et qu'on vous découvre à notre bord ?

Le corsaire croisa les bras, ce qui fit gonfler ses muscles de manière impressionnante.

— Seriez-vous rassurée si je vous promettais de me jeter à l'eau, dans ce cas ?

— Pas besoin de le promettre, capitaine. Je m'en chargerai moi-même, si jamais j'estime que vous compromettez la sécurité de l'*Egret*, de son capitaine ou de son équipage.

— À vous toute seule ? s'enquit-il avec un lent sourire.

— Je suis plus forte que j'en ai l'air, monsieur. Des hommes meilleurs que vous l'ont appris à leurs dépens.

— Et à vos dépens aussi, je suppose.

Elle se renfrogna.

— Comment cela ?

— N'étiez-vous pas au moins déçue de constater qu'ils ne vous valaient pas ?

Dante se redressa alors sans prévenir. La couverture retomba sur le plancher, mais il n'y prêta aucune attention et rejoignit la jeune femme en deux enjambées. Ne sachant à quoi s'en tenir, celle-ci voulut reculer mais sa retraite fut bloquée par la table à carte. Elle brandit instinctivement le stylet. Anticipant sa réaction, Dante parvint à lui saisir le poignet et le tordit pour l'obliger à lâcher l'arme.

Plongeant les mains dans sa chevelure encore humide, il la força à relever la tête et, avec un sourire de défi, écrasa ses lèvres contre les siennes.

Beau fut outrée par une telle audace. Tout son corps s'embrasa de colère tandis que ses sens explosaient avec une égale ardeur. Les mains contre les pectoraux durs comme le marbre, elle essaya de le repousser, mais eut l'impression de vouloir déplacer un mur. Comme elle ouvrait la bouche pour protester, il en profita pour y introduire la langue et lui prodigua des caresses scandaleuses. Il la tenait d'une poigne solide, ses doigts enserrant son crâne avec un mélange de fermeté et de douceur. Son baiser était violent, conquérant, et devenait toujours plus possessif à chacun de ses cris étouffés comme à chacune de ses tentatives pour se libérer.

Ce ne fut que lorsqu'il choisit lui-même d'y mettre un terme qu'elle put enfin s'écarter de lui.

Quand elle se redressa pour le toiser, elle tenait dans son poing une autre lame à l'éclat menaçant.

— Espèce de salaud ! hurla-t-elle en se frottant les lèvres du dos de la main, le visage rubicond. Comment osez-vous !

— Vous m'avez provoqué, énonça-t-il calmement.

— Hein ? Quoi ? Mais pas du tout !

— Oh que si : avec vos grands yeux cuivrés et votre adorable petite moue coquine. Peut-être n'en aviez-vous pas conscience, à force d'être entourée d'hommes que votre sale caractère et vos grossièretés intimident, mais il faudrait être idiot pour ne pas comprendre ce que vous désirez réellement.

Son regard tomba sur le petit couteau qu'elle serrait dans son poing, et sa voix prit des intonations basses et dangereuses :

— Maintenant, je vous suggère de ranger cet engin avant que je ne prenne ça pour une autre sorte de provocation. Auriez-vous oublié le sort que je vous ai promis si jamais vous me menaciez de nouveau avec une arme ?

— Je ne l'ai pas oublié, répondit-elle avec un frémissement de fureur. Pas plus que je n'ai oublié que vous manquez autant de scrupule que d'honneur.

— Et de patience aussi.

Beau ignora l'avertissement des taches bleues qui s'étaient mises à flamber dans les yeux du corsaire, et se tourna rageusement vers la table pour rassembler les portulans qu'elle était venue chercher. Il l'observa, une veine battant à sa tempe, tandis qu'elle contournait le meuble pour récupérer brosses et pots d'encre.

— Je vais faire prévenir le capitaine que vous êtes réveillé, annonça-t-elle sèchement avant de se diriger vers la porte.

— Isabeau !

Elle s'immobilisa et lui lança un coup d'œil acide par-dessus l'épaule.

— Je ne vous ai pas permis de m'appeler ainsi. Mon nom est Beau. Simplement Beau.

Il embrassa du regard le nuage vaporeux de ses cheveux, ses lèvres gonflées par leur baiser, et les boutons durcis de ses mamelons qui tendaient insolemment le devant de sa chemise.

— S'il y a bien une chose que j'ai découverte à votre sujet, *Isabeau,* c'est qu'il n'y a rien de simple chez vous.

— S'il y a bien une chose que j'ai découverte à votre sujet, *capitaine* Dante, c'est que vous êtes comme tous les autres coqs aux jambes arquées : tellement impressionné par ce qui vous pend entre les jambes qu'il vous paraît inconcevable qu'une femme puisse y résister. Eh bien, au risque de vous décevoir, je vous signale que j'ai déjà vu mieux, déclara-t-elle avec un regard dédaigneux en direction de ses cuisses, et que j'ai aussi déjà *eu* mieux – sans même avoir produit beaucoup d'efforts pour l'obtenir, par-dessus le marché. Et si jamais, au grand jamais, vous osez encore une fois lever la main sur moi, je vous taillerai en morceaux si fins que les requins devront parcourir tous les océans pour récupérer de vous une bouchée digne de ce nom !

Sur ce, l'œil étincelant de fureur, elle tourna les talons et sortit dans la coursive en claquant violemment la porte de la cabine.

8

Profitant d'un temps clair et d'une brise régulière de nord-ouest, l'*Egret* fila à vive allure durant le reste de la semaine, chevauchant les vagues tel un étalon fougueux. Les rescapés du *Virago* avaient gardé une réserve compréhensible durant les premiers jours et préféré rester entre eux, mais leur moral ne tarda pas à remonter avec le rétablissement de leur santé.

La plupart, à l'instar de leur capitaine, professaient une haine farouche au commandant du *Talon*, auquel ils promettaient mille morts si jamais ils lui mettaient la main dessus. L'équipage de l'*Egret*, apprenant les détails de l'histoire, en conçut à son tour un fort ressentiment. Abandonner un navire en détresse revenait à commettre l'impensable. Qu'un vaisseau aussi fameux que le *Virago* ait été livré en pâture, avec tous ses hommes, au prédateur espagnol retournait les sangs de chaque marin.

Dante de Tourville était remonté sur le pont sous les vivats des deux équipages. Spence décida de célébrer sa guérison avec une tournée de rhum et invita tout le monde à porter un toast à la mémoire du brave *Virago*. Le Loup des Mers n'ayant cessé de harceler les Espagnols dix ans durant, il avait connu maintes aventures et ses hommes prirent bientôt l'habitude, pendant les pauses, de les raconter à leurs camarades de l'*Egret* autour d'une coupe de bière ou de brandy. Certaines furent accueillies avec des yeux ronds par les marins de Spence, tandis que d'autres les firent hurler de rire en se tenant les côtes.

— À les entendre, on pourrait croire qu'il a marché sur les eaux, remarqua Beau sèchement après une tempête de rires égrillards particulièrement nourrie.

— Qui donc ? s'enquit Spit McCutcheon, debout à côté d'elle sur le gaillard d'arrière.

— Le vaillant capitaine Dante, bien sûr. Y a-t-il une autre légende vivante à bord, portant l'auréole et la couronne d'épines ?

Elle se détourna de la rambarde pour se remettre à consulter ses cartes. La mer étant calme, elle avait pu faire le point de manière assez précise avec son astrolabe. C'était un instrument plutôt simple d'utilisation, qui permettait de mesurer la hauteur du soleil ou d'une étoile par rapport à l'horizon. Il consistait en un cercle de cuivre gradué à l'intérieur duquel pivotait une règle de visée fixée en son centre. Par beau temps, quand la houle ne remuait pas trop le pont, il donnait des mesures relativement fiables permettant de déterminer la position du navire et même, entre les mains d'un pilote expérimenté, le chemin parcouru ainsi que celui qu'il restait à franchir.

La jeune femme avait sommairement reporté sur une grande feuille le dessin des côtes et tracé une série de croix marquant leur progression en fonction des relevés successifs effectués avec l'astrolabe et des repères signalés par la vigie. Ce fut avec une certaine satisfaction qu'elle compléta ce jour-là leur trajet en inscrivant une nouvelle croix au nord-ouest des Canaries.

Au bout de cinq jours, ils avaient franchi pas moins de dix degrés de latitude.

— Quasiment deux cents lieues, lança-t-elle à Spit en souriant.

Le second de son père se contenta d'un vague grognement, distrait par la vision d'un éclair de fourrure blanche qui fusait à travers le pont en contrebas, poursuivi par le coq brandissant un hachoir. Quand ils eurent disparu par une écoutille, il reporta son attention sur le tonnelet de bière qui venait d'être percé et se passa une langue sèche sur les lèvres.

— Eh bien, moi, je dis que ça se fête, décréta-t-il.

Le sourire de la jeune femme s'évanouit.

— Va donc te rafraîchir si ça te tente, lâcha-t-elle en soupirant. Je te relève à la barre.

— Pour que ton père m'accuse de tirer au flanc ? Très peu pour moi.

— Vu qu'il est actuellement le plus proche du tonneau, je doute qu'il puisse reprocher à qui que ce soit de manquer à ses devoirs.

— Quand même, ce genre d'incartade m'a déjà valu le fouet, et je n'ai pas envie d'en reprendre. Je n'ai eu droit qu'à cinq coups, à l'époque, mais ça m'a tellement brûlé la couenne que le soir dans ma couchette, j'avais l'impression d'être allongé sur un lit de charbons ardents !

Beau repensa aux balafres sur le dos de Dante : il avait dû avoir un avant-goût de l'enfer.

Spit lui coula une œillade à la dérobée.

— Le capitaine Dante, tu sais, il a retiré sa chemise l'autre jour. L'un des mousses en a vomi par-dessus le bastingage…

— J'ai également vu ses cicatrices, repartit Beau avant de pincer les lèvres pensivement. Je me demande ce qui a pu lui valoir pareille punition.

Spit eut un reniflement.

— Sur certains navires, il suffit d'un rien, hélas… Tu ne veux vraiment pas descendre boire un coup avec moi ?

Beau considéra le pont un instant, avant de secouer la tête.

— Mieux vaut qu'il reste au moins un de nous avec la tête sur les épaules.

Spit gratta ses favoris blancs et lui glissa un nouveau regard en coin.

— Tu n'as pas l'air d'apprécier outre mesure Sa Seigneurie.

La jeune femme haussa les épaules.

— Je ne pense rien de lui en particulier.

— Tiens ? Je me disais pourtant que tu serais la première à aller l'écouter raconter les exploits du *Virago*. Tu descendais toujours au port à chaque retour de Drake...

Beau dévisagea le vieux Spit avec un air incrédule.

— Tu ne compares tout de même pas ce... cet exilé français avec sir Francis Drake ? Tu n'as pas été fichu de reconnaître son blason !

Spit ronchonna et se gratta encore plus fort la joue.

— Si, je l'ai reconnu, mais après. C'est juste que, sur le coup, ça m'est sorti de l'esprit, voilà tout.

— Le *Golden Hind* serait pris dans un maelström de fumée et de flammes qu'il resterait reconnaissable entre mille. Et qui aurait besoin d'aller se presser autour d'un cabestan pour connaître les prouesses de sir Francis Drake ? Quel écolier anglais ignore encore qu'il fut le premier de nos compatriotes à se lancer dans un tour du monde ? Le premier – et le seul – à piller Saint-Domingue et Carthagène, *deux* des cités espagnoles les mieux défendues des Indes occidentales, sans compter qu'il fut aussi le premier à traverser le Panama à pied et à pouvoir contempler d'une hauteur les deux océans à la fois, l'Atlantique et le Pacifique ! Et c'est à lui que tu oses comparer ce Français arrogant et mal embouché, qui ne sait même pas sortir son vaisseau d'un grain ?

Durant la diatribe de Beau, Spit avait de plus en plus écarquillé les yeux en fixant avec insistance un point au-dessus de l'épaule de la jeune femme. À la fin, il se mit à ciller frénétiquement et Beau, pivotant sur elle-même, se retrouva face à Simon Dante. Le Loup des Mers était nonchalamment appuyé à la rambarde, les bras croisés sur la poitrine et la bouche incurvée en un sourire qui se reflétait dans ses yeux argentés.

Beau avait plus ou moins réussi à l'éviter, au cours des derniers jours. Elle avait même changé ses horaires de quart pour ne pas avoir à manger avec lui, son père insistant pour l'inviter à leur table avec Pitt.

Elle ne s'était pas préparée à le revoir d'aussi près. Il était rasé de frais, ce qui mettait en valeur un profil anguleux et acéré qui aurait pu rendre jaloux le plus noble des aristocrates. Sa bouche débarrassée de son encadrement pileux se révélait à la fois large, généreuse et ouvertement sensuelle, lui rappelant les privautés qu'il avait eu l'audace de s'octroyer avec elle. Ses cheveux luisaient au soleil comme de l'ébène polie et retombaient en vagues soyeuses sur ses épaules. Des cernes marbraient encore sa peau, accentuant par contraste la couleur saisissante de ses yeux et lui conférant une allure de fauve guettant sa proie.

— Ainsi donc, sir Francis est votre héros ? Votre chevalier des mers sans peur et sans reproche ?

— En tout cas, lui n'a pas besoin d'offrir des tournées de bière pour qu'on apprécie ses hauts faits.

Spit laissa échapper un gloussement, qui se transforma en toux. Dante se tourna vers lui pour le saluer d'un hochement de tête et resta ensuite à le fixer sans se départir de son sourire affable – jusqu'à ce que McCutcheon se racle nerveusement la gorge et s'éclipse au prétexte d'aller vérifier la tension des huniers.

Beau demeura campée sur place. Elle ne voulait surtout pas donner l'impression qu'elle avait peur de lui.

Tourville décroisa les bras et s'approcha de la table de navigation. Il examina la feuille qui montrait leur trajet, puis la souleva pour étudier la carte plus détaillée et magnifiquement peinte qui se trouvait dessous et qui avait servi de modèle à la jeune femme. Beau, comme la plupart des pilotes, était une artiste accomplie qui mettait son talent à profit pour dessiner les côtes telles qu'elle les relevait depuis son navire. Comme les récits de voyage étaient généralement enjolivés, quand ils n'étaient pas carrément inventés, ces cartes, exécutées avec art et souvent exposées dans les vitrines des librairies, représentaient pour beaucoup de Londoniens le seul aperçu un peu fiable qu'ils pouvaient avoir du monde s'étendant au-delà de leur cité.

— C'est vous qui avez fait ça ? demanda Dante en touchant la peinture d'un doigt fuselé. On voit que c'est dessiné par une femme, mais avec une autorité plutôt surprenante.

— Parce que les femmes sont toutes des êtres faibles et confus ?

Il lui sourit de toutes ses dents.

— Parce que je ne vous aurais jamais imaginé assez de patience pour rester assise des heures à peindre avec un pinceau très fin les méandres côtiers.

Il eut une expression étrange mais, sans laisser à Beau le temps de répliquer, il baissa les yeux sur le symbole qui était peint dans le coin et qui représentait un cygne.

Dante se rappela alors que le père de la jeune femme l'avait appelée son « petit Cygne noir », juste après l'incident de l'affût du canon.

— C'est vous ? murmura-t-il avec un étonnement sincère. Vous êtes le Cygne noir ?

Il se reprocha son manque de perspicacité, car il avait vu des cartes semblables dans la cabine de Beau sans pour autant effectuer le rapprochement. Ses plans et portulans étaient pourtant très prisés et ornaient les cabines de maints capitaines. C'étaient des chefs-d'œuvre de précision, et il se souvenait encore d'une carte des Açores signée par le Cygne noir qu'il avait pu admirer à une vente aux enchères, et qui fourmillait d'un tel luxe de détails qu'on se serait attendu à voir des poissons évoluer dans les courants marins.

— Qui vous a enseigné cet art ? demanda-t-il.

— Personne. Au début, je me suis mise à recopier des cartes dans le cabinet de mon père. Il avait un exemplaire du *Theatrum Orbis*…

— … *Terrarum*, acheva-t-il à sa place. Vous voulez dire que votre apprentissage s'est résumé à l'imitation des illustrations d'un livre ? Personne ne vous a initiée aux techniques et méthodes de cette discipline ?

Beau sentit une rougeur gênante lui monter aux joues.

— Non. Je n'avais pas de temps à perdre à ces fariboles.

— Des fariboles, répéta-t-il en reportant une nouvelle fois son attention sur la carte. Il est dommage que personne n'ait songé à sauver l'atlas du *Virago*. Il comprenait notamment des œuvres de Mercator. Vous auriez sans doute trouvé matière à inspiration dans ces... fariboles.

Beau éprouva de nouveau une montée de chaleur embarrassante.

— En fait...

— Oui ?

Le regard bleu argenté du corsaire se riva au sien et bloqua assez longtemps sa réponse dans sa gorge pour que s'éveille une palpitation torride au creux de son ventre.

— J'ai... j'ai vu un atlas coincé sous une pile de livres, dans votre cabine, et je me suis dit...

Les paillettes bleues dans les yeux de Dante prirent des reflets irréels.

— Vous vous êtes dit qu'il serait dommage de le laisser couler avec le reste ?

Elle opina lentement.

— Vous m'aviez proposé de prendre ce que je voulais.

— En effet. Mais je pensais que vous aviez jeté votre dévolu sur les bijoux.

Elle carra les épaules.

— Les cartes ont plus de valeur à mes yeux, et c'est pour cela que je les ai prises. Mais je ne les ai pas *volées*. Certaines sont très esquintées et j'avais l'intention de les restaurer – et peut-être aussi de les recopier – avant de vous les rendre.

Son regard qui, au désarroi de la jeune femme, avait commencé à errer sur sa chevelure et sur son cou, revint à ses yeux.

— Attitude fort honorable de votre part... Beau. Moi aussi, je tiens plus aux cartes qu'aux bijoux, mais je n'en serais pas moins heureux de vous offrir l'un et l'autre.

— Je n'ai que faire des bijoux.

— Alors je les donnerai à votre père, pour le remercier de son hospitalité.

Beau était plus impressionnée que jamais par sa grande taille et l'ampleur époustouflante de sa carrure. Sa chemise blanche bouffante n'était pas lacée et bâillait sur sa poitrine massive. Il portait des chausses de laine qui moulaient tellement ses jambes qu'elles semblaient peintes sur sa peau. La jeune femme n'eut pas un gros effort d'imagination à fournir pour se rappeler le spectacle de son corps dénudé, allongé sur sa couchette. La vision de son physique puissant l'avait alors figée sur place et laissée sans voix. Leur présente proximité avait le même effet et elle préféra effectuer un pas en arrière.

— N'avez-vous donc personne dans votre entourage qui saurait apprécier un tel cadeau ? Une épouse ? Des enfants ? De la famille ?

Dante la toisa d'un œil inquisiteur, se demandant à quel point elle était ignorante. Il fut un temps où il doutait qu'aucune âme d'Angleterre ou de France puisse ignorer les aléas de sa vie privée. Et en particulier les frasques de sa femme, ce défilé d'amants qu'elle avait pris l'habitude d'accueillir dans son lit quand il était en mer.

— J'avais un frère aîné, révéla-t-il. Mais Giles est mort avant d'avoir eu un héritier auquel il aurait pu léguer son nom et sa fortune. Ce fut un cruel coup du sort, car il était bien plus apte que moi à assumer le titre et les responsabilités de notre père. Quant à une épouse, j'en ai eu une autrefois, quand j'étais jeune, stupide et trop aveugle pour me rendre compte que tout ce qu'elle voulait de moi, c'étaient justement le titre et les privilèges attachés à mon nom. Et peut-être aussi un corps tiède dans son lit de temps à autre… mais pas forcément le mien. Enfin bref, pour résumer, je n'ai désormais de comptes à rendre qu'à moi-même.

Il n'était pas difficile de comprendre à quel point la vie guindée et ordonnée de l'aristocratie pouvait étouffer un homme comme Simon Dante, songea Beau. Néanmoins, il était difficile d'imaginer une femme lui préférant un autre homme…

Atterrée par cette pensée, elle se sentit rougir de nouveau.

— Vous… Votre existence de pirate vous plaît donc ?

Il haussa négligemment les épaules.

— J'apprécie l'indépendance qu'elle me donne. J'ai réellement essayé d'être le comte de Tourville pendant un temps, mais je n'en retirais aucun plaisir. Aujourd'hui encore, il m'arrive d'être pourchassé par des nuées de banquiers et d'intendants à la livrée grisâtre qui me harcèlent avec des tombereaux de documents, de lettres et de registres. Et mes escapades en mer, quand elles se prolongent, ont tendance à affoler mes comptables. Mais d'ordinaire, ces gens secs et froids sont finalement assez contents de me servir de loin.

« Il en allait de même pour mon épouse. Elle réussissait fort bien à dépenser mon argent et à jouer son rôle de châtelaine, mais en dépit de son charme et de sa beauté – l'un et l'autre très grands, je le confesse –, c'était un être sans cœur.

— Vous devez quand même bien avoir éprouvé un peu d'affection pour elle ?

Il esquissa un sourire cynique.

— Qu'est-ce qui vous fait croire ça ? Les mariages entre gens bien nés ne sont jamais fondés sur les sentiments, mais sur la cupidité et l'ambition. Amour, passion et loyauté n'ont pas leur place dans les unions des grands de ce monde.

Malgré l'amertume de ses propos, Beau avait l'impression qu'au contraire, il avait aimé sa femme. À tel point qu'il ne s'était toujours pas remis de ses trahisons et en gardait une colère sourde dont il se servait comme d'une arme. Ou comme d'un bouclier. Au vrai, il avait l'air de beaucoup se protéger derrière de multiples masques. Il pouvait ainsi, selon son humeur et les besoins du moment, passer de l'aristocrate au pirate. Sa présence même exsudait un mélange complexe d'élégance et de sauvagerie qui procurait de longs frissons à la jeune femme, notamment en cet instant où il la sondait du regard, la tête penchée de côté.

— Et vous, mademoiselle ? Ne regrettez-vous jamais le destin que vous vous êtes choisi ? Qu'est-ce qui vous a amenée à votre situation présente ? Pourquoi n'êtes-vous pas drapée de soie et de satin, en train de discuter des derniers potins de la Cour tout en sirotant du chocolat chaud dans une minuscule tasse en porcelaine ?

Beau ne put réprimer une grimace.

— Les potins de la Cour ne m'ont jamais intéressée. Et je me vois mal grimper à un gréement dans une robe à panier.

Il la couva d'un regard amusé et se mit à la détailler de la tête aux pieds, s'attardant si longuement sur certaines rondeurs qu'elle eut l'impression – fort alarmante – d'y sentir ses mains.

— De fait, admit-il d'une voix pensive, je suppose que ce serait peu commode. Mais ma question portait avant tout sur la raison de votre présence à bord de ce navire. Vous n'avez ni frère ni sœur ? Pas de… mari, ou de promis ?

— J'imagine tout aussi mal un mari m'attendant au coin du feu pendant que je serais au large.

— Cela dépendrait de sa personnalité, non ? N'avez-vous jamais été tentée de donner sa chance à un cœur fidèle ?

— Je n'ai pas besoin de mari, trancha-t-elle. Et n'ai donc jamais éprouvé la nécessité de « donner sa chance » à aucun de mes prétendants.

— Vos prétendants ? Il s'est donc trouvé des garçons prêts à tenter de pourfendre l'armure formidable dont vous êtes caparaçonnée ?

Beau baissa les yeux sur ses mains. Elle ne comprenait pas comment la conversation avait pu prendre un tour pareil. Ni même pourquoi elle supportait cet homme.

Elle reporta son attention sur les cartes.

— Mon père et moi nous satisfaisons très bien de la situation, articula-t-elle avec raideur. Maintenant, capitaine, si vous voulez m'excuser, j'ai du pain sur la planche.

— Nous avons l'air d'aller bon train, remarqua-t-il, ignorant sa requête.

— Vous paraissez surpris.

Il détacha son regard de l'horizon et la dévisagea.

— Pardonnez-moi de m'être mépris sur vos intentions premières. C'était sans doute un jugement hâtif de ma part.

Les yeux de tigre attendaient la suite, mais il se contenta de désigner l'astrolabe d'un geste du menton.

— Vous avez fait le point de midi ? Si je peux vous aider…

— Spit s'en est déjà occupé, mais… merci quand même.

— Il semble être un second compétent, malgré sa fâcheuse manie de dire tout ce qui lui passe par la tête.

— Vous désapprouvez donc la sincérité ?

— Du tout. Je m'étonne simplement qu'elle soit aussi répandue parmi l'équipage de ce vaisseau.

— Mon père a rarement l'arrogance de croire qu'il sait tout, répondit-elle en choisissant ses mots. Le plus souvent, il encourage ses hommes à lui parler franchement, afin d'éviter rancœurs et dissensions.

— Politique admirable. L'applique-t-il aussi dans les combats ?

Elle le regarda droit dans les yeux.

— J'ai bien précisé « le plus souvent », capitaine. Dans la bataille, il n'y a pas de discussion possible. Il s'agit d'observer la discipline et d'obéir aux ordres, c'est tout. C'est une question de vie ou de mort et, à ceux qui parfois l'oublient, mon père n'hésite pas à le rappeler, parfois à coups de fouet. Il en va de leur propre bien.

Dante ne put s'empêcher de tiquer.

— Pour ce qui me concerne, précisa-t-il, ce n'est pas mon arrogance ni même mon indiscipline qui m'ont valu la flagellation, mais la malchance de servir sous les ordres d'un lâche, qui s'est rendu à l'ennemi espagnol sans même tirer un coup de feu. Ceux d'entre nous qui ont survécu aux supplices de l'Inquisition furent condamnés à être enchaînés pour le restant de leurs jours au banc d'une galère.

— Vous avez été esclave sur une galère ? demanda-t-elle en écarquillant les yeux.

— Presque sept mois. Les coups de fouet faisaient partie de la routine quotidienne à bord, que nous les méritions ou non.

— Je… suis désolée de l'apprendre. Je ne voulais pas me montrer indiscrète.

— Vous l'avez été, même si vous avez procédé assez subtilement pour me soutirer ces renseignements. La prochaine fois, soyez donc plus directe et demandez-moi franchement ce que vous voulez savoir.

Il tourna les talons et s'apprêtait à quitter le gaillard d'arrière, quand Beau le héla.

— Bon, soit : comment êtes-vous parvenu à vous échapper ?

Il s'arrêta et s'accorda un instant pour reprendre contenance. Quand il pivota vers elle, il devait avoir plus l'air de vouloir lui arracher la tête à mains nues que de répondre à sa question, car la jeune femme se raidit. Cependant, elle venait de relever son défi et il n'était pas homme à se dédire.

— Il s'est trouvé que le capitaine de la galère était un chef aussi incompétent que cruel, et ses officiers ne l'appréciaient guère. L'un des plus jeunes, qui effectuait sa première campagne, osa contester la dureté du traitement qui nous était infligé et, pour sa peine, dut passer une semaine enchaîné au même aviron que moi.

— Vous vous êtes liés d'amitié ?

— Certainement pas ! C'était un godelureau naïf et faible. Quand il ne vagissait pas comme un bébé, il priait constamment pour le salut de notre âme. Je détestais d'autant plus ce bigot pleurnichard que je savais son châtiment provisoire alors que, pour ma part, j'avais abandonné l'espoir de revoir un jour le soleil. J'en étais presque venu à appeler la mort de mes vœux. Mon abattement dut me signaler aux gardes, car je fus bientôt choisi comme sujet d'expérience pour déterminer les coups de fouet susceptibles d'occasionner le plus de douleur et d'inspirer le plus d'obéissance.

« Et puis une nuit, ce même jeune officier me rejoignit en catimini sur mon banc de nage pour m'inciter à embrasser la "vraie foi", comme il l'appelait, et assurer ainsi le salut de mon âme tant que j'en avais encore la force. L'un de mes compagnons d'infortune en profita pour l'étrangler avec ses chaînes, et nous nous servîmes du crucifix du nigaud pour forcer les verrous de nos entraves. Une douzaine d'entre nous réussit à se frayer un chemin sur le pont et à sauter à la mer. Par chance, nous croisions au large d'une île où nous trouvâmes refuge. J'étais à ce moment-là tellement affaibli que Lucifer dut me traîner jusqu'à la terre ferme.

— Lucifer ?

— C'est lui qui a étranglé l'officier, confirma-t-il avec un haussement de sourcil. Un homme plein de ressources, comme vous pouvez le constater, et qui gagne à être connu.

La jeune femme se renfrogna.

— Ce qui ne l'empêche pas de passer ses journées à terroriser l'équipage.

— Il se méfie des étrangers, c'est tout. Il avait une famille autrefois, une femme et trois enfants. Ils sont tous morts sous ses yeux dans les mines du Mexique.

Beau se mordilla la lèvre inférieure.

— Et M. Pitt ? Voilà un autre marin peu ordinaire – d'autant qu'il ne semble guère aimer naviguer.

Dante la gratifia d'une moue désabusée.

— Et encore, vous ne l'avez pas vu pendant un grain…

— Si, mais vous dormiez alors à poings fermés. Il est devenu vert comme l'herbe et a passé deux jours penché par-dessus le bastingage.

— Cela dit, confiez-lui un canon et vous aurez un artilleur hors pair. C'est lui qui a conçu nos canons. Il les a coulés et a ensuite entraîné nos hommes à s'en servir, jusqu'à ce qu'ils soient capables de les mettre à feu trois fois par minute, par mer calme ou houleuse.

Le corsaire sourit de toutes ses dents.

— Si vous trouvez déjà Pitt et Lucifer bizarres, il est dommage que vous n'ayez pas connu notre timonier, Ivory Brighton. Il a perdu un œil dans l'explosion de son mousquet et l'a remplacé par une bille taillée dans une défense d'éléphant. Il avait par ailleurs deux pouces à la main gauche, et un nez si long et si crochu qu'il était capable d'en gratter le bout avec ses dents du bas.

Beau sourit.

— Admirables qualités. Je regrette de ne pas lui avoir été présentée.

— Je suis sûr, pour ma part, qu'il aurait aimé vous connaître, car il aurait estimé impossible qu'une femme puisse faire garder son cap à un vaisseau de ce tonnage.

— Tout comme son capitaine ?

— Tout comme son capitaine, admit Dante dont les yeux argentés se remirent à briller.

Beau sentit de nouveau sa peau s'échauffer et prit une inspiration frémissante.

— Ma tante avait coutume de me répéter que les seules vraies tâches impossibles sont celles qu'on n'a jamais osé accomplir.

— C'est donc elle qui vous a encouragée à prendre la mer ?

— Elle préférait que j'aille en pension pour apprendre les bonnes manières.

Voyant le corsaire réprimer un rire, elle posa les poings sur ses hanches et le foudroya du regard.

— Vous trouvez ça risible ?

— Pas risible, non. J'ai… quelques difficultés à vous imaginer dans une institution pour jeunes dames.

— Ce n'est pourtant pas l'imagination qui semble vous avoir fait défaut, quand vous m'avez couchée sur votre bureau du *Virago* ou quand vous m'avez embrassée l'autre jour.

Les yeux de Dante se plissèrent. Puis, avec une soudaineté déconcertante, il rejeta la tête en arrière et s'esclaffa, d'un rire sonore, profond et riche qui attira l'attention des marins qui se trouvaient à proximité.

— Ah, mademoiselle, je commence vraiment à apprécier la sincérité qui règne à bord de ce navire !

Il secoua la tête et passa une main dans sa crinière noire.

— Votre méfiance est aussi clairement lisible sur votre visage que les courants marins que vous savez admirablement dessiner sur vos cartes. Si cela peut vous rassurer, sachez qu'en vous parlant, je n'ai d'autre désir que de mieux connaître votre équipage et ce navire. Je n'ai aucunement l'intention de m'insinuer entre vos cuisses, et même si vous m'inspirez une certaine curiosité, je doute que votre goût pour les bottes et le pourpoint, de préférence aux dessous de soie et aux jupons de satin, suffise à me pousser aux dernières extrémités d'une lascivité bestiale. Mes penchants me portent plutôt vers des créatures douces et séduisantes, qui savent utiliser leur bouche à d'autres fins qu'une moue permanente.

Beau se sentit rougir si fort que c'en fut presque douloureux.

— Vous me voyez soulagée de l'apprendre, capitaine. Puis-je en déduire que vous ne m'infligerez pas outre mesure votre compagnie, durant les jours et les semaines à venir ?

— Je souhaitais seulement vous éviter d'avoir à trotter d'un bout à l'autre du vaisseau dès que vous m'apercevez sur le pont. Et je vous prie d'accepter mes plus plates excuses pour vous avoir dérangée dans votre travail.

Il ponctua ces mots d'une courbette.

— En vérité, j'étais venu vous proposer de vous joindre au reste de l'équipage, ajouta-t-il. Pitt s'apprêtait à nous apprendre comment actionner les bouches à feu de trente livres, quand votre père a émis l'idée que cela pourrait vous intéresser. Mais puisque vous êtes absorbée par vos cartes…

Il haussa les épaules et repartit vers l'échelle qui descendait vers le pont.

Beau serra les dents pour se retenir de lui lancer une insulte bien sentie. Il savait fichtrement bien qu'elle s'intéressait autant aux canons que le reste de l'équipage. Mais elle ne le suivit pas. Sa fierté l'emportait sur sa curiosité, et elle aurait préféré se laisser transpercer par les énormes boulets projetés par ces monstres que donner à l'arrogant capitaine Simon Dante, comte de Tourville, le plaisir de la voir lui courir après comme un toutou.

Car il était arrogant. Et trop sûr de lui au goût de la jeune femme. Rien que sa manière de regarder ses interlocuteurs de haut, avec un sourire agressif, disait le mépris qu'il réservait à l'ensemble de l'humanité. Mais le plus agaçant était la condescendance amusée avec laquelle il semblait considérer sa fonction à bord de l'*Egret*. Elle n'en avait que plus hâte d'apercevoir enfin les voiles de leur proie à l'horizon.

Soit le ciel l'entendit, soit la détonation des énormes canons avait fini par attirer l'attention, car moins d'une heure plus tard la vigie lança un cri d'alerte depuis la hune.

— Voiles à l'horizon, capitaine ! Voiles par bâbord avant !

9

— Oui, pas de doute, c'est un espagnol, articula Spence.

— De six cents tonneaux, voire plus, à en juger par sa taille, ajouta Dante à côté de lui, la main en visière pour se protéger du soleil. Je distingue deux ponts superposés, ce qui suggère un arsenal assez impressionnant, quoique probablement de faible portée.

La bouffée d'excitation qui l'avait poussé à rejoindre Spence près du bastingage s'était quelque peu dissipée lorsqu'il était devenu évident que le navire, qui suivait une course parallèle à la leur, n'était pas le *Talon*. Aussi fut-ce d'un œil plus objectif qu'il poursuivit son examen du vaisseau.

— Regardez-moi ça, lâcha-t-il d'une voix dégoûtée en désignant les hautes structures qui s'élevaient en proue comme en poupe. Six niveaux de cabines de luxe en acajou, rien de moins, et certainement garnies d'un mobilier digne de la cour du roi Philippe. Même les balcons de la galerie arrière doivent être dorés à l'or fin.

Il marqua une pause et claqua de la langue.

— Le problème de ces palais flottants, reprit-il pensivement, c'est qu'ils sont lents, ventrus, et avec un fort tirant d'eau pour transporter leurs tonnes de cargaison ainsi que les trois cents à quatre cents soldats qui d'ordinaire en occupent les entreponts – en plus de la centaine de marins nécessaires pour manœuvrer un tel bâtiment et autant d'artilleurs, car bien sûr tout le monde sur ce genre de navire est hautement spécialisé et ne saurait être capable d'occuper deux postes différents. Ce qui fait qu'au début des combats, les fantassins se tournent les pouces en attendant que les marins amènent le vaisseau à portée d'abordage. À ce moment-là, les artilleurs ne servent plus à rien et doivent à leur tour supporter une oisiveté forcée pendant que leurs camarades jouent de l'épée pour trancher des gorges au nom du Christ. Bref, une splendide démonstration de stupidité comme il s'en rencontre peu.

— Absolument. Nous pourrions le contourner une bonne demi-douzaine de fois avant qu'il ne nous tienne dans la ligne de mire de ses canons ! renchérit Spence avec un reniflement moqueur.

— Nous avons le vent pour nous, ajouta Dante. À combien de nœuds pouvons-nous filer au maximum ?

Spence se tourna vers lui, le front plissé par la réflexion.

— Je dirais quinze. Dix-huit, si nous montons focs et voiles d'étai – et si le navire est d'humeur à supporter la poussée.

Les yeux bleu pâle se plissèrent.

— Et que faudrait-il pour le motiver ?

Spence haussa les sourcils.

— Eh bien, un monstre comme celui-ci devrait suffire, répondit-il en désignant le vaisseau espagnol. Nous devrions être capables de le distancer sans trop d'efforts.

— À supposer que nous veuillions le distancer, repartit doucement Dante.

Spence le dévisagea un moment, avant de considérer une nouvelle fois le galion.

— Vous ne songez tout de même pas à l'attaquer ?

— Le *Virago* a bien réussi à vaincre six navires ennemis à lui tout seul – pas aussi impressionnants que celui-ci, bien sûr, mais redoutables. Si nous avions pu compter sur le soutien d'un capitaine moins pleutre que

Victor Bloodstone, nous les aurions tous envoyés par le fond. Vous pouvez d'ailleurs constater à quel point ce galion est lent et enfoncé dans les eaux. À cause du poids de sa cargaison.

« Vous disiez revenir de votre campagne avec les cales moins remplies que vous ne l'espériez. Quelques milliers de ducats espagnols suffiraient-ils à vous rendre votre bonne humeur ?

— Des ducats espagnols ? répéta Spence avec un regain d'intérêt. Vous pensez que c'est un vaisseau de transport ?

— Tout ce que je sais de ce genre d'embarcation me fait douter que ce soit un simple navire de croisière. S'il est vrai que le roi d'Espagne est en train de faire construire une flotte d'invasion, il ne pourra plus se permettre de laisser l'intégralité de ses convois au Panama jusqu'à ce qu'on ait fini de remplir leurs soutes. La méthode la plus rapide pour gonfler son trésor serait de fractionner les transports en petits groupes de galions accompagnés d'une faible escorte, comptant essentiellement sur leur taille et leur puissance de feu à courte distance pour intimider jusqu'aux flibustiers les plus téméraires. Et je dirais que celui-ci a dû simplement être séparé de son groupe pour une raison ou une autre.

— Au moins avez-vous choisi le terme adéquat pour vous décrire, grommela Spit. Seul un téméraire s'en prendrait à une proie quatre fois plus grosse que lui...

— Je n'ai que dix canons, renchérit Spence tout en passant une énorme patte poilue sur sa calvitie. Tandis que lui, là-bas, en a au moins une trentaine !

— Vous oubliez mes demi-canons. Avec eux, vous pouvez canarder ce galion à plus de trois cents mètres, alors que nos amis papistes atteignent à peine quatre-vingts mètres. Chargez en outre mes beautés de bronze avec des projectiles incendiaires, et vous aurez tôt fait de dépouiller l'espagnol de ses voiles et de jeter le chaos sur son pont principal.

— N'auriez-vous pas un objectif secret dans tout cela ? Comme, par exemple, rentrer en Angleterre avec un butin à faire pâlir de jalousie un certain neveu du conseiller de la reine ?

Les traits de Dante se durcirent.

— Je vous ai déjà dit que mon contentieux avec Victor Bloodstone ne regardait que moi.

— Un contentieux que vous n'aurez plus aucune chance de pouvoir régler en mer, si nous perdons notre temps à asticoter cet énorme galion.

— Sauf le respect que je vous dois, rattraper Bloodstone avant qu'il n'atteigne l'Angleterre relevait déjà de la gageure. Maintenant, la décision finale vous appartient : à vous de choisir si vous voulez rentrer avec seulement quelques tonnelets de rhum... ou la cale remplie d'or.

Spence riva les yeux aux siens. L'espagnol était assurément une proie tentante, mais les chiffres étaient têtus : l'*Egret* avait beaucoup moins d'hommes et de canons que le galion.

— Spit ?

Le petit homme ronchonna tout en grattant furieusement le toupet de cheveux gris qui lui hérissait l'arrière du crâne.

— Je pense que vous seriez plus fou que le détenu d'un asile d'aliénés si vous vous lanciez à l'abordage d'un Léviathan pareil. Il va nous tailler en pièces, voilà tout.

Spence plissa les paupières sous le soleil.

— Où en sommes-nous avec la poudre et les projectiles ?

Spit étouffa un juron.

— Nous en avons assez, si c'est vraiment ce que vous voulez...

— Beau ! s'écria Spence.

La jeune femme se présenta aussitôt.

— À tes ordres !

— Penses-tu être en mesure de nous faire tourner un peu autour de cette baleine du roi Philippe ?

Beau vit le regard de Dante vaciller en se posant sur elle et y lut doute et réticence. Elle ne le quitta pas des yeux en répondant à son père.

— Le vent souffle régulièrement de l'ouest. La mer est peu agitée et l'horizon dégagé dans toutes les directions. En conséquence, oui, père, je peux tourner autour de ce galion autant de fois que tu le voudras et à la distance qui te conviendra.

— Et le moral des troupes ? lança Spence par-dessus son épaule. Tu crois qu'il va tenir, le moral des troupes ?

Des hourras lui répondirent depuis le pont principal. Les marins qui avaient suivi la conversation sur le gaillard d'avant l'avaient transmise mot pour mot à leurs camarades, et l'excitation de l'équipage était désormais palpable. Après s'être régalés des aventures épiques du *Virago*, si le fameux Simon Dante disait que le galion espagnol transportait de l'or et s'il estimait que le jeu en valait la chandelle, les hommes de l'*Egret* n'allaient pas cracher sur cette possibilité de s'enrichir !

— Alors tout le monde à son poste ! rugit leur capitaine. Artilleurs, tenez-vous prêts ! Maître d'équipage, fais sortir toutes les voiles ! Timonière, amène-nous par le travers à trois cents mètres, pas un pet de plus !

— À tes ordres ! s'exclamèrent en chœur Spit et la jeune femme.

— Six cents satanés tonneaux, grommela le vieux marin tandis que l'équipage s'activait autour de lui. J'espère que vous ne vous êtes pas trompé, capitaine Dante. Je n'ai aucun désir de tâter du fer rouge de l'Inquisition.

Le Loup des Mers eut un sourire carnassier.

— Nous accordez-vous la permission, à Pitt et moi-même, de charger les demi-canons, capitaine ?

— Absolument. Et prenez autant de mes hommes que vous voudrez si vous manquez de bras.

— De bras, cela peut arriver, mais de courage, jamais, comme vous le verrez par vous-même.

Il suffit de quinze minutes à l'*Egret* pour virer de bord et se lancer dans l'interception du galion espagnol, sa proue fièrement dressée sous la poussée de sa pyramide de voiles gonflées par le vent. Ses ponts avaient été dégagés pour laisser le champ libre aux artilleurs, ses sabords ouverts, ses couleuvrines libérées de leurs amarres et les culasses des autres bouches à feu encordées à leur frein. Des seaux de sable et de cendre avaient été versés autour des affûts pour assurer une meilleure accroche des roues sur le plancher, et des tonnelets d'eau de mer répartis entre les pièces pour éteindre d'éventuels débuts d'incendie. Éponges, écouvillons, boutefeux et leviers s'alignaient près des affûts dont les roues avaient reçu un supplément de graisse, et les caissons étaient remplis de boulets en fer de tout calibre.

Dans le quart d'heure qui suivit, le galion fut identifié à sa silhouette et son gréement. Il s'agissait du *San Pedro de Marcos*, et c'était bel et bien un vaisseau de transport. Il y avait même des chances pour qu'il appartienne au petit convoi ayant appareillé d'Hispaniola une quinzaine de jours avant l'*Egret*.

Le capitaine du *San Pedro* devait s'être préparé au combat de son côté car il était difficile de se méprendre sur les intentions de l'*Egret*, même si l'identité de son commandant ne pouvait être clairement déduite de son pavillon frappé à la croix de saint Georges. Avec une insolence prévisible, alors même qu'il était totalement hors de portée, le galion fit feu le premier. Se riant de cette tentative d'intimidation, Spence ordonna un changement de cap provisoire pour présenter brièvement son flanc bâbord à l'ennemi, dans une sorte de pied de nez nautique, avant de confier de nouveau la barre à Beau qui, avec une habileté consommée, leur fit reprendre le vent. Quelqu'un à bord du vaisseau espagnol comprit sans doute l'insulte – ou prit la mesure de la détermination de l'assaillant anglais – car le galion déchargea bientôt toutes ses pièces vers ce dernier, ce qui eut pour effet de le cacher derrière un épais rideau de fumée.

Tandis que l'*Egret* continuait à se rapprocher, réduisant la distance qui les séparait à cinq cents mètres, puis à quatre cents, il lâcha une nouvelle salve, suivie d'une troisième qui, comme les deux premières, tomba à l'eau bien avant d'atteindre sa cible. Tout le monde se mit à sourire sur le vaisseau de commerce anglais, à commencer par le cimarron qui surprit les hommes de Spence – et sa fille – en bondissant sur le plat-bord où il ôta son pagne et propulsa un long jet d'urine en direction du galion espagnol.

Spence ordonna aux artilleurs de déclencher le tir à trois cents mètres de distance. L'équipe de Geoffrey Pitt fut la première à toucher l'objectif, mais sans trop l'endommager, étant donné que le boulet de fer rebondit sur la coque épaisse du *San Pedro*. Les coups suivants du second de Dante, ainsi que ceux des autres équipes, furent plus redoutables et arrachèrent voiles et vergues, laissant les gabiers espagnols suspendus au-dessus du vide. Visiblement décontenancé par cette attaque, le commandant du galion ne put qu'encaisser les coups suivants qui, mieux ajustés, détruisirent des parties du bastingage ainsi que des galeries du château de poupe.

Les artilleurs de l'*Egret* maintinrent ainsi un tir régulier, se relayant à mesure que les pièces étaient rechargées les unes après les autres. Des nuages de fumée et de flammes étaient constamment éjectés de la rangée de bouches à feu et diffusaient un âcre brouillard sur l'entrepont. La sueur faisait briller les corps à moitié nus des hommes qui hissaient les projectiles de trente livres dans les gueules fumantes des canons. Puis un cri de leur chef les incitait à sauter en arrière en prévision du recul, et à se couvrir les oreilles pour se protéger de la détonation prodigieuse. Un autre cri les faisait ensuite bondir pour nettoyer le fût et le regarnir d'abord d'une charge de poudre, puis d'une bourre, et enfin d'un nouveau boulet. Ils empoignaient la corde de frein pour rapprocher l'affût du sabord et reversaient une amorce avant d'y remettre le feu. Et cette danse macabre recommençait, encore et encore.

Beau eut bientôt la gorge irritée par la fumée ainsi que par les ordres lancés aux marins qui, accrochés aux vergues, ajustaient les voiles selon ses directives. À la quatrième des rotations qu'ils effectuèrent autour du galion ennemi, chacune plus resserrée et mieux exécutée encore que la précédente, les nerfs de la jeune femme s'étaient calmés et son sang ne bouillait plus que de la saine excitation du combat. Le vaisseau de transport était si mollasson et lourd qu'il semblait rester sur place tandis que l'*Egret* tournait autour de lui, traçant sur les eaux des cercles d'écume successifs avec la grâce d'un pinceau frôlant un morceau de vélin. Le *San Pedro de Marcos* n'en tentait pas moins de retourner ses tirs au navire anglais, mais pour chaque boulet qui frôlait plus ou moins sa cible, il en recevait trente.

L'arrière-pont était le domaine de Spence qui y commandait d'une voix tonnante, ordonnant des tours de plus en plus étroits pour permettre aux petites couleuvrines de se joindre à la fête et d'envoyer des salves destructrices. Le galion du roi Philippe était un magnifique exemple de l'architecture navale ibérique et croulait littéralement sous les ornements dorés à l'or fin. Néanmoins, il perdit rapidement de sa superbe sous les tirs des artilleurs de Spence. Les rangées de fenêtres à carreaux losangés explosèrent en gerbes scintillantes, les rambardes furent brisées en mille morceaux, et le gréement tellement lacéré qu'en maints endroits les vergues étaient à moitié décrochées de leurs supports. Deux mâts avaient été touchés de plein fouet et montraient des fissures depuis leur mi-hauteur jusqu'à leur base. Ils penchaient sur le côté, plongeant voiles et écoutes dans l'eau de mer, ce qui entravait encore plus les manœuvres du galion.

Les demi-canons de Dante se montrèrent aussi impressionnants que le laissait présager leur aspect, causant la majeure partie des dommages à la voilure du *San Pedro*. Tourville et Lucifer œuvraient côte à côte sur l'une des pièces, ménageant aussi peu leurs efforts que les autres. Le corsaire avait tombé la chemise dans la chaleur infernale qui régnait sur le pont. Son torse était un mur de muscles luisants, tendu par l'effort. Il avait noué ses cheveux en catogan avec un lien de cuir et son visage maculé de suie était devenu aussi sombre que la peau de Lucifer.

Geoffrey Pitt arpentait les rangées de canons comme une panthère, vociférant d'une voix qui réussissait à couvrir le tonnerre des déflagrations dès qu'il remarquait un frein trop lâche ou un boutefeu posé trop près d'une réserve de poudre. Les marins de l'*Egret*, qui s'étaient habitués à ses manières jusqu'alors affables et cordiales, devaient s'adapter à sa personnalité de combattant qui lui donnait l'allure d'un démon aux yeux verts. Mais ils accueillaient aussi avec plaisir et fierté les félicitations qu'il ne manquait pas de leur adresser quand ils avaient porté un coup au but, tant et si bien que les deux équipages ne tardèrent pas à partager une même fièvre guerrière qui leur faisait pousser des vivats féroces chaque fois qu'ils touchaient l'ennemi. Même Spit McCutcheon fut surpris une ou deux fois en train de danser la gigue pour saluer un tir particulièrement bien placé.

Le *San Pedro* vacillait sous la rafale, pris de court par l'audace et la sauvagerie de son adversaire. De fiers hidalgos en armures rutilantes arpentaient le sommet du château de proue d'une démarche raide de rage. Leur plastron astiqué brillait par intermittence à travers la fumée, et leurs casques à plumet oscillaient sous les mouvements saccadés de leur tête tandis qu'ils lançaient des ordres inutiles à leurs hommes, marins et soldats, qui ne pouvaient qu'assister, impuissants, au carnage perpétré par les canons de l'*Egret*.

À mesure que le vaisseau anglais resserrait ses tours, l'espagnol pouvait commencer à lui rendre des coups, mais ses projectiles étaient faciles à éviter à cause des variations du sifflement qu'ils produisaient dans l'air – à la différence d'une des innovations de Pitt qui avait eu l'idée de remplir les sphères de métal avec un mélange de combustible, de clous rouillés et de ferraille tranchante. Ces boulets-là traversaient le ciel en silence pour venir lâcher sur le pont adverse des gerbes d'éclats acérés et brûlants. Sous les retombées de ces projectiles, des départs de feu ne tardèrent pas à se déclarer sur le *San Pedro* déjà fort éprouvé, transformant le navire en un enfer de fumée noire que traversaient par endroits des colonnes de flammes orange. À chaque saute de vent s'entendaient les hurlements des soldats et des membres d'équipage, un incendie à bord étant encore plus redouté qu'un naufrage dans ces eaux infestées de requins.

La méfiance initiale de Dante envers le pilote de l'*Egret* laissa bientôt place à une franche admiration, à mesure que des trouées dans la fumée lui permettaient de constater la perfection de la trajectoire suivie par le vaisseau marchand autour de sa proie, ainsi que la constance avec laquelle ce dernier permettait à ses artilleurs de tenir leur cible dans leur ligne de mire, leur évitant des ajustements fastidieux au profit d'un rechargement plus rapide et donc d'une plus grande cadence de tir.

La fille de Spence était une timonière de qualité, dut-il admettre à contrecœur. De toute première qualité, même. Elle tenait la barre avec fermeté et commandait aux gabiers avec assurance. Sous ses ordres, l'*Egret* se comportait comme un étalon docile dont elle savait moduler la puissance. Plus d'une fois, Dante se surprit à contempler sa silhouette élancée qui se dressait sur le gaillard d'arrière. Pour manœuvrer la barre, elle était aidée d'un colosse du nom de Billy Cuthbert mais, même avec cette assistance, maintenir le gouvernail à un angle aussi serré devait être une tâche éprouvante, or Dante ne la vit prendre que quelques minutes de pause de temps à autre. Sa chemise était trempée de sueur et ses pommettes rougies par l'épuisement, mais Dante était certain qu'elle n'aurait jamais lâché la barre.

Il fallait avouer aussi que l'*Egret* était un fier vaisseau, et le corsaire n'était pas loin de l'envier à l'éléphant de mer qui en était le capitaine. C'était un vaillant navire, rapide comme l'éclair et cabriolant d'une vague à l'autre avec une grâce impétueuse qui lui rappelait son cher et regretté *Virago*. Comme il aurait aimé être à la place de Jonas Spence ! D'autant qu'il connaissait quelques astuces, certaines manœuvres secrètes qui auraient pu abréger l'agonie de l'espagnol.

À peine cette pensée lui avait-elle traversé l'esprit qu'il sentit le pont s'incliner sous ses pieds. Ses demi-canons venaient de lâcher une nouvelle bordée, et il fallut un moment aux échos de la détonation pour s'éteindre et aux panaches de fumée et d'étincelles pour se dissiper. Quand la vue fut enfin dégagée, Dante releva vivement la tête vers le gréement qui grinçait et les voiles qui claquaient au-dessus de sa tête. Au signal de la pilote, toutes les toiles avaient été ferlées et les vergues réorientées. Un rapide coup d'œil par-dessus le bastingage confirma à Dante ce que ce changement impliquait : l'*Egret* avait pris un virage serré en poursuivant sur son erre, avant de redéployer sa voilure dans une nouvelle direction.

Quelques minutes plus tard, ils reprenaient le vent pour fondre sur le *San Pedro*. Se présentant de face, le navire marchand ne pouvait plus utiliser que ses bouches à feu de proue, mais offrait par ailleurs une cible presque impossible à atteindre aux canonniers du galion. Comme c'était exactement la manœuvre à laquelle songeait Dante, il brandit le poing et salua le capitaine avec un grand sourire. Alors que Spence lui adressait une courbette pour le remercier du compliment, un boulet passa en sifflant par-dessus la proue et rasa toute la longueur de l'*Egret* en direction du gaillard d'arrière.

Un homme plus jeune que Jonas Spence, avec ses deux jambes valides et quelques kilos en moins, aurait pu facilement éviter le coup.

Le vieux capitaine parvint néanmoins à effectuer un saut de côté, si bien que le boulet, au lieu de lui emporter la tête, frappa le bas de sa jambe et le projeta contre le mât d'artimon. Son crâne produisit un craquement aussi bruyant qu'une détonation de pistolet en heurtant la colonne de pin blanc.

Dante lâcha le boutefeu qu'il tenait à la main pour se précipiter vers Spence qui vacillait. Il grimpa d'un bond l'échelle menant au poste de pilotage et rattrapa le massif capitaine sous les aisselles, avant de le déposer doucement contre le mât. Beau les rejoignit d'une glissade.

— Père ! Père ! s'écria-t-elle en s'agenouillant près de lui.

— Dieu me préserve du péché de fornication, hoqueta Spence en appuyant une main contre une plaie à sa tête qui saignait abondamment. Ces salauds de papistes auraient-ils donc réussi à me tuer ?

— Non, répondit Beau. Mais toi, tu as bien failli abattre le mât.

Elle déchira une des manches de sa chemise pour bander le crâne de son père. Dante, lui, fixait d'un air incrédule la jambe en lambeaux de la culotte du capitaine, se demandant un peu stupidement où était passé son membre et, surtout, pourquoi il ne saignait pas du tout.

Il finit par aviser, incrustés dans le plat-bord, les débris aisément reconnaissables d'une prothèse.

— Vous ne saviez pas ? s'enquit avec surprise la jeune femme en suivant son regard.

— Je... je pensais simplement qu'il boitait.

Beau sourit de toutes ses dents.

— Voilà qui était finement observé, capitaine Dante.

Ce sourire malicieux transformait radicalement ses traits, à tel point que le corsaire en fut momentanément décontenancé. Les fins sourcils de la fille de Spence s'arquaient au-dessus d'iris qui avaient l'éclat de l'or poli, tandis que ses lèvres roses et souples s'incurvaient gracieusement en une moue étonnamment sensuelle. Ses seins s'arrondissaient sous sa chemise et, au niveau de la manche manquante, sa peau présentait une blancheur presque irisée, telle une perle jusqu'alors protégée des ardeurs du soleil.

Un cri de Billy Cuthbert le ramena à la réalité. Le grand marin avait le visage tendu par l'effort qu'il appliquait sur la barre.

— Le capitaine va bien ? demanda-t-il.

— Il s'est cogné la tête assez fort pour loucher, l'informa Beau en achevant de nouer le bandage. Mais il devrait survivre.

— Tant mieux, parce que nous avons un problème.

Avec un juron, la jeune femme se redressa sur ses pieds. Dante l'imita et vit que les quelques minutes qu'ils avaient consacrées à s'occuper de son père les avaient considérablement rapprochés du *San Pedro* et de ses canons, sur lesquels l'*Egret* fondait toutes voiles dehors.

Dante jura à son tour, avant de se pencher par-dessus la rambarde surplombant le pont principal.

— Monsieur Pitt ! Monsieur McCutcheon ! Prochaine salve à deux boulets par canon ! Soyez prêts à tirer à mon commandement !

Le visage noueux de Spit McCutcheon se tourna vers Beau avec un air d'expectative. Au même moment, plusieurs tirs de l'espagnol atteignirent leur cible et pulvérisèrent une partie du bastingage central, envoyant une pluie d'échardes. D'autres boulets déchirèrent des voiles au-dessus de leurs têtes, abattant le grand cacatois dont les écoutes se détendirent dans les airs comme des lanières de fouet.

— Vas-y, Spit ! acquiesça Beau. Fais ce qu'il te dit.

— À tes ordres ! Double charge, les gars !

— Cinq hommes à la barre, tout de suite ! hurla Dante. Lucifer…

Le cimarron bondit sur le gaillard d'arrière avant même qu'il ait achevé sa phrase et entreprit de distribuer les drosses servant à retenir l'épaisse poutre de chêne qui commandait le gouvernail.

— Beau, reprit le corsaire en se tournant vers la jeune femme, à mon signal, vire lof pour lof. Le navire va regimber à cette allure mais il vous faudra tenir bon, tous les sept. Tu penses pouvoir y arriver ?

— Mais nous allons beaucoup trop vite ! Ça va briser l'*Egret* !

Il secoua la tête.

— Il est costaud, il encaissera la tension. Si nous nous contentons de le ralentir, il restera trop longtemps sous le feu des Espagnols. C'est la seule manœuvre…

Il se courba pour éviter une nouvelle gerbe de débris.

— C'est la seule manœuvre qui peut nous sauver – et nous donner la victoire ! acheva-t-il avec un sourire féroce.

La jeune femme ne put que hocher la tête : il n'était plus temps de tergiverser. Ils fondaient sur le *San Pedro* et se trouvaient déjà assez près du galion pour distinguer les officiers en armure brillante et casque à plumet qui couraient d'une pièce à l'autre pour ordonner aux artilleurs d'en baisser la hausse. Leurs efforts furent bientôt couronnés de succès car un coup perfora le plat-bord de l'*Egret*, pulvérisant un homme et en projetant un autre à la mer.

Pendant ce temps, au milieu du chaos, McCutcheon et Pitt gardaient tout leur sang-froid et encourageaient leurs équipes respectives avec un calme digne d'un exercice d'entraînement. Quand tous les canons furent chargés, ils se tournèrent de concert vers Dante en hochant la tête.

Dante leur rendit leur salut et leva une main à l'adresse de Beau tout en surveillant leur progression.

Sur le galion, c'était la panique générale, les Espagnols s'attendant manifestement à ce que le vaisseau anglais les éperonne. Du coup, les artilleurs avaient cessé de tirer. Dante attendit le dernier moment avant de baisser le bras.

— Maintenant ! s'écria-t-il. À gauche toute !

À une distance d'à peine cinquante mètres, l'*Egret* commença à creuser un profond sillon bleu dans la mer pour se remettre parallèlement au galion. La différence de tailles lui donnait l'aspect d'un poulain venant se ranger contre un cheval de trait, mais Dante avait soigneusement estimé sa vitesse ainsi que sa gîte et la force de la houle, et quand son bras s'abattit une deuxième fois à l'intention des artilleurs, l'effet de la salve générale sur le *San Pedro* fut dévastateur. Planches, poutres et corps se mirent à voler dans tous les sens. Des cris d'alarme et d'autres pétarades s'élevèrent du galion mortellement blessé, signalant que ses réserves de poudre avaient été touchées. Les équipes de McCutcheon eurent le temps d'assener trois salves supplémentaires avec leurs couleuvrines, tandis qu'une épaisse fumée noire enveloppait le navire espagnol.

— Capitaine !

Le cri de Beau empêcha Dante de célébrer la réussite de sa manœuvre. La jeune femme était étendue sur le dos en compagnie de Lucifer, Billy Cuthbert et des quatre autres hommes qui avaient tenu la barre. L'énorme tige de bois s'était rompue sous la tension considérable qui lui avait été imposée, les envoyant tous bouler contre le bastingage. Il n'en restait plus qu'un moignon qui, soudain libéré, pivotait sous le seul effet de la houle et poussait inexorablement l'*Egret* vers le galion.

Lucifer se redressa en chancelant et secoua une main ensanglantée. Beau était encore à genoux quand Dante dépassa le cimarron pour venir aider la jeune femme à se remettre debout. Elle avait une lèvre fendue et la paume des mains brûlée par la drosse qui lui avait été allouée. Elle n'en récupéra pas moins les cordages rompus et se précipita avec les deux hommes vers le reste de la barre. Lucifer prit une drosse qu'il noua à la tige et dont il enroula l'autre extrémité autour de sa taille. Dante et Beau allèrent se placer de l'autre côté de la barre pour peser dessus de toutes leurs forces, tandis que le cimarron tirait sur le cordage avec des rugissements féroces, l'écoute lui entaillant lentement la chair.

Dante avait bandé tous les muscles de son dos et de ses bras, ses jambes campées sur le plancher du gaillard, la tête pendant entre les épaules. Il ne se souciait même pas de vérifier la réussite de leurs efforts, sachant qu'ils allaient très vite en connaître le résultat.

Un bruit de clapot assourdissant remplit leurs oreilles, et une ombre menaçante plana au-dessus de leurs têtes. L'*Egret* passa si près du galion qu'ils purent sentir sur leur peau la chaleur des incendies qui le ravageaient. Une vergue du vaisseau anglais se prit dans le gréement du navire espagnol qui avait basculé sur le côté. L'espar finit par rompre avec un craquement sonore et par retomber sur le côté du mât qui le soutenait, retenu par ses seuls haubans. Un énorme grondement s'éleva des entrailles de l'*Egret* dont les bordages étaient malmenés par les turbulences créées par le *San Pedro*.

Quand enfin le vaisseau retrouva le soleil, dans le sillage du galion mortellement blessé, tous les hommes poussèrent des hourras en levant les bras au ciel.

Tandis que Lucifer redonnait un peu de mou au câble qui le ceignait, Beau s'écroula de soulagement contre la barre rompue.

— Ça y est ? demanda-t-elle en hoquetant. Nous y sommes arrivés ?

Un grand sourire aux lèvres, Dante ne répondit pas par des mots. Se penchant vers elle, il prit son visage dans le creux de ses paumes et lui plaqua un farouche baiser sur les lèvres.

10

Un quart d'heure plus tard, le *San Pedro de Marcos* baissait pavillon. Jusqu'au bout, des tirs sporadiques, rageurs et désespérés continuèrent à viser l'*Egret* mais le galion, avec sa mâture endommagée et sa voilure en lambeaux, n'avait plus guère les moyens de résister aux Anglais, et il ne fallut pas longtemps avant que le capitaine n'ordonne de cesser les hostilités et ne reconnaisse sa défaite. La chaloupe de l'*Egret* fut aussitôt mise à la mer avec un détachement d'hommes en armes et, sous le commandement de Spit McCutcheon, l'embarcation franchit la distance qui les séparait des Espagnols pour aller leur signifier les termes de leur reddition.

Pendant ce temps, le charpentier du bord rallongea la barre du gouvernail et Dante ordonna que les grands-voiles soient ferlées en ne laissant déployée que la surface de toile nécessaire pour contourner le galion. En attendant que les Espagnols aient maîtrisé les départs de feu sur le *San Pedro* et terminé leurs préparatifs pour les recevoir, il maintint artilleurs et arquebusiers à leur poste et demanda au reste de l'équipage de nettoyer les débris et de procéder aux réparations les plus pressantes. Les blessés furent transférés à l'entrepont où le coq était déjà à l'ouvrage avec ses scies et ses fers à cautériser, les bras laqués de sang jusqu'au coude. Par miracle, il n'y avait que cinq décès à déplorer, et une douzaine de blessures graves. Ceux qui souffraient seulement d'ampoules ou de coupures superficielles se soignaient eux-mêmes, déjà heureux de s'être sortis à peu près indemnes de ce combat homérique.

Jonas Spence fit recoudre sa plaie à la tête, mais il était encore trop assommé pour aligner deux pensées cohérentes. Il avait été installé dans sa cabine pour se reposer. Lucifer s'était pour sa part brisé une côte dans son effort herculéen pour maintenir la barre, mais il refusa d'être soigné par le coq. Il fit comprendre par signes qu'il était capable de se guérir tout seul, si seulement on pouvait lui procurer une patte de poule. Comme il n'y avait pas de volaille à bord, il dut se contenter de la patte d'un goéland qui avait eu le malheur d'être pris dans l'échange de boulets.

Dante de Tourville déclina tout aussi dédaigneusement les propositions de soigner ses propres éraflures et hématomes. Des problèmes plus urgents requéraient son attention, comme la distribution des piques et des mousquets en prévision de l'abordage, la préparation des amarres et l'aménagement d'un espace dans les cales pour stocker le butin.

Tout en se réjouissant des capacités de l'*Egret*, il était dépité d'avoir dû autant endommager le galion pour le forcer à la capitulation. Bien que ce fût un vaisseau réellement lent et pataud, c'était aussi un chef-d'œuvre des chantiers navals du roi Philippe et il aurait pu en obtenir une coquette somme en Angleterre. Dans l'état où il se trouvait actuellement, son équipage pourrait déjà s'estimer heureux s'il tenait jusqu'en Espagne.

Billy Cuthbert lui apporta un seau d'eau de mer ainsi qu'un pain de savon afin qu'il puisse se rendre présentable avant de monter à bord du *San Pedro*. Le combat naval terminé, la bataille allait devenir diplomatique. Le capitaine du galion n'allait pas manquer d'exprimer son indignation face à un acte éhonté de piraterie et proférer des menaces de représailles si la moindre parcelle de sa cargaison lui était subtilisée. Dante connaissait cette chanson par cœur et, pour avoir subi maintes fois ce genre de menaces, y était devenu plus ou moins insensible. L'Espagnol s'était rendu, renonçant du même coup à son navire comme au contenu de ses cales. C'était aussi simple que ça. Et s'il y voyait une objection, Dante serait enchanté de recharger ses pistolets pour lui faire entendre raison.

Dans le calme qui suivit le combat, le corsaire ne put qu'admettre qu'ils venaient d'accomplir une sacrée prouesse. Sans la vélocité et la solidité de l'*Egret* – et sans la folie douce de son capitaine –, la victoire sur un tel Goliath n'aurait pas été aussi prompte ni aussi facile. Elle ne tenait d'ailleurs pas seulement aux qualités du navire ou au caractère de son commandant, mais également à la bravoure de ses hommes. Une fois de plus, les yeux perdus sur l'arrière-pont, Dante se prit à regretter de toute son âme la perte du *Virago* et à envier à Jonas Spence aussi bien son équipage que son vaisseau.

L'un des membres de son équipage en particulier, reconnut-il avec un mince sourire.

Il passa une main dans les ondulations noir bleuté de sa chevelure, qui laissa échapper une volée de gouttes d'eau. Il enfila ensuite la chemise que lui apportait Billy, endossa son pourpoint et ceignit ses reins du ceinturon de son épée. Une écharpe de fumée diaphane demeurait suspendue au-dessus de l'*Egret*, voilant le soleil et délavant le ciel. Dante dut plisser les yeux pour identifier la silhouette qui se tenait devant la rambarde du gaillard d'arrière et, reconnaissant Beau Spence, remercia Cuthbert avant de se frayer un chemin vers la poupe, contournant au passage des marins assez remis de leurs émotions pour spéculer sur la nature et la valeur du butin qui les attendait à bord du galion.

La part du lion, ils le savaient, reviendrait au capitaine qui avait financé ce voyage de ses propres deniers et ne devait rien à aucun armateur. Le reste serait réparti entre les membres de l'équipage et, si la prise était d'importance, ce serait en hommes riches que tous débarqueraient en Angleterre.

Alors qu'il mettait le pied sur l'arrière-pont, Dante vit Beau tourner légèrement la tête vers lui pour le saluer.

— J'ai envoyé un homme dans la cabine de votre père pour s'enquérir de son état, mais je doute qu'il soit déjà en mesure de savourer cette victoire.

Elle lui adressa un semblant de sourire, avant de reporter son attention sur l'horizon.

— Je ne suis pas sûre d'avoir moi-même l'énergie pour la célébrer. Et je crois bien que... si j'avais un lit juste à côté de moi, j'y dormirais jusqu'à notre retour à Plymouth !

Dante se prit à imaginer ce que, pour sa part, il pourrait lui faire dans ce même lit... Le soleil éclairait la jeune femme en contre-jour, nimbant sa tête et ses épaules d'un halo mordoré. En dépit de la poussière qui maculait ses cheveux, ceux-ci brillaient d'une riche teinte auburn et s'accrochaient en fines boucles d'allure très féminine à ses tempes et à son cou. Son bras nu parut soudain à Dante trop gracile, trop vulnérable, et il éprouva le désir d'ôter son pourpoint de cuir pour en draper ses épaules.

— Je vous dois des excuses, déclara-t-il au bout d'un moment.

Elle se retourna vers lui et le dévisagea avec perplexité.

— Et pourquoi, grands dieux ? C'est vous qui avez permis ce triomphe, capitaine Dante.

— Je n'aurais pas dû prendre le commandement de ce navire aussi... cavalièrement.

Elle fronça les sourcils.

— Peut-être pas, en effet, concéda-t-elle, mais je vous en remercie. Ce... n'était pas mon premier combat, vous comprenez, mais ça aurait été la première fois que j'en aurais dirigé un, et je... je ne sais pas si j'aurais été à la hauteur de cette tâche. J'ai toujours pu compter sur mon père pour m'épauler et je...

Elle s'interrompit pour se mordiller la lèvre inférieure.

— Je n'ai jamais envisagé ce que nous pourrions devenir… sans lui. Ce qui est bien imprévoyant de ma part, je sais… Enfin, je suppose.

Sa voix mourut, et Dante la rejoignit près du garde-corps.

— Vous n'avez aucune raison de douter de vous-même, ni de vos compétences. Je vais vous avouer une chose, très chère demoiselle : en dépit de la confiance que plaçait votre père dans vos capacités, je ne croyais toujours pas qu'une femme avait sa place à la barre d'un navire engageant un combat.

Elle esquissa un pâle sourire et détourna les yeux.

— Vous me l'avez clairement fait comprendre, capitaine. Cela se lisait encore sur votre visage juste avant la bataille : vous donniez l'impression d'avoir un œuf de goéland coincé dans la gorge.

— Je n'en doute pas, admit-il tout en glissant un doigt sous le menton de Beau pour la forcer à le regarder. Mais cet œuf, je l'ai avalé rapidement quand j'ai vu comment vous manœuvriez l'*Egret*. Je ne vous ai alors trouvée dénuée ni de compétence ni de sang-froid, bien au contraire.

Le compliment du corsaire semblait aussi sincère que son regard paraissait transparent sous cette lumière voilée, et Beau éprouva un curieux élan de fierté. De fait, elle avait bel et bien accompli un travail de premier ordre. Et elle avait effectivement réussi à garder la tête froide, même après avoir failli perdre son père. Cependant, elle ne s'attendait pas à recevoir cet éloge de la part d'un homme qui était coutumier de ce genre d'exploit – et qui aurait sans doute préféré avoir sous ses ordres un timonier à l'esprit plus docile.

— Peut-être aurais-je dû aussi me montrer plus prudent avec ce navire que je ne connais pas aussi bien que vous, ajouta-t-il comme s'il avait deviné ses pensées.

Je n'ai même pas songé que sa barre pouvait rompre. J'aurais dû vous écouter davantage.

— Si vous m'aviez écoutée, répliqua-t-elle sur un ton égal, nous n'aurions pas vaincu.

Ils se dévisagèrent en silence, le contact des doigts de Dante se faisant presque caressant sous le menton de la jeune femme tandis qu'une envie soudaine le prenait de la serrer dans ses bras.

— Mademoiselle, murmura-t-il, étant donné que je semble incapable de vous conquérir par la flatterie, puis-je au moins vous faire profiter de mes quelques connaissances en médecine ?

Beau fronça légèrement les sourcils, avant de suivre son regard qui s'était posé sur ses mains. Ses paumes avaient été brûlées par le frottement de la corde des drosses, et le talon de sa main gauche saignait.

— Bah, ce n'est rien, s'empressa-t-elle d'assurer tout en essayant de cacher ses mains.

Il fut cependant plus rapide et lui attrapa les poignets.

— Rien, aux yeux d'un benêt qui n'aurait pas la jugeote de ravaler sa fierté pour demander de l'aide, répliqua-t-il en lui rappelant ses propres mots. Mais si ces plaies s'infectent, vous ne pourrez même plus plier les doigts sans souffrir le martyre. Pouvez-vous au moins les bouger ? Serrer le poing, par exemple ?

— Évidemment, répondit-elle en lui montrant.

Bien que ses blessures soient réellement bénignes, il insista pour l'emmener près d'un seau rempli d'eau de mer, dans lequel il lui plongea d'autorité les mains. Il maintint ses poignets pour l'empêcher de les retirer, jusqu'à ce que ses jurons de protestation se réduisent à un grommellement.

— Ça va mieux ?

— Ça allait mieux avant.

— Je vais demander à Lucifer de préparer son onguent spécial pour les brûlures. Ça vous rendra les paumes un peu trop rêches pour le bal, mais votre peau guérira plus vite.

Sa tentative de plaisanterie ne l'amusa pas du tout. Elle leva vers lui un œil furibond. Dante lui décocha en retour son sourire le plus séducteur et, bien qu'il crût voir l'ombre d'une rougeur se diffuser sous la crasse qui maculait ses joues, elle soutint son regard sans ciller. Cette hardiesse, déjà peu courante chez les hommes auxquels il lui arrivait d'être confronté, était plus que rare chez les femmes qui avaient généralement tendance à préférer fixer ses pieds que ses yeux – sauf, bien sûr, quand elles voulaient l'aguicher. Mais il doutait que ce soit l'intention de Beau Spence, et même qu'elle dispose de cet artifice dans son arsenal de séduction.

Au vrai, plus il la fréquentait, et plus il la trouvait dénuée du moindre artifice. Elle ne gardait jamais pour elle l'opinion qu'elle avait des gens, mais l'exprimait ouvertement ou la leur faisait clairement comprendre. Et ces yeux, doux Jésus... Ils commençaient à l'affecter jusque dans sa chair.

— Que regardez-vous ainsi ?

Il releva la nuance de défi dans sa voix et eut un sourire en coin.

— Vous, dit-il simplement.

Puis, pour donner un tour plus léger à sa réponse, il préféra préciser :

— Votre bouche, en fait. Vous avez une méchante coupure à la commissure des lèvres.

Elle darda un bout de langue rose vers l'endroit en question, et Dante remercia le ciel qu'ils soient entourés d'hommes au travail.

— Parce que si vous songez à m'embrasser de nouveau, le prévint-elle, j'ai cette fois-ci tous mes couteaux sur moi.

Il masqua son amusement derrière un froncement de sourcils.

— Loin de moi une pareille idée ! Mais vous m'intriguez : pourquoi pensez-vous que je pourrais en avoir envie ?

— Parce que ce n'est pas la première fois que ça vous arrive et que cette envie, vous venez juste de l'avoir. Encore une fois.

— Vraiment ? fit-il en se renfrognant de plus belle.

— C'était juste là, ajouta-t-elle en désignant la barre. Après notre victoire sur le galion.

— Ah, je vois, murmura-t-il en se déridant, un sourire au coin des lèvres. Vous parlez de ce bisou-là. Ce n'est quand même pas un simple petit bécot sur la joue qui va vous offusquer, n'est-ce pas ?

— Ce n'était pas un bisou ou un bécot mais un baiser, insista-t-elle. Et ce n'était pas sur la joue mais bien sur la bouche.

— Parce que j'ai mal visé, je vous assure. Et ce n'était pas un vrai baiser, quoi que vous en pensiez. C'était plus une expression de soulagement ou de gratitude, comme une poignée de main. Ou une claque sur l'épaule.

— C'était un baiser, répéta-t-elle obstinément. Et le diable en personne vous expliquera la différence, si vous vous hasardez à recommencer.

— Si je recommence, soyez certaine que je prendrai soin de *vous* montrer la différence entre un bisou d'amitié et un baiser digne de ce nom. Et à propos de diable, enchaîna-t-il, nos amis espagnols s'attendent sans doute à accueillir Satan en personne sur leur navire.

— Alors ils ne seront pas déçus en vous voyant, répliqua-t-elle.

— Ce que je voulais dire, c'est que votre père aurait certainement mieux convenu pour ce rôle, mais comme il n'est pas en état de se déplacer pour le moment…

— Vous estimez que cet honneur doit vous revenir ?

Il soupira et retira une de ses mains de l'eau saumâtre pour en examiner la paume et vérifier qu'aucune fibre n'y demeurait logée.

— Plutôt qu'à vous ? Oui, je le crois.

— Dois-je y voir une nouvelle démonstration de confiance en mes capacités ? s'enquit-elle avec une ironie amère.

Avisant un linge à proximité, il en arracha une bande qu'il noua autour de sa main.

— Avez-vous déjà eu l'occasion de négocier un butin ?

Il fallut un moment à la réponse de la jeune femme pour franchir le barrage de ses dents serrées.

— Non.

— Êtes-vous au fait de la hiérarchie prévalant sur un vaisseau de transport du roi Philippe ?

— Je dois avouer que je ne m'en suis jamais souciée.

— Eh bien, vous devriez, ne serait-ce que pour éviter d'insulter la mauvaise personne. Ces paons emplumés qui paradent en pourpoints de velours et armures rutilantes sont des hidalgos, en d'autres termes des nobles et fils de nobles qui ont dû recevoir le commandement de ce navire en récompense de services rendus à leur souverain. Ils n'y connaissent rien ou pratiquement rien en matière de navigation, mais ils adorent se pavaner sur les ponts en brandissant leur épée et en appelant la mort sur tous les hérétiques de la Terre.

« Pour les aider à boire leur vin et à compter leurs ducats d'or, vous avez les prêtres qui en savent encore moins qu'eux sur les courants et les tirants d'eau, mais qui n'en paradent pas moins au côté du capitaine en l'exhortant à écouter leurs saintes paroles plutôt que les avis des vrais marins du bord. Une des raisons pour lesquelles j'ai encouragé votre père à attaquer ce vaisseau, c'est parce que je me doutais qu'hidalgos et prêtres seraient tellement occupés à se tirer dans les pattes pour impressionner leur capitaine que les matelots de l'équipage – qui, malgré leur rang nettement inférieur, sont les seuls sur le *San Pedro* à savoir vraiment ce que leur embarcation a dans le ventre – seraient réduits à l'impuissance dans l'attente des ordres du commandement, et donc incapables de nous opposer la moindre défense.

Beau arrondit les yeux de surprise.

— Vous avez l'air de les plaindre. Vous les avez pilonnés, vous avez détruit leur vaisseau et les avez forcés à se rendre… et voilà maintenant que vous les *plaignez* ?

Dante ignora le sarcasme.

— Le chef des marins, s'il devait apprendre qu'il a été vaincu par une femme, se jetterait sans doute sur la première épée venue pour mettre fin à ses jours. Quant au capitaine, il serait trop atterré pour daigner même vous adresser la parole, et à supposer qu'il le fasse, ce serait pour vous insulter ou, au mieux, vous témoigner son mépris, ce qui risquerait de m'amener à l'occire.

— Vous… vous tueriez un homme pour moi ? demanda-t-elle avec hésitation.

— Je tuerais quiconque offense un membre de mon équipage. Pas vous ?

Elle s'empressa de baisser les yeux.

— Si, bien sûr…

Après avoir fini de bander sa main, Dante sortit l'autre du seau et entreprit de la nettoyer avec une telle douceur que la jeune femme en eut la chair de poule. Elle ne comprenait pas pourquoi la moindre attention de cet homme avait un tel effet sur elle, pourquoi le plus petit compliment lui échauffait la peau et lui serrait la gorge. Sa proximité aggravait encore les choses. Elle avait la poitrine si oppressée qu'elle était contrainte de respirer par la bouche. Son sang lui battait aux tempes et ses pieds étaient comme enracinés, simplement parce qu'il s'inquiétait de sa santé et la soignait.

Elle chercha sur ses traits la réponse à ses questions et se mit à étudier le profil acéré de sa mâchoire et de son nez, la clarté presque insoutenable de ses iris bleu acier. De fait, un tel regard était presque déplacé chez un homme, d'autant qu'il était souligné par deux épaisses rangées de cils qui formaient comme un éventail soyeux sur le haut de sa pommette quand il fermait les paupières. Et quand il avait les yeux ouverts comme maintenant, leur noirceur mettait en valeur l'intensité de son regard.

Elle n'avait eu qu'un seul amant – Nate Hawethorne en vingt ans d'existence. Fils de comte, il avait royalement rétribué Jonas Spence pour participer à l'un de leurs voyages vers les Indes occidentales. En quête d'aventure et d'excitation, il professait un enthousiasme contagieux pour les amourettes maritimes. Beau lui avait offert sa virginité sur une plage des Açores. Bien qu'elle ait frémi d'émotion entre ses bras, l'expérience n'avait pas été aussi bouleversante qu'elle avait pu le rêver. C'était… émouvant, oui, mais cela restait dans le domaine du plaisant, de l'agréable – sans plus.

Un simple regard de Simon Dante suscitait des réactions autrement plus troublantes dans sa chair, autant par leur force que par leur nouveauté.

— Pourriez-vous recommencer, s'il vous plaît ?

Beau sursauta, brusquement tirée de ses pensées.

— Recommencer quoi ?

— À serrer le poing.

Elle replia les doigts et, bien que le bandage gênât ses mouvements, ses égratignures la faisaient désormais moins souffrir.

— Ça va mieux ?

Elle opina en silence.

— Assez pour vous défendre, si besoin est ?

Elle hocha de nouveau la tête, cette fois-ci avec un léger froncement de sourcils.

— Vous attendez-vous à un coup fourré sur le galion ?

— Je m'y attends partout, et tout le temps. Vous ne l'aurez peut-être pas remarqué, mais le *San Pedro* n'est pas un navire ordinaire. Jetez donc un coup d'œil en haut du mât d'artimon… Ah, zut ! Ce n'est plus là. Quelqu'un a dû se dépêcher de l'enlever.

— Quoi donc ?

— Un petit drapeau doré qui flottait juste en dessous des armes du capitaine. Cela signifie qu'un membre de la cour du roi Philippe se trouve à bord du galion, sans doute un émissaire du souverain.

— Et c'est important à savoir ?

— Peut-être. Les ambassadeurs transportent souvent des documents confidentiels.

— Je pensais que vous déteniez déjà des papiers de ce genre, ceux que vous avez pris à Veracruz.

— Ce sont effectivement des papiers importants, mais des dépêches officielles, à l'intention exclusive du souverain espagnol, seraient plus susceptibles d'intéresser la reine.

Il s'interrompit et parut réfléchir.

— Et puis, ajouta-t-il, la présence d'un membre de la famille royale à bord du *San Pedro* pourrait représenter un autre avantage pour nous.

— En nous tenant lieu de sauf-conduit pour rentrer en Angleterre ? devina Beau.

Dante la couva d'un regard tendre.

— Il va falloir arrêter ça, vous savez.

— Arrêter quoi ?

— D'avoir une telle vivacité d'esprit et une langue aussi bien pendue.

— Vous aimez mieux les femmes lentes et stupides ?

— Pas du tout. Mais peut-être un peu plus complaisantes envers... Comment avez-vous dit, déjà ? Un Français arrogant et mal embouché ?

Les yeux de Beau, qui étaient devenus aussi ronds et brillants que des médaillons en or, demeurèrent fixés sur le visage du corsaire tandis qu'une rougeur subite lui montait au cou, assombrissant le teint hâlé de sa peau. Pour la première fois, Dante nota le fin semis de taches de rousseur qui lui barrait l'arête du nez.

— Quand j'ai tenu ces propos, je... j'ignorais que vous m'écoutiez.

— Et si vous l'aviez su, les auriez-vous gardés pour vous ?

Elle considéra sa moue amusée, avant de se mettre à sourire ouvertement à son tour.

— Non, admit-elle. Probablement pas.

Le sourire de la jeune femme ainsi que le changement total qu'il apportait à ses traits prirent une nouvelle fois Dante de court. Malgré la crasse, la suie et le sang qui maculaient sa peau comme ses vêtements, ce beau et franc sourire lui donnait une allure fraîche et un air bien trop fragile pour quelqu'un accoutumé à la violence des combats. Et puis, il y avait ses yeux… Aussi éblouissants qu'une pièce d'or neuve et frangés de cils infiniment soyeux, ils avaient d'ores et déjà signé sa perte, mais les ridules de plaisir dont ils s'étoilaient à présent les rendaient encore plus magnifiques et ensorcelants.

Il ne put s'empêcher de passer doucement le pouce sur l'égratignure au coin de sa bouche pour en essuyer le sang, avant de reculer d'un pas.

— Je suppose que Spit vient de donner l'ordre d'amarrer les deux navires, déclara-t-il en désignant la soudaine agitation qui régnait sur le pont où l'on se pressait d'apporter grappins, amarres et planches d'abordage. Autrement dit, il est l'heure d'aller réclamer notre récompense.

Beau suivit son regard et fut frappée de constater que, de fait, ils s'étaient considérablement rapprochés du galion. Elle avait confié la barre rafistolée à Billy Cuthbert, qui amenait doucement l'*Egret* bord à bord avec le *San Pedro*.

— Je devrais aider Billy, murmura-t-elle.

— Billy se débrouille très bien. Vous devriez plutôt arranger un peu votre tenue.

Beau suivit de nouveau son regard et découvrit que l'emmanchure ouverte de sa chemise révélait la rondeur d'un sein. Elle plaqua le bras contre son flanc, les joues enflammées. Mais Dante s'éloignait déjà vers l'échelle menant au pont principal, totalement conforme à son image de Loup des Mers avec son épée et ses pistolets qui luisaient au soleil, tandis qu'il ordonnait aux hommes de se préparer à l'abordage.

11

Quand les deux vaisseaux ne furent plus qu'à une douzaine de mètres l'un de l'autre, des grappins furent lancés depuis l'*Egret* et vinrent s'accrocher au plat-bord du *San Pedro*, permettant à l'équipage du navire anglais de rapprocher les deux embarcations en tirant sur les cordes. Bien que la plupart des départs de feu sur le galion espagnol aient été maîtrisés, des nuages de fumée s'élevaient toujours en sifflant des débris qui jonchaient le pont. Les officiers étaient plantés devant le château de proue, sanglés dans leur humiliation. Spit McCutcheon et ses hommes rassemblèrent en poupe tous les marins et soldats encore valides et les surveillèrent, de même que le gros tas d'armes – épées, mousquets, pics et arquebuses – qui avaient été récupérées sur le pont principal.

Le capitaine se présenta avec emphase comme étant don Alonzo de Valdez, chevalier de Santiago, marquis de Niebla, douzième *señor* et cinquième marquis de Moncada. Voilà quatre ans qu'il était au service de Sa Majesté Philippe II, roi d'Espagne, et l'attaque qu'ils venaient de subir, ajouta-t-il d'une voix haut perchée que l'outrage faisait trembler, était un acte patent de piraterie – pire encore : une déclaration de guerre à l'encontre d'un pays dont le souverain était justement en train de négocier avec le monarque anglais les termes d'une paix durable entre leurs deux nations.

En retour, Dante de Tourville se déclara officiellement maître de sa prise et, ignorant la sortie enflammée de Moncada, se mit à en arpenter le pont, passant en revue les moindres détails de sa structure comme de son gréement – du moins, ce qu'il en restait.

Geoffrey Pitt, Beau Spence et un détachement d'hommes en armes l'accompagnaient, s'efforçant de paraître aussi détendus que leur chef à la chevelure de jais, mais sans parvenir à contenir tout à fait leur excitation. Si Dante avait déjà connu plus d'une fois ce genre de situation, pour la majorité de l'équipage de l'*Egret*, arpenter ainsi en vainqueurs le pont d'un vaisseau espagnol était une expérience inédite.

Si le navire anglais avait eu l'air d'une barque à côté de l'imposant monstre des mers, sa délégation avait pour sa part l'impression d'être une bande de gamins déboulant dans le salon d'un rupin. Les rambardes entourant les ponts, les moulures chantournées des cloisons, les embrasures ouvragées des portes et des écoutilles : tout était doré à l'or fin. Le château de poupe formait une sculpture monumentale d'une beauté exquise, écarlate et or. Les lambeaux d'un vaste dais de soie pendaient au-dessus de l'avant-pont, ses pans brodés s'accrochant encore aux couronnes dorées qui surmontaient les deux énormes lanternes de poupe.

Les officiers espagnols étaient tout aussi impressionnants que leur vaisseau, avec leur plastron d'argent pardessus un pourpoint de velours et leur culotte bouffante de satin à crevés. Il y en avait vingt en tout, depuis le capitaine jusqu'à ses adjudants, nobles qui n'avaient jusqu'alors jamais connu la défaite ni encore moins été obligés de se soumettre à des hérétiques anglais. Une demi-douzaine de prêtres en robe et cape rouge s'agglutinaient derrière leur capitaine, les mains crispées sur leur crucifix d'ivoire, le regard enflammé de zèle religieux. En arrière, parce que d'un rang inférieur, se tenait le commandant en charge des marins. Il avait perdu son casque, et ses cheveux se dressaient sur son crâne en toupets luisants de transpiration. Sa chemise naguère blanche était considérablement salie, et son plastron était cabossé et noirci par la fumée. Il regardait droit devant lui, les yeux braqués sur l'horizon, opposant un dédain souverain à la présence du grand corsaire ennemi.

Souhaitant un peu plus de discrétion, Dante se retira avec Lucifer, Beau, Pitt et McCutcheon dans la grande cabine du capitaine, invitant celui-ci à les accompagner avec deux de ses officiers pour exposer ses éventuels griefs.

Moncada ne s'en priva pas et tempêta une heure durant.

Dante de Tourville avait pris place dans le fauteuil du capitaine et posé ses bottes sur le plateau de son immense bureau sculpté. Les mains en tente sous le menton, il écoutait patiemment les reproches que l'Espagnol débitait d'une voix de fausset outragé, ne l'interrompant que pour demander par signe à Spit de remplir leurs verres de vin. Le second de l'*Egret* avait en effet trouvé plusieurs gobelets en or incrustés de joyaux dans le capharnaüm de la pièce, ainsi qu'une bouteille de madère qu'il servait avec enthousiasme chaque fois que Dante l'en priait.

Pitt, qui avait plus ou moins réussi à juguler son mal de mer pendant la bataille, se tenait adossé à la cloison de la cabine, les bras croisés, autant pour calmer les soubresauts de son estomac que pour se donner une allure décontractée. Beau, pour sa part, semblait beaucoup s'amuser à voir Dante encaisser les banderilles que lui lançait Moncada.

En fait, la jeune femme était certaine que son père n'aurait su montrer la même impassibilité que le corsaire : homme de grand courage, au verbe truculent, Jonas Spence n'avait rien d'un diplomate.

Lucifer se dressait dans l'encadrement de la porte, son attention rivée sur les trois Espagnols qu'il toisait de ses yeux d'ébène. De temps à autre, il frôlait du bout des doigts le manche en argent de ses cimeterres, ce qui lui valait des coups d'œil nerveux de la part des deux subordonnés du capitaine.

Celui-ci était un homme replet dont la peau du visage semblait avoir été trop tendue sur un filet de veinules rouges. Il avait de petits yeux noirs si rapprochés l'un de l'autre qu'ils semblaient se toucher sur l'arête de son nez, et un menton fuyant qu'il peinait à cacher sous un bouc taillé à la perfection. Il s'exprimait dans un anglais irréprochable, comme en réponse au castillan impeccable dont Dante avait usé pour l'aborder.

Ses deux hidalgos offraient un contraste saisissant avec lui. C'étaient de grands officiers de belle prestance, aux cheveux courts et bouclés, et aux yeux d'un brun limpide.

— Un acte de piraterie éhonté ! répétait Moncada en hurlant. Et cela à un moment où vous feriez mieux de tout mettre en œuvre pour convaincre mon roi et ma patrie que vous n'êtes pas gouvernés par une bande de voleurs hérétiques assoiffés de sang !

— « Assoiffés de sang », articula Dante d'une voix pensive. Intéressante expression dans la bouche de personnes qui prônent la torture au nom de leur foi.

— Tout est bon pour éradiquer le diable de la surface de la Terre, ainsi que les hérétiques qui lui vouent un culte ! Tels que vous-même, *señor*, précisa l'Espagnol en pointant un doigt accusateur sur le corsaire. *Picarón !*

— Moi, *señor*, un coquin ? Mais je ne suis qu'un humble commerçant respectueux de la loi.

Moncada rugit et se pencha en avant pour frapper du poing sur le bureau.

— Vous avez attaqué mon navire sans raison !

Lucifer montra ses dents taillées en pointe et s'avança avec un grondement menaçant. Dante l'arrêta d'un geste, avant de lever les paumes en signe d'innocence.

— Si vous voulez bien vous rappeler, *señor*, c'est vous qui avez ouvert le feu. Nous nous sommes contentés de nous défendre.

— De vous *défendre* ?

— Tout à fait. Et maintenant, nous avons seulement l'intention d'obtenir une juste compensation pour les dommages que vos canons nous ont causés. Nous naviguions sur ces eaux sans aucune intention belliqueuse. Du reste, comme vous pouvez le constater, nous avons une femme à notre bord, précisa Dante avec un geste en direction de Beau, et aussi des vieillards.

Spit McCutcheon gratifia l'assemblée de son plus beau sourire édenté. Cela suffit à infuser un regain de rougeur sur le cou et la face de Moncada, qui s'emporta de plus belle.

— Vous ne vous battez pas comme de simples marchands ! Et vous n'avez pas *l'air* d'un simple marchand, *señor*. Vous dites vous appeler Jonas Spence et vous pouvez être certain que je n'oublierai pas ce nom – ni votre visage, ni votre navire – et que je prierai chaque heure de ma vie pour avoir le plaisir de vous recroiser un jour !

— Tout le plaisir sera pour moi, assura Dante. Pour l'instant, toutefois, vous me satisferez déjà grandement en donnant à mon second la liste de votre cargaison. Cela lui épargnera la peine d'avoir à fouiller votre vaisseau de la cale au nid-de-pie.

Moncada foudroya du regard McCutcheon.

— Allez rôtir en enfer, *señor*. Pas un de nous ne sera le complice de ce vol caractérisé.

Spit se gratta la joue avec un sourire en coin.

— Désolé de vous décevoir, mais je ne suis pas près de rôtir où que ce soit. J'ai déjà aperçu en venant ici une pièce débordant de sacs d'épices, et une autre bourrée de caisses qui me paraissaient bien lourdes et qui portaient le sceau du gouverneur du Mexique. Si je dois regretter une chose, c'est bien que nos soutes risquent de ne pas être assez grandes pour nous permettre de tout emporter. Mais nous ferons notre possible pour y arriver, capitaine, ajouta-t-il avec un clin d'œil à l'intention de Dante. Vous pouvez y compter.

Le corsaire désigna la porte du menton, pour inviter McCutcheon à aller procéder sans plus attendre à l'inventaire du trésor transporté par le *San Pedro*. Puis il se tourna vers Moncada.

— Nous voudrions aussi une liste de vos passagers, marquis. Sauf erreur de ma part, vous avez un invité de marque à bord.

Moncada eut un geste désinvolte de la main.

— J'ai beaucoup de fils de nobles sur ce navire, et ce sont tous des passagers de marque.

Dante lança un regard entendu à Geoffrey Pitt, qui plongea la main dans l'ouverture de son pourpoint et en retira une oriflamme de soie dorée.

Les yeux de fouine de Moncada s'écarquillèrent avant de se braquer sur le corsaire, plus étincelants que jamais.

— Vous oseriez profaner la sacralité d'un membre de la Cour royale ?

— Au cas où vous ne l'auriez pas remarqué, j'ai tendance à oser beaucoup. Et à moins que vous ne souhaitiez voir votre propre sacralité profanée, ajouta Dante en posant lentement sur le bureau un de ses pistolets incrusté de cuivre, il serait de votre intérêt de me présenter ce personnage de votre plein gré.

— C'est un affront à Sa Très Catholique Majesté, défenseur de la foi, pourfendeur des hérésies, souverain d'Espagne de droit divin...

Dante soupira dès le début de cette litanie des soixante-cinq titres du roi que s'apprêtait manifestement à débiter le capitaine. Il se saisit du pistolet, enclencha le chien et pressa la détente. Le projectile frôla l'épaule de Moncada, entaillant sans le blesser l'épais velours de son pourpoint. Les deux hidalgos derrière lui sursautèrent au bruit de la détonation, avant de s'écarter prudemment. Leur supérieur s'empoigna l'épaule en hurlant et perdit connaissance.

Dante attendit que la fumée du coup se dissipe, puis ôta ses longues jambes du bureau pour se pencher en avant et examiner l'Espagnol évanoui sur le plancher. Il eut un haussement de sourcils et jeta un coup d'œil à Pitt et Beau.

— Ah, morbleu, jura-t-il à voix basse. Je visais pourtant la lampe, là-bas...

Les deux hidalgos se tournèrent vers la prétendue cible avec un hoquet atterré : elle se trouvait à huit bons pas sur la gauche.

— Messieurs, reprit Dante tout en dégageant son second pistolet de sa ceinture, l'un de vous serait-il disposé à nous prêter assistance, ou préférez-vous que je continue à m'exercer au tir – ce dont j'ai le plus grand besoin, je l'admets volontiers...

Pendant un long moment, aucun des deux officiers ne bougea. Ce ne fut que lorsque Dante enclencha le chien du pistolet qu'un des deux croisa le regard argenté du corsaire.

— La nièce de Sa Majesté, doña Maria Antonia Piacenza, duchesse de Navarre, voyage à bord du *San Pedro de Marcos,* sous la protection de Dieu et du roi d'Espagne. Attenter à ce saint patronage serait un sacrilège à l'encontre du Très-Haut et de l'humanité entière.

— Nous avons l'intention de ne commettre aucun sacrilège, assura sèchement le pirate. Au vrai, j'ai même hâte que vous emmeniez deux de mes hommes dans les quartiers de cette personne pour que nous puissions garantir sa sécurité.

Il désigna Pitt et Lucifer du regard.

— Messieurs ?

Pitt hocha la tête et Lucifer émergea de l'ombre de la porte, ses cimeterres brillant à la lueur de la lanterne.

L'officier espagnol qui venait de s'exprimer hésita un instant, mais comme son capitaine gisait toujours inanimé à ses pieds, il n'eut d'autre choix que de servir de guide aux deux Anglais désignés par leur chef.

Sitôt qu'ils furent partis, Dante braqua son arme vers le second officier.

— Vous nous épargneriez à tous les deux beaucoup de temps et d'énergie si vous vouliez me montrer où votre capitaine range son journal de bord et les documents d'embarquement.

Le visage du jeune homme luisait de sueur, mais il garda un silence têtu. Dante soupira en caressant la détente en cuivre de l'index.

Beau s'avança pour lui toucher le bras.

— Attendez, murmura-t-elle.

Elle avait surpris un infime mouvement des yeux de l'Espagnol en direction de deux buffets derrière lui. Solidement fixés à la cloison, ils avaient relativement peu souffert de la canonnade, à la différence du reste de la cabine. L'un d'eux contenait un assortiment de gobelets et de bouteilles dans lequel Spit s'était servi. L'autre, plus grand et plus ouvragé, avait un corps inférieur fermé par deux vantaux à chapiteau cintré ouvrant sur un retable à trois pans dont le panneau central, d'une soixante de centimètres de haut, représentait le Christ sur la croix. Il surmontait un tiroir plat contenant des reliquaires en or.

Beau allait refermer le retable quand le bord heurta un panneau de bois dissimulé sous le drap qui protégeait l'ensemble. Elle écarta le linge et adressa une grimace de connivence à Dante par-dessus son épaule : sous le drap se trouvaient deux autres vantaux qui, pour leur part, étaient soigneusement verrouillés.

Dante lui rendit son sourire, avant de s'adresser de nouveau à l'hidalgo.

— Je suppose que vous ignorez où sont les clés de ce compartiment ?

— Des clés ? répéta la jeune femme avec un reniflement dédaigneux.

Elle sortit son stylet pour s'attaquer à la serrure et, quelques secondes plus tard, le pêne du loquet se libérait en cliquetant.

— Possédez-vous d'autres talents que je devrais connaître ? s'enquit Dante avec un haussement de sourcil.

Beau croisa son regard bleu argenté, avant de se retourner vers les portes pour les ouvrir. Un grincement dans son dos lui indiqua que Dante s'était levé pour examiner le contenu du compartiment par-dessus son épaule. Elle l'entendit étouffer un juron.

Devant eux, outre le journal de bord et les inventaires reliés en cuir, se trouvaient un grand coffret en or incrusté de bijoux qui portait les armes de la famille du marquis et, surtout, un tas de documents et de lettres enrubannés, tous fermés par un sceau officiel qui les destinait exclusivement au roi Philippe d'Espagne.

— Voilà le vrai trésor, très chère demoiselle, murmura Dante en français.

Beau pivotait pour lui rappeler qu'il était peu probable que Jonas Spence s'exprime dans cette langue, quand elle s'aperçut que le marquis de Moncada avait non seulement repris connaissance mais qu'il s'était mis debout et avait sorti un petit pistolet, qu'il tenait jusqu'alors caché à l'intérieur de son plastron. Il en avait enclenché le chien et visait le dos du corsaire. Par pur réflexe, la jeune femme écarta violemment ce dernier juste au moment où le coup partait. La balle, au lieu d'atteindre sa cible, frôla l'anneau en or que Dante portait à l'oreille, avant de venir frapper la tempe de Beau. Elle s'effondra contre le retable.

12

Geoffrey n'entendit pas le premier coup de feu, ni le second. Lucifer et lui avaient descendu cinq des six étages que contenait l'énorme château de poupe du galion. Chaque niveau comportait des cabines luxueusement décorées et meublées, destinées aux jeunes hidalgos qui avaient le privilège de servir à bord du *San Pedro*. La plupart de celles situées dans les trois étages supérieurs avaient été dévastées par les combats. Des morceaux de verre teinté en tapissaient le plancher, et le contenu des bibliothèques et des buffets qui les garnissaient s'était trouvé projeté jusque dans les coursives. Çà et là, des traces de sang frais indiquaient que certains occupants des lieux avaient eu la malchance de croiser la trajectoire des débris.

Aussi saccagé que fût cet endroit, son opulence demeurait saisissante. Les sièges étaient rembourrés et couverts de brocart, et des rangées d'appliques en argent massif éclairaient pièces et corridors. L'un des niveaux était occupé par une énorme table qui s'étendait d'un bord à l'autre du navire, protégée par une nappe en lin blanc où subsistaient encore les vestiges d'une vaisselle en or. Plus bas encore, quasiment préservés de tout dommage, se trouvaient des appartements à la décoration féminine : le mobilier était plus délicat et les tentures agrémentées de ruchés. Ils comprenaient notamment un lit à baldaquin dont les courtines en résille lui donnaient l'aspect d'un nid flottant au milieu d'une nuée vaporeuse.

Geoffrey Pitt prenait note de tous ces détails en suivant l'officier espagnol le long d'un corridor qui débouchait sur une porte. Au-delà s'étendait une grande cale qui avait été transformée en un salon aussi raffiné et confortable que celui d'un palais ducal. Il dut incliner la tête pour passer sous le linteau et, en se redressant, avisa les quatre occupants du lieu agglutinés contre la cloison opposée.

L'hidalgo s'immobilisa lui-même et se mit à pâlir sous le tir croisé des regards accusateurs qui s'étaient braqués sur sa personne.

Il s'agissait en fait de quatre femmes. L'une d'elles, plus âgée et plus corpulente que les autres, avait des traits aussi rudes que la bise hivernale et une poitrine aussi massive et saillante que la proue du galion. Elle arborait une fine moustache qui, en ces moments de tension, luisait de transpiration. Deux de ses compagnes étaient vêtues comme elle de corsages pudiques à haut col et du mille-feuille de jupons qui convenait aux servantes de la nièce du roi. La quatrième femme se tenait prudemment en arrière et considérait avec de grands yeux ébahis les hommes qui se dressaient sur le seuil de la pièce.

Pitt, fils d'un simple forgeron de campagne, n'avait pas une seule goutte de sang bleu dans les veines, même dilué après des générations d'exercice du droit de cuissage. Ses liens étroits d'amitié avec Dante de Tourville lui avaient presque fait oublier ses origines modestes, et il n'avait pas ménagé sa peine pour acquérir les manières des nobles. Il avait appris à lire et à écrire, à user de son intelligence et de sa vivacité d'esprit pour se tirer par le verbe, le charme ou l'esbroufe de presque toutes les situations.

Mais il y avait des moments où il se sentait ramené à son passé de paysan. Et c'était l'un de ces moments qu'il était en train de vivre.

Doña Maria Antonia Piacenza était tout bonnement la plus belle créature qu'il ait jamais vue. Elle avait l'air aussi fragile que les premiers bourgeons du printemps. Ses cheveux sombres n'étaient ni tout à fait noirs ni franchement bruns, et son visage en forme de cœur était aussi pâle que de la crème fraîche. Quant à sa peau, elle avait un aspect si délicat et velouté qu'elle paraissait presque translucide. Ses grands yeux ressemblaient à deux morceaux de ciel et dardaient sur lui un regard grave qui lui procura comme une sensation de glissement dans la poitrine, sensation qui n'avait rien à voir avec les mouvements du vaisseau.

La robe de la belle était assortie à l'azur de ses iris et comportait un corsage à l'échancrure basse et carrée, qui laissait entrapercevoir la chemise de soie vieux rose qui se cachait dessous. D'une minceur exquise, sa taille était encore affinée par la coupe en V du vêtement et le contraste avec l'ampleur démesurée du panier qui garnissait ses jupons. L'encolure de la robe possédait une armature en conque d'où retombait jusqu'à ses pieds un voile transparent, presque invisible. Par nervosité, elle en avait rassemblé les plis contre son torse, les tenant tel un bouclier contre les douces demi-lunes de ses seins. Ses mains tremblaient si fort que le voile frémissait en chatoyant à la manière d'une aile de libellule.

L'hidalgo parut retrouver sa langue et, s'inclinant avec raideur, pria les dames de bien vouloir lui pardonner cette brutale intrusion. Ces chiens d'Anglais, ajouta-t-il dans un espagnol murmuré à toute allure, avaient déjà abattu son excellence don Alonzo de Moncada et il était certain qu'ils n'auraient aucun scrupule à leur tirer également dessus, en dépit de leur promesse de ne pas toucher à la protégée du roi.

— Pourquoi nous ont-ils agressés ? s'enquit la plus jeune des deux servantes avec hargne. Que nous veulent-ils ?

L'autre se tenait coite, ses yeux bruns détaillant l'ample carrure de Pitt. Elle était aussi menue que la duchesse. Ses traits de mégère acariâtre se pincèrent plus encore quand son attention se concentra sur la braguette bien remplie de Pitt. Elle chuchota quelque chose à l'oreille de la duchesse, qui rendit cette dernière aussi blanche que son voile. La première femme de chambre, les yeux ronds de stupeur, considéra sa compagne avec effroi.

— Je ne dis que la vérité, petite crotte ingénue, marmonna celle-ci avec hauteur. C'est ainsi que procèdent ces chiens d'Anglais.

Ayant surpris l'échange entre les servantes, la duègne souffla par le nez et traversa la pièce dans une envolée de jupons pour venir se planter devant Pitt.

— Comment osez-vous vicier l'air de cet endroit par votre présence ? Qui êtes-vous pour menacer la vertu de doña Maria Antonia Piacenza, duchesse de Navarre ?

— Je m'appelle Geoffrey Pitt. Notre navire est l'*Egret*, notre commandant le capitaine Jonas Spence, et je vous certifie que nous n'avons pour l'instant menacé la vertu de personne.

La duègne serra les poings et brandit sous le nez de Pitt un index aussi épais qu'une saucisse.

— Vous avez attaqué notre galion ! Vous avez abattu notre capitaine ! Vous débarquez sans y avoir été invité dans les appartements de ma petite caille, frémissant et suant tel un étalon en rut... et vous prétendez ne représenter aucune menace ?

Pitt considéra la servante en colère avec quelque étonnement.

— Vous êtes anglaise ?

L'interpellée bomba un torse déjà monumental.

— À ma grande honte, oui, je suis anglaise. Mais je suis également catholique, et j'ai juré de ne plus jamais retourner dans ce pays d'hérétiques tant que l'héritière légitime du trône, Marie Stuart, ne sera pas libérée de prison et n'aura pas récupéré la couronne qui lui revient de plein droit !

Pitt fronça les sourcils.

— Vu qu'elle croupit déjà dans sa geôle depuis dix-neuf ans, vous risquez d'attendre encore longtemps.

— Blasphémateur impie ! Assassin ! *Pirate !*

Pitt la gratifia d'un sourire las, avant de répéter les explications de son capitaine.

— C'est le *San Pedro* qui a ouvert le feu sur nous et qui, en conséquence, nous a attaqués le premier. Quant à l'accusation de meurtre, sachez que votre vénéré capitaine est tombé dans les pommes sans avoir reçu la moindre blessure. Si enfin j'ai contrevenu au protocole royal en ne frappant pas à une porte, je vous prie de m'en excuser. Cela dit, poursuivit-il en reportant son attention derrière l'intraitable duègne pour river les yeux à ceux de la duchesse, je jure sur l'honneur de n'avoir nullement l'intention de violenter qui que ce soit ici. Mon capitaine nous a au contraire envoyés pour assurer votre protection et veiller à ce qu'aucun mal ne soit fait à doña Maria Antonia Piacenza.

La duchesse soutint son regard un instant et se mit à rougir d'une manière si charmante que la harpie de sa suite la saisit d'autorité par les épaules pour la forcer à détourner la tête.

— Ah oui ? répliqua la duègne avec un reniflement moqueur. Et pourquoi devrions-nous vous croire ?

Pitt ramena sur elle ses yeux verts.

— Rien ne vous y oblige, naturellement, mais je pense que vous jugerez les autres éventualités beaucoup moins séduisantes.

Un subtil mouvement dans les ombres de la coursive derrière lui attira l'attention de la duègne vers l'endroit où se tenait Lucifer. La musculeuse silhouette noire du cimarron n'était coupée que par son pagne, auquel étaient accrochés ses deux énormes cimeterres. Avisant l'affranchi dans les ténèbres, la duègne inspira sèchement, avec un air si horrifié que ses yeux se révulsèrent et que son corps massif bascula en arrière.

Pitt parvint à la rattraper avant qu'elle ne s'effondre, et il s'apprêtait à transmettre son fardeau à l'officier espagnol quand Billy Cuthbert arriva depuis l'autre bout du corridor.

— Spit vous demande de remonter à la cabine de commandement, monsieur, lança-t-il à Pitt d'une voix essoufflée. Des coups de feu ont été échangés. Le capitaine est mort.

Poussant la duègne évanouie dans les bras de l'hidalgo qui vacilla sous la charge, Pitt enjoignit à Billy et Lucifer de monter la garde devant les appartements de la duchesse et de ne laisser personne entrer jusqu'à son retour. Il sortit ensuite son pistolet et se rua dans l'escalier qui montait vers les étages.

Beau reprit lentement conscience. Elle avait les jambes en coton, et tout son corps lui donnait l'impression d'être plongée dans une sorte de liquide visqueux. Les sons lui parvenaient distants et étouffés. Quelqu'un lui parlait, semblait-il, mais ces propos sonnaient à ses oreilles de manière si confuse qu'elle ne parvenait pas à en saisir le sens. Elle essaya de tourner la tête et d'ouvrir les yeux. Une vive douleur prévint son mouvement. Elle s'accrocha instinctivement au mur de muscles qui l'étreignait et voulut se blottir plus étroitement dans sa chaleur.

— Isabeau ? Isabeau, tout va bien. C'est fini.

Elle connaissait cette voix. Ce n'était pas celle de son père, mais son timbre rauque et grave lui était familier. Elle avait aussi l'impression de connaître les bras qui la tenaient, les doigts qui lui caressaient la joue, la gorge, tentant de la faire revenir dans le monde des vivants.

— Isabeau, m'entendez-vous ?

Elle gémit et opina du chef.

— C'est moi, Simon. Vous ne risquez plus rien.

— Que… s'est-il passé ? hoqueta-t-elle.

— Vous avez reçu un coup de feu, ma petite. Moncada a voulu jouer les héros et attendu pour cela que j'aie le dos tourné…

Il lui caressa les cheveux, puis de nouveau la joue.

— C'était moi qu'il visait, reprit-il. On pourrait croire que tout le monde a brusquement oublié comment se servir d'un pistolet, mais...

— Votre tir était parfaitement ajusté, tout à l'heure, le coupa-t-elle.

— En effet. Et le second l'a été aussi.

— Le second ?

Elle redressa la nuque et tressaillit sous la douleur qui lui cisaillait le crâne. Elle ne pouvait distinguer grand-chose derrière les larges épaules de Dante qui, assis sur le plancher à côté d'elle, l'avait prise sur ses genoux. Elle n'en aperçut pas moins une paire de bottes qui dépassait de l'angle du bureau – les bottes de Moncada qui, apparemment, ne bougeait plus.

Elle releva les yeux vers Dante.

— Vous l'avez tué ?

— Il ne m'a pas vraiment laissé le choix.

Elle cilla sous le regard intense de ses yeux argentés.

— Vous saignez, murmura-t-elle en avisant son oreille.

Il y porta la main. Le coup avait arraché son anneau d'or et distendu le trou dans son lobe.

— Vous aussi, lui fit-il remarquer. Vous avez du sang partout sur vous.

Elle eut alors conscience d'un liquide chaud qui gouttait de sa tempe. Elle voulut se relever, mais Dante appuya sa tête contre son épaule.

— Heureusement, ce n'est qu'une éraflure. Vous avez apparemment la caboche aussi dure que votre père, mais je vous déconseille de remuer pour l'instant.

Beau avait trop le vertige pour protester. La douleur s'atténuait – ou elle commençait à mieux la contrôler – et elle pouvait désormais entendre des hommes crier et courir dans la coursive. L'instant d'après, Geoffrey Pitt déboula dans la cabine.

— Billy m'a parlé de coups de feu. Il m'a juste dit que le capitaine était mort et j'ai cru que... Doux Jésus, il n'a plus de tête !

— Il l'a perdue dans un moment d'égarement, repartit Dante sèchement.

Il raffermit sa prise sur la jeune femme et se redressa sans aucune aide.

— Je m'apprêtais à ramener Beau sur l'*Egret*.

Pitt contempla le sang qui maculait les vêtements de la jeune femme.

— Elle va bien ?

— Elle va s'en remettre. Ce n'est qu'une éraflure.

Dante marqua une pause, et Beau sentit les tendons puissants de son cou se déplacer alors qu'il baissait les yeux vers elle.

— Cette petite insensée s'est interposée entre moi et la balle qui m'était destinée.

— Une petite insensée, en effet, acquiesça Pitt en rangeant son pistolet sous sa ceinture. Il fallait qu'elle le soit pour vous sauver la vie.

Dante se renfrogna.

— Avez-vous trouvé la duchesse ?

Pitt opina.

— Ce n'est guère qu'une enfant, et elle est terrifiée. Elle a deux servantes avec elle, ainsi qu'un dragon de duègne… J'aurais préféré ne pas l'effrayer encore plus, mais je n'avais que Lucifer et Billy à ma disposition pour la garder. Donc, si vous avez la situation bien en main ici – ce qui semble le cas –, je cours les rejoindre.

— Profitez-en pour demander à Billy de venir chercher ces papiers pour les emmener sur l'*Egret*, suggéra Dante en indiquant du menton le compartiment secret du buffet.

— Et les cartes, ajouta Beau dans un souffle.

— Comment ?

— Qu'il récupère toutes les cartes et les plans qu'il pourra trouver au poste de pilotage. Mieux encore, ajouta-t-elle en soulevant de nouveau la tête, laissez-moi m'en occuper. Un vaisseau de cette taille et de cette importance doit forcément détenir des portulans et des cartes indiquant les courants et les havres de la côte espagnole. Si nous entrons en guerre contre les armées du roi Philippe, la reine sera contente d'avoir ce genre de renseignements.

Dante la considéra un instant, consterné de ne pas y avoir songé lui-même.

— Vous avez absolument raison. Mais vous n'êtes pas en état de chercher quoi que ce soit pour le moment. Vous ne marchez pas droit.

— Je pourrais marcher si seulement vous vouliez bien me lâcher.

— Vous croyez ?

— J'en suis sûre.

Il obtempéra, non sans la retenir par la taille.

Beau chancela un instant avant de recouvrer son équilibre. Puis une souffrance aiguë lui tarauda le crâne, lui procurant un nouveau vertige qui fit danser autour d'elle les cloisons, le plancher et les meubles. Elle tendit une main en avant et rencontra le torse solide de Dante. Fort heureusement, elle n'avait rien mangé de la journée, sans quoi ce n'est pas seulement avec son sang qu'elle aurait taché la chemise du corsaire.

Dante grogna et, l'instant d'après, la jeune femme se sentit soulevée dans ses bras et transportée dehors. Un fin voile de nuages et de poussière atténuait la lumière du soleil, mais il devait encore rester deux à trois heures de jour. Le pont du galion fourmillait d'activité, et certains des hommes s'arrêtèrent au passage de Dante. La nouvelle de l'incident survenu dans la cabine de Moncada s'était répandue parmi l'équipage de l'*Egret*.

Une fois franchie la passerelle en planches reliant le galion au navire anglais, Dante emmena directement la jeune femme dans ses quartiers. Après l'avoir assise sur son lit et avoir scruté son visage, il ôta sa propre chemise maculée de sang pour en cueillir une autre dans la maigre garde-robe qu'il avait réussi à sauver du naufrage du *Virago*. Il prit ensuite la bassine d'eau pour nettoyer la joue et la gorge de Beau. Alors qu'il tamponnait doucement la trace laissée par la balle du capitaine espagnol, il confirma :

— C'est bel et bien une éraflure.

— Vous êtes certain de ne pas être médecin ? demanda-t-elle sur un ton caustique.

— Non, mais si vous continuez ainsi, répondit-il en désignant sa main bandée, je pourrais être obligé de le devenir.

— En huit mois de campagne, je n'ai eu à déplorer qu'une piqûre de guêpe, déclara-t-elle avec humeur. Vous montez à bord, et la Providence semble me prendre en grippe !

— Vous ne seriez pas là pour vous en plaindre si la balle vous avait touchée un petit centimètre de plus sur la gauche, répliqua-t-il.

Elle se força à rouvrir les paupières qu'elle avait gardées fermées pendant qu'il nettoyait sa plaie.

— Si je ne m'étais pas jetée sur la trajectoire de ce projectile, c'est vous qui ne seriez pas là pour me débiter des âneries.

— Je ne vous demanderai même pas ce qui vous a poussée à faire ça, marmonna-t-il.

Elle baissa la tête.

— J'aurais du mal à vous répondre, à vrai dire.

— Vous savez, ajouta-t-il en glissant un doigt sous son menton pour la forcer à relever la tête, frappé une nouvelle fois par l'alliance de sa chevelure de gamine débraillée et de ses lèvres pulpeuses, si j'étais un Maure, ma vie vous appartiendrait, du moins jusqu'à ce que je puisse à mon tour sauver la vôtre.

— Sauf que vous n'êtes pas un Maure.

— Non, mais je m'estime malgré tout redevable envers vous. Et je paie toujours mes dettes.

Beau lui décocha un sourire narquois.

— Est-ce pour cela que vous avez l'air d'avoir avalé une pleine poignée de piments ? Parce que vous devez la vie à une simple femme ?

Il lâcha son menton, soulagé de l'entendre attribuer la tension sur son visage à de la gêne plutôt qu'au désir qui le tenaillait.

— Votre sexe importe peu en l'occurrence, mentit-il effrontément. N'avez-vous pas souligné vous-même qu'à bord de ce navire, vous êtes un membre de l'équipage comme un autre ?

Le sourire de Beau ne vacilla pas, mais la jeune femme ne s'en reprocha pas moins d'avoir failli tomber dans le panneau. Tourville exprimait une telle inquiétude pour sa santé et lui témoignait tant de sollicitude que, dans sa naïveté, elle avait été à deux doigts de succomber à son charme torride, à ses sourires enjôleurs, au timbre rauque de sa voix. Elle avait même cédé un instant à la tendresse de son contact. Pelotonnée dans ses bras puissants, le cœur du Français battant contre son oreille, elle s'était laissé envahir par sa chaleur animale. Et pendant tout le temps qu'il la soignait, elle n'avait osé fixer les yeux sur lui ni même esquisser le moindre mouvement, tant elle était transie d'émotions. Son ventre lui donnait l'impression de s'être liquéfié, et ses seins étaient devenus si sensibles que leur frottement contre sa chemise la faisait presque souffrir.

— Vous avez parfaitement raison, capitaine, réussit-elle à articuler d'une voix ferme. J'aurais plutôt dû dire que je suis votre *larbin* et que, à ce titre, je ne dois attendre aucune forme de reconnaissance de votre part pour avoir simplement accompli mon devoir de marin.

Il se renfrogna.

— Ce n'est pas ce que je voulais dire.

— Mais c'est la vérité.

Dante dut serrer les poings pour se retenir de secouer la jeune femme par les épaules. Cette tentation lui fut épargnée par l'arrivée de Billy Cuthbert, qui portait une pleine brassée de documents pris sur le *San Pedro*. Fringant jeune homme de dix-huit ans, il avait une vigueur et une exubérance qui semblaient ne jamais pouvoir se démentir.

— Il y en a encore un tas aussi gros que celui-ci chez l'Espagnol, annonça-t-il gaiement. Il va me falloir également deux à trois navettes pour vider la cabine du pilote, car au premier coup d'œil, j'y ai trouvé... devinez quoi ? Tout un assortiment de cartes et de portulans ! Une vraie bibliothèque de marine !

— Peut-être devrais-je retourner là-bas avec lui, suggéra Beau en commençant à descendre du lit. Il ne va pas savoir quoi chercher.

— Je m'en occupe, décréta Dante en levant la main pour l'arrêter. Si vous vous sentez d'attaque et avez envie de vous rendre utile, allez plutôt rassurer votre père dans sa cabine. Il paraît qu'il beugle depuis une heure pour savoir ce qui se passe. Ou bien, prenez un peu de repos. Vous étiez déjà morte de fatigue avant de monter sur le galion.

— Je me reposerai en même temps que vous, capitaine, rétorqua-t-elle sur un ton sans appel. Et quand le reste de l'équipage, tout aussi épuisé que moi, aura enfin la possibilité de fermer les yeux. Pour l'heure, c'est d'accord, je vais aller voir mon père. Je suppose qu'il doit être informé qu'il vient de tuer le commandant du *San Pedro de Marcos*.

Elle se dirigea vers la porte, avant de s'arrêter sur le seuil.

— Puis-je vous poser une question ?

Il eut une hésitation à peine perceptible.

— Je vous en prie.

— À notre arrivée sur le galion, pourquoi vous être fait passer pour mon père ? Vu l'importance exceptionnelle de cette capture, j'aurais pensé que vous préféreriez vous en attribuer toute la gloire.

— Si j'ai donné aux Espagnols le nom de Jonas Spence, c'est parce qu'il mérite le crédit de cette victoire. Dès la semaine prochaine, toute l'Espagne brûlera son effigie en maudissant son audace et ses qualités de marin. Des prêtres le dépeindront comme le diable incarné, un fléau infligé à la Sainte Foi, et son équipage sera stigmatisé avec lui. L'Inquisition appellera sur eux – sur vous tous – non seulement le courroux divin mais la colère de tous les catholiques.

Dante surprit le grand sourire de Billy et lui adressa un clin d'œil.

— Et cette générosité n'a, bien sûr, rien à voir avec le désir d'éviter que la nouvelle que vous êtes en vie ne vous précède en Angleterre…

Dante pinça les lèvres, visiblement irrité.

— Aucun de mes actes ne trouve-t-il donc grâce à vos yeux ? Ne puis-je rien faire sans qu'on me soupçonne aussitôt d'arrière-pensées ? Faut-il donc que vous me cherchiez toujours des défauts ?

— Autant s'assurer que la poutre sur laquelle on s'apprête à poser le pied est saine avant de s'y aventurer, non ?

Il haussa un sourcil comme s'il était amusé par sa repartie, mais elle devinait sa tension au tressautement du muscle sur l'arête de sa mâchoire.

— Alors nous avons au moins un point commun, mademoiselle. Car je ne me fie moi-même à rien ni à personne, et ne me risque nulle part sans y regarder à deux fois.

13

— Tu es bien taciturne, ma fille. Aurais-tu encore la migraine ?

Beau cessa de tripoter son bandage à la main pour tâter la coupure à sa tempe. La blessure était encore douloureuse au toucher mais elle ne pouvait, en toute honnêteté, lui attribuer la raison de sa mauvaise humeur. Elle était par ailleurs éreintée, et cela ne contribuait pas à la rendre aimable. Sans le défi qu'elle avait stupidement lancé à Dante de Tourville, voilà longtemps qu'elle serait allée se coucher dans son misérable placard à voiles.

Le Français apparemment infatigable était retourné sur le *San Pedro* où, aux dernières nouvelles, il supervisait le transbordement du butin sur l'*Egret*. Il était fréquent que l'embarquement de la cargaison dans un galion de ce tonnage prenne une bonne semaine, or Dante voulait que l'essentiel de leur prise soit transféré sur leur propre vaisseau avant le lendemain midi. Comme l'*Egret* ne pouvait remorquer l'énorme galion jusqu'en Angleterre, le corsaire avait décidé de procéder à une sélection dans les soutes du *San Pedro* et de n'emporter que les denrées de prix. Cette sélection, c'était Spit qui en était chargé, et il venait fréquemment dans la cabine de Jonas pour lui soumettre ses listes. Spence, le crâne bandé de travers, assis contre ses oreillers tel un roi fainéant, saluait chaque nouvel ajout à leur butin d'une rasade de madère.

Il s'était déjà risqué par deux fois sur le pont, avec l'aide de plusieurs marins, mais comme il ne pouvait guère s'y rendre utile, il avait fini par se résigner à rester dans sa cabine où, à vrai dire, il prenait un plaisir manifeste à être tenu au courant, quasiment minute par minute, de l'avancement du transfert.

Parmi les articles les plus dignes d'un toast que les hommes de Spit dénichèrent sur le *San Pedro* se trouvaient des barriques bourrées à craquer d'objets en or – assiettes, chandeliers, couverts, crucifix – et de pièces d'or et d'argent ; un gros coffre rempli de chaînes en or, cent cinquante-trois en tout, avec des maillons épais comme le doigt ; deux mille lingots d'or et quatre mille d'argent, tous estampillés du sceau officiel du trésor du Panama ; sans compter la cargaison, tout aussi importante aux yeux de certains, que constituaient les trente fûts de madère, les vingt barils de fèves de cacao et les sacs non moins nombreux de poudre d'indigo et d'épices des îles.

À tout cela s'ajoutaient quelques articles pris dans les affaires personnelles des officiers et des soldats espagnols, dont des épées en acier de Tolède à la garde incrustée d'or et de pierres précieuses. Même les plus simples de leurs coutelas étaient de qualité supérieure et auraient pu se négocier un bon prix sur la place londonienne… si seulement les cales de l'*Egret* n'avaient déjà été combles, de sorte qu'ils furent négligemment jetés à la mer, à l'instar de choses insignifiantes.

Les vainqueurs se montrèrent beaucoup plus indulgents avec les denrées alimentaires et trouvèrent encore de la place sur le navire anglais pour des tonnelets de bœuf salé et de riz, ainsi que pour des roues de fromage. Un bruyant défilé de cochons et de moutons franchit également la passerelle, suscitant des murmures excités parmi les marins qui évoquaient un festin mémorable pour le lendemain.

— Fixe donc tes mirettes là-dessus, ma fille. Ça va te purger de la fatigue, murmura Spence en balançant sous les yeux de Beau une perle de la taille d'un œuf de poule.

Elle était suspendue à une chaînette en or et sa surface luisait comme une bille de glace éclairée de l'intérieur par la flamme d'une bougie.

— Il paraît qu'elle adore les perles, notre reine Bess. Elle en porte des colliers à foison et s'en accroche même dans les cheveux. Crois-tu qu'elle va aimer celle-ci ? Ou les autres babioles que j'ai mises de côté pour elle ?

Avec une générosité attisée par le vin, Spence avait exprimé l'intention d'offrir à Sa Royale Majesté, outre les bijoux, l'épée la plus joliment décorée trouvée sur le *San Pedro*, une sélection de vaisselle fine et un rouleau de soie de la meilleure qualité.

— Je pense qu'elle te sera reconnaissante de ces cadeaux, répondit Beau. Assez reconnaissante pour te pardonner de t'être détourné du simple commerce pour te lancer dans la piraterie la plus éhontée.

Spence releva les yeux vers la jeune femme, le buisson roux de sa barbe fendu par un large sourire.

— « Un fléau infligé à la Sainte Foi » ? Ils m'ont réellement appelé comme ça ?

— Comme je te le dis, acquiesça Beau. Et aussi « diable incarné » – ce que nous savions déjà.

Spence gloussa de bon cœur.

— Entre nous, ma petite, le diable en question a failli crotter son fond de culotte quand il a vu cette énorme baleine de près. Pardieu, je crois bien n'avoir jamais été aussi fier de toute ma vie ! Allons, ma fille, lève ta coupe et portons un toast : au meilleur navire de toutes les mers et à son équipage !

Beau répéta la formule et engloutit son madère aussi gaillardement que son père – sans toutefois s'en renverser comme lui sur le menton, ni ponctuer sa dégustation par un rot enthousiaste.

— Maudits bigots, grommela-t-il. Cela étant, faut reconnaître qu'ils savent concocter du bon vin. Regarde-moi ce nectar aussi rouge et doux que le péché... Ça te glisse sur la langue comme du velours.

Il s'interrompit en avisant le sourire narquois de sa fille et se frotta le moignon avec un air douloureux.

— Sans parler de ses grandes qualités médicinales... Ça t'en ferait presque oublier l'incompétence de certains hommes à bord de ce navire qui préfèrent compter leurs sous plutôt que de fabriquer une nouvelle jambe de bois à leur capitaine pour qu'il puisse sortir de ce fichu lit !

Son cri ne rencontrant aucun écho dans la coursive vide, il rajusta en ronchonnant le bandage qui lui enserrait la tête. Il le repoussa trop haut, révélant du même coup la plaie qui striait sa calvitie d'un bourrelet de chair reprisé avec du gros fil noir.

— Nous faisons décidément la paire, commenta Beau en portant une main à sa tempe.

— Pour sûr, admit-il avec un rire étouffé. Ah, si ta mère était là, elle dirait certainement que nous avons eu de la chance d'avoir été touchés à la caboche, vu que c'est la partie la plus dure de notre anatomie !

Adossé à une petite montagne d'oreillers, Spence ne se plaignait sans doute d'avoir à attendre le bon vouloir du charpentier que pour ne pas songer à la chance incroyable qu'il avait eue aujourd'hui : s'il n'avait gardé d'aussi bons réflexes, il aurait pu perdre sa deuxième jambe. La jeune femme ne se rappelait que trop bien la nuit où, sitôt débarqué du navire, il avait été ramené à la maison sur une charrette, la peau brûlante de fièvre et la jambe réduite en une pulpe infectée et sanguinolente. Le médecin ne lui avait pas donné beaucoup de chances de revoir le jour se lever et Beau, qui n'avait alors que dix ans, avait refusé de quitter son chevet cette nuit-là ainsi que le lendemain et la nuit d'après, jusqu'à finalement le veiller deux semaines entières.

C'est alors qu'elle avait pris la décision de ne plus le laisser repartir seul en mer.

Elle se remit à tripoter son bandage à la main.

— Tu as gardé des souvenirs d'elle, ma fille ? demanda doucement Spence en voyant son air mélancolique.

— De mère ? Je n'ai rien oublié : son allure, son odeur… Elle sentait la cannelle, tout le temps.

— C'est vrai. Pour moi, elle était un soleil : brûlante, purifiante et vive comme une flamme. Je n'ai jamais compris pourquoi elle était restée avec quelqu'un comme moi.

— À t'en croire, elle n'avait pas vraiment eu le choix.

— Elle l'a eu ensuite, et elle aurait pu me quitter, même si je n'avais jamais autant désiré une femme. Car j'ai su que c'était elle qu'il me fallait dès la première seconde, vois-tu, dès qu'elle a levé ses yeux de braise vers moi…

— C'est à son seul regard que tu as compris qu'elle devait partager ta vie ?

— Entre autres, acquiesça-t-il en remettant en place son bandage qui avait de nouveau glissé. Elle avait le chic pour me donner l'impression d'être à l'étroit dans ma propre peau et de me faire dresser les cheveux sur la tête – quand j'en avais encore, du moins.

Il s'interrompit pour scruter Beau avec un haussement de sourcil.

— Pourquoi cette question, au fait ?

— Euh… pour rien.

Le vieux capitaine se redressa sur un coude.

— Tu me le dirais si Dante te harcelait, n'est-ce pas ?

— Il ne me harcèle pas. Et, oui, je t'en parlerais si tel était le cas.

— À moins que ce ne soit toi qui lui tournes autour, et lui qui ne veut rien entendre ? Veux-tu que j'aille lui tirer l'oreille pour oser t'insulter ainsi ?

— Non ! Non, ce n'est pas ça du tout. Il y a juste que…

— Que quoi, ma fille ? Vas-tu enfin cracher le morceau ?

Leurs yeux d'ambre se croisèrent dans la clarté de la lampe suspendue au-dessus de leurs têtes. Ils avaient peu de secrets l'un pour l'autre. Quand Beau avait perdu sa virginité, elle s'en était aussitôt ouverte à lui et avait même révélé avec qui. Réciproquement, elle connaissait toutes ses maîtresses et ses catins préférées, ainsi que les raisons pour lesquelles telle ou telle avait ses faveurs.

— Il y a juste que… des fois, il me rend folle de rage et j'ai l'impression d'être sur le point d'exploser. Et d'autres fois…

— Oui ? D'autres fois ?

— D'autres fois… il ne me met pas en colère, mais me donne quand même l'impression d'être sur le point d'exploser.

Spence pinça les lèvres et la détailla pensivement, depuis le haut de son crâne jusqu'au bout éraflé de ses bottes.

— Peut-être est-ce parce que ton pourpoint est trop serré.

Beau, qui ne s'était pas aperçue qu'elle avait retenu sa respiration, la relâcha avec un juron assez senti pour que son père juge préférable de retirer sa plaisanterie.

— Ah, désolé, ma petite. C'est la boisson qui me fait parler ainsi. Et puis, tu sais bien que je ne suis pas vraiment de bon conseil sur ce genre de sujets. Pour un homme, tu comprends, c'est différent. Il voit quelque chose qui lui plaît, il en tire plaisir sans arrière-pensée et reprend ensuite son chemin avec les idées plus claires. Pour une fille, en revanche… eh bien, quel genre de père pourrait suggérer à la sienne d'aller se gratter là où ça la pince ?

— Où ça la pince ?

— Oui, quoi, par là, expliqua-t-il avec un vague geste en direction de son entrejambe, avant de se renfrogner. Tu n'es plus une oie blanche, tout de même, tu dois bien voir de quoi je parle, non ? Et ne va pas monter sur tes grands chevaux en prétendant que tu n'y as pas pensé, hein. Ce n'est pas le gars le plus moche de la Terre et tu n'es pas non plus une laideronne, et s'il te donne tout le temps envie de te débarrasser de tes vêtements, eh bien, ça veut dire que tu en pinces pour lui, voilà tout.

Comme Beau se tenait coite, son père la regarda par en dessous.

— Car ce n'est que ça, hein ? s'enquit-il. Tu n'attends pas plus de lui ?

Elle ouvrit la bouche pour lui répondre.

— Il a déjà eu une épouse avec un caractère, disons, très indépendant, crut bon de préciser Spence, et je doute qu'il en cherche une autre. Tu le savais, je suppose ?

— Oui, oui, bien sûr, répondit-elle, agacée. Je ne suis pas...

— Savais-tu qu'elle lui a fait deux bâtards dans le dos, pendant qu'il était en mer ?

Elle demeura un moment sans voix.

— Non, murmura-t-elle enfin. Je l'ignorais.

— J'imagine que ce n'est pas le genre d'infortunes dont un homme comme lui aime parler spontanément, ni qu'il est près d'oublier ou pardonner. Il semblerait que, à chaque fois que son épouse s'est laissé surprendre avec le ventre rond, elle a tenté de faire passer son état pour l'œuvre de Dante, mais il savait bien que c'était impossible, vu qu'il était absent au moment des « faits ». Il paraît qu'il aurait excusé sa première incartade, et même proposé de donner son nom au môme. À la deuxième, il a répudié l'infidèle et le fruit de ses entrailles, obtenu le divorce et pris le large presque deux années avant de revenir chez lui. Autant te dire que cette histoire lui a donné un fort goût pour la solitude et beaucoup de méfiance envers les crampons – tout comme tu as tendance toi-même à arracher le foie de chaque homme qui te sourit de manière un peu trop insistante, à cause de ce que t'a fait Nate Hawethorne.

— Je ne suis guère un crampon, protesta-t-elle avec indignation. Quant à mon goût pour la solitude, Nate Hawethorne n'en est qu'une des raisons.

— Peut-être. Mais Dante n'en reste pas moins le meilleur candidat pour une aventure sans lendemain. Enfin quoi, ma fille, tu ne vas tout de même pas juger tous les hommes à l'aune de Nate Hawethorne ! C'était un salaud qui t'a menée par le bout du nez avec des tas de promesses en l'air, et qui t'a ensuite abandonnée comme de vieilles chausses !

— Serais-tu en train de m'encourager à laisser ma porte ouverte à toute heure du jour et de la nuit ?

— Mais non ! s'emporta Spence en se penchant vers elle. Je ne te pousse absolument pas à sauter sur le premier homme qui te met ses parties sous le nez. Il n'est pas question qu'on traite ma fille de catin !

Il se renfonça contre ses oreillers et la fixa d'un œil courroucé.

— Je dis simplement que tu t'es choisi une vie qui n'est pas toujours facile, et qu'il faut savoir profiter des plaisirs qu'elle peut offrir. Ah ! s'exclama-t-il en laissant retomber son menton sur sa poitrine, les yeux baissés sur sa coupe de madère. Si ta mère était là, ce serait mes parties qu'elle arracherait pour me faire passer l'envie de te raconter des choses pareilles, mais il n'empêche que ça me fait parfois de la peine – comme ça lui en ferait à elle, j'en suis sûr – de te voir avoir peur d'une des plus grandes sources de joie de l'existence.

— Je n'ai pas peur, murmura-t-elle.

— Oh que si ! Et crois bien que je m'en veux de ne pas t'avoir ramenée chez ta tante Mavis quand tu t'en es échappée pour venir me rejoindre sur ce navire. Regarde donc un peu autour de toi, ajouta-t-il en embrassant de la main le désordre de sa cabine encombrée. Quel genre de vie peut-il y avoir ici pour une jeune fille ?

Pour un peu, songea Beau avec appréhension, il allait se mettre à pleurer dans sa coupe vide... Elle bondit sur ses pieds et se rapprocha du lit, la bouteille à la main.

— Le seul genre de vie qui m'intéresse, assura-t-elle. Et si jamais l'idée, la simple *idée* de me ramener chez tante Mavis te traverse encore une fois l'esprit, tu pourras dire définitivement adieu à tes parties.

— Bah ! lâcha-t-il avec un reniflement moqueur.

Il lui tendit néanmoins sa coupe et la tança quand elle ne la remplit qu'à moitié.

— Je vais devoir ouvrir une autre bouteille, le prévint-elle.

— Eh bien, dépêche-toi ! Je sens déjà que je me dessèche.

Spit avait eu la prévoyance d'apporter une demi-douzaine d'autres flacons lors de sa dernière visite. Beau avait sorti son couteau et s'apprêtait à en décacheter un, quand elle avisa Simon Dante sur le seuil.

Il se tenait immobile, trois parchemins roulés sous le bras et une grande caisse en bois dans les mains. Il s'était changé et portait maintenant une chemise noire qui, avec ses chausses noires, ses bottes noires et ses cheveux d'un noir profond, achevait de le fondre dans l'obscurité de la coursive. Même si rien dans son expression ne semblait indiquer qu'il ait surpris leur conversation, Beau n'en sentit pas moins les poils de sa nuque se hérisser comme sous la caresse d'une toile d'araignée.

— Entrez, entrez ! lança Spence qui venait de le remarquer à son tour. Prenez donc une coupe et buvez avec nous !

— En fait, repartit Dante avec un grand sourire tout en s'avançant dans la clarté de la lampe, c'est justement des coupes que je vous apportais.

Il posa la caisse, qui semblait lourde, sur le bureau de Spence et se mit à en sortir des gobelets sur pied en or massif, incrustés de joyaux. Spence arrondit les yeux quand Dante lui en tendit un, dont les diamants et les saphirs étaient aussi gros que l'ongle de son pouce, puis un autre orné de rubis, de tourmalines et de topazes.

— Je me disais que, quitte à fêter cette victoire, autant le faire dans de la vaisselle appropriée.

Spence se rengorgea et jeta sa coupe en argent sur le plancher de la cabine.

— Alors, ma fille, aurais-tu les mains gelées sur cette bouteille ? Ouvre-la donc et apporte-la par ici, s'écria-t-il avant de se retourner vers le corsaire. Comment ça se passe, là-dehors ?

— Les gars triment sans compter leur peine. Nous devrions être bien nantis d'ici demain matin.

— À quel point ? s'enquit Spence en plissant les paupières.

— L'un dans l'autre, je dirais de soixante mille – voire de plus, si nous arrivons à négocier aussi bien que je l'espère tout cet or et cet argent sur la place de Londres.

Spence en demeura bouche bée, et ne parut même pas se rendre compte que son bandage lui était de nouveau tombé sur les yeux.

— Soixante mille… ducats ? demanda Beau d'une voix chevrotante.

Dante sortit un autre gobelet de la caisse, compara un instant le feu de ses joyaux à celui des yeux de la jeune femme, et le lui tendit.

— Ce sont en effet des ducats qui sont portés sur les listes d'embarquement, mais je songeais plutôt à de bonnes vieilles livres anglaises.

— Soixante mille livres, répéta Jonas dans un souffle.

— Assez pour plaquer tout l'*Egret* à l'or fin si vous le désirez ! s'esclaffa Dante.

— Soixante mille, murmura encore une fois le vieux capitaine. Ce qui représente à peu près trente mille pour moi et le reste pour l'équipage – ainsi que pour vous et vos hommes, s'empressa-t-il de préciser en relevant vivement la tête vers le corsaire. Vous avez tous combattu comme des lions et le méritez amplement.

Dante leva son gobelet pour saluer le compliment et la générosité de Spence. Constatant que le flacon de madère semblait bel et bien figé dans les mains de Beau, il le lui prit délicatement et se chargea de remplir leurs coupes à ras bord.

— À l'*Egret*, et à son intrépide équipage ! s'exclama-t-il.

— À l'*Egret* ! rugit Spence en renversant autant de madère sur sa barbe que dans son gosier. Et au courage insensé de Simon Dante, comte de Tourville, sacré Français, Loup des Mers et... Aurais-je par hasard oublié un de vos titres, milord ?

— Hérétique assumé et écumeur des océans, compléta l'interpellé avec un sourire.

— Ah oui, c'est vrai... Mais bon, ne sommes-nous pas tous un peu hérétiques aux yeux de ces papistes enragés ? Et puisque nous risquons de brûler en enfer pour nos péchés, autant en profiter autant que possible, n'est-ce pas ?

Beau leva son propre gobelet, se sentant gagnée elle-même par une douce euphorie.

— Par le croupion du p'tit Jésus, où sont donc passés McCutcheon, Pitt et votre espèce de diable noir ? demanda Spence. C'est quand même aussi à leurs talents que nous devons cette bonne fortune, et ils ont bien mérité de trinquer avec nous.

— Lucifer est resté sur le galion pour surveiller l'équipage espagnol. Quant à McCutcheon, vous ne pourriez l'arracher aux soutes du *San Pedro*, même si vous lui attachiez une ancre de cent kilos aux chevilles et que vous la jetiez par-dessus bord. Pour ce qui est de M. Pitt, je crains qu'il ne soit de nouveau tombé amoureux et je doute fort que nous le revoyions de la nuit.

— Hein ? fit Spence en crachant à moitié le vin qu'il avait dans la bouche. Amoureux ?

— Il faut avouer que la petite duchesse espagnole est d'une rare beauté, et s'il y a bien un type de femme auquel mon second a le plus grand mal à résister, c'est ce genre d'adorable poupée aux cheveux noirs et aux grands yeux bleus innocents, qui s'exprime en chuchotant et bat des cils comme un papillon bat des ailes. Je suis sûr qu'il s'est épris d'elle au premier coup d'œil.

— Vous avez toujours l'intention de la garder avec nous ? questionna Beau.

— Absolument : la duchesse royale *et* son petit drapeau de soie. Dès le lendemain du retour du *San Pedro* en Espagne, tous les navires espagnols se lanceront à nos trousses. Elle sera notre sauf-conduit en cas de mauvaise rencontre, et nous sera aussi fort utile une fois chez nous.

— Chez nous ? s'étonna Spence. Et pourquoi nous embarrasserions-nous d'une otage à la maison ?

— Auriez-vous oublié la prise que Drake a remorquée au port, il y a deux ans de cela ? Le roi Philippe a crié à la piraterie et exigé que le navire soit restitué, et « El Draque » traduit pour ses crimes devant un tribunal espagnol. Il se trouvait que le vaisseau en question transportait aussi un membre de la famille royale, que Bess et sir Francis s'empressèrent de renvoyer sain et sauf à Séville, ce qui leur épargna un long contentieux diplomatique avec l'Espagne. Dans le cas présent, toutefois, il ne s'agirait pas seulement de sauver votre peau mais également la mienne.

Le vin devait avoir embrouillé l'esprit de Spence, car il demanda :

— La vôtre ?

— Veracruz, expliqua Beau. Et Victor Bloodstone. Croyez-vous vraiment, capitaine Dante, qu'une duchesse et quelques documents volés aux Espagnols suffiront à apaiser la reine, quand vous aurez accusé de vol et de trahison le neveu de Walsingham et l'aurez passé au fil de votre épée ? Bloodstone n'a-t-il pas déjà versé une part considérable de votre butin à Sa Majesté et rapporté à son oncle tout ce qui se trouve dans les papiers que vous avez dénichés à Veracruz ?

Dante plissa les paupières.

— Je peux vous garantir que la reine sera la première à réclamer le sang de ce chien quand elle saura que c'est avec *mon* or dans ses cales qu'il a remonté triomphalement la Tamise. Elle déteste à peu près autant la félonie parmi ses proches que le mariage, et la perspective de devoir partager sa couronne avec un homme.

« Quant à Walsingham, il est vrai qu'il est très fier de son réseau d'espions et qu'il passe son temps à vanter l'exactitude des informations que lui rapportent ses petites taupes. Nul doute que Bloodstone s'est évertué à éblouir son oncle avec le contenu des lettres que nous avons rapportées de Veracruz, mais comme j'étais le seul à être en mesure de les comprendre, il a dû se contenter de la traduction que je lui en ai faite.

— Et qui était loin d'être complète, comprit la jeune femme.

— L'erreur est humaine mais seuls les imbéciles persistent à se tromper, énonça-t-il. C'est de Cicéron, je crois. En tout cas, j'ai déjà commis une erreur jadis en me fiant aveuglément à quelqu'un, et je l'ai payée très cher.

Beau remarqua le tic qui s'était remis à agiter le muscle de sa mâchoire et se souvint de ce que son père lui avait raconté au sujet de l'ex-épouse du corsaire.

— Et si ça n'était pas assez ? demanda-t-elle calmement. Si une duchesse et quelques documents ne suffisaient pas à convaincre la reine que la peine de mort que vous comptez infliger à Bloodstone n'est pas uniquement motivée par un désir de vengeance ?

— Alors il ne me restera plus qu'à prier le bourreau de bien aiguiser sa lame avant de me trancher le cou, car j'ai la ferme intention de tuer ce salaud quand même.

Dante accompagna ces mots d'un regard d'une froideur mortelle qui fit frissonner la jeune femme. Puis, à la grande surprise de Beau, les yeux du corsaire prirent un éclat plus intense encore tandis qu'il esquissait un lent sourire.

— Cela dit, je crois avoir justement trouvé de quoi sauver nos têtes – et nous assurer de garder notre butin.

Il vida sa coupe qu'il reposa sur le bureau, et tendit la main vers les trois parchemins qu'il avait apportés. Il les déroula en les empilant l'un sur l'autre et cala les coins de la liasse avec des gobelets en or. Beau ne put s'empêcher de tordre le cou pour mieux les voir. Dante l'invita du geste à s'approcher.

— Philippe d'Espagne a décidé de montrer ses muscles, déclara-t-il en s'écartant devant la jeune femme.

Beau baissa les yeux et, pendant quelques instants, ne comprit pas trop l'intérêt de ces documents. C'étaient des aquarelles représentant d'imposants galions à l'ancre dans un port inconnu.

La voyant froncer les sourcils, Dante fit glisser un doigt vers la signature de l'artiste. Le nom ne dit rien à la jeune femme, mais la date la frappa.

— Il est écrit… « avril » ? s'enquit-elle d'une voix hésitante.

Il souleva deux des gobelets et laissa la peinture se replier sur elle-même, révélant l'autre en dessous. Celle-ci montrait également des vaisseaux de combat, mais en plus grand nombre encore et dans un havre encore plus vaste. La jeune femme porta son attention sur la signature et lut tout haut la date inscrite à côté.

— *Maius* – mai, donc – *anno* 1587.

— Je ne connais pas le premier port, mais celui-ci, déclara-t-il en considérant tour à tour Beau et Spence de son regard d'étain poli, n'est autre que Cadix.

— Cadix ? répéta Jonas. Pourquoi diable… ?

— Le roi a commandé ces peintures pour dévoiler les préparatifs d'une expédition navale d'envergure, articula sa fille en écarquillant les yeux, saisie d'une brusque révélation. Il fait étalage de son armada !

Dante lui sourit de nouveau.

— Je vous avais pourtant demandé d'arrêter d'être aussi futée, mademoiselle.

— Mais..., commença-t-elle en ramenant son attention sur la peinture. Comment être certains qu'il s'agit bien d'une description des forces à sa disposition, et non d'une vantardise ou d'un vœu ?

Dante la dévisagea un instant.

— À cause de ceci...

Il plongea la main dans la caisse et en retira une mince liasse de papiers. Ils avaient été recouverts d'une épaisse couche de cire et portaient le sceau de l'ambassadeur du roi à Veracruz. Après avoir rempli sa coupe, Dante s'installa au bureau et commença à feuilleter les documents, tout en traduisant les passages les plus intéressants à son auditoire captivé.

— « Ils ont fondu de nulle part comme des faucons et frappé avant de s'envoler de nouveau dans la nuit, poussés par le souffle de Satan en personne. Nous avons appris que l'attaque a été menée par le chien français... »

Il s'arrêta de lire et se renfrogna.

— Un chien ? Aurais-je donc été rétrogradé de loup à chien ? Enfin, peu importe... « L'attaque a été menée par le chien français nommé Tourville – non sans succès, hélas, car j'ai le regret d'informer Votre Très Royale Majesté que ce larcin représente pour le trésor une perte sèche de cinq cent mille ducats. »

Dante interrompit de nouveau sa lecture.

— Ah, le fieffé menteur ! Nous n'avons pas dû lui prendre plus de quatre cent mille ducats – ce qui ne l'a d'ailleurs pas empêché de mettre ma tête à prix pour quinze mille, soit à peine cinq mille de moins que la récompense promise pour la capture de votre héros, sir Francis Drake.

— Quinze mille ducats est déjà une somme assez tentante, rétorqua-t-elle.

Il dégusta une longue gorgée de madère et parcourut de nouveau les documents.

— Et puis, je suis tombé là-dessus, dit-il.

— Qu'est-ce que c'est ?

— Je l'ignore : c'est codé.

— Comment pouvez donc savoir que c'est important ?

— Serait-ce codé si ça ne l'était pas ?

Beau réprima le juron qui lui montait aux lèvres et lui arracha le papier des mains pour le parcourir à son tour.

— Je ne vois rien de mystérieux là-dedans.

— Vous savez lire l'espagnol ?

— Les cartes et portulans. Or ceci, dit-elle en plantant un doigt sur le document, me paraît aussi anodin qu'un bulletin météorologique.

— C'est ce que c'est, en apparence du moins : des rapports météorologiques, des prévisions de moissons, de changements de vent...

— J'avoue que j'ai du mal à réprimer mon angoisse, lâcha-t-elle sur un ton ironique.

Il prit une nouvelle gorgée de vin et se renfonça dans son siège. La soie noire de sa chemise captait des reflets de la clarté jaune qui les éclairait et donnait l'impression que son buste avait été doré à l'or fin. Beau, qui sentait encore le tracé de ses doigts sur sa nuque, s'efforça d'ignorer que, comme souvent, il n'avait pas fermé sa chemise au col et que celle-ci bâillait sur ses pectoraux saillants, nappés d'une toison si fournie qu'elle avait envie d'y enfouir les mains.

— Avant d'atteindre Veracruz, reprit-il, nous avons eu l'occasion de tester notre puissance de feu sur un navire espagnol qui croisait au large de La Barbade. Il transportait notamment des dépêches royales adressées à Diego Flores, gouverneur du Panama. Ces dépêches étaient, elles aussi, remplies de bulletins météorologiques et de prévisions de moissons. Je n'en ai rien pensé sur le coup... jusqu'à ce que Victor Bloodstone, poursuivit-il en crachant le nom du traître avec un surcroît de hargne, me prévienne que son oncle lui avait confié que le roi Philippe avait la manie de coder son courrier confidentiel.

— En le présentant sous la forme de bulletins météorologiques et de prévisions agricoles ? intervint Jonas pour participer à la conversation.

Dante opina.

— Il y avait des douzaines de documents comme celui-là dans les papiers de Veracruz, et nous en avons trouvé deux fois plus encore sur le *San Pedro*. Comme je n'avais pas grand-chose d'autre à faire pendant que nous dérivions sur le *Virago*, j'ai traduit la plupart des listes dénichées par M. Pitt, mais je n'ai toujours pas réussi à percer leur code – si du moins elles sont bien chiffrées. Maintenant, un regard neuf pourrait m'aider à y voir plus clair, si du moins vous avez à bord de l'*Egret* quelqu'un qui sache lire l'espagnol.

— Spit, répondit Beau.

Dante releva la tête en fronçant les sourcils.

— Votre second ?

Elle hocha la tête.

— Il lit et écrit l'espagnol. Ainsi que le latin. Il était prêtre, autrefois.

— Un ministre du culte ? s'enquit le corsaire avec incrédulité.

— Poussez-le à bout, et il est encore capable de vous assommer de psaumes.

— Passer de la chaire au sabord représente un sacré saut, si je puis dire.

— Comme de passer d'un château français au pont d'un navire pirate, je présume.

Une lueur amusée s'alluma dans le regard du corsaire.

— Touché, mademoiselle. Jamais je n'ai été taxé de snob avec autant de finesse.

Spence s'esclaffa et se claqua la cuisse.

— Au diable l'Espagne ! Au diable Philippe et sa bande de papistes fanatiques ! Approchez donc, vous deux, et prenez-moi la main. Capitaine, vous savez déjà ce que je pense de vos qualités de navigateur. Je n'ai rien à ajouter sur le sujet, sinon que j'ai été honoré de partager le pont de l'*Egret* avec vous aujourd'hui. Et, Beau, je n'ai pas oublié ma chance d'avoir le meilleur pilote de tous les océans. Je suis particulièrement fier de toi, Isabeau Daria Spence, tellement fier que j'ai l'impression que mon cœur va s'arracher de ma poitrine !

Interdite, la jeune femme contempla sa main que son père serrait avec celle de Dante entre ses grosses paluches. Être félicitée par son père adoré, par un homme qui méprisait le danger et avait consacré son existence à parcourir les mers, lui donnait presque le tournis.

Son regard remonta vers Dante de Tourville. Il lui avait demandé un jour ce qui l'avait amenée à embrasser cette carrière et si elle regrettait de ne pas être drapée de soie et de satin, en train de discuter des derniers potins de la Cour tout en sirotant un chocolat chaud dans une minuscule tasse en porcelaine.

Au cours des huit dernières années, c'était la vie elle-même qu'elle avait sirotée, une vie remplie d'aventures que les sédentaires ne pouvaient même pas imaginer. C'était l'écume plutôt de la poudre de riz qui lui avait blanchi les joues, et le soir, au lieu de somnoler au coin du feu, elle montait au grand mât pour admirer la mer au clair de lune, si près du ciel qu'il lui aurait suffi de tendre la main pour attraper une poignée d'étoiles. Que pouvait-il y avoir de plus beau que les flots en fusion sous l'ardeur du soleil couchant, ou de plus enivrant que les senteurs épicées des brises tropicales ? Elle avait nagé dans les eaux cristallines de l'île de la Tortue et cueilli de la glace sur une banquise du Groenland. Elle s'était fait des amis chez les Indiens du Nouveau

Monde et des ennemis parmi les artilleurs espagnols. Elle avait connu la camaraderie et les dangers du bord, l'excitation de la découverte et la peur des combats.

Et elle avait été embrassée par le Loup des Mers, qui lui aurait à peine accordé un regard si elle avait siroté du chocolat en compagnie de la reine.

Une salve de rires l'arracha à sa rêverie et elle s'aperçut, avec un singulier détachement, que Jonas ne maintenait plus ses doigts dans la paume de Dante mais qu'ils semblaient y rester de leur propre volonté. Le corsaire les caressait doucement, avec une familiarité qui embrasa la jeune femme de la tête aux pieds. Cette chaleur gonflait ses seins et agitait son ventre. Son sang lui donnait l'impression de chanter dans ses veines.

Elle devinait que Dante n'avait cessé de la dévisager, mais elle réprima l'envie de croiser son regard. Les yeux d'un bleu argenté représentaient pour elle un danger constant – car ils la mettraient au défi de reconnaître qu'elle n'était pas aussi forte et indépendante qu'elle le prétendait, ni aussi indifférente qu'elle aurait aimé le croire aux sentiments. Il pouvait constater que les éloges de Spence l'avaient bouleversée. Avait-il seulement idée à quel point ?

Elle retira sa main et serra le poing. Jonas était en train de porter un nouveau toast et réclamait un autre flacon.

— Pas pour moi, s'empressa-t-elle de dire. J'ai déjà la tête qui tourne et mon lit m'appelle.

Jonas rota, le nez rubicond, et eut visiblement du mal à focaliser le regard sur sa fille.

— Des tours de garde ont-ils été prévus et les sentinelles armées ? Nous ne sommes qu'à vingt pas d'un vaisseau ennemi, et il serait quand même dommage d'être surpris avec la braguette ouverte et la zigounette au vent.

Il fallut une seconde à Beau pour rassembler ses esprits et réfléchir à une question aussi triviale que l'établissement de tours de garde, mais elle fut heureuse d'être ainsi obligée de se concentrer.

— C'est Lewis qui commandera le premier quart sur le pont. Hubbard prendra ensuite la relève à minuit et Simmonds se chargera des petites heures du matin, avec effectifs renforcés.

— Bien, approuva son père dont la tête chauve semblait osciller sur son cou de taureau. Avec eux, nous pouvons dormir tranquilles.

La jeune femme osa alors jeter un coup d'œil en direction de Dante, mais il était sorti du cercle de clarté projeté par la lampe et, le dos tourné, était occupé à ouvrir une nouvelle bouteille de madère.

— Bonne nuit, capitaine Dante.

— Dormez bien, Isabeau, lui répondit-il en français. Et faites de beaux rêves.

14

Beau avait parfaitement compris ce que le corsaire lui avait dit et elle y repensa lorsque, après avoir refermé la porte de son père, elle se retrouva dans la pénombre de la coursive.

« De beaux rêves »... Était-ce une moquerie ou une formule innocente ?

Des éclats de rire attirèrent son attention vers le rai de lumière qui filtrait sous le battant, et elle se demanda à quoi elle pourrait bien rêver cette nuit-là... Sans doute au plaisir de partir en guerre contre l'Espagne.

Même s'il était vrai que sir Francis Drake et d'autres prévenaient la reine depuis des mois de la frénésie de construction qui s'était emparée des ports espagnols, il était tout aussi vrai qu'Elizabeth, en souveraine sensée, n'avait guère envie de se lancer dans un conflit à l'issue incertaine avant d'avoir épuisé tous les recours de la diplomatie. Maintenant, si Dante avait mis la main sur des documents prouvant les intentions belliqueuses de l'Espagne, la guerre deviendrait inévitable et la reine allait avoir besoin de tous ses loyaux navigateurs, marchands et corsaires, pour défendre l'Angleterre contre les forces d'invasion du roi Philippe. En d'autres termes, l'*Egret* devrait s'engager au service de Sa Majesté.

Comme ses yeux se portaient vers sa propre porte, à l'autre bout du corridor, elle aperçut un filet argenté sous le battant et supposa que Billy avait achevé d'y transférer les papiers et portulans dénichés sur le galion espagnol. Elle avait besoin de ses propres cartes pour le lendemain matin, et jugea préférable d'aller les chercher maintenant plutôt que de s'y rendre au jugé dans la grisaille de l'aube.

Il lui parut curieux de marquer une hésitation sur le seuil de sa propre cabine, de s'y sentir une intruse alors même que la plupart des affaires qui s'y trouvaient lui appartenaient. Peut-être était-ce dû à la présence de la chemise dont Dante s'était débarrassé un peu plus tôt, qui gisait toujours en boule dans un coin, ou aux vagues effluves de soleil et de cuir qui flottaient dans la pièce. Ou alors c'était l'alcool qu'elle avait ingéré, ainsi que le conseil de son père de « se gratter là où ça la pinçait », qui lui donnaient des frissons et la rendaient terriblement consciente de chaque bouffée d'air qu'elle aspirait.

La flamme d'une bougie solitaire posée sur la table à carte frémissait à l'intérieur de sa bobèche en verre. Le clair de lune se déversait par les fenêtres inclinées. Attirée par la perspective d'un bol d'air frais, Beau traversa la cabine pour rejoindre la porte de la galerie et se glisser sur l'étroit balcon.

À tribord, l'imposante coque du *San Pedro* bouchait complètement la vue. L'*Egret* était ancré à la hauteur de son château de poupe et oscillait faiblement sous la houle, maintenu à distance prudente du galion par la passerelle reliant les deux vaisseaux. La jeune femme entendait les coups de marteau et le grincement des scies qui résonnaient sur les ponts supérieurs, et pouvait sentir des remugles de pois et de fumée ainsi que l'odeur métallique de la poudre à canon. Elle aurait aimé longer la galerie pour examiner de plus près le Goliath vaincu, mais elle aurait été pour cela obligée de passer devant les fenêtres de son père et, sauf à se courber comme une voleuse, elle aurait couru le risque de laisser croire à Spence et Dante qu'elle voulait les espionner.

Elle alla donc se réfugier à l'autre extrémité de la galerie, du côté de la lune qui brillait au ras de l'horizon et déversait vers l'*Egret* une ligne tremblotante d'argent en fusion. Une petite escouade de nuages filait vers l'est, leur ventre éclairé d'une lueur d'un blanc bleuté. La lumière de l'astre nocturne éclipsait les plus petites étoiles du ciel, mais il en restait assez qui scintillaient dans la nuit pour inciter Beau à s'accouder au garde-corps, le menton posé dans le creux de ses mains.

Aurait-elle préféré porter un corset rigide avec un vertugadin en osier ? Ou se soumettre à des matrones qui lui auraient dicté ses coiffures et l'auraient tancée à l'apparition de la moindre tache de rousseur sur son nez ? Certainement pas.

Elle se redressa en fronçant les sourcils et entreprit d'ôter le bandage de sa main. La paume en était encore sensible mais heureusement assez épaisse pour ne pas garder trop de séquelles de la brûlure occasionnée par le frottement de la drosse. Et puis, elle avait trop bu pour vraiment souffrir de cette blessure somme toute assez bénigne.

Elle jeta le bandage à la mer et, sur un nouveau coup de tête, dénoua sa tresse. Tout en prenant garde à ne pas réveiller sa douleur à la tempe, elle se frictionna le cuir chevelu pour se détendre. Elle plongea ensuite son regard dans la noirceur d'encre de l'eau, six mètres en contrebas, et regretta d'avoir juste eu la possibilité de se débarbouiller sommairement après la bataille. Comme elle aurait aimé un long bain chaud pour se débarrasser complètement de la crasse et de la fatigue… Un bain chaud suivi d'un massage et d'une bonne nuit de sommeil sur un épais matelas de plumes !

Elle redressa la nuque. Elle allait malheureusement devoir se contenter, ce soir-là, d'un hamac dans la réserve à voiles. S'écartant de la rambarde à contrecœur, elle pivota vers la porte.

Elle ne l'avait pas encore rejointe qu'elle avisa un mouvement dans la cabine et s'immobilisa. Simon

Dante était en train de refermer la porte donnant dans la coursive ; l'instant d'après, il calait la pointe d'une botte contre le talon de l'autre et éjectait les deux à l'autre bout de la pièce, avec un soulagement visible. Dans le même mouvement, il avait sorti de sa culotte les pans de sa chemise et, en moins de temps qu'il n'en fallut à la jeune femme pour émettre un hoquet de surprise, il déboucla son ceinturon qu'il laissa tomber sur le plancher et fit passer sa chemise noire par-dessus sa tête.

Paralysée par la stupeur, Beau le regarda écarter largement les bras et émettre un puissant bâillement. Il croisa ensuite ses mains sur la nuque et tendit les coudes en arrière pour dénouer ses biceps, puis il inclina le buste d'un côté et de l'autre, ses muscles roulant sous sa peau à la lueur de la bougie tandis que sa crinière d'ébène effleurait alternativement chacune de ses épaules. Il porta ensuite les bras vers le plafond pour attraper une des poutres avant d'arquer les reins. Il arrondit le dos, le poids du corps sur les talons, se retenant à la poutre du bout des doigts.

La jeune femme sentait son éraflure à la tempe battre sourdement sous l'afflux du sang qui lui montait à la tête. Elle avait les joues brûlantes, la gorge sèche, et cherchait frénétiquement un moyen de quitter la galerie sans être vue.

Elle inspecta les alentours en s'efforçant de bouger le moins possible, sachant que la lune devait éclairer sa silhouette en contre-jour. Quand elle tourna de nouveau la tête vers la cabine, Dante était penché sur son coffre de marine, dont il sortit un flacon fermé par un bouchon. Il ôta celui-ci avec les dents et versa une partie du contenu de la bouteille dans le creux de sa paume. Quelques secondes plus tard, le parfum puissant du camphre filtrait par les interstices des huisseries.

Beau se figea de nouveau sur place, toute velléité de fuite disparue, et le regarda étaler un film d'huile sur ses bras sculpturaux, en frotter ses épaules massives, son cou, ses pectoraux et son dos. Elle le vit assouplir chacun de ses muscles et de ses tendons. Quand il eut terminé, il ressemblait à un dieu de la guerre, moulé dans du bronze poli. Elle en eut les genoux flageolants. Son ventre n'était plus qu'une masse liquide et frémissante, et sa peau lui donnait l'impression d'avoir rétréci, comme si le moindre geste risquait de la fissurer.

Une nouvelle bouffée de camphre lui permit de reprendre un peu le contrôle de ses pensées. Elle *devait* s'en aller d'ici – mais comment ? Il n'y avait qu'une porte ouvrant sur l'intérieur du navire et, même si elle avait le cran de la pousser, comment pourrait-elle expliquer avoir attendu aussi longtemps pour se manifester ?

Par chance, le gaillard d'arrière offrait assez de prises pour grimper jusqu'au poste de pilotage. Mais lorsqu'elle voulut s'en assurer, son mouvement de tête attira aussitôt l'attention de Dante.

Beau vit la surprise se peindre sur ses traits à la clarté de la bougie puis, à une vitesse ahurissante, il franchit la porte donnant sur la galerie et vint la saisir par la taille avant de tourner son visage vers la lune.

— Vous ! s'exclama-t-il. Par tous les saints, que diable faites-vous ici ? Vous risquez d'être abattue sans sommation par les hommes de quart, à rôder ainsi dans le noir. Auriez-vous oublié que nous côtoyons un vaisseau ennemi rempli de plusieurs centaines d'hommes, qui brûlent d'envie de sauter à bord de l'*Egret* pour nous trancher la gorge dans notre sommeil ?

Baissant les yeux, Beau avisa le reflet d'une lame dans le poing du corsaire.

— Je... je n'y pensais plus, avoua-t-elle piteusement. Et je ne rôdais pas. J'étais venue chercher mes cartes pour demain matin et, euh... j'ai voulu prendre un peu l'air et... Enfin quoi, c'est *ma* cabine, tout de même ! Je ne suis pas habituée à m'y comporter comme une intruse...

Le regard de Dante s'adoucit, et il rangea la dague.

— Mais pourquoi n'avoir rien dit ? Pourquoi n'avoir pas tout de suite signalé votre présence ?

— Je... ne sais pas. Vraiment... je ne sais pas. Le temps que je me rende compte que vous étiez rentré de chez mon père, vous étiez déjà à moitié nu et... et...

Elle déglutit péniblement et, avec une sensualité involontaire, porta une main à sa gorge pour presser ses doigts contre sa jugulaire qui tressautait sous les battements de son cœur.

— Si vous voulez bien me laisser passer, capitaine, je serai heureuse de vous laisser seul avec vous-même.

Bien loin de se pousser, il se rapprocha d'elle, l'enveloppant de l'ombre de sa silhouette.

— Pas si vite, demoiselle.

— Co... comment ça ? bredouilla-t-elle.

Sans répondre, il leva une main et se mit à caresser ses cheveux dénoués. Elle se tendit en sentant peu après ses doigts sur sa nuque, plus consciente que jamais de la proximité de ses épaules massives, de la toison sombre qui lui couvrait le torse, des méplats qui se tendaient le long de ses bras.

Elle leva les yeux et, sans oser croiser son regard, fixa son attention sur le demi-sourire qui retroussait le coin de ses lèvres.

— J'espère que vous ne songez pas à m'embrasser, le prévint-elle d'une voix blanche.

Son sourire s'accentua, et il se mit à l'examiner entre ses paupières plissées.

— Je pense que vous me devez bien un baiser, pour le spectacle d'effeuillage que je vous ai offert.

— Sauf que vous n'êtes pas complètement effeuillé, objecta-t-elle.

— Bah ! Vous avez déjà eu un aperçu complet de mon anatomie... tandis que moi, je n'ai pu compter jusqu'à présent que sur mon imagination. Certes, je n'en manque pas, mais je ne manque pas non plus de curiosité, et j'aimerais bien savoir ce que vous cachez si soigneusement sous vos habits d'hommes. Ici, par exemple...

Il écarta le col de sa chemise et toucha la courbe blanche et soyeuse d'une épaule.

— Et ici aussi, ajouta-t-il en baissant la main sur la rondeur d'un sein.

Beau rougit violemment. La chaleur qui l'avait paralysée plus tôt se diffusait vers le bas de son corps en suivant les effleurements de Dante, comme s'il savait avec précision quelle partie caresser pour la réduire à sa merci. Elle avait conscience de la puissance de ses mains – des mains capables de s'emparer de tout ce qu'elles convoitaient.

En cet instant précis, ces mains prenaient le couteau suspendu à sa ceinture, puis celui glissé dans la gaine cachée contre sa hanche, avant de se couler plus bas, le long de sa jambe, jusqu'à atteindre le revers de sa botte.

— Que... faites-vous ?

— Je suis le conseil de votre père.

Elle le dévisagea avec perplexité.

— Il m'a recommandé de vous fouiller de la tête aux pieds et, même après ça, de ne jamais vous tourner le dos.

Beau ouvrit la bouche pour protester, mais les lèvres de Dante se posèrent sur sa tempe, sa joue, sur la coquille délicate de son oreille. Ses mains n'avaient cessé de la caresser entre-temps et suivaient langoureusement le contour de ses bras, de sa taille, de ses hanches.

Le cœur de la jeune femme battait si fort qu'elle était certaine que le corsaire pouvait l'entendre. Au moins devait-il le sentir, car il était maintenant plaqué contre elle et la pressait contre le rebord de la fenêtre. Et sa bouche... le Seigneur lui vienne en aide... sa bouche s'attardait au creux de son épaule et traçait des méandres torrides à la base de son cou.

— Doux Jésus, lâcha-t-elle d'une voix essoufflée, quitte à m'embrasser, faites-le donc une fois pour toutes !

Elle avait à peine prononcé ces paroles que les lèvres de Dante couvrirent les siennes, les possédant avec une autorité brutale. Étouffant le hoquet de surprise de la jeune femme sous son baiser, il inséra la langue dans sa bouche. Beau tressaillit sous la tendre intrusion.

Le corsaire plongea les mains dans ses cheveux pour la maintenir fermement contre lui. Ses lèvres étaient affamées, exigeantes, brûlantes, conquérantes, ravageuses, à tel point que Beau eut de nouveau le tournis – et ce vertige n'avait rien à voir avec l'alcool.

Elle aurait voulu croire qu'elle détestait cette brusquerie ardente, et se répéta même plusieurs fois qu'elle n'aimait pas ça, qu'elle ne *pouvait* aimer ça. Et pourtant, elle tremblait de partout. Ses mains coincées contre la poitrine de Dante lui donnaient l'impression d'être moins entravées que restreintes, et aspiraient à se libérer pour explorer l'étendue musculeuse de son torse.

Plaquant une paume dans le creux de ses reins, Dante appuya le ventre de Beau contre le sien pour lui faire sentir la vigueur du désir qu'elle lui inspirait, ce qui procura à la jeune femme un nouvel élan de pulsions fiévreuses. Comme elle ne lui résistait pas mais accueillait au contraire son geste avec un gémissement sourd, il recula légèrement la tête avant de plonger encore une fois vers la courbe de son cou, dont il se mit à attiser tous les nerfs de la langue et des lèvres.

— Oh, Isabeau, Isabeau..., murmura-t-il sans cesser ses caresses. Je savais bien qu'il y avait une part de vous plus douce, plus tendre. Plus captivante aussi.

Beau ouvrit des paupières frémissantes. Les mains du corsaire se coulaient sous sa chemise tandis que la longueur incroyablement dure de son sexe se pressait contre ses cuisses, sa chair s'éveillant sous l'afflux des sensations.

— Arrêtez, protesta-t-elle faiblement. Je vous en prie...

— Pourquoi ? demanda-t-il d'une voix rauque et étouffée, la bouche toujours pressée contre son cou. Pourquoi avez-vous peur d'admettre que vous êtes une femme avec des aspirations de femme, des besoins de femme ?

— Des besoins de femme ? répéta-t-elle en ahanant tandis qu'il flattait des pouces le dessous de ses seins. Vous voulez dire : *vos* besoins.

— J'avais espéré que, pour une nuit au moins, ce pourrait être des besoins communs.

— Je n'ai... pas... besoin de vous, répliqua-t-elle dans un chuchotement haché.

Les mains de Dante descendirent plus bas et vinrent se mouler sur ses fesses avant de la serrer de nouveau contre lui, en un geste si possessif qu'ils émirent tous les deux un petit soupir tremblé.

— Peut-être, mais vous avez *envie* de moi. Presque autant – et Dieu sait combien cela me coûte de l'avouer – presque autant que j'ai envie de vous.

— Non, répondit-elle dans un souffle. Non.

Au lieu de la traiter de menteuse, il se remit à l'embrasser et fit courir sa langue sur le velours de ses lèvres – jusqu'à ce qu'un cri sourd la force à les entrouvrir, lui redonnant du même coup accès à sa bouche. Elle voulut ployer la nuque en arrière pour lui échapper, mais il s'y attendait et la retint étroitement, lui faisant comprendre qu'il n'était plus temps de jouer, que l'heure des tergiversations et des esquives était passée.

Jamais il n'aurait cru que les gémissements de la jeune femme sous ses lèvres auraient pu avoir un tel effet sur lui en retour. Il ne s'était pas attendu à être enivré par la perspective de découvrir d'autres parties de son corps d'une délicatesse aussi moelleuse, d'une moiteur aussi torride, d'une sensibilité aussi vive.

Une chaleur violente, primitive, lui enflammait les sens, le poussant à approfondir toujours plus leur baiser.

— Je vous en prie, répéta-t-elle. Attendez ! Stop…

À sa grande surprise, il obtempéra et recula d'un pas.

Ce qu'il vit alors lui fit serrer les dents et provoqua une tension érotique à la limite du supportable. Les cheveux de la jeune femme formaient un fouillis de vagues lumineuses sous le clair de lune, d'une telle densité et d'une telle exubérance vaporeuse qu'il voyait mal comment résister à l'envie d'y plonger les mains. La chemise de Beau était tendue sur ses seins dont elle soulignait la fermeté ronde, et que couronnaient les petites perles dures de son excitation. Il s'imagina lui ôtant le vêtement pour porter ces perles à sa bouche et les agacer de la langue et des dents jusqu'à ce qu'elle crie de plaisir, et cette vision suffit à lui donner une nouvelle poussée de fièvre. Et puis il y avait ses yeux, sacré bon sang. Des yeux exceptionnels, des yeux d'animal indomptable, vibrant de sauvagerie et de liberté, et en même temps habités par une forme d'incertitude, de fragilité.

Elle tremblait. Lui aussi.

— Si ce n'est pas ce que vous voulez, articula-t-il d'une voix cassée, alors vous feriez mieux de déguerpir… et vite.

Beau se sentait les paupières affreusement lourdes. Elle parvint néanmoins à les ouvrir et ne fut guère étonnée de tomber sur les yeux d'argent en fusion du corsaire – des yeux qui attendaient une réponse. Des yeux qui la prévenaient de ne pas sous-estimer la puissance de son désir de mâle. Des yeux qui ne recelaient aucune promesse. Qui l'ancraient dans le moment présent, dans l'ici et le maintenant de leur rencontre nocturne, et lui offraient pour unique perspective une débauche de plaisir comme elle n'avait jamais osé en rêver.

Elle tendit la main vers lui, par réflexe, dans l'intention… de quoi, au juste ? S'excuser ? Tenter de justifier un moment d'égarement ?

Or, dès que le bout de ses doigts toucha la surface huileuse de son avant-bras, ce geste se révéla être le premier pas d'un éblouissant voyage, tel un préambule à l'exploration d'un territoire interdit.

Constatant qu'elle ne prenait pas feu ni ne tombait en cendres à ce contact, ce fut avec une certaine fascination qu'elle posa la paume sur la peau de Dante et se mit à caresser la toison noire qui la tapissait, remontant d'abord vers son coude, puis vers le renflement dur comme le roc de son épaule. L'onguent camphré avait laissé son épiderme aussi doux que du satin, et les mains de Beau semblèrent glisser de leur propre volonté jusqu'au méplat sculptural marquant la naissance de ses pectoraux. Elle recourba légèrement les doigts dans ses boucles et se grisa de leur chatouillis sur sa peau. Elle rêvait depuis si longtemps de cette sensation – depuis le moment où Dante était apparu sur le pont dévasté du *Virago*, la chemise ouverte sur son torse massif.

Son autre main se joignit à la première pour caresser ses mamelons soyeux. Elle eut la surprise d'en découvrir la pointe aussi érigée que celle de ses seins. Voilà longtemps qu'elle rêvait de palper cette splendide anatomie virile, de plonger les doigts dans la fourrure qui la nappait – tout en se disant que ce rêve resterait inaccessible.

Sauf qu'elle se trompait : le rêve était en train de se réaliser, et ce fut avec un délicieux frisson qu'elle releva les yeux vers lui, tout en se demandant à quelles autres transgressions elle allait pouvoir se livrer cette nuit.

— Si c'est votre décision, reprit-il, sachez que je ne serai plus capable de m'arrêter.

De fins cheveux, ébouriffés par une brise légère, effleuraient les joues de la jeune femme ainsi que ses lèvres, où ils restaient parfois collés par la moiteur de son haleine.

— Je ne vous le demanderai pas, répliqua-t-elle à voix basse.

Dante sentit chacun de ces mots lui donner des frissons dans le creux de la nuque. Sous le calme apparent de la réponse de Beau se percevait une tension qui soufflait sur les braises de son propre désir. Une chaleur lourde se rassembla dans son entrejambe, et il réduisit la distance qui les séparait. Plongeant les doigts dans le buisson ardent de sa chevelure, il l'attira contre lui et leva son visage vers le sien. Il resta ainsi un instant sans bouger, ses lèvres à deux doigts des siennes, perdu dans la contemplation des yeux mordorés de la jeune femme. Puis il l'embrassa.

Ce fut un baiser conquérant, barbare, un baiser de feu et de passion. Les lèvres du corsaire étaient impitoyables, sa langue déchaînée. Loin de s'en effrayer ou même d'être choquée, elle se pressa contre lui pour l'encourager et se mit à étreindre farouchement son ample carrure, plaquant sans plus aucune retenue son ventre contre la colonne de son membre. Il répondit en lui empoignant de nouveau les fesses.

La soulevant, il pivota avec elle vers la mer et la jucha sur le garde-corps, avant de venir se placer entre ses cuisses. Il manqua pousser un hoquet d'extase quand leurs intimités brûlantes entrèrent en contact. Beau le saisit à son tour par son épaisse crinière d'ébène pour prolonger leur baiser, alors même qu'il entreprenait de délacer sa chemise. Sa hâte le rendit maladroit et il déchira le vêtement. Il libéra ensuite ses pans de la ceinture de la jeune femme et émit un grondement sourd en découvrant un autre couteau caché au niveau de sa hanche. Ceinture, chemise et couteau furent jetés dans les flots en contrebas où ils s'abîmèrent avec un bruit d'éclaboussure à peine audible.

Ses yeux qui luisaient au clair de lune comme de l'étain poli trahissaient l'étonnement et le plaisir mêlés que lui inspirait la vision du torse de Beau. Elle avait des seins relativement petits, mais d'une forme qui semblait faite pour le creux de ses paumes, et ce fut avec un grognement de satisfaction qu'il baissa la bouche vers leur rondeur délicate. Quand ses lèvres se refermèrent sur leur pointe, la jeune femme ne put réprimer un cri plaintif, non pour l'inciter à s'arrêter mais, au contraire, pour le supplier de lui procurer une volupté plus intense encore.

À moitié soutenue par la rambarde, elle bascula la tête en arrière et offrit ses épaules nues à la clarté argentée de l'astre nocturne. Celle-ci se déversait également sur le dos musclé du corsaire qui, de la langue et de la bouche, continuait à lui procurer de longs frissons d'extase.

Ses mains, qui enserraient le garde-corps de part et d'autre de Beau, commençaient à trembler sous la force des sensations, tant et si bien qu'il souleva la jeune femme avec un juron étouffé puis, s'étant assuré qu'elle avait noué les jambes autour de sa taille, il l'emporta à l'intérieur de la cabine où il la déposa sur le lit.

Il ne lui fallut qu'un moment pour les débarrasser, l'un et l'autre, de leurs derniers vêtements. Beau se retrouva nue sous lui. Il marqua un bref temps d'arrêt à l'entrée de son intimité, la verge frémissante et tendue, puis il la pénétra d'un coup. La jeune femme entrouvrit les lèvres sur un hoquet de stupeur, qui se changea en cri de ravissement quand il s'inséra en elle de tout son long, la remplissant si complètement qu'elle ne put endiguer une première vague de plaisir.

Et il se mit à la pilonner sans retenue, cette friction divine rallumant dans la chair de Beau des brasiers qui lui firent étreindre les bras de son amant. Mais comme ceux-ci étaient glissants d'huile, elle finit par agripper ses hanches, le dos arqué sous la violence du bonheur qui la submergeait.

Le corps de Dante réagissait à ses moindres spasmes. La jeune femme était souple et chaude sous ses mains, comme autour de sa chair. Elle l'avait accueilli d'emblée en elle, avec une avidité qui l'enchantait mais qui, au fond, ne l'étonnait guère : il avait pressenti sa nature passionnée. Ce qui l'étonnait en revanche, c'était l'intensité de ses propres émotions, l'ardeur presque désespérée avec laquelle il la possédait.

Les taquineries, les défis, le jeu du chat et de la souris auxquels il s'était livré avec elle avaient été délibérés. Et s'il avait agi de la sorte, c'était parce qu'il était un homme, un homme privé de femme depuis trop longtemps, et aussi parce qu'il lui plaisait de soumettre cette beauté apparemment indomptable. Du diable s'il s'était attendu à désirer plus qu'une aventure sans lendemain – à *éprouver* plus que la satisfaction d'un besoin primaire.

En fait, il tremblait comme une voile et se sentait de plus en plus perdre pied à chaque gémissement qui s'échappait des lèvres de la jeune femme.

Un élan quasi douloureux commençait à gouverner chacune de ses poussées. Il avait envie que Beau l'étreigne plus farouchement, il avait envie de la voir rougir de volupté pendant qu'il l'emmenait au septième ciel. Il avait *besoin* de partager cette extase avec elle, besoin de s'y baigner, de s'y noyer.

Son cœur tonnait contre ses côtes, son sang bouillait dans ses veines, et le nom de la jeune femme ne cessait d'échapper à ses lèvres.

Comme elle se cambrait sous lui, il rejeta la tête en arrière et, dressé sur les bras, se libéra en un orgasme si déchirant, si lumineux qu'il eut la plus grande peine à ne pas hurler.

Ravagée elle aussi par le plaisir, Beau frémissait sous lui tel un pennon de soie sous une risée. La virilité du corsaire avait amolli sa féminité, la rendant aussi malléable que du beurre. Elle avait toujours les mains accrochées à ses hanches et les jambes nouées autour de sa taille, quand Dante laissa retomber la tête dans le creux de son épaule. Sa bouche soufflait une haleine chaude contre le cou de la jeune femme et son bassin moite pesait lourdement sur le sien – mais c'était un poids qu'elle aurait aimé supporter longtemps encore.

Sur un dernier feulement, il cessa enfin d'aller et venir en elle et redressa la nuque, la dominant de toute la masse de son torse. Pendant leurs étreintes, un courant d'air avait soufflé la bougie, et seul le clair de lune ciselait ses traits à moitié cachés par sa chevelure de jais qui, en cet instant, était aussi ébouriffée et emmêlée que la sienne.

— Eh bien..., murmura-t-il.

Il garda le silence un instant.

— Eh bien, répéta-t-il.

Beau chercha une parole tout aussi profonde à prononcer, mais elle n'arrivait même plus à bouger la langue. Ses cheveux étaient étalés sur le matelas et ses jambes, dont l'une pendait par-dessus le bord de la couchette tandis que l'autre était coincée contre la cloison, l'élançaient sourdement à l'intérieur des cuisses. Un mouvement aperçu du coin de l'œil attira son attention. Elle tourna légèrement la tête dans cette direction, suivie par le regard de Dante, et avisa des chausses déchirées accrochées à l'angle de la table à carte, qu'agitait doucement la brise – *ses* chausses.

Lisant la consternation dans ses yeux, Dante vint lui taquiner la commissure des lèvres d'un baiser.

— Il va falloir me pardonner mon empressement, ma belle. Cela faisait longtemps... et je crois avoir un peu oublié mes manières dans le feu de l'action.

— Tu as aussi jeté ma chemise à la mer, lui reprocha-t-elle en se renfrognant.

— Je t'en offrirai une autre, promit-il en se remettant à lui embrasser le cou.

— Et aussi un ceinturon et un couteau.

— Je t'en achèterai une demi-douzaine de chaque. Du reste, tu es désormais assez riche pour te les payer toi-même – et en jeter à la mer tous les jours, si ça te chante.

Beau se tut pour mieux suivre la progression de sa bouche sur sa joue, sa tempe, le creux sensible derrière son oreille. Un sourire se dessina lentement sur ses lèvres et, l'espace d'un instant, elle eut l'envie insensée de remercier le corsaire – car elle avait conscience que, en dépit de son impatience, il n'avait cessé de la respecter, même au plus fort de la passion. Il lui avait permis, en somme, de se réconcilier avec elle-même et avec sa féminité, ne serait-ce que pendant quelques minutes.

Mais ce moment passa, et le sourire de Beau se transforma en soupir alors que Dante refermait la bouche sur sa poitrine.

— N'es-tu pas quand même... un peu fatigué, mon capitaine ? demanda-t-elle rêveusement.

— Pour tout t'avouer...

Il s'interrompit pour passer une langue chaude et soyeuse sur son téton.

— ... non. Et toi ?

Beau réfléchit, tout en regardant ses lèvres aller d'un sein à l'autre. Au vrai, elle se sentait en pleine forme, même si quelques secondes auparavant elle avait eu l'impression de fondre entre les bras du corsaire.

Il lui lécha une dernière fois les mamelons, avant de redresser sa tête brune et de contempler pensivement ses lèvres gonflées par le plaisir.

— Parce que si tu ne l'es pas de ton côté, poursuivit-il en enfouissant les mains dans ses cheveux tandis que sa virilité se réveillait entre ses cuisses, je crains qu'il ne te faille tolérer une fois de plus mes mauvaises manières.

Les grands yeux mordorés de la jeune femme fixèrent leur lumière sur lui tandis qu'elle-même plongeait les mains dans sa crinière noire.

— Père dirait sans doute que les bonnes manières ne sont requises qu'à la table de la reine.

— Ton père est un homme avisé.

— Oh oui, chuchota-t-elle. À qui le dis-tu !

Deuxième partie

Emportés par le vent

15

Les écoutes et la passerelle reliant l'*Egret* au *San Pedro de Marcos* furent enlevées deux heures après l'aube. Il restait une abondante cargaison dans les soutes du galion espagnol, une marchandise de prix qui aurait rapporté une petite fortune sur la place londonienne. Mais il n'y avait tout simplement plus de place à bord du navire anglais. L'équipage de l'*Egret* avait déjà dû prendre, non sans réticence, la décision de jeter à la mer plusieurs lingots d'argent afin d'en priver le trésor du roi Philippe. Hormis les objets en or et quelques denrées alimentaires, ils n'avaient au final embarqué que les produits les plus légers et les plus exotiques – donc les plus chers –, à savoir les sacs de poivre et de clous de girofle.

Jonas Spence était déjà sur le pont lorsque le soleil levant avait commencé à teinter de reflets orange et roses les nuages qui passaient à l'horizon. Spit était venu le chercher dans sa cabine sitôt le dernier ballot d'épices arrimé dans la cale. Des équipes s'étaient relayées la nuit durant pour réparer le navire, et maintenant que leurs soutes étaient pleines à craquer, leur priorité était de mettre la plus grande distance possible entre les deux vaisseaux.

Depuis la mort du marquis de Moncada, le commandement du *San Pedro* était échu à son officier en second, l'un des deux hidalgos qui avaient assisté aux négociations houleuses dans la cabine du capitaine. Il s'appelait Recalde et s'était tenu à moins d'un pas de Moncada quand la balle de Dante avait arraché la majeure partie du visage de son supérieur. Il n'était donc pas près d'oublier ni Jonas Spence – puisque c'était le nom que lui avait donné Dante – ni l'*Egret*.

Spence avait été monté sur le pont pour superviser la manœuvre de séparation. Comme Thomas Moone ne lui avait toujours pas confectionné une nouvelle prothèse et qu'il arborait par ailleurs tous les signes d'une gueule de bois carabinée, peu de ses hommes osaient s'aventurer sur le gaillard d'avant dont il longeait la balustrade à cloche-pied, tout en vociférant des ordres.

Habituée aux sautes d'humeur de son père, Beau apparut dix ou quinze minutes après lui, mais préféra à sa compagnie celle de Billy Cuthbert et de ses cartes. Il lui revenait de déterminer le trajet qui leur ferait courir le moins de risques d'être interceptés par des navires lancés à leur poursuite ou par les forbans de toutes les nationalités qui écumaient les voies maritimes à la recherche d'une proie facile. Les canons de Dante représentaient un moyen de dissuasion non négligeable, de même que les traces de combat qu'arborait l'*Egret*, mais la jeune femme aurait nettement préféré des vents plus forts afin de hâter leur retour.

Avant la confrontation avec le galion, elle avait estimé qu'il leur restait trois semaines de voyage jusqu'à Plymouth, mais c'était aussi avant qu'ils ne se chargent de plusieurs tonnes supplémentaires. Leur vitesse allait en pâtir. Toutefois, la pilote pouvait désormais disposer d'une barre plus massive et plus solide, ainsi que d'un équipage déterminé à regagner l'Angleterre avec sa fortune nouvellement acquise.

La dernière prise à être transbordée du *San Pedro* sur l'*Egret* n'était peut-être pas la plus financièrement intéressante mais, aux yeux de certains membres du navire anglais, la présence de doña Maria Antonia Piacenza était aussi réconfortante que celle des demi-canons de

Dante. Elle traversa la passerelle escortée de sa seule duègne et de Geoffrey Pitt. Ses deux servantes, faute de quartiers pour les loger sur l'*Egret*, avaient été laissées sur le galion espagnol. Elle n'eut le droit par ailleurs de n'emporter que trois des vingt-trois malles en cuir qui renfermaient ses affaires et, pour sa propre sécurité, se vit allouer une cabine réaménagée à la hâte juste en face de celle du capitaine. Il s'agissait en fait de la petite réserve de voiles de Beau et de l'armurerie du bord, qui avaient été réunies en une seule pièce meublée d'un lit, d'une table de toilette ainsi que de tapis persans récupérés sur le *San Pedro*.

Son arrivée sur le navire anglais fut l'un des seuls événements de la journée qui incita Beau à relever la tête de ses cartes. Debout près de la rambarde du gaillard d'arrière, elle regarda Geoffrey Pitt guider la petite duchesse le long de la passerelle qu'elle arpentait d'un pas hésitant. Elle était engoncée dans une mante en velours dont le capuchon bordé de fourrure laissait entrevoir de grands yeux effrayés et un visage pâle. Elle s'accrochait d'une main gantée au bras de Pitt, telle une naufragée à une planche de salut. Quand son pied chaussé d'une fine mule en satin se posa sur le pont de l'*Egret*, ce fut avec la maladresse d'un oisillon tombé du nid.

Dante ayant déjà révélé que son second s'était épris de la beauté de leur otage, l'attention et la sollicitude dont il l'entourait n'étaient pas vraiment une surprise. Plus étonnante fut l'attitude de certains vieux loups de mer de l'équipage qui, sur le passage de la duchesse de Navarre, ôtèrent leur bonnet et ravalèrent sifflets et plaisanteries grivoises pour la contempler sans mot dire, bouche bée. Les grands yeux sous la capuche scrutaient anxieusement ce nouvel environnement et s'agrandirent plus encore, si cela était possible, en se posant sur Beau, seule femme à bord du navire anglais. La capuche de la duchesse bascula alors en arrière, dévoilant son visage en forme de cœur d'une blancheur veloutée. Un coup de vent souleva le bord de sa cape, révélant une robe de soie lustrée lavande. L'ourlet en était décoré sur trente bons centimètres d'une bande de résille en or au motif complexe, tandis que sa jupe était fendue pratiquement jusqu'à la taille, et l'un de ses pans épinglé en arrière pour montrer un élégant jupon de brocart vieux rose. Elle portait par ailleurs un crucifix accroché à son cou. Enfin, comme pour souligner la finesse invraisemblable de sa taille, celle-ci était entourée d'une ceinture incrustée de joyaux dont les bouts retombaient en une cascade de chaînons en or.

Beau baissa les yeux sur ses chausses brunes, sa chemise et son pourpoint qui n'étaient ni parfaitement propres ni totalement sans accroc. Elle avait de nouveau tressé ses cheveux, dégageant ainsi le gros bleu qui lui marbrait le front et le sillon qui lui striait le crâne. Ses mains qui enserraient le garde-corps étaient bronzées et rêches, leurs ongles tachés et ébréchés. Ses paumes, au moins, n'étaient pas trop calleuses mais la brûlure de la drosse les avait rendues aussi rouges que si elle les avait plongées dans de la purée de framboises. Sa bouche ne devait pas être dans un meilleur état, après avoir été embrassée la majeure partie de la nuit. Son menton et sa gorge demeuraient également sensibles pour avoir subi les frottements de certaines joues hérissées d'un chaume bleu-noir.

Malgré le massage à l'huile camphrée dont Dante avait gratifié le moindre de ses muscles, elle éprouvait toujours dans certaines parties de son anatomie des élancements qui, rétrospectivement, la faisaient rougir.

À ce propos, où se trouvait le corsaire ?

Il n'était pas dans la cabine quand elle était sortie du lit aux premières lueurs de l'aube. Il ne se trouvait pas non plus sur le gaillard d'avant avec Spence, ni sur le pont principal pour accueillir Pitt et sa délicate duchesse.

— Bonjour.

Beau sursauta et pivota sur elle-même. Il se tenait juste derrière elle, vêtu d'une chemise blanche immaculée et de chausses noires, l'air aussi frais que s'il avait dormi trois jours d'affilée. Il s'était rasé et avait rassemblé les ondulations de sa crinière noire avec un lien de cuir. Le bout de chaque mèche luisait d'humidité, comme s'il venait d'émerger des flots.

— Bonjour, répondit-elle en se hâtant de reporter son attention sur ses cartes.

— Par chance, il semblerait que nous puissions reprendre notre route plusieurs heures en avance.

Comme c'était plus un constat qu'une question, la jeune femme releva à peine les yeux pour acquiescer.

— Je vois que Pitt et sa duchesse sont à bord. Charmant petit lot, n'est-ce pas ? On dirait un bouton de rose tout mignon et fragile, quémandant la protection d'une main secourable... Pauvre Pitt. Je parie qu'il en viendra à bégayer comme un écolier avant la fin de la semaine.

Beau plaqua son fusain sur la table et se redressa.

— Désires-tu quelque chose en particulier, capitaine ? J'ai le point à effectuer et notre cap à déterminer. Puisque tu as l'air d'en pincer pour les boutons de rose, pourquoi ne descends-tu pas admirer de plus près celui que nous venons d'embarquer ?

Si sa mauvaise humeur le surprit, il n'en laissa rien paraître. Au vrai, il se contenta de lui répondre avec les yeux, et ce que Beau y vit lui fit brusquement retenir son souffle. Car son regard lui disait qu'elle aurait beau se sangler dans son pourpoint, il n'était pas près d'oublier ce qu'il y avait en dessous et que, même si elle se frottait au savon à s'en arracher la peau, il serait toujours capable de détecter sur elle l'odeur de camphre et de musc. Et, malgré ses reparties hargneuses, il entendait encore l'écho de ses soupirs extasiés.

— Non, répondit-il enfin, je ne désire rien de particulier. Pour le moment, du moins.

— Dans ce cas, articula-t-elle, je te prie de me laisser travailler.

Il plissa ses yeux d'argent.

— Le navire que nous partageons n'est pas si grand que cela, Isabeau. Tu ne pourras indéfiniment te cacher derrière ton travail.

— Je peux au moins essayer.

Il soutint son regard un instant, puis la salua d'une brève courbette. Son sourire canaille n'avait pas quitté ses lèvres quand il tourna les talons pour descendre vers le pont. Beau ne put s'empêcher de le suivre des yeux. Il se déplaçait avec la grâce fluide d'un félin repu et satisfait. Et pourquoi n'aurait-il pas eu l'air satisfait ? Il avait passé la nuit à faire d'elle ce qu'il voulait et cela, comme il l'en avait avertie, sans jamais s'arrêter pour lui demander sa permission...

Pas de désir particulier « pour le moment ». Cela signifiait-il qu'il attendait quelque chose d'elle pour plus tard ? La nuit prochaine, peut-être ? Comptait-il donc sur elle pour venir le rejoindre et le laisser profiter une nouvelle fois de sa complaisance ?

Beau tressaillit à cette éventualité mais la repoussa fermement. Elle avait connu un instant de faiblesse qui n'était pas près de se répéter. Son histoire avec Dante s'arrêtait là. D'ailleurs, elle avait sans doute succombé sous le coup de l'excitation, après leur victoire sur le *San Pedro*. Le vin qu'elle avait bu avait également eu sa part dans ce faux pas, de même que la fatigue, l'incapacité de réprimer sa propre curiosité... ou le besoin de « se gratter là où ça la pinçait », comme son père l'avait si élégamment formulé.

Tout cela pouvait expliquer une simple incartade, mais de là à récidiver... Se jeter encore une fois dans les bras de Dante, sans l'excuse de la boisson, la livrerait à sa merci et la réduirait au rang de simple femelle, voire de catin à ses yeux – comme à ceux de tout l'équipage, d'ailleurs.

Elle inspecta lentement le pont, mais ne vit personne murmurer derrière sa main en regardant dans sa direction. Cela ne tarderait pas. Si on savait qu'elle avait cédé aux avances du comte de Tourville, elle perdrait sur-le-champ la crédibilité qu'elle avait réussi à gagner au fil des ans auprès des hommes de son père.

Elle ne pouvait se le permettre. Et ne se le permettrait pas.

Il fallut quatre heures pour que le *San Pedro de Marcos* ne soit plus qu'une tache floue à l'horizon. Pendant ce temps, une bonne partie de l'équipage fut renvoyée dans ses quartiers pour rattraper les heures de sommeil perdues, tandis que les plus résistants s'employaient encore à réparer le navire. La plupart des vergues avaient reçu des toiles neuves. Les anciennes voiles, déchirées ou brûlées, avaient été descendues pour être retaillées et raccommodées par des équipes de marins qui, assis sur des tonneaux renversés, maniaient aiguilles et ciseaux tout en comparant leurs rôles respectifs dans la bataille. Ailleurs, cordages et câbles étaient épissés, les fûts des canons étaient soigneusement nettoyés et les roues de leur affût graissées. Spit McCutcheon avait pris soin de récupérer autant de boulets qu'il le pouvait sur le galion espagnol, et ne s'était pas gêné pour y prendre également de la poudre et des amorces, de sorte qu'ils ne manqueraient pas de répondant si jamais ils attiraient l'attention d'un prédateur des mers.

Le coq, de son côté, rayonnait. Sa cambuse regorgeait de victuailles, et il n'était que trop heureux de passer son temps au milieu de ses marmites. Deux gros cochons furent saignés et mis à rôtir au-dessus d'une longue gouttière métallique remplie de morceaux de bois brisés pendant les combats. De temps à autre, les hommes s'arrêtaient devant ce gril improvisé, l'eau à la bouche, les paumes moites et le ventre grondant d'impatience. À l'heure du repas, la gamelle de chacun fut remplie à ras bord de tranches de viande graisseuse et goûteuse à souhait, et les reproches adressés au coq pour sa lenteur furent remplacés par des bruits de mastication, de déglutition et des rots de satisfaction.

Spence fit monter une barrique des soutes et distribuer une double ration de bière à chacun des marins. La tête toujours bandée et la jambe de sa culotte nouée sous le genou, il festoya au milieu de ses hommes en se joignant à leurs rires, ainsi qu'aux vivats qui saluaient l'arrivée de chaque nouvelle tournée de cochon rôti.

Même le chat Clarence n'eut pas besoin de recourir à la fourberie pour se régaler. Assis aux pieds du coq, sa queue battant la mesure sur les planches du pont, il contemplait le cuistot avec des yeux brillants et attendait patiemment que celui-ci lui jette des morceaux de couenne grillée.

Beau choisit de s'installer parmi les matelots. Spence lui adressa un signe pour indiquer la place qui lui était réservée à son côté, mais elle se contenta de hausser les épaules avec un sourire et de lever sa coupe pour le saluer.

Dante avait pris place en face du vieux capitaine, flanqué de Lucifer qui était assis en tailleur près de lui. Cette disposition des convives suscita une certaine gêne pour la jeune femme lorsque, levant les yeux vers le corsaire, elle croisa à plusieurs reprises le regard fixe du cimarron posé sur elle. Ce fut seulement plus tard qu'elle se rappela l'habitude qu'avait l'affranchi de dormir en travers de la porte du corsaire – et elle comprit que, la nuit précédente, il avait dû surprendre d'autres bruits que des ronflements en provenance de la cabine...

Pitt était passé en coup de vent avec deux assiettes en porcelaine, et redescendu à l'entrepont sitôt après les avoir remplies. Il semblait que la duchesse fût toujours en état de choc et trop ébranlée pour quitter sa cabine, si bien que le second du corsaire s'était attribué le double rôle de garde du corps et de garçon de courses auprès d'elle.

Finalement, un long et puissant rot émis par le maître du vaisseau sonna le terme des ripailles. Des vigies furent envoyées dans la mâture avec l'ordre de signaler jusqu'au moindre pet de goéland. On arrosa les braises de la gouttière, qui s'éteignirent dans un gros nuage de vapeur avant d'être jetées à la mer. Par habitude, les hommes recueillirent restes et os dans une marmite à soupe, sachant d'expérience que, sur un navire, la disette risquait toujours de succéder aux festins.

Cette première journée de navigation s'acheva sans incident. Le vent fraîchit en fin d'après-midi et la mer devint un peu houleuse, mais Beau était satisfaite de la réactivité de l'*Egret*. Elle tira quelques bordées pour le vérifier, provoquant du même coup la remontée en catastrophe de Geoffrey Pitt qui, blanc comme un linge et les lèvres crispées, dut se pencher par-dessus le bastingage pour soulager son estomac chahuté par ces manœuvres.

Quand le bleu du ciel commença à prendre des nuances roses et grises, la jeune femme effectua le point sur la première étoile visible et fit corriger le cap en conséquence par le barreur de quart. Elle roula ensuite ses cartes et les coinça sous le bras. Puis, au lieu de prendre la direction des cabines de poupe, elle alla se dénicher un hamac dans le coin le plus sombre des quartiers de l'équipage et s'y roula en boule, avant de sombrer dans un sommeil bienheureux.

À un moment de la nuit, deux grandes ombres se frayèrent un chemin dans le labyrinthe de cocons suspendus où ronflaient les marins. Billy Cuthbert ouvrait la marche en protégeant de sa paume la flamme vacillante d'une bougie. Quand il eut trouvé le hamac de Beau, il s'effaça devant Simon Dante. Le Français souleva doucement la jeune femme dans ses bras, et les deux hommes repartirent en sens inverse avant de se séparer sur le pont éclairé par les étoiles.

Dante emmena son fardeau dans la cabine de poupe, où il le déposa sur le lit. Il se permit brièvement de caresser les boucles de Beau, avant de remonter la couverture sous son menton. Il moucha ensuite la flamme de la bougie et ressortit de la pièce en fermant doucement la porte derrière lui.

16

L'*Egret* cinglait à vive allure vers le nord, sans trop attirer les curieux. Par deux fois, des voiles furent repérées à l'horizon. Les navires passèrent assez près pour qu'on puisse identifier leur nationalité – le premier étant français et le second anglais – mais aucun d'eux ne parut s'intéresser au vaisseau de commerce dont la silhouette était familière dans cette partie de l'Atlantique.

Spence avait recouvré toute sa mobilité. Thomas Moone lui avait sculpté une nouvelle prothèse. Elle n'était pas aussi élaborée que l'ancienne qui avait un mollet renflé et un pied articulé mais, faute de matériaux adéquats, le charpentier ne pouvait faire mieux avant qu'ils n'aient regagné l'Angleterre.

Avec quarante marins en plus, les quartiers de l'équipage étaient bondés et la place disponible sur le navire était extrêmement limitée. La notion d'intimité, qui était déjà plus ou moins dénuée de sens sur l'*Egret* en temps ordinaire, n'existait plus. Les hommes mangeaient, dormaient et satisfaisaient leurs besoins en commun et, n'eût été le faramineux trésor de guerre contenu dans les cales, les tempéraments se seraient vite échauffés et des querelles n'auraient pas manqué d'éclater avec autant de violence que les bourrasques qui prenaient parfois le vaisseau de travers. L'une d'elles en particulier, qui s'abattit sur eux le 10 avril, fut assez forte pour déchirer la grand-voile et projeter un espar contre le crâne d'un matelot qui s'ouvrit sous le choc comme un melon trop mûr.

Par beau temps, l'équipage continuait à se rassembler sur le pont pour échanger des histoires. Spence se joignait à ses hommes de temps à autre, à la différence de Dante qui passait la majeure partie de ses journées penché sur les lettres et documents récupérés sur le galion espagnol, à la recherche de la clé qui donnerait accès à la correspondance codée du roi Philippe. Malheureusement, même après avoir traduit tous ces papiers en anglais, il n'était pas plus avancé.

L'espagnol de McCutcheon s'était révélé aussi limité qu'annoncé. Si le second de l'*Egret* savait commander le prix d'une passe ou d'une pinte, le castillan raffiné pratiqué par Philippe et ses gouverneurs lui fit gratter le peu de cheveux gris qui lui restait sur le crâne et maudire à voix basse les aristos et leur jargon.

La côte de Lucifer, même sans patte de poule, parut guérir à une vitesse miraculeuse. C'était le seul qui arrivait à se ménager un espace assez confortable à bord : il lui suffisait pour cela de dégainer ses cimeterres et de commencer à s'exercer au maniement des lames. Tout le monde s'empressait de lui faire de la place.

Au bout de quelques jours, un gars plus hardi que les autres osa s'approcher de l'immense cimarron qui s'entraînait sur le pont et, le poing serré sur un coutelas espagnol ravi à l'un des soldats du galion vaincu, lança un défi amical à Lucifer. Les camarades du téméraire, qui l'avaient poussé à prendre cette initiative, ouvrirent aussitôt les paris. Malheureusement, il était loin d'avoir l'habileté et la hargne de son opposant qui, à la fin, se lassa de la futilité de ses assauts et proposa, par signes, de lui enseigner quelques passes. Dès lors, à divers moments de la journée, on put voir l'Africain, son grand corps d'ébène luisant de transpiration, montrer à des marins les mouvements complexes qui l'avaient rendu invincible en combat rapproché.

D'autres groupes se perfectionnaient au service des canons hérités du *Virago*, d'abord sous la direction de Pitt et Dante, puis sous celle de McCutcheon qui ne tarda pas à se familiariser avec les monstres de bronze. Quant à Beau, elle parut s'inspirer de Clarence pour apprendre l'art de l'esquive et se remit à éviter Simon. Chaque fois qu'il montait sur le pont, elle se trouvait une occupation ailleurs et, après quelque temps, le corsaire ne se soucia même plus de lui courir après. Les repas étaient les seules occasions où il lui était impossible de jouer la fille de l'air, son père tenant à ce qu'ils soient pris en commun. Elle s'arrangeait cependant pour se choisir une place à l'opposé de celle de Dante, et s'efforçait d'ignorer les tressaillements tantôt glacés tantôt bouillants qui lui traversaient l'échine dès que le corsaire prenait la parole, s'esclaffait ou simplement se peignait les cheveux en arrière d'une main impatiente.

Les repas constituaient aussi les rares moments où Pitt et la duchesse de Navarre pouvaient s'asseoir pas trop loin l'un de l'autre sans avoir entre eux la masse de Mme Agnès Frosthip, la duègne, qui semblait alors surveiller beaucoup moins les regards échangés par les deux jeunes gens que le niveau du vin dans son gobelet.

Au départ, l'intraitable chaperon ne quittait pas sa protégée d'une semelle et la couvait d'une attention sourcilleuse. Puis, au fil des jours, elle dut admettre que personne ne paraissait avoir d'intentions répréhensibles à l'égard de son « petit agneau », car elle sembla peu à peu s'adoucir et ses lèvres moustachues en vinrent même à se retrousser de plaisir aux anecdotes truculentes dont Jonas Spence ne manquait jamais de régaler la tablée.

Geoffrey Pitt, de son côté, avait l'air désespérément épris de la petite duchesse. Ses yeux brillaient comme du jade poli dès qu'ils se posaient sur elle, et ses mains paraissaient prises de tremblements incoercibles chaque fois que leurs bras se frôlaient ou que le regard bleu ciel de la jeune femme osait croiser le sien. Évidemment, Agnès Frosthip les laissait rarement seuls ensemble, mais les quelques moments de complicité avec la duchesse que Pitt arrivait à soustraire à la surveillance de la duègne n'avaient pas tardé à le convaincre que doña Maria Antonia Piacenza ne s'offensait pas trop des efforts qu'il produisait pour se rapprocher d'elle.

— Vous avez été très vilain, *señor*, murmura un soir la duchesse en remontant le col de sa mante pour protéger son cou de la brise vespérale. La *señora* Frosthip va se réveiller demain avec une grosse migraine et un sale caractère.

Pitt admit son forfait avec un gloussement contrit. Il n'avait cessé de remplir le gobelet de la duègne durant tout le dîner puis, avec l'autorisation magnanime de Spence, s'était proposé d'accompagner la jeune femme dans la promenade qu'elle avait pris l'habitude d'effectuer chaque soir avant de se retirer pour la nuit dans sa cabine.

— Si elle ose ne serait-ce qu'élever la voix pour vous tancer, prévenez-m'en et je la jetterai par-dessus bord.

La duchesse parut interloquée, puis se rasséréna quelque peu en voyant son grand sourire charmeur.

— Vous me taquinez, *señor* Pitt. Ce n'est pas gentil, car mon anglais n'est pas très bon.

— Votre anglais est excellent, et il faut en rendre justice à la *señora*. Mais vous avez raison : ce n'est pas gentil de ma part de vous taquiner.

Elle accepta ses excuses avec un petit sourire timide, et le cœur de Pitt se mit aussitôt à tambouriner dans sa poitrine. Elle avait le visage tourné vers le halo que diffusait la lanterne de poupe et qui soulignait ses traits exquis d'une touche diffuse de clarté mordorée. Le ventre de Pitt l'élançait du désir de la toucher, d'effleurer ses joues du bout des doigts pour vérifier que sa peau était aussi soyeuse qu'il se plaisait à l'imaginer. Il mourait d'envie de voir, juste une fois, l'inquiétude quitter son regard et ses yeux se poser sur lui avec confiance et... avec amour.

Oui, il était vrai qu'il adorait les femmes et avait tendance à s'éprendre de toutes les beautés qui croisaient son chemin. C'était son point faible et Dante ne cessait d'en faire des gorges chaudes, le prétendant incapable de dire adieu à une compagne d'un soir. De fait, quand une fille d'Ève se donnait à lui, il se donnait aussi à elle, de toute son âme.

Mais en cet instant, c'était plus que son âme qui tendait son regard, lui serrait la gorge et nouait ses entrailles tandis qu'il admirait pour la énième fois la perfection d'albâtre de doña Maria Antonia Piacenza. Ce n'était pas des nœuds ordinaires qui lui étreignaient le ventre, car ils étaient plus profonds que d'habitude et ancrés plus intimement dans son être : l'élan qui le portait vers la duchesse n'avait rien à voir avec une affection passagère. Mais la jeune femme lui demeurerait à tout jamais inaccessible. Elle était la nièce du roi d'Espagne, alors qu'il n'était que le fils d'un forgeron. Ce qu'elle était, sa lignée, son ascendance royale, ne rendait que plus aiguë sa certitude de ne pouvoir la faire sienne, même s'il renonçait à son existence de forban, même s'il allait jusqu'à embrasser la foi catholique et jurer fidélité à son oncle...

Il pouvait toujours l'aimer, mais il ne pourrait jamais l'atteindre.

Un frisson le secoua lorsqu'il s'aperçut qu'il était justement en train de la toucher. Il avait la main posée sur le garde-corps et sentait le bord de sa mante lui effleurer les doigts. Elle avait le regard perdu sur la vastitude obscure de la mer, de sorte qu'il ne put voir son expression quand il se mit à caresser pensivement, douloureusement, le petit bout d'étoffe entre le pouce et l'index.

— *Señor,* demanda-t-elle soudain en tournant vers lui de grands yeux liquides que la nuit rendait presque sombres, croyez-vous au paradis et à l'enfer ?

La question le prit de court, et il dut déglutir avant de pouvoir répondre.

— Je... je suppose, oui, bredouilla-t-il.

— Mais vous n'êtes pas certain de leur existence.

— Si, bien sûr. Je veux dire, s'il n'y avait pas d'enfer et de paradis... il n'y aurait pas de frontière entre le bien et le mal. Il n'y aurait pas de règles morales, aucune raison de ne pas tuer, tricher, voler ou mentir.

Il s'interrompit avec un sourire amer.

— Aucun espoir de rédemption pour les pécheurs comme moi.

— Car vous avez beaucoup péché, *señor* ? s'enquit-elle de son chuchotement frémissant.

Pitt prit le temps de réfléchir sérieusement à cette question – plus sérieusement qu'il ne l'avait fait jusqu'alors, en tout cas – d'abord à cause de l'expression grave avec laquelle la duchesse l'avait formulée, et aussi parce que, à vingt-neuf ans, il était peut-être temps qu'il se la pose. Certes, il avait commis son lot de tromperies, tricheries et mensonges, il s'était également livré au meurtre plus d'une fois : cela allait avec le genre de vie qu'il s'était choisi. Cependant, il n'avait jamais délibérément trahi la confiance d'autrui, n'avait jamais levé la main sur une femme ou un enfant, n'avait jamais donné de coup de pied à un chien ni tranché la gorge de qui que ce soit par pur plaisir.

— Moins que certains, répondit-il finalement. Et sans doute plus que d'autres. Mais j'ai le sommeil tranquille et je connais quelques hommes qui me considèrent comme leur ami.

— Dont votre *capitán* Dante et le *capitán* Spence ? suggéra-t-elle avant de baisser pudiquement les yeux. Ils vous ont aidé ce soir, n'est-ce pas ?

Pitt s'éclaircit la gorge.

— Aidé ?

— À distraire la *señora*.

Il eut l'intelligence de ne pas nier, et la plus grande intelligence encore de ne rien ajouter pendant que la duchesse semblait aux prises avec un dilemme qui lui faisait froncer légèrement les sourcils.

— Vous paraissez tous tellement… gentils. Et bien plus honorables qu'on ne m'a décrit les Anglais. Ma… servante m'avait prévenue que, une fois sur votre navire, la *señora* et moi-même serions certainement violées par tous les membres de l'équipage.

— Votre servante vous a effrayée sans raison, assura-t-il. Vous n'avez rien à craindre de moi – ni de personne – à bord de ce vaisseau.

— Elle… elle m'a dit aussi que l'Angleterre est une fosse à serpents où l'on sacrifie les enfants pour boire leur sang, que c'est un endroit froid et sombre qui empeste la maladie, où le soleil ne brille jamais et que ravagent de terribles tempêtes tout au long de l'année.

— Ce ne sont effectivement pas les précipitations qui manquent par chez nous, mais…

— Elle dit aussi que les gouttes de pluie qui s'abattent sur votre pays sont les larmes que verse le Seigneur, au désespoir d'arracher l'Angleterre des mains des hérétiques et des adorateurs du mal. D'après elle, il n'y a rien de beau en Angleterre, les paysages sont laids et les gens aussi, dedans comme dehors.

Elle releva vers lui ses yeux à l'éclat céleste et détailla un moment les ondulations mordorées de sa chevelure, les traits de son visage, sa large carrure.

— Elle dit que les habitants de ce pays sont tout petits et tordus, qu'ils puent le péché et la pourriture. Que toucher un Anglais ou, pire encore… coucher avec lui ne peut que corrompre notre matrice et condamner notre âme immortelle aux feux éternels de l'enfer.

— Elle a vraiment dit tout ça ? Histoire de vous réconforter avant d'embarquer, je suppose ?

— Je… je n'avais jamais vu d'Anglais jusqu'à ce que vous nous abordiez, avoua-t-elle timidement en croisant de nouveau son regard. Je ne connaissais des gens de votre pays que la *señora*, qui affirmait avoir été la plus belle femme de son village, jadis.

— Ne s'était-elle pas livrée auparavant à un excès de boisson ? demanda-t-il avec le plus parfait sérieux.

La duchesse redressa le visage encore un peu plus dans la lumière et adressa à Pitt un sourire qui lui noua la gorge.

— Je le crois bien, car vous n'êtes pas laid du tout. Ni effrayant. Et vous sentez... plutôt bon.

Pitt eut soudain l'impression d'avoir la langue aussi sèche qu'un tampon d'étoupe. Toute sa présence d'esprit et pratiquement toute sa lucidité le désertèrent sur-le-champ, si bien qu'il se trouva à court de repartie charmante. Il aurait été prêt à sacrifier, en cet instant torturant, un bras, une jambe, toutes ses dents, ses deux oreilles, ses dix orteils, pour pouvoir embrasser juste une fois cette bouche adorablement galbée.

Mais le moment passa.

— Que pensez-vous qu'il va m'arriver en Angleterre ? questionna-t-elle. Vais-je être... jetée en prison ?

— Seigneur Dieu, non ! Vous serez traitée avec toute la dignité et le respect dus à votre rang. Étant donné les horreurs que votre servante vous a racontées sur l'Angleterre, j'imagine sans peine le portrait qu'elle a pu dresser de notre reine, mais je vous certifie qu'il n'est en rien exact.

— Elle n'est donc pas toute maigre et vieille, avec des cheveux de la couleur des cerises ?

— Sa Majesté est mince, d'un âge honorable et ses cheveux ont... eh bien, des reflets rouges, oui, mais d'un ton beaucoup moins flamboyant que la barbe du capitaine Spence.

— Elle ne pend pas les prêtres ni ne brûle ceux qui professent la foi catholique ?

— Elle... leur déconseille de pratiquer ouvertement leur culte – mais les bûchers, je le crains, sont plutôt une spécialité de votre Inquisition.

La jeune femme fronça de nouveau les sourcils.

— Et elle n'a pas gardé sa sœur enfermée dans une cellule pendant dix-neuf ans ?

— Marie Stuart est sa cousine, et elle n'a cessé de comploter son assassinat pour la supplanter sur le trône.

Elle avait pourtant reçu la couronne d'Écosse, mais elle a fini par la perdre à cause de ses frasques et de ses manigances. Notre reine a maintes fois essayé d'engager une réconciliation avec elle, mais elle tombait toujours sur une nouvelle conspiration, une nouvelle tentative pour lui voler le trône, un nouvel assassin qui la guettait en coulisses. Votre roi traiterait-il autrement une traîtresse impénitente ?

— Je l'ignore, je ne suis…

Elle se tut brusquement et se mordit la lèvre, avant de reculer dans l'ombre.

— Je ne suis pas au fait des intrigues de la Cour.

Ce n'était pas la première fois que doña Maria arguait ainsi de sa méconnaissance de la politique. Souvent, quand la discussion s'envenimait à table sur ces questions – ce qui arrivait fréquemment, vu la liberté totale avec laquelle Spence, Dante et Beau énonçaient leurs opinions –, il voyait la duchesse blêmir et se crisper, comme si elle craignait d'être prise à témoin. Pitt supposait que c'était dû à l'éducation qu'elle avait reçue et qui l'avait seulement préparée à être l'épouse docile d'un riche parti. Elle n'en offrait pas moins un contraste saisissant avec quelqu'un comme Beau Spence, qui s'exprimait avec une franchise et un aplomb qui n'étaient pas sans rappeler les manières abruptes de leur souveraine.

Mais il était vrai que tout chez doña Maria Piacenza la distinguait de la pilote de l'*Egret*. Et si Pitt en était venu à apprécier l'intelligence et le sens de la repartie de la fille du capitaine – sans parler de ses qualités de timonier –, la vulnérabilité de la duchesse stimulait au plus haut point son sens de la chevalerie.

Certes, ils l'avaient prise en otage pour assurer la sécurité de leur retour, mais c'était là une pratique courante chez toutes les grandes nations, une pratique qui se soldait la plupart du temps par un échange pacifique de prisonniers d'autant plus rapide que les otages avaient de la valeur.

Pitt baissa de nouveau les yeux sur les mains de la duchesse qui s'étaient mises à triturer la dentelle compliquée qui bordait les manches de sa toilette. Elle avait les doigts longs et délicats, dénués de la bijouterie voyante que les nobles aimaient ordinairement porter pour faire étalage de leur richesse. Son seul bijou était un jonc d'or, dont l'une des extrémités avait été façonnée en forme de main et l'autre en forme de cœur, la première tenant le second et fermant ainsi l'anneau.

Était-elle mariée ? Voulait-elle signifier par cette bague que son cœur appartenait à quelqu'un ?

— Maria, murmura-t-il en se rapprochant et en posant les mains sur ses épaules. Maria, je n'ai pas envie de gâcher le peu de temps que nous pouvons passer ensemble à discuter politique ou...

La duchesse réagit vivement à l'emploi de son prénom ainsi qu'à sa proximité : elle fit un pas de côté en se tournant vers la lumière, les mains portées à la base de son cou blanc.

Pitt fut aussitôt atterré par sa propre maladresse.

— Oh, pardon, mille pardons, doña Maria ! Je ne voulais absolument pas vous manquer de respect...

— Nous ne pouvons continuer à nous voir, *señor*. Je n'aurais pas dû vous suivre ici ce soir, et nous ne devrions plus nous retrouver seuls ensemble.

Pivotant sur elle-même, elle longea le bastingage en courant et fut avalée par la bouche d'ombre de l'écoutille avant que Pitt ne réussisse à secouer sa léthargie. Se précipitant à sa poursuite, il entraperçut le bord de sa mante alors qu'elle rentrait dans sa cabine, mais il arriva trop tard devant sa porte qui s'était refermée.

Il appliqua les paumes sur le panneau de bois brut et serra les poings pour résister à l'envie de forcer le battant. Derrière lui, la porte ouverte de la cabine de Spence jetait un rai de clarté dans la coursive. Le bruit de la porte avait interrompu la conversation qui s'y déroulait, et Pitt entendit bientôt le grincement d'une chaise, suivi des excuses d'Agnès Frosthip qui saluait la compagnie.

Pitt contempla encore un instant la porte fermée de doña Maria, avant de s'écarter. En retournant chez le capitaine de l'*Egret*, il croisa la duègne dont il ignora l'expression courroucée, de même qu'il ignora le haussement de sourcil interrogateur de Dante quand il reprit sa place à table. Il s'empara de la bouteille de vin et remplit sa coupe à ras bord avant de fixer Dante, Beau et Spence avec froideur pour les inciter à reprendre leur discussion.

Au vrai, en présence de la duègne, ils n'avaient abordé aucun sujet intéressant. Beau et Simon Dante avaient même voulu s'éclipser, mais à chaque fois, Spence les avait suppliés du regard de ne pas le laisser seul avec Agnès Frosthip.

Le capitaine abattit son gobelet sur la table.

— Du diable si je ne me suis pas asséché la glotte à essayer de détourner le monologue de cette gueule de raie sur sa vie de cocagne en Espagne ! Si nous étions un peu plus près de la côte, je lui ficherais une voile dans le derrière pour qu'elle aille rejoindre la cour du roi Philippe à la nage !

— J'ai comme l'impression que tu lui plais, père, énonça Beau. Peut-être cherchait-elle seulement à t'impressionner.

— M'impressionner ? répéta-t-il tandis qu'un trou ébahi se creusait dans la masse hirsute de sa barbe rousse. Par le foie du Très-Haut, ma fille, j'aimerais encore mieux étreindre une planche pleine d'échardes ! Quant à vous, capitaine Dante, je ne vous remercie pas de m'avoir laissé subir sa logorrhée sans rien dire. Vous ne pouviez pas user d'un peu de votre charme ou de votre esprit pour distraire cette insupportable raseuse ?

— Ni mon esprit ni mon charme ne paraissent prisés aujourd'hui, repartit nonchalamment Dante tout en jouant avec une goutte de buée sur le bord de son gobelet.

— Pas étonnant, vu que vous passez vos journées penché sur ces papiers. Aux dernières nouvelles,

Plymouth était encore à deux semaines de trajet, ce qui devrait vous laisser assez de temps pour déchiffrer ce fichu message codé – si tant est que ces documents en contiennent un.

— Je n'ai pas de doute à ce sujet, assura le corsaire avec calme. Il me reste juste à en trouver la clé.

— Oui, eh bien, pour ma part, j'ai d'autres sujets de réflexion nettement plus agréables, à commencer par le trésor qui remplit mes cales et qui me permettra de vivre tranquille jusqu'à la fin de mes jours. Et pas seul, je vous prie : une aimable veuve de New Street doit m'attendre en ce moment même. Large comme une poutre, qu'elle est, et assez costaude pour me serrer le goulot jusqu'à tomber dans les pommes. Et pas de dent. Pas un chicot. Et pas du genre non plus à bavasser sans fin comme l'autre, précisa-t-il en désignant du pouce la chaise vide de la duègne. Celle-là, il faudrait lui bourrer la bouche de flanelle pour avoir la paix.

Ravi de ses propres plaisanteries, Spence considéra Beau qui arrachait des échardes à la table de la pointe de son couteau, puis Dante qui pourchassait toujours des gouttelettes sur le bord de son gobelet. Quant à Pitt, il avait les yeux baissés sur sa lourde coupe en or et l'air de vouloir l'écraser entre ses mains.

— Et vous, cap'taine, finit par demander Spence en désespoir de cause, vous n'avez personne qui sera content de vous revoir en Angleterre ? Je veux dire : à part Sa Majesté, bien sûr... Qu'est-ce que vous faites d'ordinaire quand vous revenez d'une campagne comme celle-ci ? Vous n'avez pas un petit plaisir que vous vous octroyez traditionnellement, une fois de retour à la maison ?

Dante pinça les lèvres et releva sa tête brune. Son regard se porta subrepticement vers Beau, avant qu'il n'offre un sourire à son père.

— Pas de tradition, non, avoua-t-il. Mais si j'avais une envie, ce serait une bonne grosse tranche de bœuf nageant dans son jus, confortablement allongée sur un lit de petits pains au babeurre si tendres qu'ils fondraient dans la bouche. Et puis, il y aurait un plat d'oignons sautés à l'ail et à la moutarde avec un chapon rôti. Et une tourte. Une tourte aux groseilles aussi haute que mon bras, saupoudrée de sucre croustillant, avec une pelletée de crème fraîche.

Il prit une gorgée de vin, les narines frémissantes comme s'il humait le fumet de tous les plats qu'il était en train de décrire.

— Et pour faire passer le tout, une grosse chope de stout.

Jonas, qui béait d'envie, referma la bouche avec un effort visible et leva son gobelet pour saluer le Français.

— Cap'taine… vous êtes un beau salaud comme je les aime. Et, par la bedaine de saint Joseph, je serais honoré de partager un tel repas avec vous. Vous pourrez naturellement rester chez nous aussi longtemps qu'il vous plaira. Nous n'avons, Beau et moi, à vous proposer qu'un bien modeste logis, comparé aux demeures que vous devez fréquenter habituellement, mais ce sera toujours un toit à vous mettre au-dessus de la tête, avec un lit et de quoi vous dessaler la peau avant de vous atteler aux affaires qui vous attendent là-bas.

Dante nota vaguement le petit bruit étranglé que produisit Beau à cette invitation.

— Je vous remercie pour votre hospitalité, Jonas, mais mes… affaires ne me permettront pas de m'attarder à Plymouth. Trop de monde risque de m'y reconnaître.

— Oui, oui, je comprends : vous ne voulez pas que Bloodstone apprenne trop tôt votre retour, du moins pas avant de savoir dans quelle direction souffle le vent. Franchement, si vous pensez que continuer à faire le mort peut vous aider, je suis prêt à endosser toute la responsabilité de l'attaque du *San Pedro*. C'est bien le moins que je vous dois – et entre confrères, autant se serrer les coudes, pas vrai ?

— C'est moi qui vous suis redevable, répondit obligeamment le corsaire.

— Bah ! Remplissez donc nos coupes, et vous en serez tenu pour quitte.

Beau se leva.

— Je vous laisse à vos évocations d'agapes, père. Bonne nuit.

Elle quitta la cabine pour aller inspecter l'équipe de quart et, une fois sur le pont, inspira profondément pour purifier ses poumons des remugles de nourriture et de cire de bougie. Un vent vif soufflait de l'est. Dans un jour ou deux, ils franchiraient la latitude de l'extrémité nord du pays du roi Philippe et s'engageraient dans le golfe de Gascogne. Avec un peu de chance, ils gagneraient la Manche deux semaines plus tard pour mouiller près de Plymouth.

Comme pour confirmer ses prévisions, l'*Egret* se mit à bondir souplement de vague en vague. La nuit était sans lune et le velours noir du ciel se piquait d'une myriade d'étoiles. C'était Billy Cuthbert qui pilotait le navire, et Beau put constater au premier coup d'œil que l'amure avait été choisie au mieux pour profiter de la brise. Le vaisseau filait à bonne allure, fendant gracieusement les flots. Alors même que la jeune femme fixait les voiles, celle de misaine fut ferlée tandis que celle d'artimon était réorientée, sa toile faseyant un instant comme une grande aile de chauve-souris avant de reprendre le vent.

Beau approuva silencieusement la manœuvre. Billy avait rejoint l'équipage de l'*Egret* quatre ans auparavant, alors qu'il n'était qu'un adolescent dégingandé et boudeur, portant encore les traces des sévices que lui avait infligés l'aubergiste chez qui il était en apprentissage au sortir de l'orphelinat. À l'issue d'une correction de trop, il avait fini par assommer son tortionnaire avec son propre bâton avant de prendre la fuite, pensant l'avoir tué. Il avait désormais dix-huit ans et s'était révélé un marin de qualité, capable d'apprendre vite et au sourire facile, en particulier en présence de la jeune femme. Elle savait bien sûr, comme tout l'équipage, que le garçon en pinçait pour elle, mais elle n'y avait jamais vraiment accordé d'importance. Même si elle n'était que de deux ans son aînée, elle s'estimait infiniment plus mûre et expérimentée que lui, et ne pouvait s'imaginer accorder la moindre considération à quelqu'un qui la couvait d'un regard suppliant de chiot énamouré.

Incapable de rester en place, elle se détourna du plat-bord et monta à l'assaut des haubans du grand mât. Elle jouait souplement des pieds et des mains pour s'élever d'un échelon de corde au suivant, dépassant l'une après l'autre les immenses vergues enveloppées du suaire fantomatique de leur toile : grand-voile, grand hunier, grand perroquet et grand cacatois. Elle parvint au nid-de-pie et, s'accrochant des bras et des jambes à la pointe du mât pour résister au balancement du navire, héla le marin qui était de vigie pour le relever. Cela lui arrivait parfois, si bien que le bonhomme qui avait encore deux heures de quart à effectuer n'eut aucun scrupule à lui céder sa place pour descendre rejoindre son hamac.

Confortablement calée sur la traverse de hune, à douze mètres au-dessus du pont, elle n'avait plus au-dessus d'elle que le ciel et les étoiles, dans un silence que troublaient seulement le frémissement des voiles et le chuintement distant de la houle contre les flancs de l'*Egret*. La forêt d'espars, de toiles et de cordages en contrebas lui cachait à peu près tout le navire, dont elle apercevait uniquement le sillage duveteux. C'était son endroit préféré à bord, le refuge où elle aimait se retirer pour réfléchir à l'abri des regards indiscrets – et, en l'occurrence, d'une certaine paire d'yeux qui l'obsédait particulièrement, ces derniers temps.

La clarté des étoiles était assez vive pour se réfléchir sur les flots et les nimber d'un éclat tantôt argenté, tantôt bleuté sur la crête des vagues – la couleur, précisément, des iris de Simon Dante. Elle avait surpris le regard du corsaire posé sur elle durant presque toute la soirée, comme à chacun des dîners qui lui étaient imposés dans la cabine de son père. Parfois elle croyait y lire de la compréhension, parfois de la moquerie ou simplement de la colère. Ses propres émotions étaient en déroute, depuis le moment de bonheur qu'elle avait connu dans ses bras. Elle passait toutes ses nuits sans sommeil à revivre dans sa mémoire chacun de leurs baisers, chacune de leurs caresses, encore et encore.

Mais c'était à table qu'elle souffrait le plus, à cause de la présence de la délicate duchesse de Navarre avec laquelle on devait forcément la comparer – et pas en bien. Comment aurait-elle pu, par exemple, battre des paupières d'une manière aussi charmante ? Papillonner des cils avait pour seul effet de lui donner le vertige. Et si elle savait comment mettre un corset et un vertugadin, si elle avait même appris à marcher dans une robe à panier sans se prendre les pieds dans les armatures, elle peinait à respirer dans ce genre de carcan et ne pouvait rester longtemps assise sans virer au bleu. Quant à la fraise, cette horreur tuyautée et amidonnée, elle lui serrait tellement la gorge qu'elle n'arrivait même plus à avaler !

Nate Hawethorne s'attendait pourtant à ce que la femme qu'il épouserait endure ces supplices imposés par la bienséance. Il voulait qu'elle soit un parangon de bonnes manières et de grâce convenue et qu'elle souscrive humblement à toutes ses opinions, fondées ou pas. Surtout, dans ses veines courait le sang de plusieurs générations d'aristocrates, un sang trop pur et trop noble pour le mêler à celui de la fille d'un commerçant unijambiste. Le soir où Hawethorne le lui avait clairement fait comprendre était aussi le soir où Beau s'était rendu compte que la plupart des hommes ne désiraient qu'une chose du sexe opposé, et une fois qu'ils l'avaient obtenue, ils se débarrassaient sans vergogne de celles qui avaient eu l'inconséquence de la leur céder.

Le sang du comte de Tourville était encore plus bleu. Il possédait des châteaux en France, des domaines en Angleterre et même, s'il fallait en croire la rumeur, un petit duché au Portugal. À cette fortune s'ajoutait une solide méfiance envers la gent féminine. Imaginer donc qu'il puisse rechercher plus qu'une aventure sans lendemain était ridicule.

Même si elle avait été disposée à troquer sa culotte pour une robe et des jupons – ce qui n'était pas le cas – ou à renoncer à son existence de marin pour la vie de château – ce qui était encore moins le cas –, voire à discipliner ses manières pour adopter le comportement d'une jeune dame digne de ce nom – notion ô combien répugnante à ses yeux –, elle continuerait encore et toujours à faire fuir les hommes comme Dante et Hawethorne. Elle était une bête curieuse. Une marginale.

Et une distraction momentanée pour ces messieurs, rien de plus.

— Non, mais écoute-toi un peu, grommela-t-elle, le regard perdu sur la beauté immense et noire de l'océan. Comme s'il se souciait de ce que tu penses... Comme si tout cela, en fait, avait la moindre importance ! Il s'est amusé avec toi et tu t'es amusée avec lui. Point final.

Elle frappa le mât d'une claque rageuse, juste au moment où l'*Egret* plongeait dans le creux d'une vague. Elle voulut se rattraper aux balancines du grand cacatois, mais les filins échappèrent à ses doigts. Déséquilibrée, elle se sentit glisser du nid-de-pie et chuta tête la première, dépassant en sens inverse toutes les voiles ferlées qu'elle avait laissées derrière elle en montant : grand cacatois, grand perroquet, grand hunier... Sa chance fut que la vergue de la grand-voile, avant que celle-ci ne soit repliée, avait été orientée obliquement par rapport à la coque pour que la toile prenne mieux le vent, si bien qu'elle arrêta sa dégringolade en lui rentrant brutalement dans le ventre. Le souffle coupé, elle se remettait à glisser vers le pont quand son pied se prit dans un des cordages qui maintenaient repliée la grand-voile. Elle se retrouva un instant pendue la tête en bas, complètement désorientée.

Puis la corde qui la retenait par la cheville commença à se dénouer, menaçant de la laisser achever sa chute sur les planches du pont.

17

Simon Dante était monté sur le pont pour se soulager la vessie, et resta ensuite un moment appuyé au garde-corps pour se rafraîchir les idées sous la brise du soir. Les mains serrées sur la rambarde et la tête pendue entre les épaules, il maudissait sa propre fébrilité, tout en se demandant malgré lui dans quel trou de souris Beau était partie se cacher pour la nuit. Certes, il pouvait toujours espérer, contre tout bon sens, qu'elle soit en ce moment même en train de l'attendre dans sa cabine, mais sur quoi déboucherait un nouveau moment d'égarement avec elle ? De toute façon, elle le fuyait depuis une semaine comme s'il était couvert de pustules.

En un sens, il ne s'en plaignait pas trop, car il avait eu ainsi le temps de se ressaisir et de se concentrer sur la suite des événements. La fille de Spence l'avait distrait. Décontenancé. Il était plein de rage et de fureur quand il avait embarqué sur l'*Egret*, animé par le seul désir de vengeance. Isabeau Spence l'avait insidieusement ramené dans un monde de douceur et de sensualité, où il s'était momentanément perdu. Il ne lui avait rien offert en dehors de cette unique nuit, et elle ne lui avait rien demandé de son côté. D'ailleurs, il était clair qu'elle ne voulait plus rien avoir à faire avec lui, pas même échanger quelques mots, ce qui au fond lui convenait fort bien.

Alors pourquoi était-il incapable de focaliser son attention sur la moindre tâche, sans fermer les yeux et revoir aussitôt le corps de Beau alangui au clair de lune ? Pourquoi était-il incapable de la regarder avec détachement ? Ou de s'endormir le soir sans repenser avec un regret presque douloureux à la caresse de son souffle sur son cou ?

Et pourquoi se tenait-il maintenant sur un pont balayé par une brise glacée dans l'espoir d'oublier, au moins pour un temps, la jeune femme ?

Il n'arrivait pas à comprendre ce qui l'attirait chez elle. Elle était grossière et mal élevée – jugement typique qu'un noble pouvait porter sur les gens du peuple, mais qui lui était aussi naturel que l'éducation qu'il avait reçue, cette même éducation qui persistait à faire de lui le comte de Tourville malgré tous ses efforts pour se soustraire aux responsabilités attachées à son titre. Son ex-épouse avait été en ce sens le parti idéal, mélange parfait de beauté éblouissante et de raffinement. Et ébloui, il l'avait été au début, avant qu'elle ne révèle la froideur et le goût pour la manipulation qui coulaient dans ses veines. En retour, elle l'avait rendu cynique et méfiant envers les femmes en général.

Or il lui fallait reconnaître qu'Isabeau Spence n'était pas une femme comme les autres. Elle différait de manière frappante des créatures aussi hypocrites qu'ambitieuses qui évoluaient dans son monde. Si elle pensait quelque chose, elle le disait ou le faisait clairement comprendre. Elle était farouchement indépendante et terriblement jalouse de sa liberté, et il doutait fort qu'un homme soit en mesure de la dompter complètement.

Tout cela lui donnait parfois l'impression d'être sur l'*Egret* comme un lion en cage, et il priait pour que des vents puissants hâtent leur retour en Angleterre. Plus vite il serait soulagé de la tentation qu'exerçaient sur lui les yeux de tigre de la jeune femme, plus vite il pourrait rendosser le confortable manteau d'indifférence dans lequel il s'était drapé depuis la fin de son malheureux mariage. Une nuit d'ivresse et de débauche dans le premier bordel venu, voilà ce dont il avait besoin. Voilà ce dont lui et Pitt avaient besoin, pour retrouver un peu le sens des réalités.

Il passa une main sur le fût de bronze froid d'un canon. Un simple coup d'œil à la disposition des drisses suffit à lui apprendre l'amure choisie pour la nuit, et ce fut par pur réflexe qu'il leva les yeux vers la mâture. Après tout, ce n'était pas son navire et il n'était pas responsable de son pilotage...

Au début, il ne vit rien, sinon le réseau des vergues enveloppées de leur voile ferlée qui s'entrecroisaient sur le ciel nocturne. Puis il avisa soudain, se découpant sur le semis d'étoiles, comme une forme noire qui n'aurait pas dû se trouver là. La voyant bouger, il comprit que ce n'était pas un morceau d'espar tombé du grand mât, mais un marin suspendu la tête en bas qui tentait désespérément de se raccrocher à un filin.

La silhouette émit alors un cri inarticulé dont il reconnut aussitôt les accents et, l'instant d'après, il bondissait dans les haubans. Arrivé au niveau de la vergue de la grand-voile, il s'engagea résolument dessus, tel un funambule sur son fil, pour rejoindre la jeune femme.

— Beau, tiens bon ! J'arrive !

— Mon... mon pied glisse !

Parvenu au-dessus d'elle, il s'allongea sur l'espar et tendit la main vers sa cheville. Celle-ci s'était prise dans une corde qui, de fait, était en train de se dénouer.

Beau hurla de panique quand la corde relâcha son pied, avant de sentir des doigts longs et puissants se refermer sur le bas de sa jambe.

— Prends ma main ! lança Dante. Accroche-toi à mon bras !

Surmontant la douleur qui lui cuisait le ventre, elle réussit à se redresser et à attraper ses doigts. Peu après, elle était tractée vers le haut et le corsaire la ramenait vers le grand mât contre lequel il la plaqua, assis à califourchon sur la vergue.

— Ça va ? s'enquit-il d'une voix rendue rauque par l'inquiétude. Tu n'es pas blessée ?

Elle ne put que secouer la tête en guise de réponse.

— Tu es sûre ? Tu n'as rien de cassé ou de tordu ?

Elle hésita, et Dante la vit ployer rapidement le pied et les genoux, se tâter les hanches puis les côtes. À la fin, elle secoua de nouveau la tête et enfouit le visage contre son épaule.

Il poussa un long soupir et attendit que son cœur se calme.

— Puis-je au moins savoir ce que tu faisais là-haut ?

— Je… je monte souvent ici, murmura-t-elle contre sa gorge. Pour réfléchir.

— Pour réfléchir ?

— Oui, réfléchir ! Parfois, j'ai besoin de m'isoler pour *réfléchir*. Est-ce si difficile à comprendre ?

— Non, mais par un vent pareil, ne pouvais-tu trouver un endroit moins périlleux pour, euh… « réfléchir » ? Et où est passée la vigie, d'abord ? ajouta-t-il en relevant la tête vers le nid-de-pie.

— Je l'ai relevée.

— Tu… ?

Il s'interrompit pour jurer tout bas.

— Si c'était mon navire et si tu faisais partie de mon équipage, aussi brillant pilote sois-tu, je te…

Elle redressa la nuque, et il fut étonné de découvrir des larmes dans ses yeux.

— … je te gronderais comme tu ne l'as jamais été, acheva-t-il sur un ton plus doux. Tu n'aurais pas dû prendre de tels risques.

— Je te l'ai déjà dit, chuchota-t-elle. Le pire qui me soit jamais arrivé sur l'*Egret*, c'est de me couper la main ou de me cogner l'orteil… avant que tu ne montes toi-même à bord.

— Désolé de t'avoir porté la poisse, lâcha-t-il.

Il ramena une des mèches de la jeune femme derrière son oreille et appuya sa tête contre son épaule.

— Vas-y, pleure si tu veux. Je te promets de n'en parler à personne.

— Je ne pleure jamais, protesta-t-elle faiblement. Jamais !

— Désolé, répéta-t-il en lui caressant les cheveux. J'ai dû être trompé par un reflet.

— Arrête.

— Quoi donc ?

— Ça.

Il écarta sa main de sa tête.

— Ceci ?

Elle prit une inspiration frémissante.

— Non, pas ça.

Il reposa la main sur ses cheveux.

— Arrête de te m-moquer de moi, bafouilla-t-elle.

— Je te jure que ce n'est pas le cas.

— Si, insista-t-elle. Tu te moques *toujours* de moi. Tu as ri quand tu as découvert que j'étais une femme, et tu as ri encore en apprenant que j'étais la pilote de ce vaisseau. Tu as trouvé amusant que j'essaie de te tirer dessus à bord du *Virago*, et tu ne m'as absolument pas prise au sérieux quand je t'ai averti que je te taillerais en pièces si tu m'embrassais. Et dans ma cabine, l'autre soir…

Elle détacha la tête de son épaule. Non seulement ses yeux mais également ses joues présentaient une humidité suspecte.

— Oui ? Dans ta cabine l'autre soir ?

— Tu t'es moqué de mon ignorance, murmura-t-elle. J'en suis sûre.

Peut-être était-ce à cause de la frayeur qu'elle venait de subir ou de la clarté des étoiles qui abusaient les sens de Dante, mais quand elle le dévisagea, elle semblait avoir complètement baissé la garde et il prit conscience de sa fragilité. Le navire continuait à osciller face à la houle, tantôt plongeant en avant, tantôt se redressant au sommet des vagues, si bien qu'il était forcé de ceinturer le mât sans lâcher la taille de Beau. Ce tangage l'aida cependant à rapprocher la jeune femme de lui.

— Non, très chère demoiselle, articula-t-il. Si je me suis moqué de l'ignorance de quelqu'un, c'était de la mienne. Crois-moi, Isabeau : je ne riais que de moi.

Elle poussa un petit soupir, dans lequel on aurait pu entendre le mot « menteur », mais il préféra ne pas relever l'accusation. Les étoiles tournoyaient au-dessus de leurs têtes et le vent fouettait les cheveux de Dante, de sorte que, lorsqu'il leva le visage de la jeune femme vers le sien, ces mèches rebelles se retrouvèrent prises entre leurs bouches.

Beau le remarqua à peine. Ni ne s'en soucia. Dante lui donnait un baiser, et c'était tout ce qui importait. Elle jeta les bras à son cou et l'embrassa en retour avec une ardeur qui confinait au désespoir.

Ils se séparèrent en haletant et se dévisagèrent un instant, le souffle court, comme si chacun craignait d'être rejeté par l'autre. N'essuyant aucune rebuffade, ils s'étreignirent de nouveau, lèvres et yeux ouverts, jusqu'à être pris de tremblements presque aussi forts que les trémulations du grand mât sous les chocs de la houle.

Constatant l'impossibilité de se rapprocher plus encore de Beau dans la posture où ils se trouvaient, à califourchon sur la grand-vergue, Dante tenta d'apaiser ses sens en la dévorant de baisers, résigné à attendre de l'avoir ramenée à l'entrepont pour se repaître d'elle à loisir. Sa main qui la tenait par la taille avait apparemment moins de patience car, comme mue par une volonté propre, elle se glissa sous le pourpoint de la jeune femme pour déboucler le ceinturon qui retenait le haut de ses chausses. Il tira ensuite sur le vêtement de laine qu'il déchira de la taille jusqu'à l'entrejambe et, tout en approfondissant les caresses de sa langue dans sa bouche, il introduisit la main à travers l'ouverture.

La jeune femme était toute moite et glissante. Il la pénétra profondément avec plusieurs doigts et gémit sourdement en sentant combien elle était chaude, serrée, douce, humide et sensible à son intrusion. Une première vague de volupté se mit à resserrer les petits muscles de son intimité autour de ses doigts. Agrippant Dante par les épaules, elle secoua la tête violemment sous la montée des spasmes. Cependant, alors que sa jouissance culminait, il s'aperçut soudain que l'entendre gémir son nom dans un chuchotement incrédule ne lui suffisait pas. Retirant ses doigts, il pratiqua une ouverture semblable dans ses propres chausses puis, alors que la jeune femme frémissait encore de plaisir, il fit passer une de ses jambes puis l'autre par-dessus les siennes et l'assit sur son giron.

— Tu es fou ! hoqueta-t-elle. Nous allons tomber tous les deux !

— Pas si tu t'accroches à moi, rétorqua-t-il dans un élan farouche. Pas si tu me fais confiance.

Beau baissa les yeux vers le pont, qui était beaucoup trop éloigné à son goût, puis cessa de s'en inquiéter en sentant la hampe de chair de son amant s'introduire en elle. Le membre de Dante était si dur, si épais, si irrésistible qu'elle n'eut d'autre choix que de l'enlacer fermement par les épaules et de se fier à sa folie. Il empoignait le grand mât à deux mains, les pieds calés dans les cordes de la grand-voile. Chaque muscle et chaque tendon de ses bras et de son dos se raidissaient sous la poussée de son sexe à l'intérieur de sa féminité brûlante, tandis qu'un grondement primitif s'échappait de sa gorge.

Le navire plongea soudain dans un creux plus prononcé que les autres, décrochant l'un de ses pieds de la boucle de corde. Ils vacillèrent un instant, pour retrouver leur équilibre sur l'espar qui n'était pas plus large que le tronc dans lequel il avait été taillé.

— Attends, ordonna-t-il d'une voix vibrante. Attends juste un peu, ou je jure que je vais…

Beau pantelait contre son cou, les membres paralysés non par la peur mais par une sensation de plénitude absolue.

— Peut-être... as-tu raison, admit-il en haletant. C'est de la folie. Je ne peux plus bouger. Je ne peux plus... rien faire du tout. Et je ne veux surtout pas te blesser...

— Tu ne me blesses pas, assura-t-elle dans un souffle. Et tu n'as pas besoin de bouger. Du tout.

Pour le lui prouver, elle arqua les reins et laissa le mouvement même de l'*Egret* pousser son bassin en avant, jusqu'à ce qu'elle engloutisse Dante jusqu'à la racine. Ils gémirent en chœur, puis soupirèrent à l'unisson quand le navire bascula de nouveau, allégeant du même coup la pression qui venait de les unir.

— Ne... recommence pas, la prévint-il d'une voix blanche. Ou je vais exploser.

— C'est plus fort que moi ! rétorqua-t-elle dans un éclat de rire mêlé de larmes, tandis que l'*Egret* plongeait son étrave dans le ventre de la houle.

Le tangage, assez peu prononcé sur le pont, était amplifié par leur position en hauteur. Chaque mouvement du vaisseau poussait Dante de plus en plus profondément dans la jeune femme, jusqu'à ce qu'elle ait l'impression qu'il lui touchait le cœur.

Le corsaire avait les bras qui tremblaient et les dents si serrées qu'il avait mal aux mâchoires, mais il ne pouvait plus s'opposer à la montée du plaisir. Tout son corps se raidit et sa chair se consuma dans la déflagration de jouissance. Beau sentit chacune de ses saccades brûlantes et dut le mordre à l'épaule pour s'empêcher de hurler de volupté, soulevée par une extase tout aussi ardente et impitoyable.

— Il semblerait, marmonna-t-il un peu plus tard contre sa gorge, que nous ayons besoin d'aide tous les deux...

La jeune femme réprima un ultime tressaillement, avant de se blottir plus étroitement contre son torse massif. La flamme de leur étreinte avait baissé en intensité, mais pas le plaisir qui couvait encore en elle et déclenchait des frissons le long de son échine et de ses membres, jusque dans ses mains et ses pieds.

— Nous devrions au moins essayer de nous mettre debout, suggéra-t-il à voix basse.

Elle ouvrit les yeux et réfléchit.

— Je ne crois pas en être capable, décréta-t-elle enfin. Je ne sais même pas si je peux encore bouger.

Dante prit le risque de détacher une de ses mains du mât pour lui relever le menton. Elle avait le regard lourd et embrumé, les lèvres délicieusement gonflées et moites, mais il se retint de l'embrasser, craignant de les replonger dans un état de langueur qui les empêcherait définitivement de redescendre et dont les menaçait toujours le mouvement de l'*Egret* en maintenant un constant frottement de leurs intimités l'une contre l'autre, l'une dans l'autre.

— Nous allons offrir un beau spectacle à la prochaine vigie.

Beau fronça les sourcils et, se penchant, lui administra un baiser pour le réduire au silence. Trop galant pour rejeter une telle invite, il mêla sa langue à la sienne tandis qu'elle plongeait les mains dans sa crinière de nuit, ne le relâchant que lorsqu'il eut été proprement châtié pour avoir tenté de la rappeler à la raison.

Finalement, elle accepta qu'il la soulève de son giron pour la déposer sur l'espar.

— Mon féroce petit corsaire, chantonna-t-il en français.

— Comment ?

Il répéta la phrase en anglais.

— Toi seule pouvais m'inspirer un acte aussi insensé.

— Ah, fit-elle, tu reconnais donc ta folie ?

Elle baissa les yeux vers le pont.

— Oser faire ça sur la grand-vergue, ajouta-t-elle sur un ton effaré. Nous aurions pu nous rompre le cou.

Elle considéra ses vêtements froissés et déchirés, et poussa un soupir.

— Tu pourrais apprendre à te maîtriser un peu, cela ne te ferait pas de mal.

— Moi ? s'exclama-t-il en haussant les sourcils. J'ai montré un grand contrôle de moi-même durant toute cette semaine. Tu n'imagines pas combien de fois j'ai eu envie d'aller t'arracher à ton misérable hamac... À ce propos, tu ne m'as jamais remercié.

— De quoi ?

— De t'avoir permis de profiter d'une bonne nuit de sommeil, seule dans ton lit.

Momentanément distraite par le dessin de sa bouche et le mouvement de ses lèvres, elle releva la tête.

— Et... pourquoi as-tu fait ça ?

— D'abord parce que tu étais morte de fatigue. Et ensuite... parce que je refusais de t'imposer une intimité dont tu n'aurais pas vraiment voulu. Je préférais – comme l'arrogant salaud que je suis à tes yeux – attendre que tu t'offres à moi de ton plein gré.

— Je ne me suis pas offerte à toi, tout à l'heure, lui fit-elle remarquer.

— Pas formellement, non. Mais tu ne m'as pas non plus repoussé. Tu n'as pas refusé de partager ma folie. Enfin, je suppose que ce genre de considération importera peu, à l'avenir...

Une bourrasque détourna l'attention de Beau vers l'immensité de l'océan. Elle avait du mal à admettre qu'elle puisse se trouver à califourchon sur une vergue, au-dessus du pont d'un navire en mouvement, le corps moite et fiévreux, le sexe frémissant d'un nouvel élan de désir. Elle peinait encore plus à se croire autorisée à envisager le moindre « avenir » avec Dante... D'un autre côté, elle ne se voyait pas non plus continuer à l'éviter sur ce navire.

— Tu dois quand même te rendre compte que cette histoire se terminera dès que nous foulerons le sol anglais.

Il hésita un peu avant de répondre.

— L'Angleterre est encore à plus de deux semaines de trajet. Nous pourrions être lassés l'un de l'autre d'ici là – en dehors d'autres galipettes sur la galerie de poupe et sur la grand-vergue, s'entend.

Elle appuya la tête contre le mât, se sentant soudain piégée entre les bras tendus du corsaire.

— Et si nous nous lassons l'un de l'autre malgré cela ?

Il haussa nonchalamment les épaules.

— Ce sera retour à ton hamac solitaire pour toi, et à mon lit solitaire pour moi.

— Et des adieux polis sur le quai de Plymouth ? ajouta-t-elle sèchement.

— Ce sera tellement poli, très chère demoiselle, que les anges en pleureront !

Il s'esclaffa en voyant son expression et se mit debout sur la vergue. Après avoir rajusté ses vêtements, il l'aida à se redresser à son tour puis, sur un coup de tête, la pressa une dernière fois contre lui, afin qu'elle sente la vigueur renouvelée de son désir contre son ventre.

— Mais pour l'instant, donnons aux anges d'autres motifs de s'émouvoir, veux-tu ?

18

Les trois jours qui suivirent ne comportèrent aucun moment que Beau aurait pu qualifier de lassant, tant était délicat, voire éprouvant pour les nerfs, le pilotage d'un vaisseau surchargé à travers les grains de saison et les forts courants de l'Atlantique nord.

Les dîners continuèrent à être une épreuve, surtout pour Spence qui dut bientôt admettre qu'Agnès Frosthip montrait bel et bien tous les signes d'un tendre penchant pour sa personne. La duègne en vint même à se raser un soir la moustache. Tout un chacun comprit alors que le destin de Jonas était scellé. De plus en plus absorbée par le capitaine, la duègne en délaissait d'autant sa royale protégée. Avec le consentement de la duchesse, Pitt aurait pu aisément tromper l'attention de plus en déclinante de son chaperon et compromettre la vertu de doña Maria. Mais celle-ci prenait grand soin de ne plus se retrouver seule avec le fringant maître artilleur, même s'il était évident à quiconque possédait un brin de jugeote – ce qui n'était cependant plus le cas de Pitt à ce stade – qu'il n'aurait pas eu à user de violence pour obtenir ce qu'elle était manifestement prête à lui céder.

Beau continuait à sortir de table au plus vite après le dîner, soucieuse de ne pas aggraver par son comportement la suspicion qu'elle lisait déjà dans les yeux de son père. Elle réussissait cependant à ne plus rougir chaque fois que Dante posait les yeux sur elle, ce qu'il faisait pourtant beaucoup et en mettant dans son regard un peu trop de complicité sensuelle à son goût. D'autres fois, à l'inverse, il lui était quasi impossible de ne pas se laisser fasciner par son charme viril, surtout quand la lumière de la lampe mettait en valeur son sourire canaille, ou quand certains gestes lui rappelaient l'habileté diabolique de ses longs doigts fuselés.

Elle avait pris l'habitude de se libérer de ses frustrations en arpentant la galerie pendant le quart d'heure politique qui suivait immanquablement le repas du soir. Dante l'y rejoignait ensuite et parfois ils discutaient, parfois se disputaient, selon l'humeur et la fébrilité de la jeune femme.

Dans l'un et l'autre cas, elle finissait toujours par se retrouver nue dans ses bras, avant de se jurer que c'était la dernière fois qu'elle couchait avec lui.

De fait, elle n'en pouvait plus. Dante était devenu pour elle comme une drogue ; il la grisait de passion, tout en l'épuisant par sa puissance masculine et ses prouesses sexuelles.

Une fois, une fois seulement, elle avait réussi à s'échapper de la cabine avant que ses yeux, ses mains et ses lèvres ne l'aient attirée au lit. Elle était même parvenue à rester un moment loin de lui… et avait regretté qu'il n'ait pas cherché à la rattraper – se demandant si, finalement, il ne s'était pas lassé d'elle.

Elle était revenue dans la cabine sous le prétexte le plus futile et l'avait découvert penché sur ses maudits documents, son beau visage nimbé par la lueur de la bougie. Il l'avait accueillie avec une indifférence feinte que, au grand soulagement de la jeune femme, ses yeux démentaient. Sans un mot – qui de toute manière aurait été inutile – elle s'était alors rapprochée de lui, et il l'avait prise comme il aurait aimé la prendre le jour où ils s'étaient connus, étendue nue sur un tas de papiers, ses cheveux étalés sous elle en un éventail flamboyant.

Le matin du quatrième jour, elle se réveilla alors que l'aube n'était à l'horizon qu'une lueur d'un gris nacré soulevant la paupière de la nuit. Dante dormait encore près d'elle, ce qui lui était rarement arrivé depuis qu'elle avait l'occasion d'étudier ses habitudes. À croire qu'il répugnait à gâcher la moindre parcelle de son temps et à renoncer, même pour quelques instants, à une emprise absolue sur son destin.

Ne souhaitant pas le déranger, elle repoussa doucement le bras qu'il avait passé autour de sa poitrine et descendit pieds nus du lit pour aller récupérer ses affaires négligemment jetées sur le dossier du fauteuil la veille au soir. Sa chemise, ainsi qu'elle le constata sans trop d'étonnement, était déchirée. Avec un juron étouffé, elle se rabattit sur celle de Dante qu'elle enfila par la tête, se perdant un moment dans les plis du vêtement trop vaste pour elle. Elle sortit ensuite sur la galerie et, s'accoudant à la rambarde, laissa la brise lui démêler les cheveux. Au bruit et à la profondeur du sillage creusé par le navire dans la mer, elle déduisit que l'*Egret* devait aller à une vitesse de huit à dix nœuds. Un léger tintement de cloche sur le pont lui apprit que c'était la cinquième heure de la journée.

Avec un soupir, elle posa le menton dans le creux de ses mains. La vague clarté indistincte qui hantait l'horizon à son réveil se diffusait maintenant en bandes vaporeuses qui prenaient des teintes roses, mordorées et grises. Bientôt, l'océan allait se transformer en un creuset de bronze en fusion.

Elle ferma les yeux pour mieux savourer la fraîcheur vivifiante de l'aurore. Elle sentit la chair de poule lui hérisser la peau, mais avant qu'elle ne puisse se frotter les bras à travers la chemise de Dante, une paire de grosses mains chaudes lui enserra la taille tandis qu'un grand corps vigoureux lui communiquait sa tiédeur.

— Je te croyais endormi, murmura-t-elle.

— Mmm, fit-il en enfouissant le nez dans sa crinière bouclée, avant lui donner un baiser sur la nuque. Rentre donc me réveiller comme il faut, veux-tu ?

Aussitôt, le désir se diffusa à travers elle comme une houle. Après ces trois nuits passées à s'explorer mutuellement avec un enthousiasme jamais démenti, elle se serait attendue à avoir développé une forme d'immunité au timbre de sa voix, or elle ne possédait même plus ce peu de contrôle sur les réactions de sa chair. Ces vibrations profondes et gutturales étaient aussi tentantes que le péché, et elle changea malgré elle de position pour placer ses seins gonflés de désir dans les paumes du corsaire.

— Et toi, que fais-tu déjà debout ? s'enquit-il contre ses cheveux.

— Je… je voulais regarder le soleil se lever.

— Vraiment ? Pour ma part, c'est plutôt toi que j'aimerais voir se lever… sous moi, toute rose de plaisir.

— Il me semble avoir déjà suffisamment rosi cette nuit, répliqua-t-elle d'une voix hachée. Merci beaucoup.

Il rit doucement et baissa les mains vers son ventre, avant d'appuyer sur son mont de Vénus pour la plaquer plus étroitement contre lui. L'air du matin avait beau être vif, le corps de Dante dans son dos lui paraissait aussi brûlant qu'un brasero. Il la dominait de toute sa taille et elle éprouva une sensation hélas familière : celle d'être trop petite, trop menue, trop fragile pour rivaliser avec cette débauche de force virile.

D'un autre côté, elle savait cette impression trompeuse car elle avait bien conscience, au fond, de lui aller comme un gant.

— Tu penses à autre chose qu'au lever du soleil, dit-il sur un ton amusé. Je le sens.

Ses doigts se coulèrent sous la chemise, allumant une nouvelle volute de plaisir qui se lova au creux de ses cuisses et acheva d'attiser l'orage voluptueux dont elle avait fini par guetter l'approche à chaque minute passée au côté du corsaire.

Une vraie honte, voilà ce que c'était. Une honte, une décadente turpitude...

— Prends-moi, chuchota-t-elle. Vite.

Dante sourit contre son cou et souleva le bas de sa chemise. Il écarta ses cuisses d'une jambe, suffisamment pour lui permettre de plaquer contre la moiteur de Beau sa virilité déjà pleinement tendue. Elle frémit à ce contact, enivrée par l'inventivité constante de son amant qui n'avait cessé de la caresser avec les doigts et qui sollicitait maintenant son intimité par l'arrière.

Sur sa demande fiévreuse, elle se pencha en avant tandis qu'il la prenait par la taille pour assurer sa prise. Il se mit ensuite à taquiner ses replis brûlants, provoquant chez elle une longue salve de frissons.

— Je suis de quart, gémit-elle.

— Tu as encore largement le temps.

Elle inspira sèchement en sentant la hampe de chair s'introduire brièvement en elle, avant de se rétracter aussitôt.

— Tu abuses de la situation, capitaine, lui reprocha-t-elle dans un souffle.

Il lui empoigna les seins pour en taquiner le téton et pétrit ses mamelons longuement, tantôt avec tendresse, tantôt avec vigueur, jusqu'à ce qu'elle lance son bassin contre le sien et remue impatiemment des hanches.

— Je ne prends que ce qu'on m'offre, dit-il tout en recommençant à lui embrasser la nuque. À te voir debout dehors, tes longues jambes nues sous ma chemise, comment pouvais-je résister à la tentation ?

Elle émit un soupir tremblé tout en s'accrochant à la rambarde.

— D'autant que tu me savais incapable de repousser tes avances, n'est-ce pas ? répondit-elle en haletant.

Il la gratifia d'un rire bas et rauque.

— Tu ne devrais jamais avouer ça à un homme, Isabeau. Cela dit, pourquoi estimes-tu encore nécessaire de repousser mes avances, après tout ce temps ?

— Et toi, pourquoi te crois-tu toujours irrésistible ? répliqua-t-elle d'une voix essoufflée. Te semble-t-il donc si inconcevable qu'une femme puisse parfois ne pas être d'humeur à satisfaire tes moindres élans ?

— Comme, par exemple, lorsqu'elle préfère admirer le lever du soleil ?

— Par exemple.

Il cessa de se frotter contre elle, avant de la saluer d'une courbette.

— Dans ce cas, en gentleman digne de ce nom, je te laisse contempler le spectacle que tu préfères.

Beau demeura tétanisée sur place, bouche bée et le corps tremblant. La surprise de le voir rentrer dans la cabine, combinée à l'absence brutale de sa chaleur, finit cependant par la secouer de sa torpeur. Quand elle l'eut rejoint à l'intérieur, il se tenait devant la cuvette de toilette et fredonnait tout bas.

— Que fais-tu ?

— À ton avis ? dit-il en portant une lame affûtée à sa joue qu'ombrait un début de barbe. Comment était le lever de soleil ?

Beau se mordit la lèvre inférieure et, s'écartant de la porte donnant sur la galerie, garda une distance prudente avec lui, incapable de croire qu'il ait pu renoncer aussi facilement à leur étreinte. Elle avait d'ailleurs sous les yeux la preuve évidente qu'il était tout aussi excité qu'elle...

— Je suppose que tu as la main assez sûre pour ne pas te couper ?

Il tiqua, car il venait justement de s'entailler la peau, et la foudroya du regard. Raffermissant sa prise sur le manche du poignard, il ramena son attention sur le petit carré de métal poli qui lui servait de miroir et, avec un rictus de concentration, poursuivit son rasage.

Beau se laissa choir dans le fauteuil derrière sa table à carte et se mit à tapoter des doigts sur le plateau en bois. À ses pieds reposaient des papiers qui étaient tombés sur le plancher la veille au soir et, sans quitter des yeux le Loup des Mers, elle se pencha pour les ramasser. Il s'agissait d'une partie des documents espagnols sur lesquels il travaillait, ainsi que de la traduction qu'il en avait effectuée. Elle les sépara en deux piles sur la table. Le reste était constitué de feuilles raturées ou jetées en boule dans un mouvement d'humeur.

— J'espère, déclara-t-elle en contemplant la masse de vélin froissé, que tu n'es pas en train de gâcher toute ma réserve de parchemins avec tes gribouillis.

— Quand nous aurons rejoint Plymouth, je t'en achèterai des milliers d'autres. Et ce ne sont pas des gribouillis, mais des tentatives pour démêler la pensée d'un fanatique assoiffé de sang, ambitieux et sans scrupule, qui se sert de la religion comme d'une arme pour se tailler un empire.

Elle haussa l'un de ses délicats sourcils.

— À la différence de nous autres, hérétiques, qui ne cherchons pas à cacher notre cupidité et notre ambition sous de grands principes ?

— Nous n'utilisons pas Dieu comme caution pour conquérir le monde, répliqua-t-il hargneusement. J'ai vu des villages entiers incendiés, des gens torturés et mutilés au nom de la foi. Ces coups-là, ajouta-t-il en désignant le réseau de cicatrices dans son dos, ne m'ont pas été administrés pour me convertir. Dès le vingtième, j'étais prêt à prier n'importe quelle divinité du choix de mes tortionnaires.

— Ainsi donc... tu serais vraiment un hérétique ? Ou un athée ?

— Oserais-je en déduire que je suis tombé encore plus bas dans ton estime ?

Elle se racla la gorge.

— Ce ne serait pas une grosse chute, de toute façon.

Son sarcasme lui valut un coup d'œil caustique.

— Dans ce cas, que puis-je dire pour ma défense ? Ma mère – que son âme repose en paix – était une pieuse protestante d'Albion. Mon père – que le diable et tous ses disciples se réjouissent de la compagnie de feu le comte – se rendait tous les ans en pèlerinage à Rome pour y laver les pieds du pape. Mon frère avait pour sa part beaucoup emprunté aux Juifs et a fini par épouser une de leurs filles pour éponger une partie de ses dettes. Ma propre épouse était prête à vénérer n'importe quelle idole du moment qu'elle était en or, même si elle avait un penchant assez net pour les pentacles, les cornes de bouc et les autels drapés de noir.

— Elle adorait le Malin ?

— Elle était le mal incarné et prenait plaisir à sacrifier des âmes masculines.

Aussi accoutumée fût Beau au corps comme au caractère de Dante, l'homme demeurait une énigme à ses yeux. Il est vrai qu'il n'aimait guère parler de lui. Il évoquait rarement sa vie en France et n'abordait jamais le sujet de son ex-épouse sans aiguiser au préalable sa langue sur un juron. Si bien que la jeune femme ne put réprimer plus longtemps la question qui lui brûlait les lèvres.

— Pourquoi donc l'as-tu épousée ?

— Pourquoi ?

Dante toisa son reflet déformé en fronçant les sourcils, comme si ce dernier pouvait lui apporter une réponse.

— Parce que c'était mon devoir de comte de Tourville. Parce qu'elle était belle. Ensorcelante. Et aussi parce qu'à l'époque j'avais encore une âme, voire une conscience. Elle a fait peu de cas de l'une comme de l'autre, et j'ai fini de mon côté par comprendre sa vraie nature.

— Vous avez divorcé ?

— J'aurais préféré la noyer comme un chat errant, mais oui, au prix d'une dépense considérable et du sacrifice de ma réputation – ou ce qu'il en restait – j'ai réussi à me débarrasser d'elle.

Il scruta Beau dans le miroir d'étain avant de continuer.

— Il y avait des enfants impliqués dans cette affaire. Deux : un garçon et une fille. Aucun n'était de moi, ce qui n'a pas manqué de susciter des commentaires.

Il avait prononcé cet aveu avec une désinvolture que Beau trouva suspecte. Ce n'est pas parce qu'il s'ingéniait à donner l'impression de n'attacher plus aucune importance aux titres ou aux responsabilités que ceux-ci n'avaient pas compté pour lui autrefois – tout comme son ex-épouse, du reste. Le ridicule de sa situation maritale, les plaisanteries lâchées à ses dépens et ce double cocufiage l'avaient forcément marqué dans son orgueil, et elle ne comprenait que trop bien ce qui le poussait aujourd'hui à porter son arrogance comme une armure : il ne voulait plus endurer un tel supplice.

— Qu'as-tu fait à ses amants ? s'entendit-elle demander sur le même ton détaché.

— Ceux dont je connaissais le nom ? Je les ai abattus et j'ai envoyé à Annalise la partie d'eux qu'elle chérissait le plus.

Il garda son regard rivé au sien un instant, avant de poursuivre son rasage.

Beau reprit son souffle, se rendant soudain compte qu'elle avait retenu sa respiration, et elle se demanda si, en exhibant ainsi ses cicatrices, physiques comme mentales, Dante ne la testait pas d'une certaine manière. Se confiait-il à elle pour mieux se convaincre ensuite que toutes les femmes étaient cruelles et indignes de confiance ? Une semaine auparavant, elle ne l'aurait pas déçu et aurait traité ses aveux par le mépris, s'en servant comme d'une arme pour taillader sa fierté. Mais aujourd'hui... elle n'éprouvait qu'un seul désir – un désir qui la choquait elle-même : celui d'aller le prendre dans ses bras pour le consoler de ces humiliations passées.

Un tel geste lui était naturellement interdit, car elle échouerait alors à une autre forme d'épreuve – en contrevenant aux règles qu'elle s'était imposées. C'est elle qui tenait à ce que leur liaison ne dure que le temps de cette traversée. Sitôt débarqués en Angleterre, tous deux recouvreraient leur liberté et prendraient des chemins séparés, sans un regard en arrière, sinon sans regret.

Elle baissa les yeux sur ses mains et s'étonna de les trouver tremblantes.

Pour s'occuper l'esprit, elle recommença à ranger les papiers qu'elle avait déjà triés. Une des feuilles lui échappa. Comme elle se baissait pour la ramasser, elle tomba sur l'écriture claire et nette de Dante – une écriture d'aristocrate et non de Loup des Mers, malgré ses efforts pour se détacher de son existence passée. Elle avait dû elle-même perfectionner son écriture pour qu'on considère le Cygne noir comme un cartographe instruit, plutôt que comme la fille en culotte d'un marchand.

Elle considérait d'un œil absent la liste des prévisions météorologiques ainsi que celle des quantités de grains, de légumes et même de volaille qui devaient arriver dans les ports espagnols dans les mois prochains, quand son attention fut attirée par un détail dans cette avalanche de mots qui semblait sans queue ni tête.

Le terme « olive » lui sembla soudain jaillir de la page.

— Pourquoi diable le roi Philippe voudrait-il importer des olives ? marmonna-t-elle. C'est la pleine saison de leur cueillette en ce moment même, en Espagne…

Elle marqua une pause avant de s'adresser à voix haute au corsaire.

— Es-tu sûr d'avoir bien traduit le passage correspondant ? Tu as écrit : « Le transport d'olives arrivera au port avant le jour de la Toussaint. »

Il lui lança par-dessus l'épaule un coup d'œil qui aurait transi d'effroi la plupart des hommes.

— Évidemment que j'ai bien traduit. Il y a des cargaisons entières d'olives mais aussi de paons, et même de rosaires, qui semblent être attendus avec enthousiasme par les sujets du roi Philippe, énonça-t-il avec froideur.

— De paons ?

Elle se renfonça dans le fauteuil en se frottant la nuque. Jonas et Spit prétendaient que leur nuque les chatouillait et que leurs testicules se ratatinaient chaque fois qu'un événement important était sur le point de se produire. En cet instant, sa propre nuque lui donnait envie de la gratter à deux mains, et ses tétons étaient si érigés qu'elle avait l'impression qu'ils s'étaient transformés en perles de glace.

— Simon... ?

Il suspendit la lame juste en dessous de son oreille droite, là où la peau protégeant la jugulaire était la plus fine. C'était la première fois que la jeune femme l'appelait autrement que Dante, capitaine ou salaud, et il préférait s'abstenir de tout geste avant d'en connaître la raison.

— Tu as trouvé quelque chose ?

— Je ne sais pas. Où sont les peintures des ports ?

Elle suivit la direction de son regard vers le casier contenant ses cartes. Elle eut tôt fait de repérer les parchemins espagnols, et Dante vint l'aider à les maintenir déroulés sur la table.

Elle inspecta rapidement le premier et n'y vit pas ce qu'elle cherchait. Le second se révéla tout aussi décevant, mais le troisième lui fit pousser un « ah ! » de satisfaction.

— – Et voilà, dit-elle en pointant le doigt sur la peinture.

Dante se pencha vers la table. Le soleil ne brillait pas encore de tous ses feux et, outre la pénombre du lieu, il lui fallait également composer avec la vision que lui offrait l'échancrure largement ouverte de sa chemise sur la poitrine de Beau.

— Et que suis-je censé voir ? s'enquit-il.

— Tu ne reconnais donc pas ce navire ?

Il releva vers elle un regard interrogateur. Elle avait un sourire fin, mais définitivement triomphant. Il se renfrogna.

Un grand nombre de galions ibériques étaient identifiables grâce à leurs dimensions, leur gréement ou leur armement, en particulier par quelqu'un qui avait passé les dix dernières années de sa vie à écumer l'Atlantique pour les piller. Or aucun des vaisseaux représentés sur les trois peintures ne paraissait à ses yeux présenter de différences avec les autres, ni de caractéristiques notables.

Beau continuait à l'accabler de sa petite moue finaude.

— C'est le *Santa Maria Encoronada*, déclara-t-elle finalement.

Il fronça les sourcils de plus belle.

— Et comment diable peux-tu le savoir ?

— Pour une raison que tu as déjà évoquée toi-même, à savoir que je maîtrise le dessin au pinceau et prête en conséquence une grande attention aux détails tels que les filigranes... ou les plumes de paon.

Tout en parlant, elle désignait du bout de l'index la galerie arrière d'un galion du premier plan. Il distingua alors la plume de paon qui avait été dissimulée dans le rendu de la balustrade, et que seul l'œil acéré du Cygne noir avait pu repérer. Cependant, il n'était pas encore tout à fait convaincu. Beau dut le deviner, car elle désigna le château de poupe d'un autre navire.

— Des gerbes de blé, expliqua-t-elle en tapotant le dessin. C'est le *Santa Catalina*. Et là, tu as le *Nuestra señora del Rosario*.

Elle releva les yeux vers lui.

— Des rosaires, bon sang !

— Et les olives ? demanda Dante d'une voix presque hésitante.

Beau dut fouiller du regard les deux autres peintures, avant de localiser la petite feuille délicate qui était cachée en haut de la mâture de l'énorme *Napolitana*, le vaisseau amiral à cinquante canons de la flotte du roi Philippe.

— Ce n'est qu'une hypothèse, mais je pense que tes prévisions de récoltes renvoient au nom ainsi qu'au port d'attache de certains navires à une date donnée, énonça la jeune femme. Et si tel est le cas...

Elle laissa les deux parchemins du dessus s'enrouler sur eux-mêmes pour examiner la troisième peinture, celle qui représentait le havre que Dante avait identifié.

— Si c'est vrai... Oh, Seigneur... Il n'y aurait pas moins de quarante à cinquante navires dans le seul port de Cadix, dont une douzaine de *ratas* de mille tonneaux !

Dante opina lugubrement du chef.

— Autant de vaisseaux capables de prendre la tête d'une flotte d'invasion.

— Alors les rumeurs au sujet d'une armada... ?

— Ce n'était pas des rumeurs, mais des réalités que la reine refusait de voir en face.

— Elle va bien devoir y croire, désormais.

— En effet, et il lui faudra également frapper sans attendre, vite et fort, tant que les navires de guerre espagnols sont réunis dans un même lieu, telle une rangée de pourceaux tétant leur mère.

Il baissa les yeux sur la peinture et son regard s'alluma d'une lueur désabusée dont la jeune femme ne comprit pas tout de suite la raison.

— Cadix... Bon sang, je le savais !

Ses yeux passèrent au-dessus de l'épaule de Beau pour se fixer sur le galion en or massif posé sur l'un des coins de la table.

— Si seulement j'avais encore mon *Virago* et une douzaine d'autres vaisseaux pour me suivre... Que dis-je ? Une demi-douzaine suffirait à finir ce que nous avons commencé à Veracruz. Quel plaisir ce serait de voir le roi espagnol se tortiller sous notre botte !

Beau fit glisser les mains le long de ses bras pour l'inciter à s'agenouiller devant elle.

— Je n'en doute pas, capitaine. Tu sembles avoir le don de faire se tortiller les gens… tout en leur offrant le plus grand plaisir.

— Ah oui ? fit-il en plissant les yeux.

Il appuya ses paumes sur l'intérieur des cuisses de la jeune femme et remonta doucement le bas de sa chemise.

— Et tu termines généralement ce que tu as commencé, ajouta-t-elle.

— Généralement ? Ai-je jamais failli à cette règle de conduite ?

Elle s'humecta les lèvres et contempla ses grandes mains bronzées qui reposaient sur la blancheur de ses jambes.

Son sourire devint carnassier. Il écarta ses cuisses et lissa doucement des pouces sa toison duveteuse de boucles auburn, révélant le coquillage rose de sa féminité qui se mit à luire rapidement sous ses caresses.

— Et toi, es-tu sûre de ne pas vouloir finir de regarder le soleil se lever ?

Beau coula les doigts dans sa crinière soyeuse et se contenta de lui répondre par un soupir, tandis qu'il baissait la tête entre ses cuisses.

Quelques minutes plus tard, des cris et des bruits de course retentirent sur le pont au-dessus de leurs têtes, interrompant brutalement leur étreinte. Perchée dans le nid-de-pie, la vigie venait d'apercevoir sur l'horizon une flotte de navires de guerre qui cinglaient droit vers eux.

19

— Des Anglais, annonça Spence avec effarement. Ce sont de satanés Anglais, tous autant qu'ils sont. Je compte... seize galions et... Par le Christ en canot ! Une flopée de pinasses dans leur sillage... Serions-nous donc en guerre ?

McCutcheon cracha à la mer et s'apprêtait à répondre, quand une agitation dans leur dos leur fit tourner la tête. C'était Simon Dante qui achevait de boucler son ceinturon tout en marchant vers eux et, le suivant comme une ombre, Beau avec les cheveux dénoués et les joues rouges comme des pommes d'api.

Spit émit un reniflement éloquent et croisa brièvement le regard de Jonas, avant de reporter son attention sur l'océan.

— En tout cas, lâcha-t-il, y a anguille sous roche, pour sûr...

Dante rejoignit Spence près du bastingage. Le ciel au nord, derrière les navires qui approchaient rapidement, était d'un gris terne sur lequel leurs voiles blanches ressemblaient à une troupe de nuages bas. Ils étaient encore trop loin pour qu'on puisse les identifier, mais leur silhouette sur l'eau était en effet typiquement anglaise.

— Votre avis ? s'enquit Spence.

Dante secoua la tête.

— Je ne sais pas. Mais si l'Angleterre et l'Espagne étaient en guerre, nous l'aurions appris du marchand flamand que nous avons croisé avant-hier.

— Pas faux, admit Spence dans un grognement. D'un autre côté, ça fait beaucoup d'embarcations pour une expédition commerciale ou même un simple raid. Vous disiez vous-même qu'il vous avait fallu palabrer trois mois avec la Couronne pour obtenir le financement de votre expédition sur Veracruz – et cela pour seulement deux navires.

— De fait, la reine nous a octroyé le budget que nous réclamions uniquement parce qu'il y avait la perspective d'un gros profit à la clé. Les autres corsaires sont plus ou moins assignés à proximité de l'Angleterre, à l'exception de Richard Grenville – et encore ne l'a-t-elle pas laissé partir de gaieté de cœur mais, à part Raleigh, elle n'avait que lui pour transporter des colons en Virginie et elle ne peut se passer de la puissance de feu de Walter. Cela étant, il est fort probable qu'elle ait retiré sa permission d'appareiller à Richard alors que l'encre de son ordre de mission était à peine sèche. Elle m'a fait le même coup.

Jonas réussit à garder les yeux fixés sur l'horizon plus longtemps que Beau ou Spit McCutcheon, qui avaient braqué sur le corsaire un regard éberlué.

— Elle vous a retiré l'autorisation de mener votre raid sur Veracruz ? articula-t-il calmement.

— Disons que sa décision à ce sujet n'était pas aussi arrêtée qu'elle aurait pu le paraître. C'est un problème dont souffre Sa Majesté : elle a parfois tendance à se dédire d'un jour sur l'autre. Dans mon cas, le contreordre ne m'est pas parvenu. Le pauvre messager venu me le transmettre est tombé du quai avec, tandis que je levais l'ancre comme prévu.

Spence inspira profondément, gonflant son poitrail en forme de barrique.

— Vous choisissez bien votre moment pour m'apprendre qu'il risque d'y avoir pour votre capture une récompense exprimée dans une autre monnaie que le ducat espagnol.

— Je doute que Bess aille jusqu'à émettre contre moi un avis de recherche. Et à supposer qu'elle en ait eu l'intention, Bloodstone a eu deux ou trois semaines pour la calmer avec *mon* or. J'irais même jusqu'à penser, vu la roublardise du bonhomme, que le royaume entier est actuellement en train de chanter ses louanges.

Spence fronça ses formidables sourcils.

— Y a-t-il d'autres « détails » que vous auriez omis d'évoquer ?

— Rien qui me vienne à l'esprit comme ça, au débotté, répondit Dante, avant de croiser le regard de Pitt par-dessus l'épaule du vieux capitaine. Rien qui soit susceptible de compromettre la sécurité de ce navire ou de son équipage, en tout cas.

— Vous parlez bien de *tout* son équipage, n'est-ce pas ?

Dante reporta son attention sur Spence. Tous deux avaient conscience de la présence à leurs côtés de Beau, qui était occupée à écouter le rapport de Billy Cuthbert sur les vents et les courants tout en tressant rapidement ses cheveux.

— À tout hasard, reprit son père dans un grognement bas, je vous signale que la paroi entre ma cabine et celle de ma fille n'est pas aussi épaisse qu'elle le semble.

— Je m'efforcerai de ne pas l'oublier, articula Dante.

La barbe de Spence se plissa en une grimace entendue.

— Bien, approuva-t-il. *Pilote !*

Beau vint aussitôt se camper devant lui, sa natte à moitié nouée.

— À tes ordres, père !

— Monte les couleurs.

— Tout de suite !

— Et fais passer le mot aux gars : le premier qui lâche la moindre allusion sur le contenu de nos cales, que ce soit pour se vanter ou même par étourderie, aura prononcé là ses dernières paroles.

— C'est un navire marchand. Anglais, d'après ses pavillons.

Le capitaine hocha la tête et baissa la main qu'il avait mise en visière pour protéger ses yeux d'un bleu perçant.

— Quel dommage... Il aurait pu servir de cible d'entraînement à nos artilleurs.

Les officiers rassemblés sur le gaillard d'avant s'esclaffèrent en chœur, sachant leur chef toujours prêt à user de ses canons pour mériter le surnom que lui donnaient les Espagnols.

Certains esprits chagrins regrettaient que le « Dragon de l'Apocalypse » n'ait pas une allure plus imposante – à commencer par Elizabeth elle-même, qui aimait s'entourer de grands et beaux jeunes gens. Sir Francis Drake, de fait, était petit et râblé. Ses cheveux et sa barbe taillée en pointe étaient d'un roux flamboyant qui, en pleine lumière, avoisinait la couleur de la carotte, et ses yeux étaient trop rapprochés de son nez en lame de couteau, lui donnant plus le faciès d'un chien basset que d'un dragon. Mais le peuple l'adulait, de même que les marins qui servaient sous ses ordres, et nul ne doutait qu'il fût le plus grand marin du monde, le plus hardi des corsaires de Sa Majesté, le plus brave et le plus loyal sujet de la Couronne.

Des capitaines ralliaient Plymouth de tous les coins de l'Angleterre dans l'espoir de voir leur navire enrôlé dans la flotte d'élite de sir Francis Drake et d'intégrer sa prestigieuse équipe d'aventuriers – des écumeurs des mers tel Martin Frobisher, qui s'était taillé une réputation amplement méritée de combattant plein de ressources et de navigateur talentueux en menant trois expéditions successives à la recherche du passage du Nord-Ouest. John Hawkyns était un autre fameux compagnon du Dragon de l'Apocalypse. Il avait été le premier à défier le monopole de l'Espagne sur le commerce des esclaves et, plus important encore, il était le trésorier de la Marine royale. Walter Raleigh, Richard Grenville, lord Howard d'Effingham, John Seymore, Robert d'Essex, sir Humphrey Gilbert – pour ne citer qu'eux – étaient tous des fidèles de sir Francis Drake et s'attachaient à suivre la lettre patente de la reine les incitant à découvrir et à prendre possession de tout endroit païen ou barbare qui n'appartenait ni à un prince ni à un autre peuple de la chrétienté.

L'imprécision même des termes de cette lettre de mission avait été la plus puissante des motivations pour ces écumeurs des mers, dont la plupart avaient conquis leur réputation et leur fortune en s'aventurant dans les eaux « barbares, païennes et non chrétiennes » où l'Espagne exerçait sa domination depuis plus d'un siècle. Ils avaient ainsi extorqué des millions aux convois du roi Philippe et n'hésitaient jamais à revendiquer pour prise tout navire français, hollandais ou portugais qui avait le malheur de les croiser.

Il était donc fort avisé de la part d'un vaisseau marchand comme l'*Egret* de ne pas trahir la présence dans ses cales du trésor qu'elles contenaient, même si les éraflures de sa coque ainsi que les autres traces des combats qui n'avaient pas encore été complètement réparées, ne manquèrent pas d'attirer l'attention de tous sur le navire de Drake, l'*Elizabeth Bonaventure*, dès que celui-ci se trouva à portée de longue-vue.

Drake avait ordonné par signaux à deux autres vaisseaux de l'expédition de l'accompagner, le *Golden Lion* et le *Thetis*. Le premier était commandé par William Borough, un grave et austère officier de marine qui s'était distingué par sa bravoure dans la mer Baltique, et le second par Robert Flick. Le *Thetis* transportait en outre dix compagnies d'infanterie dirigées par le capitaine Anthony Platt.

Le reste de la flotte mit en panne.

Sur l'*Elizabeth Bonaventure*, Drake et son second, Christopher Carleill, se tenaient près du bastingage dans l'attente de pouvoir héler le navire marchand avec le porte-voix. Un troisième officier, nouvelle recrue empressée de montrer sa valeur, se permit d'interrompre la conversation entre les deux marins chevronnés.

— Veuillez m'excuser, sir, mais il me semble connaître ce vaisseau. Il vient de Tor Bay, près de Plymouth. C'est l'*Egret*, et il est commandé par le capitaine Jonas Spence.

— Ce nom est-il censé m'être familier, maître Finnerty ? J'en entends des milliers chaque jour.

Carleill toussa dans son poing, tout en adressant un haussement de sourcil à Finnerty.

— Oui, sir. C'est un fort gaillard chauve avec une jambe de bois et une barbe aussi rousse que... Enfin, très rousse, quoi. Sa fille est connue pour avoir castré un marin du nom de Sheepwash avec un couteau, il y a environ un an de cela. Ledit Sheepwash a porté plainte contre elle, mais l'affaire a été classée sans suite.

Drake secoua la tête.

— Cela ne me dit toujours rien...

— Elle est également le pilote de l'*Egret*, sir, ajouta Carleill. Et il me semble que vous avez jadis admiré une de ses cartes, au point d'en commander une copie.

— Une carte ? D'une *femme* ? Vous êtes sûr ?

— Absolument, sir, confirma Carleill. Elle signe son travail d'un cygne noir.

— Ah oui, je vois... Et je me remets son père, maintenant. Mais je n'ai pas gardé souvenir de sa fille.

— Une petite pouliche à longues jambes, murmura son second. Avec des yeux que vous n'auriez pas oubliés si vous les aviez vus de près...

L'*Egret* n'était plus qu'à trois cents mètres environ de l'étrave du vaisseau amiral et suivait une gracieuse trajectoire qui allait l'amener à passer tout contre l'*Elizabeth Bonaventure*.

— Dites-moi, maître Carleill, ne vous semble-t-il pas bien chargé ?

— Si je ne m'abuse, sir, il s'est spécialisé dans l'importation d'Indies Gold, le fameux rhum. Il doit bien en rapporter mille quintaux par voyage.

— Tiens donc ? Peut-être pourrions-nous l'alléger d'une partie de sa cargaison, marmonna Drake avant de plisser les paupières. On dirait qu'il transporte pas mal de ferraille aussi. Je distingue des couleuvrines en proue et en poupe, mais aussi… Quels sont donc ces monstres sur le pont ?

— À première vue… des demi-canons, sir. De trente livres chacun.

— Impossible, murmura le corsaire aux yeux bleus. En tout cas, c'est plutôt inattendu pour un transport de rhum. Vous avez le porte-voix ?

— Oui, sir, lâcha Finnerty.

Il fouilla un moment sous son pourpoint avant d'exhiber la corne d'appel en cuivre.

— Hélez-les, s'il vous plaît. Dites-leur qui nous sommes et demandez-leur si tout va bien à bord.

— Ce bougre de sir Francis Drake en personne ! s'exclama Spence en entendant les accents métalliques de l'appel résonner sur les flots. Mais, par le scrotum poisseux de Neptune, d'où sort-il ainsi ?

— Cela m'intéresserait beaucoup plus de savoir *où* il va, avec cette cohorte de navires à sa suite, répliqua Dante.

Spence donna un coup de coude à Spit McCutcheon qui en béait lui-même d'étonnement.

— Réponds-lui donc, ou il risque de se vexer et de nous envoyer une bordée pour nous apprendre les bonnes manières !

Spit s'exécuta et déclina à son tour l'identité du navire et de son capitaine, non sans préciser qu'ils étaient au service de Sa Très Royale Majesté Elizabeth d'Angleterre.

— Depuis combien de temps naviguez-vous ? leur lança-t-on en retour.

Spence adressa un hochement de tête à son second.

— Huit mois d'après le calendrier, quatre-vingts à en croire notre envie de retrouver la bonne bière du Devon !

Le porte-voix de l'*Elizabeth Bonaventure* accrocha un reflet de soleil en se levant une nouvelle fois.

— Sir Francis vous propose de la bière contre de l'Indies Gold.

— Tu parles d'un échange équitable, grommela Jonas avant de saisir son second par le bras. Dis-lui donc d'aller se faire... Oh, et puis zut : réponds-lui que c'est d'accord. Autant garder profil bas.

Pour souligner sa bonne volonté, il salua Drake de la main dès qu'ils furent assez près pour repérer celui des hommes qui portait barbe et cheveux roux. Il était également notoire qu'El Draque était toujours vêtu de noir en mer, ce qui aidait à l'identifier – cela, et le fait que sa tête dépassait à peine du plat-bord.

Sir Francis ne rendit pas son salut au vieux capitaine. On le vit cependant se pencher en avant et étreindre le garde-corps à deux mains tandis que l'*Egret* se glissait le long de l'*Elizabeth Bonaventure*. Dès que les deux navires furent bord à bord, il pivota vers son officier pour lui arracher le porte-voix en forme d'entonnoir et le porta vivement à ses lèvres.

— Dante ? Simon Dante ? C'est toi, satané fils de garce ?

Dante dédaigna la corne d'appel que lui tendait Spit pour mettre les mains autour de sa bouche.

— Oui, c'est bien moi, sale engeance du démon ! Je ne m'attendais pas à croiser ta sale gueule de chien ce matin. Bess a finalement détaché ta laisse ?

— Non seulement elle m'a laissé filer mais elle m'a donné assez de poudre pour te propulser jusqu'en enfer et retour !

— Tu peux toujours essayer, coquin !

La réplique de Drake se perdit dans le claquement des voiles du vaisseau amiral qui virait sous le vent.

Dante s'esclaffa et, baissant les mains, avisa l'expression horrifiée de Jonas et de McCutcheon, ainsi que l'air atterré de Beau sur le gaillard d'avant.

— Ce n'est qu'un mortel comme nous, vous savez, crut-il utile de préciser. Il mange, boit et commet même parfois l'erreur de pisser contre le vent, comme n'importe quel autre homme. Si ses coups de gueule vous font peur, imaginez-le nu. Ce n'est pas une vision très ragoûtante, je peux vous le garantir.

Personne ne bougea.

À la fin, Geoffrey Pitt prit pitié de leurs hôtes et se pencha à l'oreille de Spence.

— La deuxième femme de sir Francis – Elizabeth Sydenham – est une cousine germaine de Simon. C'est lui qui la lui a présentée, et il a même été garçon d'honneur à leur mariage. Ils font mine de se détester, mais c'est juste pour s'amuser.

— Vous m'en direz tant, marmonna Spence.

20

— Bon sang de bois ! s'exclama sir Francis. Par Jésus, c'est bien toi !

Sitôt après avoir grimpé l'échelle de coupée, El Draque marcha directement sur Simon Dante, les bras jetés en avant comme des piques. Il s'empara de la main que lui tendait celui-ci et se mit à lui assener de grosses claques sur l'épaule sans cesser de rire, de jurer et de ciller, comme s'il avait du mal à en croire ses yeux.

— Elizabeth a pleuré une semaine entière après qu'on lui a rapporté ta disparition – les deux Elizabeth, en fait, la mienne comme celle d'Angleterre. Le patron de la Ship's Inn a servi gratuitement sa bière la journée durant, et la moitié des cloches de Londres ont sonné le glas ! La plupart des bordels de Newgate ont par ailleurs fermé leurs portes ou tendu leurs lits de draps noirs. Il paraît que Bess ne pouvait boire du vin pour se consoler sans le mouiller d'abondantes larmes.

— Je suis flatté d'apprendre que je vous ai autant manqué.

— Manqué ? *Manqué*, sacré nom ? Mais où diable étais-tu passé ? On nous a dit que tu avais coulé.

Les yeux de Dante prirent une couleur grise réfrigérante.

— Apparemment, « on » ne vous a pas dit l'exacte vérité. Mon *Virago* a bel et bien sombré mais, comme tu peux le constater, je suis sain et sauf, et cela grâce au capitaine Spence qui est arrivé pour nous sauver de la noyade.

Pour accueillir dignement sir Francis Drake à bord de l'*Egret*, Jonas s'était rapidement débarbouillé la figure. Il avait endossé un pourpoint vert sombre brodé de rayures écarlates. Le même tissu rouge vif se voyait à travers les crevés de ses manches et de sa culotte bouffante. Il avait également bataillé dix bonnes minutes avec une fraise amidonnée, avant qu'un appel affolé de McCutcheon ne le pousse à rejeter le col dans son coffre de marine. Il s'était ensuite sommairement brossé les dents avec un linge imprégné d'eau salée, puis avait enfilé ses gants aux doigts rembourrés. Ses bottes lui montaient au-dessus du genou pour cacher l'attache de sa nouvelle prothèse.

Il s'efforçait maintenant de bomber fièrement le torse – du moins, autant que cela était possible sans risquer de mitrailler son entourage avec les boutons de son pourpoint.

Plus petit que lui d'une bonne tête, Drake vint lui serrer jovialement la main.

— Enchanté de vous rencontrer, capitaine Spence. Et tous mes remerciements pour avoir sauvé ce voyou en détresse. Si le gredin n'avait réellement pas réussi à vaincre cette maudite escadre de *zabras*, il ne nous restait plus qu'à rendre les armes aux Espagnols.

Christopher Carleill, qui avait accompagné Drake dans la chaloupe, se permit d'émettre une remarque intriguée après que les présentations eurent été faites.

— Le capitaine Bloodstone vous a pourtant vu couler avec votre navire.

— C'est qu'il doit avoir des yeux dans le dos, répliqua Dante sur un ton acide.

— Il n'a cessé de répéter que son équipage et lui-même n'avaient dû leur survie qu'à votre sacrifice.

— Voilà une version intéressante des faits : j'ai hâte d'en savoir plus.

Carleill était de taille et de corpulence moyennes. Malgré ses vingt-cinq ans, il avait déjà des mèches argentées dans sa chevelure brune. Il avait servi Drake au cours de plusieurs raids dans les Indes occidentales, avant de recevoir le commandement d'un petit vaisseau, le *Scout*. C'était un homme prudent et perspicace et, pour avoir souvent joué les diplomates auprès de l'irascible capitaine de la flotte, il savait interpréter les discours de ses interlocuteurs. Il avait par ailleurs toujours admiré le panache et l'intrépidité de Dante de Tourville.

— Bloodstone sera certainement ravi d'apprendre votre retour d'entre les morts, répondit-il sur le même ton subtilement sarcastique.

— De même que Bess, j'en suis sûr, intervint Drake. Je crois que rien ne pourrait plus l'ébranler – pas même de voir la tête de Marie Stuart bondir du panier et se recoller d'elle-même sur son cou !

— La tête de Marie Stuart ? s'enquit Pitt alors qu'El Draque entreprenait de lui pomper à son tour le bras avec vigueur.

— Oui, la papiste... Ah mais, bien sûr, vous ne pouvez pas savoir. Elle a été décapitée il y a six semaines de cela. Walsingham l'a surprise en train de cacher une lettre dans une bouteille vide – un message secret à destination de complices, dans lequel elle leur donnait l'ordre d'assassiner la reine. Mise devant la preuve de la trahison de sa cousine, Bess n'a eu d'autre choix que de la livrer à la hache du bourreau.

— Seigneur, murmura Spence. L'Espagne a-t-elle eu vent de l'exécution ?

— Nous n'avons pas attendu que la nouvelle lui parvienne. La reine ne pouvait plus se permettre de tergiverser. Il lui fallait prendre les devants, et c'est pour cela qu'elle nous a laissés partir, afin que nous capturions autant de navires du roi Philippe que possible, que nous coupions ses voies maritimes d'approvisionnement et que nous mettions plus généralement tout en œuvre pour empêcher le rassemblement des embarcations censées constituer la Grande Armada.

— Ce sont réellement vos ordres ? demanda Dante, intrigué. Donnés par la reine elle-même ?

— Pas plus tard que lundi dernier, oui. Maintenant, je ne doute pas qu'ils aient été suivis d'une période de doute le mardi, et certainement de regret le mercredi. Mais dès le jeudi, je quittais Plymouth sans un regard en arrière - histoire de ne surtout pas voir le messager de la Couronne qui risquait de débouler sur le quai. Que veux-tu ? Je suis tributaire du vent et je vais là où il m'emporte...

Dante croisa le regard de Spence : si cela était vrai, le capitaine de l'*Egret* n'avait plus à craindre ni amendes ni remontrances pour avoir attaqué et pillé le *San Pedro de Marcos*, bien au contraire.

— Le vent semble également avoir poussé un grand nombre d'autres vaisseaux dans ton sillage.

— Oh, ça ne s'est pas fait aussi spontanément que cela, répondit Drake en souriant. J'ai pris soin de choisir chaque navire et chaque capitaine en fonction de sa vigueur de caractère et de sa promptitude à utiliser ses canons. À nous tous, nous disposons de presque trois cent cinquante bouches à feu prêtes à semer le chaos chez l'ennemi.

— Et tu as un objectif particulier en vue ?

— À voir l'air gourmand avec lequel tu me poses cette question, j'aurais presque l'impression que tu es tombé sur le plan d'invasion du roi d'Espagne...

— Pas tout à fait, mais nous disposons de renseignements susceptibles de t'intéresser.

Drake plissa les yeux.

— Comme d'habitude, mon énigmatique ami, tu me laisses tout frétillant de curiosité. Faut-il que je te supplie dès maintenant de m'en dire plus, ou cela peut-il attendre que je me sois auparavant humecté la glotte avec ce fameux rhum dont m'a parlé mon lieutenant ?

Spit avait anticipé la requête de leur invité et fit signe à des marins du bord d'apporter les gobelets en étain et le cruchon de rhum préparé pour l'occasion. Quand chaque coupe eut été remplie, Drake porta un toast à la reine et avala une longue gorgée, la main sur la hanche – jusqu'à ce que son regard se fixe sur l'arrière-pont.

Lucifer se trouvait sur le gaillard de poupe, son immense corps noir rutilant sous le soleil. Drake abaissa sa coupe et s'essuya les lèvres avec la manche de son pourpoint noir.

— Je vois que tu aimes toujours t'entourer de cannibales. Je m'étonne qu'il ne t'ait pas encore passé à la marmite.

— Je veille à le rassasier avec des Espagnols.

Le regard de Drake glissa légèrement vers la gauche du géant.

— Et... je suppose que cette jeune personne est la fille du capitaine ? Celle qui signe ses cartes avec un cygne noir et rend eunuques les hommes qui la serrent d'un peu trop près ?

Tous les yeux se tournèrent vers Beau, qui se serait volontiers éclipsée derrière la rangée de marins se pressant près d'elle, si son père ne lui avait sèchement ordonné de les rejoindre sur le pont.

— Oui, il s'agit bien de ma fille, déclara ce dernier. Isabeau. Isabeau, j'ai l'honneur et le plaisir de te présenter sir Francis Drake.

La jeune femme ne sut si elle devait se hasarder à effectuer une révérence ou se contenter de porter une main à son front. Elle décida finalement d'imiter les hommes de son entourage et tendit la main d'abord à un Dragon stupéfait, et ensuite à un Christopher Carleill tout sourire.

— Enchantée, milord. Monsieur Carleill.

Drake pinça les lèvres et la considéra avec un regain d'intérêt.

— Il a été porté à ma connaissance que j'avais une de vos cartes en ma possession – laquelle déjà, monsieur Carleill ?

— Celle de Grande Canarie. Vous l'admiriez encore l'autre jour.

— Mais oui… mais oui, vous avez raison. Magnifique travail, mademoiselle Spence ! Vous avez l'œil pour les détails.

— Je lui en faisais justement la remarque il y a une heure à peine, intervint Dante tout en regardant Spence. Figurez-vous qu'elle vient de résoudre le code du roi Philippe. Ces messages secrets ne se trouvaient pas dans la correspondance, finalement, mais dans des peintures. J'aurais pu chercher cette clé en vain pendant des mois, voire une année entière. Il a suffi d'un simple coup d'œil à Beau pour élucider le mystère – privilège des artistes.

— Des peintures ? répéta Drake, décontenancé. Vous détenez des peintures ? Et de quoi, je vous prie ?

— De la flotte ibérique. L'*Armada Felicisima*.

Drake se renfonça dans son siège en tenant d'une main frémissante sa coupe remplie désormais de bière légère : il tenait à avoir les idées claires.

Ils s'étaient tous retirés dans la cabine de Spence et s'agglutinaient autour de la table. Le soleil du matin se déversait par les fenêtres de la galerie, nimbant d'un halo mandarine la tête d'El Draque. L'atmosphère de la pièce était saturée d'une poussière qui semblait devenir presque solide dans le trajet des rayons lumineux.

Drake avait tenu à jeter un œil aux peintures, ainsi qu'aux documents. En fait, il les avait examinés en détail et, parce que Dante lui avait certifié y reconnaître les symboles identifiés par Beau comme des appellations imagées des galions espagnols, il avait fait asseoir la jeune femme à son côté pour qu'elle lui montre sa découverte.

— Et vous soutenez que ce navire-ci est le *Girona* ? demanda-t-il. Pourtant, c'est une galéasse et je ne vois aucune rame.

— Le capitaine du *Girona* est le duc d'Alicante, or les armes de sa famille comprennent un lion, une croix et...

Beau pointa de l'index la gargouille sculptée dans la poupe du vaisseau.

— ... une tête de bélier.

Drake la fixa avec une expression éberluée, tandis que Spence souriait dans sa barbe.

— Vous comprenez, mon père aime le bon vin, expliqua-t-elle à Francis Drake. Or l'un des meilleurs vins rouges au monde est produit sur les terres du duc d'Alicante, et ses bouteilles portent son blason.

Sir Francis opina lentement, avant de reporter son attention sur la liste de vaisseaux qu'ils avaient compilée. Lui-même avait identifié le *San Martin*, le *Saragoza* et le *Magdalena*.

— Par le Christ, grommela-t-il, ils sont tous là ! Il s'agit en fait d'un inventaire exhaustif des embarcations réunies dans les ports espagnols. Et pour quelle autre raison rassembler autant de navires de guerre... si ce n'est pour faire la guerre ? En outre, si la date des « moissons » est exacte, le roi Philippe a l'intention d'ouvrir les hostilités en juin...

Il redressa la tête et fronça les sourcils.

— Bref, cela confirme ce que je pensais déjà : il était temps que nous intervenions. Il ne reste plus qu'à espérer que nous ne frapperons pas trop tard.

Dante se tenait debout contre la paroi de la cabine, les bras croisés.

— Tu as la puissance de feu pour ça. Il ne te reste plus qu'à choisir ton objectif avec soin, afin d'occasionner suffisamment de dommages pour sonner durablement l'Espagne.

Drake le dévisagea d'un œil inquisiteur.

— Je suppose que tu as une cible à me suggérer ?

Le Loup des Mers sourit de toutes ses dents.

— Cadix.

— Cadix ? Le principal port ? s'exclama Drake avec un haussement de sourcils. Pourquoi ne pas remonter le Tage et attaquer directement Madrid, pendant que tu y es – après avoir mis Lisbonne à sac, naturellement !

— Parce que si d'aventure ils craignent une attaque, ils doivent justement l'attendre à Lisbonne. Cadix est trop au sud pour qu'ils redoutent un assaut de ce côté-là.

Dante marqua une pause, et son regard tomba sur les yeux mordorés de Beau.

— Ils seront aussi peu préparés à se défendre à Cadix qu'ils l'étaient à Veracruz, conclut-il.

Drake tapota des doigts le plateau de la table.

— La proposition est alléchante, Simon, et audacieuse, mais nous n'avons aucune idée précise de la résistance à laquelle nous aurons affaire là-bas.

Dante écarta les peintures et, se penchant sur la table, dessina une carte invisible sur le bois du plateau.

— Le port de Cadix a la forme d'un entonnoir, avec une grande rade donnant sur la mer et un petit bassin arrondi à l'intérieur. La cité elle-même occupe une presqu'île reliée à la terre par un pont en pierre. La rade défend l'accès au bassin par une passe sur laquelle donnent les canons des fortifications, précisa-t-il en traçant une ligne droite dans l'axe de l'entonnoir. Ces fortifications ont été construites il y a presque un siècle pour protéger la ville contre les raids des corsaires algériens. Cependant, même si ce danger ne doit pas être pris à la légère, je doute qu'avec tant de vaisseaux dans la rade, nous ayons à courir le risque de prendre un coup de canon ou de nous échouer pour anéantir la flotte du roi Philippe.

— De nous échouer ? Où ça ?

— Sur les écueils qui courent le long du passage, du côté sous le vent, et qui sont comme des crocs prêts à déchirer les coques des vaisseaux imprudents.

D'ailleurs, si je voulais accéder au bassin intérieur, j'enverrais au préalable des pinasses dans le passage pour en sonder le fond et y tester à la fois le vent et les courants, les deux ayant tendance à se comporter de manière assez imprévisible à l'intérieur du port.

Drake fixa longuement les mâchoires crispées de Dante, ses lèvres pincées ainsi que le feu qui venait de s'allumer dans ses yeux clairs.

— Tu n'as jamais cité l'endroit où tu avais été emmené pour ton interrogatoire par l'Inquisition, énonça-t-il calmement. Ne serait-ce pas Cadix, par hasard ?

— Je n'avais pas grand-chose à faire entre deux séances de questions, à part contempler le port par une fissure du mur de ma cellule. Je l'ai attaqué des centaines de fois en esprit.

— Nous n'aurons qu'un seul essai, lui rappela Drake. Et il vaudra mieux pour nous, comme pour l'Angleterre, ne pas le manquer.

— Étant donné que ta hardiesse est presque comparable à la mienne, je ne vois pas comment nous pourrions échouer.

Drake accueillit la provocation avec un lent sourire, mais il était évident qu'il mordait à l'hameçon. Ses yeux brillaient d'excitation, et il semblait voir déjà le port en flamme et les navires de la rade en train de couler.

Incapable de rester assis, il se redressa et arpenta le plancher entre la table et la fenêtre de la galerie. Sa chemise de satin noire était toute raide de broderies incrustées de joyaux, les manches bouffantes de son pourpoint de velours étaient à crevés, et ses épaulettes étaient généreusement rembourrées.

— Walsingham, reprit-il d'une voix pensive, nous a suggéré de concentrer nos efforts sur les ports côtiers les plus modestes. Il estimait qu'un blocus au niveau du cap Saint-Vincent gênerait déjà considérablement l'approvisionnement de Lisbonne. Il pensait alors que le roi choisirait Álvaro de Bazán, marquis de Santa

Cruz, pour amiral de sa flotte, malgré le grand âge du gentilhomme et sa santé qu'on dit déclinante.

« Mais il ne faudrait pas oublier le duc de Medina Sidonia, le favori actuel de la Cour. Plus riche que Crésus, il possède la moitié de l'Andalousie et convoite le reste. Cela dit, il n'est ni soldat ni marin. Sa spécialité, c'est plutôt le piqué de banderilles sur taureau. Je doute qu'il ait jamais mis le pied sur un navire – sauf peut-être il y a des années de cela, quand il est allé chercher en Navarre la gamine qu'il avait choisie pour épouse. Sa duchesse a d'ailleurs plus navigué que lui. Elle s'est notamment rendue plusieurs fois dans les Indes occidentales pour visiter son père, qui est le gouverneur d'une des îles là-bas. J'ai d'ailleurs entendu dire que la duchesse de Navarre s'y trouvait en ce moment même, car il était souffrant. Ou qu'elle allait en revenir parce qu'il serait mort.

Dante demeura impassible, tandis que le visage de Pitt prenait une teinte cramoisie et que Spence déglutissait assez bruyamment pour que le son retentisse dans la cabine comme le craquement d'une planche du parquet. Drake était trop absorbé par ses réflexions pour y prêter attention, mais Carleill considéra avec perplexité Pitt, puis Spence et enfin Beau, qui semblait soudain concentrée sur la tâche consistant à plier un minuscule bout de papier.

— Sans compter que Medina Sidonia a la faveur du peuple, continuait Drake. Il n'aurait qu'à claquer des doigts pour mobiliser cinquante mille hommes prêts à le suivre jusque dans les entrailles de l'enfer. Or il se trouve que son palais est à Cadix.

— Être défait chez lui n'améliorerait guère sa réputation, fit remarquer Carleill.

— Pas plus que la mienne ne sortirait grandie d'une opération trop risquée pour les navires de la reine, riposta Drake.

— La prise de risque est en l'occurrence nécessaire. La reine saura bien le reconnaître, quand viendra l'heure de choisir son amiral pour commander la défense de l'Angleterre.

Drake eut un sourire désabusé.

— La reine – bénie soit-elle – a beaucoup du vieux Henry en elle et pense comme un homme en temps de guerre. Mais elle ne gouverne pas seule. Charles, lord Howard d'Effingham, est le lord grand amiral du royaume et a les faveurs du conseil privé. Moi, hélas, je ne suis que le fils d'un humble diacre, et me donner autorité sur des nobles irait à l'encontre des lois de la société. Cela étant, ajouta-t-il avec un sourire finaud, nous pouvons toujours espérer que le bon sens l'emporte, et si je montre assez de cran pour fondre sur Cadix et y roussir la barbe du roi Philippe, eh bien...

— Elle sera obligée de vous choisir, compléta Carleill. Et au diable la préséance aristocratique !

Drake inclina légèrement le buste pour remercier Carleill de son enthousiasme. Comme il se redressait, son regard tomba sur Beau. Ses petits yeux de furet se plissèrent tandis qu'il détaillait avec un air amusé le pourpoint et la culotte de la jeune femme, ainsi que sa natte mal serrée.

— Je suis sûr que vous plairiez à Bess, mon enfant. Parfois, je ne suis pas loin de penser qu'elle serait capable de renoncer à la couronne pour pouvoir, rien qu'une fois, se débarrasser de son vertugadin et grimper au gréement d'un navire.

Beau ne sut quoi répondre. Elle en fut heureusement dispensée, car Drake se retourna brusquement vers la table pour s'adresser à son second.

— Monsieur Carleill, il va nous falloir tenir un conseil de guerre avec tous les capitaines. Si l'objectif de Cadix leur convient – et il leur conviendra, s'ils ont un brin de jugeote et de bravoure – nous n'aurons qu'à garder notre présent cap. Dans une quinzaine au plus tard, nous devrions sentir le parfum des oliviers et de la crotte de chameau.

— À propos des autres capitaines, sir...

— Pas maintenant, Carleill.

Le lieutenant regarda en direction de Dante.

— Mais, sir...

— Pas *maintenant*, répéta Drake d'une voix cinglante, avant de se plaquer un sourire sur le visage et de se tourner vers ses hôtes. Borough nous pose un léger problème. Il aime qu'on l'écoute – ce qui est humain. Il tient aussi à un certain décorum qu'il respecte en toute occasion, y compris à l'égard de l'ennemi. En d'autres termes, tout comme les Espagnols, il méprise le recours à la ruse et à la dissimulation. J'avoue en être assez friand pour ma part – quand du moins c'est moi qui y ai recours.

Il braqua son attention sur Spence.

— Me pensiez-vous réellement indélicat au point de confisquer les biens que vous détenez dans vos soutes, capitaine ? Et je ne parle pas du rhum...

Une lente rougeur commença à monter au cou taurin du vieux capitaine. Dante crut bon d'intervenir.

— Tu serais prêt à voler des dents à ta propre mère, si tu en manquais. C'est sur ma recommandation que Jonas a préféré taire la nature réelle de sa cargaison.

— Cousin, cousin... Tu me déçois.

— Bah ! Je te connais assez pour savoir qu'avant la nuit tombée, tu aurais trouvé un prétexte pour nous soulager d'une portion non négligeable du fardeau que nous avons nous-mêmes prélevé sur un galion croisé en route.

— Comment l'avez-vous deviné ? s'enquit Spence avec stupeur, s'attirant le regard bleu acier d'El Draque.

— Votre coque porte des traces de combat, lâcha celui-ci d'une voix traînante. Et Dante de Tourville se trouve à votre bord. Ajoutez à cela votre tirant d'eau, et vous avez une équation dont la solution est à la portée du premier idiot venu.

Inquiet de la lueur brillant dans les yeux de son commandant, Carleill préféra garder un ton prosaïque.

— Pourrions-nous connaître le nom du vaisseau dont vous avez allégé les cales ? Et peut-être aussi le lieu et le moment où vous l'avez abordé ?

— Ça s'est passé il y a six jours environ. C'était un navire séparé d'un convoi qui se dirigeait vers l'Espagne. Nous l'avons pour ainsi dire surpris… la braguette ouverte et la zigounette au vent, ajouta Dante en adressant un coup d'œil complice à Spence, qu'il venait de citer.

— Une prise intéressante, j'imagine ?

— Plutôt. D'autant qu'elle nous a livré tous ces documents qui étaient cachés dans la cabine du commandant – et que nous te confions volontiers, s'ils peuvent achever de convaincre tes capitaines.

Drake prit une inspiration et croisa les mains dans le dos.

— Et cette prise s'appelait… ?

— Le *San Pedro de Marcos*.

Carleill redressa brusquement la tête.

— Le *San…* ? Mais c'est une embarcation de six cents tonneaux !

— Ah, ça, elle était grosse, admit jovialement Dante – si jovialement que Spence replongea le nez dans sa coupe et que Pitt faillit relever les yeux du plancher qu'il fixait depuis cinq bonnes minutes.

— Et elle n'a pas regimbé, la bougresse ? s'enquit le lieutenant.

— Nous l'avons assaisonnée de plus de quatre cents boulets avant de l'amener à baisser pavillon.

— Et vous n'en avez pas pris possession ?

— Nous doutions que, dans son état, elle puisse gagner un port.

Drake se racla la gorge.

— Cargaison ? demanda-t-il laconiquement, jaloux de toute évidence.

— Vaisselle et orfèvrerie, essentiellement, répondit Dante avant de sourire comme le chat Clarence après une expédition réussie dans la cambuse du coq.

Pour une valeur de soixante mille livres, à peu près : je ne connais pas le cours actuel de l'or sur la place londonienne.

Drake secoua la tête, doucement d'abord, puis de plus en plus énergiquement tandis qu'un aboiement d'hilarité s'échappait de ses lèvres.

— Ah, maudit bâtard ! D'abord Veracruz, puis une résurrection miracle, et ensuite un galion espagnol bourré de trésors... C'est toi qui vas finir par recevoir de la reine le titre de lord amiral de l'Angleterre, si tu n'y prends pas garde.

Malgré le ton employé, ce n'était pas entièrement une plaisanterie, et les deux hommes le savaient très bien. Drake aspirait au commandement suprême. Il le voulait, il le méritait, et le peuple l'exigeait pour lui. Mais à moins qu'il n'accomplisse une action d'éclat particulièrement spectaculaire d'ici le mois de juin, la reine se soumettrait finalement au protocole.

Du coup, ses derniers doutes sur la pertinence de Cadix comme objectif ne pouvaient que s'envoler : il tenait là la possibilité inespérée de bouleverser les choses à son profit.

— Conseil de guerre ce soir sur le *Bonaventure*, décréta-t-il avant de se tourner vers Dante et Jonas Spence. Vous en serez, bien évidemment.

— Ce sera un honneur, acquiesça Tourville.

Drake attendit impatiemment que Carleill ait fini de rassembler les documents fournis par son cousin. Puis Spence s'empressa de dégringoler de sa chaise pour suivre les deux hommes dehors.

En passant devant le corsaire, Jonas pinça discrètement la manche de son pourpoint.

— Doit-on lui parler de la duchesse ? s'enquit-il d'une voix de conspirateur. Et si elle était... vous savez... *la* duchesse ?

— Si je n'ai pas encore parlé de notre invitée à sir Francis, c'est précisément parce que nous ignorons si c'est bien la même personne. Ensuite, j'ai trop souvent joué au twist avec mon cher confrère et parent par alliance, pour ne pas estimer nécessaire de toujours garder des atouts dans ma manche. D'ailleurs, il est lui-même coutumier des coups fourrés.

— Vous pensez donc qu'il ne nous dit pas tout ?

— Je pense en effet qu'il nous cache quelque chose. Reste à savoir quoi.

Beau ne suivit pas les hommes sur le pont, mais se rendit dans sa propre cabine et alla s'accouder à la rambarde de la galerie de poupe pour regarder le célèbre corsaire repartir en chaloupe vers l'*Elizabeth Bonaventure*. Elle avait déjà eu l'occasion de l'apercevoir de loin, Plymouth étant l'un des ports les plus fréquentés d'Angleterre, aussi n'avait-elle pas été particulièrement impressionnée de le côtoyer aujourd'hui. Elle connaissait aussi sa double réputation de bon vivant jovial et de défenseur acharné, par le verbe comme par l'épée, de la reine et du pays.

Quelque chose chez lui, toutefois, la mettait mal à l'aise. Elle avait notamment l'impression qu'il n'aurait pas répugné à leur confisquer le butin du *San Pedro*, si Dante ne s'était trouvé à leur bord.

Elle soupira et entendit des voix derrière elle : c'étaient Dante et Geoffrey Pitt. Le second du corsaire semblait agité, et la jeune femme supposa qu'ils devaient discuter du sort de doña Maria Antonia Piacenza – car si la petite duchesse se révélait être l'épouse du duc de Medina Sidonia, alors elle valait bien plus que dix tonnes de butin, et rien ne saurait empêcher Drake de la leur ravir.

L'entretien s'acheva plutôt abruptement, et fut ponctué d'un bruit de pas rageurs qui s'éloignaient. Dante la rejoignit sur la galerie.

— Ah, l'amour ! lâcha-t-il lugubrement. Peu de plaisir pour beaucoup de souffrance, et le premier justifiant à peine la seconde.

Elle lui coula un regard de côté.

— Je suis sûre que certaines personnes y trouvent quand même leur compte.

— Le monde est rempli d'insensés.

Elle tourna franchement la tête vers lui.

— Je présume que tu viens de demander à M. Pitt de découvrir si la duchesse est mariée, et avec qui ?

— Je peux difficilement lui poser moi-même la question : il suffit que je m'enquière de sa santé pour qu'elle tremble de tous ses membres.

— J'aurais pensé que c'était le genre d'attitude que tu préférais chez les femmes que tu fréquentes : docilité, pusillanimité, soumission à tes quatre volontés...

Il la toisa d'un œil peu amène.

— Si tel était le cas, te tolérerais-je dans mon lit toutes les nuits ?

Beau soutint son regard un moment, avant de s'écarter de la balustrade avec un juron. Elle ne s'était reculée que d'un pas ou deux quand Dante détendit le bras pour la saisir par la taille et la rapprocher de lui.

— Lâche-moi, espèce d'insupportable prétentieux...

Il l'embrassa farouchement sur les lèvres. Puis il releva la tête et la couva d'un grand sourire complice.

— Tu es comme un baril de poudre, sais-tu ? La plus petite étincelle allume la mèche et boum ! Tu exploses.

Elle voulut échapper à son étreinte, mais il la retint fermement contre lui.

— Si tu veux que j'explose vraiment, capitaine, continue comme ça !

Il s'esclaffa et la souleva dans ses bras, préférant éviter de s'offrir en spectacle à d'éventuels curieux qui les observeraient depuis l'*Elizabeth Bonaventure*. Il transporta à l'intérieur de la cabine la jeune femme qui se débattait toujours et feulait presque comme un chat et, après avoir refermé la porte de la galerie derrière eux, coinça Beau contre la paroi avant de la prendre par la gorge et de relever sa bouche vers la sienne.

Elle essaya de le mordre. Il lui rendit la pareille. Elle émit un hoquet de stupeur outragé qui lui donna accès à sa langue, et il eut tôt fait de transformer ses protestations en gémissements alanguis.

— Salaud, murmura-t-elle dès qu'il eut libéré ses lèvres. Tu es déloyal.

— Si je ne l'étais pas, je n'aurais aucune chance avec toi. Tu m'aurais déjà castré – sans même te servir d'un couteau.

Pour toute réponse, elle lui enlaça les épaules et s'offrit de nouveau à ses baisers.

— Cela dit, ajouta-t-il au bout d'un moment, il faut que nous parlions et j'ai besoin de toute ton attention.

— Tu l'as, murmura-t-elle. Parle donc.

— J'ai l'intention de participer au raid de Drake sur Cadix. Il va du reste probablement me le demander. Mais même s'il ne me le propose pas, je compte embarquer sur l'un des navires du convoi.

Beau ouvrit les yeux. Il redressa la tête, mais prit soin de maintenir la jeune femme contre la cloison.

— Et l'*Egret* ?

— Quoi, l'*Egret* ? Il rentre comme prévu... et toi aussi.

— Merci de me congédier, mais je ne me souviens pas que tu aies été nommé capitaine de ce navire à la place de mon père.

— Ce n'est pas nécessaire. J'ai des yeux pour voir. L'*Egret* est lourdement chargé, trop lourdement pour être poussé à pleine vitesse et demeurer facilement manœuvrable. Vous n'êtes plus guère qu'à une semaine de votre port d'attache. Vos hommes sont fatigués et ont hâte de revoir leur famille et de pouvoir dépenser leur argent. Il serait injuste de les impliquer dans un combat qu'ils n'ont pas vocation à mener. Tu l'as souvent répété toi-même : l'*Egret* est un navire marchand, pas un vaisseau de guerre, et aussi courageux soient son capitaine et son équipage, il n'a pas sa place à Cadix. Pas plus que toi, d'ailleurs. Nous sommes en guerre, Isabeau, et je tiens à ta sécurité. Je veux que tu retournes saine et sauve en Angleterre.

Elle riva ses grands yeux d'or liquide dans les siens. Sans un mot.

Il jura tout bas.

— De toute façon, Drake ne te permettra jamais de nous accompagner. Tu l'as entendu comme moi : il prend toujours soin de bien choisir ses coéquipiers. Les navires qui le suivent sont les plus véloces d'Angleterre, ceux qui ont la plus grande puissance de feu et qui sont dans un état impeccable.

— Pas tous. Il y en a au moins un qui est aussi esquinté que l'*Egret*, voire plus encore.

— Isabeau…

— Viens donc voir !

Elle le repoussa et ressortit sur la galerie. Il jura de nouveau, mais finit par la rejoindre et suivit la direction qu'elle lui indiquait de son bras tendu.

Au début, il ne comprit pas ce qu'elle désignait, car au moins dix galions étaient en train de se positionner à proximité de l'*Elizabeth Bonaventure*. Puis une silhouette finit par se détacher des autres et par retenir son attention – il en eut les yeux brûlants et le sang rongé par la haine.

C'était le vaisseau de Victor Bloodstone. C'était le *Talon*.

21

Beau tressaillit en entendant Simon lâcher le nom du navire dans un sifflement rageur. Son corps était devenu rigide, et les muscles de sa poitrine et de ses bras étaient durs comme la pierre. Elle s'en aperçut immédiatement car son premier réflexe, en l'entendant réagir ainsi, fut de le toucher.

— En es-tu absolument certain ? Comment aurait-il pu se remettre aussi vite de vos mésaventures ?

— L'appât du gain – et de la gloire – est un puissant reconstituant pour les ambitieux sans scrupule. Jamais il n'aurait manqué pareille occasion d'acquérir l'un et l'autre. Et, oui, je suis formel : il s'agit bien du *Talon*. Je pourrais reconnaître la forme de cette coque parmi des milliers, crois-moi.

— Il est à au moins un kilomètre de nous, objecta-t-elle.

— Il pourrait être à deux kilomètres, voire à trois, que ses canons trahiraient encore son identité.

Beau nota alors un reflet de soleil qui lui taquinait les yeux et en localisa la source au niveau des sabords du vaisseau : il s'agissait de la gueule d'une énorme bouche à feu en bronze, qui ressemblait singulièrement à celles que Dante avait embarquées sur l'*Egret*. Elle se rappela avoir entendu Pitt, un soir, évoquer le fait qu'il avait doté le navire de Victor Bloodstone des mêmes demi-canons commandés aux fonderies de Marseille pour le *Virago*.

— Cela ne veut pas dire pour autant que c'est Victor Bloodstone qui commande ce vaisseau, protesta-t-elle faiblement.

— Si, c'est lui. Je le *sens*.

Les yeux de Dante avaient pris une couleur bleu vif et ses traits crispés composaient un masque de rage à peine contenue. Sa mâchoire était si tendue que la jeune femme aurait pu s'en servir de règle.

— Que vas-tu faire ? s'enquit-elle dans un souffle.

— Que me suggères-tu ? L'inviter à passer boire un verre de rhum ?

— Non, bien sûr que non, mais...

— Mais *quoi* ? rugit-il en braquant sur elle le feu de son regard fiévreux. Quoi, Isabeau ? Dis-le-moi donc ! Tu ne penses pas que ce félon mérite la mort ? Tu ne crois pas qu'il mérite d'être attaché aux haubans et fouetté par tous les membres de mon équipage ? Il s'est enfui, le maudit lâche. Il a pris ses jambes à son cou comme un fichu maraudeur attrapé la main dans le sac. Il nous a volé nos vivres, notre or, et a laissé aux *zabras* le soin d'éliminer les témoins de son crime. Tiens, la mort serait encore trop douce pour lui. Il faudrait plutôt lui lacérer la peau et jeter du sel sur ses blessures, jusqu'à ce qu'il devienne fou de douleur !

— Il semblerait qu'il ait raconté une version différente des faits. D'après Carleill...

— D'après Carleill, il m'a dépeint comme un martyr ayant sacrifié son vaisseau et ses hommes pour lui permettre de sauver sa misérable carcasse.

— Oui, c'est curieux. Qui aurait cru le capitaine Dante capable d'un tel altruisme ?

Il plissa dangereusement les yeux, mais elle poursuivit sur sa lancée.

— Qui t'aurait cru capable de détourner l'attention de l'ennemi d'un coéquipier blessé ? Moi, en tout cas, pour avoir été le témoin de ton comportement au milieu des combats, j'aurais souscrit sans réserve à cette version des faits. Et mon père aussi. Et tous ses hommes avec lui.

— Où veux-tu en venir, au juste ?

— Ce que je veux te rappeler, répondit-elle en choisissant ses mots, c'est que Bloodstone a des amis. Des amis haut placés dont certains sont ici même, à la tête de navires de la flotte rassemblée par sir Francis Drake. De plus, il a fait de toi un héros, l'homme qui l'a sauvé d'une mort assurée.

— Plus pour longtemps, je peux te le garantir.

— Je ne doute pas que tu souhaites le tuer...

— De mes mains nues, précisa-t-il avec une férocité tranquille.

— ... mais crois-tu que sir Francis te le permettra ?

— Cela ne le regarde pas. C'est une affaire entre Bloodstone et moi.

Beau se mordit la lèvre inférieure et considéra avec appréhension le rassemblement de galions, énormes machines de guerre dévouées à la défense de l'Angleterre. Après avoir rencontré Drake et vu la flamme ambitieuse qui brûlait dans son regard, elle n'était pas tout à fait convaincue qu'il assisterait sans rien dire à un règlement de comptes qui risquait de semer la zizanie dans ses troupes et de compromettre le succès de sa mission.

— Pourquoi, selon toi, ne t'a-t-il pas informé de la présence de Bloodstone et du *Talon* dans sa flotte ?

— Peu importe.

— Peut-être compte-t-il sur ta soif de vengeance pour te pousser à embrocher Bloodstone dès que tu auras posé les yeux sur lui, de sorte qu'il n'aura plus ensuite qu'à t'accuser de meurtre avec préméditation, te mettre aux fers et te faire rapatrier en Angleterre.

— Et pourquoi diable agirait-il ainsi ?

— Pour s'approprier tout le crédit du raid sur Cadix ? suggéra-t-elle posément.

Dante la fixa longuement avec un air incrédule, avant de s'emporter soudain.

— Nous parlons de sir Francis Drake ! Il n'a pas besoin de m'écarter aussi ignominieusement pour préserver sa réputation !

— Tu n'as donc pas vu sa tête quand tu lui as parlé du *San Pedro de Marcos* ? Tu ne l'as pas entendu grincer des dents en évoquant ton expédition sur Veracruz ? À quand remonte sa dernière victoire sur les Espagnols ? Combien de héros peut-il se permettre de ramener en Angleterre, s'il aspire à convaincre la reine qu'il mérite le poste de lord amiral de la Marine royale ?

Dante referma sèchement la bouche. Ses mains étaient tellement crispées sur le garde-corps que leurs jointures étaient devenues presque aussi blanches que ses dents, découvertes par un rictus féroce.

— De telles paroles sont pour le moins étonnantes, dans la bouche d'une personne qui vantait Drake comme le plus grand héros que la Terre ait connu, tout en me traitant par comparaison de – je cite de mémoire – « Français arrogant et mal embouché qui ne sait même pas sortir son vaisseau d'un grain ».

Elle le foudroya du regard.

— Es-tu vraiment obligé de me relancer à la face toutes les insultes que j'ai pu proférer ?

— Parce que tu ne pensais pas ce que tu disais ?

— Bien sûr que si, rétorqua-t-elle. J'étais parfaitement sincère, sur le coup.

— Depuis lors, évidemment, nous avons partagé quelques galipettes au lit, et tu en es venue à mieux me connaître et à m'apprécier, c'est ça ?

Beau réussit à garder un visage impassible, alors même que ses joues la picotaient comme s'il venait de lui assener une gifle. Elle pivota pour retourner dans la cabine, mais il la rattrapa par le bras.

— Laisse-moi, murmura-t-elle.

— Isabeau...

Elle releva les yeux vers lui.

— Si tu veux tuer Victor Bloodstone, vas-y, ne te gêne pas. Personne sur ce navire n'essaiera de t'en empêcher. Promets-moi seulement de réfléchir à ce dont nous venons de parler. Demande-toi pourquoi Drake ne t'a rien dit, et ensuite, si tu tiens toujours à abattre le traître, je te conduirai moi-même auprès de lui dans une chaloupe et je le maintiendrai pendant que tu plongeras ton couteau dans son cœur.

Elle dégagea son bras et traversa la cabine, avant de disparaître dans la coursive. Elle ne s'arrêta ni ne regarda en arrière, pas même lorsque Dante la maudit à voix haute en écrasant son poing sur la porte de la galerie.

À l'autre bout de la coursive, Geoffrey Pitt avait lui-même envie d'écrabouiller quelque chose. Il finit par frapper à la porte de doña Maria, après avoir passé plusieurs minutes dans le corridor à se demander comment il réagirait s'il s'avérait qu'elle était bien l'épouse du duc de Medina Sidonia. Sa valeur en tant qu'otage en serait considérablement accrue, et elle serait directement expédiée à la capitale, où il aurait bien de la chance s'il pourrait ne serait-ce qu'entrapercevoir son visage par une fenêtre de la Tour de Londres.

Aucun bruit ne s'échappait de la cabine, même après qu'il eut toqué au battant. Il frappa une deuxième fois, sans plus de succès, avant de manœuvrer la clenche et d'entrouvrir.

La duchesse et la duègne avaient reçu pour consigne de demeurer cachées dans leur cabine et de ne surtout pas signaler leur présence – pour leur propre bien, leur avait-on assuré, afin de leur éviter de se retrouver à la merci du Dragon de l'Apocalypse. Doña Maria s'était ratatinée sur elle-même à la mention du surnom de Francis Drake, tandis qu'Agnès Frosthip promettait de monter bonne garde devant leur porte. Pour affermir son courage, elle s'était munie d'une bouteille de rhum, et gisait maintenant à plat ventre sur l'étroit lit de camp qu'on lui avait aménagé, les bras en croix.

Doña Maria était pour sa part assise sur une chaise, le visage aussi blême que la cire d'une bougie, les paupières gonflées comme si elle n'avait cessé de pleurer la matinée durant. Elle serrait un petit verre en cristal dans son poing et, tandis que Pitt s'introduisait dans la cabine, elle le porta à ses lèvres pour boire les dernières gouttes du liquide ambré qu'il contenait. Puis elle se redressa en chancelant.

— Sont-ils là, *señor* ? Les *soldados* venus m'arrêter pour me jeter aux fers ?

— Il n'y a pas de *soldados*. Et personne ne songe à vous arrêter.

— Nous avons entendu des voix. Beaucoup de voix. Et il y a beaucoup de navires dans la flotte d'El Draque, beaucoup de *soldados*.

— Personne n'a l'intention de vous arrêter, répéta-t-il calmement en refermant la porte derrière lui. Et on ne vous emmènera nulle part. Il faudrait d'abord me passer sur le corps.

Des larmes montèrent aux yeux de la jeune femme et frangèrent ses longs cils. Elle pleurait sans bruit ni mouvement, à part un léger frémissement de sa lèvre inférieure, mais ses larmes n'en coulaient pas moins sur ses joues, mouillant son menton et imbibant la soie luxueuse de son corsage.

— Tout va finir par se savoir, on va découvrir la vérité. On viendra me chercher et même vous, *señor*, ne pourrez pas l'empêcher.

Elle eut un petit geste las et désespéré de la main, et se mit à pleurer de plus belle.

— On va me tuer. On va me punir d'avoir menti.

— Maria…

Il s'avança vers elle mais, à chaque pas qu'il effectuait, elle reculait d'autant, jusqu'à se retrouver acculée contre la paroi du fond.

— Je vous jure sur l'honneur…

Elle se couvrit le visage de ses mains, et ses fines épaules furent secouées de sanglots.

— Non ! Non ! On va me tuer !

Pitt lui saisit les poignets et tenta d'écarter ses mains.

— Maria, écoutez-moi...

— Non ! Je ne suis pas Maria ! Je ne suis pas la duchesse de Navarre !

Pitt étreignit convulsivement ses poignets et eut le plus grand mal à se retenir de jurer. Ses pires craintes se confirmaient. Si la jeune femme n'était pas la duchesse de Navarre, alors elle ne pouvait être...

— Je ne suis qu'une simple bonne ! Une stupide petite servante, et le Dragon va me brûler vive pour me punir de ma tromperie !

Pitt se figea, sans plus chercher à écarter les mains de la jeune femme, et la dévisagea avec ébahissement.

— Qu'est-ce que vous venez de dire ? demanda-t-il d'une voix haletante.

Elle secoua la tête et finit par baisser ses mains d'elle-même, pour regarder Pitt avec de grands yeux bleus mouillés de larmes.

— C'est notre capitaine qui a eu cette idée. Il m'a ordonné de prendre la place de doña Maria. Nous sommes de la même taille, et il a dit que personne ne remarquerait le changement, que comme ça la duchesse n'aurait plus à craindre le v... le viol ni le déshonneur de la prison. Il m'a dit... il m'a dit que c'était mon devoir envers ma maîtresse, envers mon pays et Dieu, et que la Providence veillerait sur moi pour qu'il ne m'arrive rien. Et que même s'il m'arrivait quelque chose, mon âme aurait gagné une place au ciel, une de celles réservées aux plus b-braves et aux plus m-méritants.

Pitt cilla. Une fois. Deux fois.

— Vous n'êtes pas doña Maria Antonia Piacenza ?

— Non, *señor*.

Et elle se mit à pleurer de plus belle en voyant la mine de Geoffrey Pitt, la prenant sans doute pour une expression de dégoût. Elle eut néanmoins le courage de continuer.

— Je m'appelle Christiana, et je suis la fille d'un humble *soldado* qui s'est distingué au service de Sa Majesté Philippe. Pour récompense, mon père a été nommé dans la garde royale et on m'a permis de m'occuper des membres de la famille du roi.

— Vous n'êtes donc pas la duchesse de Navarre ? La nièce de Philippe ? Vous n'êtes pas... l'épouse du duc de Medina Sidonia ?

Elle cilla à son tour, ce qui projeta des larmes sur le devant de la chemise de Pitt.

— Non, *señor*. Je ne suis qu'une humble servante, répéta-t-elle. C'est ma maîtresse qui est la duchesse de Navarre. Et son mari est un méchant homme qui me battait avec sa canne parce que je ne voulais pas qu'il mette ses mains sous ma jupe.

Pour se calmer, Pitt passa les doigts dans les épaisses boucles mordorées de sa chevelure.

— Pourquoi, grands dieux, ne m'avoir rien dit jusqu'à présent ?

— J'avais peur, avoua Christiana d'une voix blanche.

— De moi ?

— Oh, *señor*...

Elle joignit les mains sur son cœur.

— Vous êtes un homme brave et bon. Je n'ai jamais eu peur de vous. Je pensais seulement que... que si je vous disais tout, vous me... vous me...

Les mots parurent soudain lui manquer.

— Vous pensiez quoi ? demanda-t-il doucement.

— Je pensais... que vous me détesteriez de vous avoir trompé.

Elle se jeta vers lui avec un petit cri et se blottit contre sa poitrine. Pitt était trop sonné pour réagir. Il y avait eu pourtant des signes, se dit-il, beaucoup de signes, mais il les avait mal interprétés : la réticence de la jeune femme à parler d'elle-même, de la famille royale ou de sa vie à la Cour, le désintérêt de la duègne envers sa protégée – tout cela aurait dû lui mettre la puce à l'oreille. Mais non, il s'était comporté comme un idiot. Un idiot aveuglé par l'amour.

Enfin, pas si aveuglé que ça, se reprit-il. Maria... ou plutôt Christiana avait des qualités de cœur et de caractère sur lesquelles il ne s'était pas trompé. À commencer par une forme de courage qu'elle venait de montrer à l'instant même, en lui avouant la duperie dont elle s'était rendue complice.

Il leva une main pour caresser tendrement sa couronne de boucles brun foncé et ferma les yeux pour en savourer la douceur soyeuse – geste dont il n'avait cessé de rêver depuis qu'il avait rencontré la jeune femme sur le *San Pedro de Marcos*. De l'autre bras, il la tint par la taille et la serra contre lui.

— Je devrais vous en vouloir, chuchota-t-il d'une voix rendue rauque par l'émotion. Je devrais vous haïr de m'avoir fait subir un véritable enfer, ces trois dernières semaines. Avez-vous la moindre idée des souffrances que j'ai dû endurer en vous voyant tous les jours, en me grisant à chaque instant de l'odeur de votre peau, tout en sachant que vous me seriez à jamais inaccessible ?

Elle releva la tête et croisa son regard vert jade.

— Je... je ne comprends pas, *señor*.

Pitt étouffa un juron et, plongeant les doigts dans les cheveux de la jeune femme, posa la paume sur sa nuque. Puis il baissa ses lèvres vers les siennes afin de lui expliquer par un baiser ce qu'il ne pouvait formuler par des mots. Le choc arracha un hoquet de stupeur à Christiana qui voulut s'écarter, mais il n'était pas près de le lui permettre. Il avait trop souvent songé à cet instant et passé trop de nuits à se désespérer de n'avoir même pas le droit de l'embrasser juste une fois...

Et voilà qu'il se rendait compte qu'une fois, en réalité, ne suffirait pas. Ce ne fut donc pas un baiser qu'il lui donna, mais deux, puis trois. Chacun plus passionné et hardi que le précédent.

Il ne relâcha sa tête que lorsqu'il fut certain qu'elle n'allait pas s'enfuir, et baissa la main sur la colonne de son cou où battait délicatement une veine. Elle hoqueta de nouveau et ouvrit la bouche pour mieux s'offrir aux caresses de sa langue. Bientôt, Pitt sentit le pouls de Christiana s'accélérer et ses jambes trembler de faiblesse.

Elle pleurait toujours. Ses larmes baignaient leurs bouches et il essaya de maîtriser son ardeur pour lui essuyer les joues. Peine perdue, car leurs lèvres entrèrent de nouveau en contact tandis que Christiana lui étreignait les épaules en pleurant de plus belle – sauf que cette fois, ce n'était plus d'appréhension mais d'une joie de plus en plus vive.

— Ah, petite sotte, lâcha-t-il enfin. Ma chère petite sotte... Jamais je ne pourrais vous détester. N'avez-vous donc pas compris que je vous aime ? Et cela, depuis la première fois que je vous ai vue ?

La bouche rosie par leurs baisers, Christiana enfouit de nouveau son visage au creux de son épaule.

— Je pensais... J'espérais... Je priais pour qu'il en soit ainsi, car je vous aime aussi, *señor*. Je vous aime tellement que je pleurais tous les soirs d'avoir envie de vous.

Rendu à moitié sourd par les battements frénétiques de son cœur, Pitt jeta un coup d'œil vers le lit, hélas envahi par la forme massive d'Agnès Frosthip, et se sentit aussitôt honteux d'avoir de telles pensées.

À sa honte se mêlait toutefois un intense soulagement. Si Christiana était la fille d'un simple soldat, plus aucune barrière sociale ne les séparait. Il était libre de ses paroles comme de ses gestes avec elle.

— Christiana...

Il s'interrompit un instant pour savourer la douceur de son prénom sur ses lèvres, puis poussa un long soupir.

— Christiana, reprit-il en relevant la tête de la jeune femme, plus fasciné que jamais par les profondeurs bleutées de ses yeux. Une fois que nous serons en

Angleterre, j'aimerais que vous restiez avec moi. Je... je veux vous épouser.

— C'est impossible, s'écria-t-elle avec effroi. *Impossible !*

— Mais... pourquoi, grands dieux ? Pourquoi ?

Une pensée lui traversa l'esprit.

— Par pitié, ne me dites pas que vous êtes déjà mariée, ou je vous jure que je me rends illico en Espagne pour tuer votre époux !

— Je ne suis pas mariée, *señor*, répondit-elle d'une toute petite voix.

Pitt en remercia la Providence, avant de se pencher vers le tendre coquillage de son oreille.

— Geoffrey. Je vous en prie, appelez-moi Geoffrey.

— Je ne suis pas mariée... Geoffrey, mais je ne peux quand même pas vous épouser. Je ne suis qu'une humble servante alors que vous êtes un hidalgo, un seigneur. Ce ne serait pas convenable.

Pitt aurait éclaté de rire si le visage de la jeune femme n'avait été empreint de la plus grande solennité. Il sourit néanmoins et l'embrassa avec une solennité de son cru qui laissa Christiana essoufflée et chancelante.

— Je ne suis pas du tout un seigneur, ma douce. Je suis le fils d'un forgeron, un simple artisan qui avait pour seul titre de noblesse la fierté du travail bien fait. Si l'un de nous n'est pas digne de l'autre, c'est bien moi. Moi et ma manie de vouloir me faire passer pour ce que je ne suis pas.

— Mais vous êtes noble aussi, comme votre père, répliqua-t-elle dans un murmure. Noble de cœur et d'esprit. Noble par votre gentillesse et votre bravoure. Vous êtes l'homme le plus courageux et le plus honnête que j'aie jamais connu.

— Alors épousez-moi, car je vous aime de mon côté plus qu'aucun autre homme ne vous aimera jamais.

D'étincelantes larmes de joie se remirent à couler des yeux d'azur de Christiana – ce qu'il prit pour un assentiment.

— En premier lieu, il va nous falloir avertir les capitaines qu'ils n'ont plus d'otage à offrir. Ensuite, dès que nous aurons mouillé l'ancre, nous irons à terre pour nous trouver un pasteur…

— Un prêtre catholique ! supplia-t-elle.

Il s'esclaffa.

— Un prêtre, un rabbin, un chef indien – tout ce que vous voudrez. Puis nous nous choisirons une grande chambre dans un hôtel, avec un tout petit lit afin que plus rien… plus rien ne nous sépare. Jamais.

Et il scella cette promesse avec un baiser qui arracha à la jeune femme un gémissement d'approbation.

22

Beau arpentait le pont dans un sens, avant de repartir dans l'autre. Le soleil n'était plus qu'une boule rouge à l'horizon. Des nuages arrivaient du nord par grandes escouades noires qui apportaient l'odeur caractéristique de la pluie. Son père se tenait près de la coupée et contemplait avec une même inquiétude la tempête qui approchait et celle qui assombrissait les traits de sa fille.

Quand elle avait proposé de l'accompagner sur l'*Elizabeth Bonaventure*, il lui avait opposé un non catégorique, or elle n'était pas habituée à être ainsi écartée de discussions qui concernaient l'*Egret*. Cependant, il avait été ferme dans son refus.

— J'ai besoin de toi ici, Beau, lui répéta-t-il. Car s'il arrive quoi que ce soit là-bas, je veux que tu mettes les voiles comme si tu avais le diable aux trousses. J'ai donné l'ordre à Spit de faire garder l'armurerie ainsi que la réserve de poudre. Le capitaine Dante a parlé à ses hommes cet après-midi, mais je ne me fie jamais à quelqu'un qui a le ventre plein de rhum et de haine – y compris moi-même.

Les participants au conseil de guerre avaient été conviés pour huit heures tapantes. Spence était prêt depuis une heure et trépignait sur sa jambe de bois sans cesser de rajuster sa fraise. Il avait taillé sa barbe pour la réduire à un buisson plus présentable, ce qui au final lui donnait l'allure du père de la reine Elizabeth,

Henry VIII, tel qu'il était représenté sur un portrait que la jeune femme avait eu l'occasion de voir autrefois.

Elle jura tout bas et le rejoignit en deux enjambées pour écarter ses mains de son col tuyauté et en arranger elle-même les plis.

— Fais attention à toi, si ça commence à canarder. Tu ne peux te permettre de perdre d'autres parties de ton anatomie.

Il gloussa et lui pinça la joue, mais elle n'y prêta pas attention : Simon Dante venait d'apparaître sur le pont. À la différence de Jonas, il n'avait produit aucun effort vestimentaire particulier pour l'occasion. Il portait la chemise de soie noire lustrée qui lui donnait l'allure d'une panthère en chasse. Un épais ceinturon en cuir lui ceignait la taille, dénué de tout arsenal. Dante n'emmenait apparemment à la réunion ni pistolet, ni épée, ni même une simple dague. Beau se permit un petit soupir de soulagement.

Geoffrey Pitt et Lucifer émergèrent de l'écoutille derrière leur chef. Pitt faisait grise mine car il avait été, lui aussi, sommé de rester sur l'*Egret*. Découvrir le *Talon* parmi la flotte de Drake avait quelque peu terni l'heureux dénouement de son idylle avec la jeune Espagnole et, hormis une brève visite à Christiana dans sa cabine, il avait passé la majeure partie de l'après-midi avec Dante et les marins du *Virago*. Lucifer, imposante et sombre présence derrière eux, avait les bras croisés sur la poitrine et ses cimeterres accrochés dans le dos. Il semblait évident que *lui* allait accompagner Dante et le père de Beau, et la jeune femme ne sut si elle devait en concevoir du réconfort ou de l'inquiétude.

Dante ne lui avait plus reparlé depuis le matin, et il n'avait pas l'air de vouloir lui adresser la parole maintenant. Il lui jeta néanmoins un coup d'œil alors qu'il conférait avec Pitt et s'arrêta net au milieu de sa phrase. Son regard venait de se poser sur les pistolets coincés sous sa ceinture, ainsi que sur le coutelas qu'elle portait en bandoulière. Il tourna la tête et vit que Spit

McCutcheon, Billy Cuthbert et d'autres membres de l'équipage de l'*Egret* étaient semblablement harnachés. La jeune femme crut voir l'ombre d'un sourire jouer sur ses lèvres alors qu'il reprenait sa conversation avec Pitt.

La chaloupe attendait sous la coupée et, sur un dernier hochement de tête à l'adresse de Pitt, Dante partit rejoindre l'embarcation.

— Trouillard, chuchota Beau entre ses dents.

Le corsaire s'immobilisa. Il était radicalement impossible qu'il l'ait entendue, mais elle n'en vit pas moins sa large carrure se soulever par deux fois, comme s'il inspirait profondément, avant qu'il ne rebrousse chemin et ne se dirige droit sur elle. Son expression était restée de marbre mais ses yeux bleus étincelaient de fureur. Sans lui laisser le temps de réagir, il la saisit par la taille et la souleva de terre avant de la plaquer contre son torse. Puis, aussi indifférent aux regards ébahis qui les entouraient qu'à sa tentative futile pour se libérer, il l'embrassa sauvagement. Elle étouffa un juron, vaincue.

— Quitte à recevoir un nom d'oiseau, je préfère encore celui d'insensé.

— Tu es bel et bien cinglé, Simon Dante. Et si tu commets la moindre folie ce soir, je te détesterai jusqu'à la fin de tes jours.

— Tu me détesteras ?

— Chaque minute que Dieu fait.

— Tu penseras tout le temps à moi, alors ?

— Uniquement pour te haïr.

— Menteuse.

Ce mot fut lancé si doucement qu'il sonna presque comme une caresse. Et le regard dont il la couvait – comme s'il voulait s'imprégner d'elle jusque dans les moindres fibres de son cœur et de son âme – fit monter une boule chaude et piquante dans la gorge de la jeune femme.

— Je t'en supplie, Simon, chuchota-t-elle. Ne commets pas de folie.

— Je crains d'en avoir déjà commis une, très chère demoiselle.

Il l'embrassa de nouveau, avec tendresse cette fois. Elle noua les bras autour de son cou pour lui rendre son baiser, sous les sourires entendus de ses camarades.

Dante la redéposa sur le pont et lui caressa la joue du dos de la main.

— Nous continuerons cette discussion plus tard, promit-il d'une voix rauque.

Debout devant les fenêtres de la galerie de l'*Elizabeth Bonaventure*, Drake regardait sa grande cabine de commandement se remplir peu à peu des capitaines de sa flotte. Le *Bonaventure* était l'un des quatre navires de la Marine royale que la reine lui avait octroyés pour cette expédition. Drake et ses associés en avaient fourni quatre autres, le lord amiral un – la peste soit de cet intrigant qui voulait être de toutes les opérations ! – et un consortium de marchands londoniens, spécialisés dans l'armement de vaisseaux corsaires, huit autres, ce qui donnait à ce raid des mobiles patriotiques aussi bien que des objectifs commerciaux : il ne s'agissait pas seulement de défendre le royaume, mais aussi de piller et de faire du profit. Cadix, principal port d'attache pour les navires espagnols cinglant vers les Indes occidentales, offrait un butin potentiel assez considérable pour rallier tous les écumeurs des mers à la cause de Drake, qu'ils soient ou non missionnés par la Couronne. Quant aux hommes de la reine, ils ne pouvaient qu'être sensibles à l'importance stratégique de leur cible.

L'idée de Cadix, en somme, était brillante. Dangereuse, voire téméraire, mais brillante. À l'image du comte de Tourville lui-même.

Drake supposait qu'il n'aurait pas dû s'étonner outre mesure de découvrir Simon Dante sur le pont de l'*Egret*. Cela lui ressemblait bien, de se relever d'entre les morts, tel le Phénix mythique, et de réapparaître sans crier gare, plus fringant et provocateur que jamais. Comme tous les corsaires de Sa Majesté, Drake avait estimé insensé le projet du Français d'opérer un raid sur le Panama et jugé Victor Bloodstone inconséquent, voire suicidaire, de participer à cette expédition. Mais le bâtard de Walsingham les avait détrompés en revenant à Londres pavillons hauts pour déverser vingt mille livres d'or panaméen dans les coffres de la reine, action d'éclat qui lui avait valu d'être célébré comme le nouveau prince des corsaires.

Tous les autres écumeurs des mers s'étaient trouvé des excuses après coup pour expliquer leur absence aux côtés de Bloodstone et Dante, tandis que Drake, voyant ses propres exploits à Carthagène et Nombre de Dios passer au second rang dans le palmarès des raids les plus audacieux et les plus lucratifs menés au Nouveau Monde, en concevait une vive irritation.

Et voilà que lui, le plus grand marin du monde, devait supporter un nouveau camouflet : un simple navire marchand, commandé par un unijambiste qui avait fait de sa fille un garçon manqué et qui devait boire tout le fruit de son négoce, avait capturé l'une des prises les plus fabuleuses de l'Atlantique !

Une humiliation de plus à mettre au compte de Dante de Tourville…

Drake serra convulsivement le pied de sa coupe pour réprimer l'accès de jalousie qui lui mettait le sang en ébullition. Il ne lui restait plus qu'un mince, très mince espoir d'être nommé amiral de la flotte : laisser dans l'histoire une marque que l'Angleterre ne serait pas près d'oublier.

— Sir ?

Drake tourna brusquement la tête vers Christopher Carleill, qui le flanquait comme son ombre et veillait à maintenir les importuns à distance tandis que les autres capitaines rassemblés autour de la longue table d'acajou partageaient potins et rafraîchissements.

— Quoi ? Qu'y a-t-il ?

— Le capitaine Bloodstone et son second viennent d'arriver.

Drake suivit le regard du lieutenant. Il n'aimait déjà pas beaucoup le bâtard de Walsingham avant son raid sur Veracruz ; il se méfiait encore plus de lui maintenant que la résurrection de Dante jetait un doute sur le récit qu'il avait fait sous serment. Drake n'était d'ailleurs pas le seul à tenir le bonhomme en piètre estime. Aucun des écumeurs n'appréciait la morgue de Bloodstone. Tous avaient obtenu leur lettre de marque pour avoir loyalement servi la Couronne, alors que Bloodstone ne devait la sienne qu'à l'intrigue et à l'influence de Walsingham. Ses talents de navigateur, réels, étaient éclipsés par sa vanité, son arrogance et ses ambitions de courtisan.

— Peut-être devrais-je aller lui glisser un mot au sujet de notre invité surprise ? proposa Carleill.

— Et gâcher les retrouvailles de deux confrères ? riposta Drake avec un mince sourire. Je ne crois pas que ce soit une bonne idée. J'aime mieux les laisser dans l'ignorance de leur présence respective à cette soirée. Cela pimentera un peu la réunion.

Victor Bloodstone était si grand qu'il dut courber la tête pour éviter le linteau de la porte. Sa mise était irréprochable, comme toujours : pourpoint de velours chocolat avec entre-deux en satin, chausses serrées ne cachant rien de la perfection de ses jambes, bijou à chaque doigt – des émeraudes, des saphirs et des diamants montés sur de gros joncs d'or massif –, fraise blanche amidonnée dont pendaient plusieurs chaînes du même métal, épée d'apparat à la poignée en or et dague incrustée de rubis rouge sang.

Ses yeux noisette au regard froid parcoururent l'assemblée de commandants. Il ne considérait aucun d'eux comme son égal, à l'exception peut-être de Drake lui-même. Aucun de ces corsaires à la petite semaine n'avait accompli d'exploit plus saillant que la prise de quelques barques de pêche ou le sac d'un ou deux villages sur la côte espagnole. De vulgaires tire-laine, tous autant qu'ils étaient, en quête de leurs premiers moments de gloire.

Or la gloire, lui, Victor Bloodstone, y avait plus que goûté. Il se rappelait encore sa remontée triomphale de la Tamise à bord du *Talon*. Ce dernier avait été repéré de loin et la nouvelle de son retour relayée d'un bout à l'autre de la cité. Boutiques et maisons s'étaient vidées de leurs occupants qui s'étaient pressés sur les quais en une foule joyeuse. Les pavillons du *Talon* hissés en haut du grand mât indiquaient que ses cales étaient pleines, et les pontons s'étaient retrouvés encombrés d'une telle cohue que certains étaient tombés dans l'eau de la Tamise !

Le galion et son commandant avaient été accueillis par toute une flottille de bateaux de pêche et de navires qui les avaient escortés dans leur remontée du fleuve. Des pièces avaient plu comme une averse depuis le *Talon*, dont les marins préféraient éviter autant que possible d'attirer l'attention des inspecteurs du Trésor.

Ces vautours à l'œil acéré n'avaient d'ailleurs pas tardé à apparaître sur le quai. C'étaient à ces fonctionnaires royaux tout de noir vêtus qu'il revenait de procéder à l'estimation exacte des prises effectuées au nom de la reine. Et ils ne furent pas déçus par le contenu des soutes du *Talon*, qui éberlua les plus expérimentés d'entre eux. Qu'aurait été leur réaction s'ils avaient su que le capitaine du galion avait fait décharger la moitié du butin dans une cache secrète ?

Après la cargaison, ce fut l'équipage victorieux que la foule salua, réservant ses vivats les plus retentissants à Victor lui-même qui avait marqué un temps d'arrêt en haut de la passerelle, sous les rayons mordorés du soleil, pour mieux savourer son triomphe. Il avait vu des femmes se pâmer d'extase, des hommes jeter leur bonnet en l'air. D'autres, cependant, guettaient toujours l'aval dans l'espoir de voir surgir les voiles du *Virago*, ce qui lui avait quelque peu gâché cet instant – mais si peu, au fond.

Il avait eu conscience, en partant avec Tourville, que personne ne croyait vraiment à la réussite de leur raid sur Veracruz. Il n'en avait pas moins parié sur l'étoile montante de Simon Dante et, par le Christ, il avait eu le nez creux ! En tout, ils avaient subtilisé près de quatre cent mille ducats au roi Philippe, soit une centaine de milliers de livres anglaises, et sans la tempête qui les avait surpris dans l'Atlantique, ils seraient revenus totalement indemnes.

D'un autre côté bien sûr, sans cette tempête, il n'aurait pas eu l'opportunité de doubler son profit comme sa renommée, ni le plaisir de voir les *zabras* ibériques envoyer son confrère rejoindre les poissons – ce satané Français qui avait l'arrogance de lui donner constamment des ordres et de lui imposer ses vues, tout en le toisant du regard froid de ses yeux d'un bleu aristocratique pour lui faire sentir la supériorité de son sang !

Son seul regret était de ne pas avoir été là pour contempler la fin de ce maudit noble, alors que son navire sombrait et l'entraînait par le fond.

La nouvelle de la mort du Loup des Mers avait laissé beaucoup de monde incrédule, tant l'invincibilité du *Virago* et de son capitaine était devenue proverbiale. La reine elle-même eut du mal à l'admettre. Elle convoqua Victor dans l'heure pour lui extorquer tous les détails du raid et du combat avec les *zabras*. Elle le soumit à un interrogatoire si serré qu'il finit par craindre qu'elle soit en train de chercher une faille dans son témoignage.

Aussi, pour détourner les éventuels soupçons, s'était-il résigné à dépeindre le Français en héros et martyr. Et il y avait si bien réussi que Sa Majesté avait pleuré ! Quant à Walsingham, ce salaud qui lui avait un jour à moitié décroché la tête des épaules parce qu'il avait osé l'appeler « père », il en avait conçu une telle fierté qu'il s'était mis à lui donner du « fils » à tour de bras.

Il accueillit en souriant les saluts respectueux des autres capitaines réunis dans la cabine du *Bonaventure*.

— Saviez-vous qu'il a réussi à capturer le *San Pedro de Marcos* ? entendit-il murmurer non loin de lui.

— Que dites-vous ? intervint-il en fronçant ses sourcils couleur de paille. Qui a capturé le *San Pedro* ? Quand ?

— Le capitaine Jonas Spence. C'est à cause de lui que nous avons mis en panne et que ce conseil de guerre a été réuni. Il semblerait que des documents intéressants aient été trouvés sur le *San Pedro*.

Bloodstone fit la moue.

— Ce... Jonas Spence, quelqu'un le connaît-il ici ?

Du bref sondage qui suivit, il ressortit que nul n'avait fréquenté de près cet individu, mais tout le monde était au courant de la rumeur désignant sa fille comme le fameux Cygne noir.

— Le cartographe ? Une femme ?

— Aussi moche que le laisse supposer ce sobriquet, paraît-il, mais très douée pour le dessin.

— Et vous avez vu leur bateau ? s'enquit un autre. L'*Egret* ? Je suis ancré à quelques encablures de ce rafiot et je dois avouer que je l'imagine mal s'en prendre à un navire de guerre espagnol. Même s'il est bien armé.

— Combien emporte-t-il de canons, selon vous ? Dix à douze couleuvrines ? demanda un troisième.

— Plutôt une vingtaine. Et il embarque aussi des demis. De gros fûts de bronze... exactement comme les vôtres, d'ailleurs, capitaine Bloodstone.

L'interpellé se contenta de toiser l'homme de son regard froid, laissant Horace Lamprey, son second – brute épaisse à l'œil méchant auquel manquait la moitié d'une lèvre –, remettre l'impudent à sa place.

— Je doute que les bouches à feu d'un navire marchand puissent être comparées à ceux du *Talon*. Nos demis sont des pièces uniques, commandées pour nous par Dante de Tourville. Vous n'en trouverez de semblables nulle part ailleurs.

Le capitaine qui avait émis la remarque accueillit avec perplexité l'explication de Lamprey.

— J'aurais pourtant juré que c'était leur copie conforme : la gueule évasée, avec des aigles sur le fût...

— Impossible, trancha Bloodstone avec agacement. Les seuls canons similaires aux nôtres ont sombré avec le *Virago*.

— Que vous avez vu couler de vos propres yeux, n'est-ce pas ?

Victor se tourna en direction de la voix qui avait posé cette question et avisa Drake debout près d'une petite table à carte, un verre de brandy à la main.

— Je l'ai vu encerclé par l'ennemi, corrigea Bloodstone avec prudence. Étant donné les dommages subis par mon propre vaisseau, je ne pouvais me risquer d'aller vérifier, mais je n'ai aucune raison de supposer qu'il ait pu résister à une telle canonnade. J'aurais mille fois préféré qu'il en soit autrement et que ce fier navire ait survécu avec son vaillant capitaine et son équipage, mais je sais dans le fond de mon cœur que ce n'est pas le cas.

Drake sourit, et ses yeux de rapace se portèrent par-delà l'épaule de Bloodstone, vers la porte qui s'ouvrait sur l'obscurité de la coursive.

— La Providence peut parfois nous surprendre en exauçant nos prières les plus ferventes, capitaine Bloodstone, murmura-t-il.

L'un après l'autre, les hommes réunis dans la cabine se tournèrent vers la porte. Les voix se turent et les conversations s'éteignirent. Un silence sépulcral retomba sur la pièce, seulement troublé par les jurons étouffés de ceux qui n'auraient jamais pensé devoir croire un jour aux fantômes.

Victor Bloodstone pivota lentement sur les talons de ses bottes impeccablement cirées. Au début, il ne vit rien de menaçant dans le capitaine chauve et bedonnant qui les salua avec un bonjour un peu nerveux. Puis un frisson d'appréhension lui traversa l'échine en avisant la tête aux cheveux de jais qui émergeait de la pénombre du corridor.

L'instant d'après, il se retrouvait sous le feu glacé du regard bleu cobalt d'un véritable revenant : Simon Dante, comte de Tourville.

23

Sans se départir de son sourire le plus carnassier, Dante s'avança en pleine lumière et, marchant tout droit vers Victor Bloodstone, s'arrêta assez près de lui pour humer la senteur aigre de la sueur qui lui avait instantanément trempé le front. Les mains du corsaire frémissaient de l'envie de se refermer sur le cou du traître.

Horace Lamprey porta les doigts à la poignée de son épée, mais un sifflement discret de son capitaine retint son geste avant qu'il n'ait été remarqué par un autre que Dante.

— Simon, le salua Victor d'une voix tendue en plissant ses yeux noisette.

Le sourire de Dante s'élargit encore.

— Victor... Dois-je déduire de votre air que vous n'étiez pas prévenu de ma participation à ce conseil ?

Bloodstone serra les dents.

— En effet, je ne l'étais pas.

Sir Francis haussa les épaules avec une expression faussement contrite.

— Je ne voulais pas gâcher la surprise de vos retrouvailles.

— Mais d'où diable sortez-vous ? demanda Bloodstone sans quitter Dante des yeux.

— Merci de vous en inquiéter. Et je suppose que le diable serait mieux placé que moi pour répondre à cette question, mais comme il n'est pas ici – sous son apparence habituelle, du moins –, il m'incombe d'être le porteur de mauvaises nouvelles.

Conscient de tous les regards braqués sur eux, Bloodstone se secoua pour se ressaisir.

— Mauvaises nouvelles ? Je parlerais plutôt d'un véritable miracle. Permettez-moi d'être le premier à… saluer votre retour parmi nous.

Dante s'abstint de repousser la main que Victor venait de poser sur son épaule, mais son regard exprima assez clairement les sentiments que ce geste lui inspirait pour que l'imprudent retire aussitôt ses doigts.

— Et le *Virago* ? s'enquit Bloodstone en s'efforçant de sourire. A-t-il également été sauvé ?

— Malheureusement non. Les *zabras* ne l'ont pas loupé, et il repose désormais au fond de l'océan.

— Remercions le Seigneur que vous ne l'y ayez pas suivi ! À ce propos, comment avez-vous réussi à vous en sortir ? La dernière fois que je vous ai vu, je n'avais plus aucun espoir pour vous.

— Si vous étiez resté un peu plus longtemps dans le secteur, votre espoir serait sans doute remonté d'un cran.

Quelques inspirations sèches et deux ou trois sifflements assourdis accueillirent la repartie de Dante.

— Je n'avais plus de manœuvrabilité, lui rappela Bloodstone d'une voix blanche. Mon grand mât était fissuré et mon gouvernail répondait mal. J'ai bien tenté de suivre notre plan, mais le vent a tourné et je n'ai pu amener le *Talon* à la bonne allure.

— Je me doute qu'il devait être rétif à la commande, acquiesça Dante. Surtout avec le supplément de poids dont vous l'aviez chargé, tous ces tonneaux de vivres et…

— C'est moi qui ai pris la décision de les emporter, capitaine, le coupa Lamprey. Si nous les laissions, ils étaient perdus au profit des Espagnols.

— Exactement, approuva Bloodstone. J'étais loin de me douter que vous auriez le toupet de tenir tête à ces navires, surtout après avoir constaté que nous ne pouvions plus vous prêter main-forte comme convenu. Un contre six !

Il leva la main pour en appeler au bon sens des autres capitaines qui suivaient leur échange dans un silence pesant.

— Qui aurait osé parier sur vos chances ?

— Et plus tard, n'avez-vous pas songé à revenir en arrière pour repêcher d'éventuels survivants ? demanda Simon.

— À franchement parler, non. Si vous aviez été à ma place et si mon sacrifice vous avait permis de vous échapper, auriez-vous commis la bêtise de rebrousser chemin et risquer d'être capturé par l'ennemi, dans le seul but de soulager votre conscience en vérifiant qu'il ne restait aucun rescapé ?

Le bonhomme se montrait logique, raisonnable – en apparence, du moins, car aux yeux de Dante il suait le mensonge par tous les pores.

— Je suppose que vous avez également jugé préférable de mettre l'or à l'abri ?

Le regard de Bloodstone vacilla légèrement.

— Après tout le mal que nous nous sommes donné pour le voler au roi Philippe ? N'auriez-vous pas agi de même ?

— La reine en a-t-elle été contente ? J'ai beau examiner votre pourpoint, je ne vois aucune épée brodée sur votre épaule en remerciement.

Bloodstone se mit à rougir.

— Elle a dû être trop accablée par la perte de son Français préféré pour se soucier de ce genre de détail.

Dante émit un rire entendu.

— Je me doute que ma disparition a dû la contrarier.

— Elle a surtout pleuré la part du butin qui a coulé avec le *Virago*, intervint un autre capitaine. Avec deux fois plus que ses vingt mille livres, elle aurait dansé sur la tombe de Leicester !

— Vingt mille ? répéta Dante.

Ils en avaient rapporté au moins six fois plus de leur raid et la part de la Couronne aurait dû, par conséquent, s'élever à près de cinquante mille livres.

« Ainsi donc, je ne suis pas le seul dont tu as trahi la confiance, crapule, songea-t-il. Tu as fait escale quelque part avant de gagner Londres pour y décharger une partie de notre cargaison... »

— Pour cette somme-là, j'aurais dansé sur ma propre tombe !

Cette plaisanterie dissipa le malaise qui régnait dans la cabine de commandement. Le choc provoqué par l'apparition du revenant céda la place à la joie de retrouver le Loup des Mers, et les capitaines réunis dans la pièce se remirent bientôt à parler tous en même temps. Dante reçut une salve de claques amicales dans le dos, et un verre apparut dans ses mains. Un flot de questions jaillit de tous côtés, et des toasts furent portés aux deux vaillants navigateurs qui avaient eu l'audace de piller le trésor de Veracruz – pendant que les héros en question continuaient à se défier du regard, connaissant toute la vérité et sachant que l'autre la connaissait aussi.

Ce fut Drake qui interrompit ce duel silencieux en signalant la présence d'un troisième héros parmi eux. Il invita Spence à narrer par le menu l'attaque du *San Pedro*. Durant tout le récit du vieux capitaine, il prit soin de manifester les signes du plus grand intérêt, et applaudit le père de Beau avec autant d'enthousiasme que les autres, afin que chacun soit persuadé qu'il entendait cette histoire pour la toute première fois. En manipulateur consommé, il put ensuite rebondir sur ce préambule pour capter son auditoire lorsque les trois peintures provenant du galion espagnol furent étalées sur la table. Il parvint ainsi sans coup férir à convaincre les capitaines que Cadix était la cible toute désignée pour leur action d'éclat.

Entre-temps, Dante et Bloodstone se faisaient face de part et d'autre de la table, échangeant par le regard promesses et menaces que les autres semblaient – ou préféraient – ignorer.

La tempête s'abattait sur la flotte comme une grande couverture humide, voilant lumières et sons, frappant ponts et coques tel un essaim de poings rageurs et chassant dans l'abri relatif des entreponts jusqu'aux marins de quart. Il n'y avait plus aucun témoin sous ce déluge, personne pour entendre les cris d'agonie du traître, ni pour voir le couteau de Dante dégouliner du sang de Victor Bloodstone.

Il s'était emparé de la dague ornementée de ce dernier et la lui avait plongée dans le bas-ventre, juste au-dessous de l'os pelvien, avant de la remonter lentement à travers les entrailles du félon, jusqu'à son cœur. Bloodstone n'avait cessé de crier grâce, mais Dante s'était contenté de lui murmurer le nom des hommes qui avaient connu une fin bien pire sur le *Virago*, des hommes morts à cause de sa cupidité et sa déloyauté. Puis il avait tordu la lame dans le buste du chien galeux pour lui découper la rate et le foie…

Dante sourit en baissant les yeux sur la coupe de brandy qu'on lui avait donnée. Il en prit une gorgée, qu'il savoura avec délectation. L'alcool de prix lui brûla délicieusement la gorge avant de le réchauffer tout entier.

Quand il releva les yeux, Victor Bloodstone se tenait toujours en face de lui. Il s'adressait à voix basse à son second, Horace Lamprey, et Dante eut le plaisir de le tuer encore et encore – jusqu'à ce qu'une voix toute proche l'arrache à sa rêverie.

— Simon ?

C'était Drake, flanqué de Carleill. Dante ne put que leur accorder son attention.

— Sacrée tempête, hein ? Il fait noir comme dans un four, dehors.

Dante n'avait eu que vaguement conscience du changement de temps – sinon pour en faire le décor de ses fantasmes meurtriers. Il reporta son attention vers les fenêtres de la galerie que fouettaient d'épaisses gerbes blanches.

— J'ai tenu jusqu'à présent pour acquis que tu te joindrais à nous pour cette expédition sur Cadix, reprit Drake, mais je veux m'en assurer. Je sais ton goût pour l'action et les canonnades, mais tu sors d'éprouvantes tribulations et tu souhaites peut-être te reposer un peu.

Dante sourit à son cousin.

— Je crois que je tiendrai le coup, mais merci de t'inquiéter de ma santé. Au vrai, ajouta-t-il en considérant Bloodstone, je me sens déjà tout revigoré.

Drake suivit son regard.

— J'avais idée que ces retrouvailles te remonteraient le moral...

Dante sirota une nouvelle gorgée de brandy.

— Tu aurais pu aussi avoir l'*idée* de me prévenir, Francis. Tu sais combien je déteste les surprises.

— Et pourtant, tu as remarquablement bien encaissé celle-ci. Victor, en revanche, m'a paru un peu gêné aux entournures.

— C'est qu'on est un peu à l'étroit ici, articula Dante sur un ton amusé. Tout le monde veut placer son mot et montrer son zèle.

— Et pas une seule voix discordante dans le lot !

— Pour l'instant.

— Pour l'instant, admit Drake. Borough va probablement tenir à m'assommer de cours de stratégies navales, mais les autres semblent me suivre comme un seul homme.

— Le mot « profit » a généralement cet effet-là sur les corsaires.

— Douterais-tu que de vastes possibilités de profit nous attendant à Cadix ? Il serait improbable que le *San Pedro de Marcos* se soit lancé tout seul dans la traversée de l'Atlantique. Les autres doivent être arrivés à bon port.

— Peut-être. Mais il y a le danger de se retrouver piégés dans la rade, si le vent venait à tomber.

— Bah ! Ils savent tous ce qu'ils risquent et acceptent l'aventure.

Drake pinça les lèvres et désigna Victor Bloodstone avant d'enchaîner :

— Il prétend que son grand mât était trop endommagé pour qu'il puisse venir à ton secours.

— C'est effectivement ce qu'il a dit.

Les yeux de Drake devinrent aussi froids et durs que des éclats de verre.

— Tu le confirmes ? Je veux être sûr de pouvoir compter sur chaque homme de cette flotte pour obéir strictement à mes ordres et couvrir mes arrières en cas de nécessité.

Dante détacha son regard de celui de Drake pour le reporter vers Bloodstone.

— Dans ce cas, répondit-il en avalant une nouvelle gorgée de brandy, je te suggère de toujours garder le *Talon* devant toi.

— Serais-tu en train d'insinuer… ?

— Je dis simplement que tu ferais mieux d'avoir à tes côtés un vaisseau de soutien qui, une fois ses cales pleines, ne se défile pas au premier coup de canon ennemi en se plaignant d'avaries dont nul ne peut vérifier l'existence.

Drake prit le temps de soupeser ces propos.

— Je vois, lâcha-t-il enfin sombrement. Il semblerait que tu aies montré une remarquable retenue, cousin.

— Ce doit être l'ambiance de zèle et de discipline de ton conseil de guerre qui a déteint sur moi.

— Si tu veux porter plainte…

— Je préfère la riposte aux plaintes – mais au moment que j'estimerai opportun.

— À propos… As-tu réfléchi à la proposition du capitaine Spence ?

Dante reporta son attention sur Jonas qui, entouré d'une douzaine de corsaires, répétait au moins pour la dixième fois le récit de la prise du *San Pedro*. Il avait offert de joindre ses canons à ceux de la flotte de Drake, et de le suivre à Cadix pour y servir Dieu et Sa Très Gracieuse Majesté la reine dans la mesure de ses humbles moyens.

— Qu'il profite de son présent succès, repartit Dante d'une voix égale. C'est un homme de bien, avec un navire de qualité, mais je ne vois pas l'intérêt qu'il aurait dans cette expédition.

Drake pinça les lèvres.

— C'est un homme fier.

— Sa fierté pourra parfaitement s'exprimer dès qu'il arrivera à Plymouth.

— Et ton adorable petit Cygne noir ? Que va-t-elle devenir ?

Dante poussa un soupir.

— Elle n'aura pas le choix. Elle suivra l'*Egret*.

— Quand même, nous pourrions atténuer un peu le coup... L'une de nos pinasses fuit comme une passoire. Nous aimerions la renvoyer, mais son capitaine ne veut rien entendre. Il suffirait peut-être de lui donner pour « mission » d'escorter l'*Egret* – et réciproquement. Il serait dommage de livrer une telle proie aux pirates français qui maraudent dans le golfe de Gascogne. Je vais en toucher deux mots au capitaine Spence, ajouta Drake, et lui présenter la chose comme un service personnel à me rendre.

— Je te revaudrai ça, assura Dante en inclinant légèrement le buste.

— J'y compte bien. Et avec intérêt, je te prie. Tu connais le port de Cadix, tu connais aussi ses défenses. Avec la permission de Carleill, tu vas avoir un navire pour nous ouvrir la voie.

Le lieutenant, qui avait jusqu'alors suivi la conversation sans rien dire, se mit à rougir.

— Mon vaisseau, sir, est le *Scout*. Il est petit mais solide, et est piloté à l'heure actuelle par mon frère Edward. Nous avons déjà abordé la question ensemble et considérerions comme un honneur et un privilège de vous en confier le commandement jusqu'au terme de cette expédition. Le *Scout* a… du mordant dans la riposte, sir, et saurait en remontrer à tout navire ennemi.

Dante étudia les traits tendus du jeune homme et se demanda s'il ne s'agissait pas en réalité d'un ordre de son supérieur.

Carleill dut mal interpréter son expression, car il se rembrunit.

— Ce n'est pas le *Virago*, j'en ai bien conscience, mais…

— Non, non, lieutenant, ce n'est pas du tout pour ça que je gardais le silence. Il y a juste que…

Dante s'interrompit, comprenant soudain que, dans sa position présente, Carleill risquait d'être encore plus offensé par un refus. Il lui tendit la main.

— Tout l'honneur est pour moi, Christopher, et c'est avec reconnaissance que j'accepte votre offre.

Carleill parut surpris de s'entendre appeler par son prénom, mais cette familiarité eut l'effet escompté : il se départit quelque peu de sa raideur et serra la main de Dante avec une cordialité qui n'était pas feinte.

— J'ai des hommes sur l'*Egret* qui pourraient avoir envie de se joindre à moi.

— Nous les accueillerons sans problème. Avez-vous votre propre pilote ?

Dante fut un instant pris de court.

— Non… non, il a coulé avec mon navire - paix à son âme.

— Je vous certifie que mon frère vous donnera entière satisfaction à la barre.

— Je n'en doute pas. Et je vous remercie encore une fois pour votre… générosité.

— Parfait ! s'exclama Drake en tapant sur l'épaule de Dante. Tout est donc réglé. Si vous le permettez, il ne me reste plus qu'à demander au capitaine Spence l'immense faveur dont je parlais à l'instant…

Sur ce, il se dirigea vers Jonas, qu'entourait toujours un important auditoire. Carleill resta avec Dante pour discuter avec lui du *Scout*, avant d'être interrompu par un coup de cloche donné sur le pont supérieur. Il s'excusa auprès du corsaire, tout en promettant de le présenter à son équipage dans les plus brefs délais.

Dante s'adossa à la cloison et contempla les tatouages que la tempête projetait sur les fenêtres de la galerie. Son adorable petit Cygne noir n'allait pas être contente de se voir ainsi rejetée de la fête. Il la revit soudain debout sur le gaillard d'arrière de l'*Egret*, les yeux irrités par la fumée des canons et les mains écorchées, le visage blême, et il comprit qu'il allait quand même devoir trouver un moyen de l'amadouer. Il tenait trop à sa sécurité.

Et il voulait qu'elle l'attende à la maison.

Cette pensée le surprit et lui fit froncer les sourcils. Voilà longtemps qu'il ne sentait plus chez lui nulle part, sinon à bord de son navire. Ses comptables en livrée grise ne cessaient de lui rappeler qu'il avait plusieurs foyers en Angleterre comme en France, mais pour lui c'étaient juste des châteaux froids et sinistres, entretenus avec les loyers que ses fermiers peinaient à payer… et hantés par le rire méprisant dont l'accablait autrefois son ex-épouse quand elle lui jetait à la face les preuves de son infidélité. Cependant, et curieusement, ce rire ne le hantait plus beaucoup lui-même. Il cessait même complètement d'y penser en présence de Beau, qu'elle soit alors en train de l'insulter, de se disputer avec lui ou de lui couler dans le creux de l'oreille des mots doux.

Or que ferait Isabeau d'un château français de trente pièces ?

La question lui arracha un sourire alors qu'il regardait à travers les carreaux et fouillait l'averse à la recherche de l'*Egret*.

— Le fieffé coquin, grommela Victor Bloodstone. Mais c'est qu'il se moque de moi !

Horace Lamprey suivit le regard brûlant de son capitaine et avisa Tourville dont les yeux se reflétaient dans les vitres des fenêtres de la galerie.

— Le misérable, gronda Victor. Pourquoi diable n'a-t-il pas coulé avec son navire ?

— Il aurait même pu périr avant, si son maudit cimarron n'était pas constamment en train de surveiller ses arrières : j'étais à deux doigts de lui régler son compte à Veracruz...

Bloodstone vérifia que personne ne risquait de les entendre – mais ceux qui ne parlaient pas de Cadix étaient toujours suspendus aux lèvres de Jonas Spence.

— Et maintenant il sait, pour l'or. Il a compris que nous en avons soustrait la plus grande partie à la vigilance des inspecteurs du Trésor royal.

— C'est peut-être ça qu'il veut aujourd'hui, suggéra Lamprey. Sa part du butin.

— Dante de Tourville ? Mais il est riche à millions ! Il n'a pas besoin de cet or. Non, c'est du sang qu'il veut. *Mon* sang. Et il va attendre le bon moment pour me le prendre, tel un vautour tournant au-dessus de sa proie.

— Dans ce cas, autant frapper les premiers, décréta Lamprey avant d'afficher un sourire torve. Il fait sacrément sombre, dehors. Sir Francis conseille même la plus grande prudence aux capitaines qui regagnent leurs navires. On pourrait facilement trébucher sous ce déluge et s'assommer, avant de glisser à l'eau sans que personne le remarque.

Bloodstone riva les yeux aux iris bruns de son second et, après un instant de réflexion, hocha lentement la tête.

— Je m'apprêtais justement à partir.

— Bien, monsieur. Arrangez-vous seulement pour que sir Francis et les autres remarquent votre départ.

— Et vous, arrangez-vous pour *ne pas* vous faire remarquer.

— Comme je le disais, monsieur, il fait sacrément sombre dehors...

24

Il pleuvait à seaux. Seuls les marins de quart ou ceux qui appréciaient une bonne douche froide osaient se risquer hors des abris. L'épais et constant rideau de pluie masquait tous les galions, à l'exception des plus proches – et encore ne distinguait-on de leurs feux que les taches jaunâtres des lanternes de poupe.

Beau s'était réfugiée dans sa cabine. Voilà des heures qu'elle s'était débarrassée de ses pistolets qui s'étaient mouillés ainsi que de son épée qui la gênait dans ses mouvements en lui frappant la cuisse à chacun de ses pas. De même avait-elle ôté ses bottes, devenues des baquets, pour marcher pieds nus.

Dante et Spence étaient absents depuis des heures. Cinq, précisément. Elle ne savait combien de temps était censé durer un conseil de guerre, mais plus leur absence se prolongeait, plus elle craignait qu'ils n'aient eu des ennuis. Elle montait donc régulièrement sur le pont. Par deux fois, elle avait croisé Geoffrey Pitt sur le gaillard d'avant où il se tenait les mains en visière, trempé jusqu'aux os.

Heureusement, il n'y avait pas trop de vent et, plus heureusement encore, pas d'éclairs. Il n'y avait que le crépitement assourdissant des milliards de gouttes qui flagellaient sans relâche la surface des flots. Plus tôt, dans les instants tendus qui avaient précédé la tempête, l'*Egret* – ainsi que tous les navires de la flotte de Drake – avait eu la pointe de ses mâts et les extrémités de ses vergues environnées par le halo dansant, blanc bleuté, des feux Saint-Elme. Beau n'avait assisté à ce phénomène qu'une seule fois auparavant et l'avait contemplé avec autant d'ébahissement que ses camarades. Elle ne doutait pas que Drake y voie un signe de bon augure et s'en serve pour persuader les capitaines de sa flotte que Dieu bénissait leur expédition. Elle savait cependant que certains vieux loups de mer considéraient ces manifestations lumineuses comme l'œuvre du Malin et, avec le *Talon* rôdant quelque part dans les ténèbres, elle avait tendance à partager leurs superstitions.

— Redescendez donc, ou vous allez attraper la mort !

Beau sursauta, avant de reconnaître la silhouette de Pitt qui montait derrière elle sur le gaillard d'avant. C'était la troisième fois qu'elle quittait sa cabine, et la troisième fois que Pitt lui lançait le même avertissement. Il semblait à moitié saturé d'eau, avec ses cheveux jaunes plaqués sur le front et ses habits qui l'enveloppaient comme un suaire tout plissé.

— C'est de la folie de sortir par un temps pareil ! répéta-t-il aussi.

— Vous y voyez quelque chose ? demanda-t-elle.

Il scruta le néant humide qui les environnait et secoua la tête.

— Nous pourrions dériver vers la gueule d'une baleine géante sans même le savoir.

Ce n'était pas la réponse qu'elle avait envie d'entendre. Leurs lanternes crachotaient et vacillaient en lâchant des nuages de vapeur qui voilaient leur clarté, mais n'en projetaient pas moins suffisamment de lumière pour éclairer le visage de la jeune femme et montrer son inquiétude au second de Dante.

— Tout va bien se passer, assura-t-il. Si Simon était parti avec des intentions belliqueuses, il aurait ouvert tout de suite les hostilités. Nous aurions entendu le tocsin ou vu des fanaux d'alerte... Allons, redescendez, Beau. Je suis sûr qu'il viendra vous voir dès son retour.

Beau cilla sous la pluie et le dévisagea un moment.

— Il y a juste que... je ne m'attendais pas à me faire autant de souci.

— Aucun de nous ne s'y attend, avant que ça n'arrive.

— Mais... je n'ai jamais *voulu* que ça arrive. Une partie de moi s'y refuse toujours. Une partie de moi aspire à ce que tout redevienne simple comme avant... avant que...

Elle se tut, incapable d'aller plus loin – ni même de savoir ce qu'elle s'apprêtait à dire.

La voyant trembler, Pitt la prit par les épaules et l'attira contre lui.

— Je suis vraiment désolé, Beau, mais quand on aime un homme comme Simon Dante, rien n'est plus jamais simple.

Beau releva les yeux vers lui, mais s'abstint de nier l'évidence.

— Rien du tout ? demanda-t-elle d'une petite voix.

— Non, rien du tout. Mais si cela peut vous consoler, sachez que vous avez réussi à bouleverser sa propre vie. Il est juste trop fier pour l'admettre.

— Pour ma part, confessa-t-elle sur un ton pitoyable, je serais prête à tous les aveux, si seulement il me revenait.

— Il va vous revenir, je vous le garantis.

Beau ferma brièvement les paupières, avant de s'écarter de Pitt et de lui toucher le bras pour le remercier. Elle allait redescendre l'échelle menant au pont, quand elle crut discerner un mouvement près de la coupée. Elle se figea, son pied nu posé sur le premier échelon, en voyant une ombre immense s'élever au-dessus du pont, avant de se tasser sur elle-même. Elle ouvrait la bouche pour crier quand la lumière vacillante des lanternes jeta un reflet sur la lame incurvée de l'un des cimeterres que Lucifer portait dans le dos.

— Monsieur Pitt, ils sont rentrés !

— Je suis là, dit-il juste derrière elle.

Il bondit par-dessus la rambarde pour atterrir sur le pont.

Lucifer salua son camarade d'un grognement. Penché vers la mer, il était en train de hisser quelque chose. La jeune femme retint son souffle et porta une main à ses lèvres en avisant la silhouette humaine qui était ainsi tractée. Elle courut les rejoindre et posa la tête de l'inanimé sur ses genoux. Il avait les yeux fermés et la bouche molle, mais la chaleur des cuisses de Beau dut le réveiller, car il rouvrit les paupières et la scruta d'un œil trouble.

— « Et c'était une jolie gamine, une jolie gamine qui me tendait la main... », chantonna-t-il d'une voix traînante. Eh, mais c'est toi, Beau ? C'est toi, ma fille ?

— Père ?

— Lui-même en personne, foutre Dieu !

Elle s'assit sur les talons, repoussée par les effluves d'alcool que charriait l'haleine de Jonas Spence.

— Tu es soûl.

— Comme d'habitude ! rétorqua-t-il en laissant retomber la tête sur le giron de la jeune femme. Et trop inutile pour présenter le moindre intérêt aux yeux de Drake et sa clique, semble-t-il. Car le Dragon nous renvoie dans nos foyers, rien de moins ! Il prétend qu'on lui rendrait service en ramenant à bon port une de ses pinasses qui fuit... Une pinasse, tu parles ! Voilà à quoi on réduit l'*Egret* : servir d'escorte à une barque qui prend l'eau.

Beau releva les yeux vers Lucifer.

— Mais de quoi parle-t-il ? Que s'est-il passé ?

— Ce qui s'est passé, répondit une voix depuis la coupée, c'est que nous avons eu un mal fou à le descendre dans la chaloupe, et plus de mal encore à retrouver notre chemin sous ce déluge.

Dante, dont la tête arrivait au niveau du pont, poussa un soupir excédé et tendit la main à la jeune femme.

— Tu m'aides ?

Beau s'empressa de le rejoindre.

— Nous étions à demi morts d'inquiétude, Pitt et moi. On n'a pas arrêté de vous attendre, dans le froid et sous la pluie, en craignant que le pire soit arrivé !

Dante laissa retomber sa main en soupirant de nouveau, avant de se hisser par l'échelle de coupée.

— Figure-toi que ça a failli être le cas. Je n'ai pas vu une bôme m'arriver en pleine figure. Il faut dire qu'il faisait noir comme dans l'âme d'un Inquisiteur… Bref : Lucifer, lui, a repéré le mouvement de l'espar et l'a repoussé en arrière avant qu'il ne m'atteigne.

— Retour à l'envoyeur ? s'enquit Pitt.

— Peut-être, mais nous avions alors les mains trop occupées par Spence pour le vérifier, répondit Dante avant de se retourner vers la jeune femme. Je suis désolé que ton père ait bu autant, mais il a mal pris la demande de sir Francis de raccompagner en Angleterre un de ses navires, endommagé.

— Je suppose que tu as tout fait pour que ton cousin revienne sur sa décision ?

— Il se trouve que je l'approuve, repartit Dante calmement, et cela pour les raisons que j'ai déjà évoquées avec toi. Et aussi pour quelques autres motifs dont j'ai pu omettre de te parler.

Debout sous la pluie glacée, Beau foudroya le corsaire du regard en serrant les poings.

— Tes raisons ne m'intéressent pas.

Elle pivota sur elle-même et courut vers l'écoutille. Elle jura en se cognant un orteil contre une marche de l'escalier, et recommença en claquant la porte de sa cabine derrière elle. Elle fit deux allers-retours en boitillant dans la pièce, avant de songer à aller tirer le verrou - trop tard : Dante s'engouffrait dans la pièce comme une bourrasque, projetant des gouttes d'eau sur le plancher.

— Mes raisons ne t'intéressent peut-être pas, mais tu vas les entendre quand même.

En guise de réponse, elle lui tourna le dos.

Dante tendit la main vers elle, puis se ravisa et passa les doigts dans les mèches lourdes et humides de sa chevelure.

— N'es-tu pas au moins *intéressée* de savoir si j'ai vu Victor Bloodstone ?

— Je suppose que c'est lui qui a tenté de t'assommer avec cette bôme.

— En fait, non. Il était déjà reparti depuis longtemps sur son navire à ce moment-là.

— Reparti ? répéta-t-elle en tournant à peine la tête vers lui. Tu ne l'as donc pas tué ?

— Non, je ne l'ai pas tué. Je me suis tenu tout près de lui, mais je ne l'ai pas tué. Ce n'est pas l'envie qui m'en a manqué, mais chaque fois j'entendais ta voix me répéter : « Ne commets pas de folie. Ne commets pas de folie... »

— Comme si tu m'avais jamais écoutée, jusqu'à maintenant...

Dante ouvrit la bouche pour répliquer, mais les mots restèrent coincés dans sa gorge. Il rabaissa la main qu'il était en train de passer dans ses cheveux.

— Avant de monter sur ce navire, répondit-il finalement, je pensais ne plus pouvoir éprouver autre chose que de la haine – un désir de revanche si fort et brûlant qu'il me consumait tout entier, cœur et âme. J'avais l'impression que plus rien de doux ni de beau ne pourrait me toucher. Plus jamais. Et puis ce soir...

Il s'interrompit pour prendre une profonde inspiration.

— Quand j'ai vu Bloodstone, l'envie, le *besoin* de me venger était toujours là, en moi... mais je ressentais un besoin tout aussi fort de revenir ici, de sentir tes bras m'étreindre et m'emporter dans un monde de douceur, un monde de beauté...

Il contempla les épaules raides de la jeune femme, ses poings blanchis à force d'être serrés, et baissa encore la voix d'un cran.

— Un monde de sécurité. Et si je ne sais pas trouver les mots justes pour exprimer les sentiments que ça m'inspire, c'est parce que... parce que je n'imaginais plus avoir l'occasion un jour de les prononcer.

Les épaules de Beau s'affaissèrent, tandis que sa colère se libérait d'elle dans un soupir tremblé. Elle porta une main à sa joue pour écarter une boucle humide de son visage et, quand elle se retourna, ses grands yeux sombres luisaient à la lueur de la bougie.

— J'espère... que tu n'es pas en train de me dire...

— Que je t'aime ? Si, très chère demoiselle, je le crains. Et je crains aussi que ce ne soit pas que des mots.

Elle le dévisagea un long moment, puis courba la nuque et secoua la tête.

— C'est impossible, tu ne peux pas...

Il eut un haussement de sourcils.

— Et pourquoi cela, je te prie ?

— Parce que... parce que c'est injuste, murmura-t-elle. Comment puis-je te détester si tu me tiens des propos pareils ?

Il franchit la distance qui les séparait et prit le visage de Beau dans le creux de ses paumes. Il le tint ainsi le temps de chuchoter son nom, puis il déposa un baiser sur la tempe de la jeune femme, ses yeux, ses joues et la commissure de ses lèvres. Enivrée par l'ardeur de ses caresses, elle le laissa approfondir leur baiser et prendre possession de sa bouche, de son souffle, de sa chair.

— Je te déteste quand même, tu sais, hoqueta-t-elle.

Tout en parlant, elle lui enlaça les épaules et il la pressa en retour contre lui. Elle se sentit soulevée de terre et tourna dans les bras de Dante une fois, deux fois, avant qu'il ne la repose sur le plancher. Les mains du corsaire remontèrent sur sa taille et elle perçut un bruit de déchirure. Elle se retint à grand-peine de lui reprocher son impatience tandis qu'il grommelait de vagues excuses. Cependant, sa bouche se faisait toujours plus vorace et insistante, si bien que la patience devint bientôt le cadet des soucis de la jeune femme.

Il la dépouilla de sa chemise, puis de sa culotte, et ses lèvres prirent le chemin de ses doigts, semant sur sa peau nue une traînée de baisers enflammés. Le sang battait furieusement aux tempes du corsaire et lui mettait les nerfs à vif. Il se redressa pour se déshabiller à son tour, mais Beau se jetait déjà sur ses vêtements.

Elle saisit sa chemise par le col entrouvert et la déchira jusqu'à la taille. Elle s'attaqua ensuite à la boucle de son ceinturon qui heurta le plancher, puis elle agrippa le bord de ses chausses. L'enveloppe de laine, gonflée d'eau, se mit d'abord en tête de lui résister. Beau se détacha de la bouche de Dante et se laissa choir à genoux, entraînant avec elle le tissu récalcitrant qui finit par tomber aux pieds du corsaire.

Elle saisit ensuite à pleines paumes la lourde hampe de chair qui se tendait vers elle et en mouilla l'extrémité soyeuse d'une langue avide. Dante jura en enfonçant les doigts dans la chevelure de la jeune femme, soucieux de l'écarter avant qu'il ne soit trop tard... mais elle travailla si habilement sa chair des mains et des lèvres qu'il put juste gémir de plaisir.

Sentant l'explosion arriver, il rassembla le peu de forces qui lui restaient pour emporter Beau sur le lit.

— Et c'est toi qui m'accusais d'être déloyal ? lâcha-t-il dans un souffle.

Sans autre préambule, il enfouit le visage entre les cuisses de la belle. Elle voulut se redresser, mais il n'était pas décidé à la lâcher : sans cesser de pétrir son ventre et ses seins, il se mit à la lécher avec fièvre, jusqu'à ce qu'elle commence à haleter bruyamment. Il se releva alors et, incapable de se retenir plus longtemps, s'enfonça enfin dans la gloire chaude et moite de sa féminité...

— Tu as besoin de moi, lui chuchota-t-elle une demi-heure plus tard à l'oreille. Avoue-le.

— Je n'avoue rien du tout, grommela-t-il.

— Tu ne connais pas cet Edward Carleill. Tu ne sais pas ce qu'il vaut comme pilote. Tu ne sais même pas ce que vaut leur navire. Tu as besoin de moi, Simon Dante, et par Dieu…

Elle referma la bouche sur l'un de ses tétons qu'elle agaça de la langue, jusqu'à ce qu'il étouffe un juron.

— … j'ai bien l'intention de te le faire admettre !

— Mais je l'admets volontiers, ma damoiselle. J'ai besoin de toi. Oui, j'ai besoin de toi.

Il inséra les doigts dans les boucles châtains de la jeune femme et leva son visage vers le sien.

— J'ai *besoin* de toi. Mais pas sur le *Scout*. Ce serait trop dangereux.

Beau se redressa pour enfourcher les cuisses du corsaire, son sexe pris en elle jusqu'à la garde.

— Après tout ce que mon père et moi avons fait pour toi, comment peux-tu laisser Drake nous renvoyer à la niche avec une tape sur la tête ?

— Tu rentres avec les cales pleines de butin.

— Au diable le butin ! rétorqua-t-elle en projetant le ventre en avant.

Il jura de nouveau et roula la tête sur le côté. Si le lit avait été plus large de seulement quelques centimètres, il aurait pu renverser la jeune femme et inverser leurs positions – et alors, elle aurait compris sa douleur, la coquine ! Mais elle agrippait fermement ses hanches entre ses genoux et, lorsqu'il souleva le bassin, elle saisit une poutre au-dessus de sa tête et s'en servit comme point d'appui pour lui opposer une poussée contraire.

Elle lui prit le menton dans le creux de sa paume et le força à la regarder.

— Tu m'as dit que c'était peut-être les hommes de Bloodstone qui ont tenté de t'assommer avec cette bôme, tout à l'heure, sur le *Bonaventure*.

— Je n'ai jamais rien dit de pareil ! protesta-t-il.

— Alors tu l'as pensé très fort, c'est tout comme. Or s'il a osé te tendre un traquenard sur le vaisseau amiral de la flotte de Drake, de quoi sera-t-il capable durant les combats, à la faveur de l'agitation et de la fumée ?

Il lui crocheta la nuque et baissa son visage vers le sien pour l'embrasser avec une telle ferveur qu'elle en eut le souffle coupé.

— Je ne le quitterai pas des yeux, promit-il en la relâchant.

Un peu haletante, Beau peigna des doigts les boucles de sa toison pectorale et se mit à palper chaque muscle de son torse, chaque méplat de son ventre, sans cesser de remuer le bassin, autant pour tester les limites de Dante que les siennes. Elle s'arrêta juste au moment où elle sentit qu'elle avait surestimé sa propre endurance.

— Nous pourrions décharger une partie de notre or sur la pinasse qui, de toute façon, doit retourner en Angleterre, proposa-t-elle en s'efforçant de présenter des arguments recevables par la logique masculine de son partenaire.

— La pinasse s'en va, l'*Egret* s'en va, et tu t'en vas avec eux. Et s'il y a quelque chose à décharger ici, ma damoiselle, ajouta-t-il en prenant sa poitrine en coupe dans ses mains avant d'en taquiner les tétons roses et durs, c'est toi, car tu es en train de nous causer de sérieuses avaries !

Elle tendit un bras en arrière pour lui chatouiller l'intérieur des cuisses du bout des ongles et le sentit se raidir en elle. Elle réprima un soupir de satisfaction.

— Alors comme ça, je suis une charge ? murmura-t-elle en lui pinçant doucement les bourses.

Il inspira sèchement avant de lâcher un juron à mi-voix et lui attrapa la taille pour la soulever et lui assener deux ou trois poussées avant qu'elle ne reprenne le contrôle de leurs étreintes.

— Non, tu n'es pas une charge, assura-t-il dans un hoquet d'extase contrariée. Mais tu pourrais représenter une dangereuse distraction durant les combats. J'aurais tendance à me soucier de toi plus que de l'ennemi, à m'inquiéter de ce qui risquerait de t'arriver si je te quittais des yeux un seul instant. Tu as vu à quelle vitesse une situation est capable de se retourner dans une bataille. Ton père a bien failli perdre sa jambe valide, l'autre fois. Enfin quoi, Isabeau, ajouta-t-il en lui caressant les bras, tu ne peux quand même me reprocher de veiller à ta sécurité !

Elle se pencha résolument vers lui en s'appuyant sur le matelas de part et d'autre de sa tête, ses yeux à deux doigts des siens.

— Personne n'avait besoin de veiller sur moi avant que tu ne déboules dans ma vie, capitaine, et pourtant je suis tout ce qu'il y a de plus vivante.

Elle perçut les palpitations de sa chair en elle.

— Oh, oui ! acquiesça-t-il.

— D'un autre côté, j'ai vu comment toi, tu te comportais dans un combat, et tu montres une témérité insensée en ne cessant de prendre des risques inutiles.

— Je te promets d'être un modèle de prudence.

— Tu joues à des jeux dangereux avec des navires dont tu ne connais pas les limites.

— Je me tiendrai à un kilomètre de l'action et me contenterai de faire des ronds dans l'eau avec mes boulets... C'est ça que tu veux ?

Un frisson fit baisser le regard de la jeune femme vers la source de tous ses problèmes : la bouche du corsaire.

— Ce que je veux, c'est que tu me fasses confiance.

— C'est déjà le cas.

— Totalement.

— Je m'y efforce, crois-moi. Mais ce que tu me demandes là, c'est de faire abstraction de toutes les lois et les règles qui ont gouverné mon existence jusqu'à présent. Il va me falloir... un peu plus de temps.

— Combien, au juste ?

Il la sonda si intensément du regard qu'elle eut l'impression de le sentir se glisser en elle – ce qui, en un sens, était bel et bien le cas.

— Le reste de nos jours, ça t'irait ?

Elle expira lentement. Il en profita pour lui saisir les hanches et entreprit de lui offrir du plaisir avec autant de passion qu'il en mettait à la manipuler avec des mots.

La jouissance monta en elle en spirales sombres et impétueuses qu'elle ne pouvait plus contenir. Elle ne s'y serait d'ailleurs pas risquée. Elle n'était même pas sûre d'avoir marqué le moindre point dans cette discussion. Mais il serait toujours temps de la reprendre plus tard. Pour le moment, il lui suffisait de se laisser emporter par la vague de volupté qui les submergeait tous deux, d'entendre Dante crier son nom et de sentir la puissance vibrante de son plaisir combler les béances de son cœur.

25

Spence réapparut sur le pont, le lendemain matin, avec un crâne aussi plein qu'un mât, la langue tapissée de poils et l'impression que le pied qu'il avait perdu dix ans auparavant dans les Indes occidentales lui procurait autant de picotements que s'il était posé sur un nid de fourmis rouges. En bref, il n'était pas content, et quand Jonas Spence n'était pas content, il veillait à ce que tout l'équipage partage sa mauvaise humeur. Même Spit McCutcheon semblait aussi nerveux qu'un chat dont on aurait passé le dessous de la queue à l'essence de térébenthine.

Beau, pour sa part, avait épuisé ses réserves de patience. Elle n'avait dormi qu'un bref moment au cours de la nuit, et il avait naturellement fallu que ce moment survienne juste avant l'aurore. Quand elle s'était réveillée en sursaut, la plupart des hommes de Dante étaient déjà passés sur le *Scout*, et le corsaire les aurait très certainement suivis sans autre forme de cérémonie si elle n'était arrivée à temps sur le pont.

L'ardeur, la passion, les promesses poignantes de lendemains heureux échangées dans la pénombre de sa cabine – tout cela avait disparu pour faire place à la réalité nue : il partait en la laissant en arrière, et le « reste de nos jours » prenait un sens lugubre dans la grisaille réfrigérante du petit matin.

Son moral ne remonta guère lorsqu'elle avisa le *Scout* à quelques encablures de l'*Egret*.

C'était un vaisseau de piètre apparence, plus petit que l'*Egret*, jaugeant peut-être une centaine de tonneaux et doté de huit couleuvrines et six fauconneaux. Cet armement était relativement adapté à la taille comme au profil du navire, mais en rien comparable à celui que Dante était habitué à manipuler sur le *Virago*, puis sur l'*Egret* quand il y avait transféré ses demis. Avec des pièces d'aussi petits calibres, il allait être *obligé* de se tenir à l'écart des combats et d'attendre que les plus grosses embarcations de la flotte aient attendri les flancs de l'ennemi.

Beau ne put s'empêcher d'en éprouver du soulagement et une certaine satisfaction perverse, avant de se rappeler brusquement que le *Talon* était également de la partie avec ses gros demi-canons, et qu'il était commandé par un homme qui ne reculerait sans doute devant rien pour se débarrasser définitivement de Dante de Tourville. Or les combats étaient l'occasion idéale pour cela, avec la confusion, le bruit et la fumée qui y régnaient.

Les autres navires de l'expédition étaient déjà loin sur l'horizon et cinglaient toutes voiles dehors pour profiter de la brise matinale, certains que le Loup des Mers n'aurait aucun mal à les rattraper un peu plus tard. Le *Talon* avait été l'un des derniers vaisseaux du convoi à appareiller, comme pour provoquer le nouveau capitaine du *Scout*. En le voyant passer tout près de l'*Egret* dans sa robe gris souris et ses draperies de toile sale, Beau faillit charger elle-même l'un des énormes demis pour envoyer le traître par le fond avec tout son équipage.

Elle mourait également d'envie de braquer un pistolet sur la tempe de Dante. Il avait l'air de ne pas avoir trop dormi, lui non plus, ce qui ne l'étonna pas vraiment. Il paraissait irascible et avait tendance à grincer des dents à chaque mot. Beau le laissa donc se charger du monologue succinct auquel se résumèrent leurs adieux, se contentant de le foudroyer du regard pendant que Spence, McCutcheon, Cuthbert et la plupart des autres marins de l'*Egret* observaient un silence renfrogné à côté d'eux. Pas un vivat ne salua l'embarquement du dernier homme du *Virago* dans la chaloupe. Pas un seul sourire n'accompagna leur départ vers le *Scout*.

La pinasse prétendument percée et baptisée *Squirrel* était un petit navire de vingt tonneaux avec deux mâts et des bancs de nage en plus de sa voilure. Elle transportait un équipage de dix-huit hommes. Dépourvue d'artillerie lourde, elle n'en était pas moins munie de pièces de chasse et de retraite, ainsi que d'une double rangée de fauconneaux. Ce genre de vaisseau était particulièrement prisé des contrebandiers pour sa rapidité, et par les officiers de marine pour son habileté à manœuvrer d'un navire de guerre à l'autre et transmettre efficacement ordres et messages dans la confusion des combats. Pour l'instant, le *Squirrel* était niché contre le flanc de l'*Egret* et tintait gaiement de toutes ses écoutes sous la brise matinale. Son capitaine les saluait d'un grand sourire, visiblement heureux de pouvoir rentrer à la maison.

En guise de réponse, Spit McCutcheon envoya un crachat qui aurait atterri sur la tête de l'officier si celui-ci ne s'était écarté à temps.

— Marins d'eau douce, grommela-t-il. Je te dresserais ça à la baguette, moi...

Spence émit un reniflement moqueur, tout en suivant du regard la chaloupe du *Scout*. Il écarquilla soudain les yeux.

— Qu'est-ce que Yarwood fiche là-bas ? Et Loftus ?

— Ils avaient envie d'étriper de l'Espingouin, répondit Spit. Et ce n'est pas moi qui allais les en empêcher. En fait, tout l'équipage voulait se battre, mais ils n'avaient de place là-bas que pour deux de nos hommes. D'ailleurs, vous avez peut-être remarqué les traces de coups sur le visage de Yarwood : pour gagner le droit de monter sur le *Scout*, il a dû vaincre à la bagarre une douzaine de ses camarades.

Spence grogna et secoua la tête tandis que le *Scout* déployait ses voiles. Les toiles pleines de pluie douchèrent les marins en contrebas en se gonflant sous le vent.

— C'est pas du boulot, ça, remarqua Spit avec dédain. Les voiles sont trop lâches. Il faudrait resserrer leurs écoutes, par un vent pareil.

— Je serais hélas prête à parier que M. Carleill n'était jamais sorti de la Manche auparavant, intervint Beau en les rejoignant. S'il continue à piloter ce navire n'importe comment, Dante va le donner à manger à Lucifer !

— Essaie donc de sourire un peu moins en disant ça, ma petite, lui conseilla Spence en se renfrognant. Tu risques de porter la poisse à ce pauvre garçon.

— Je crains qu'on ne leur ait déjà jeté un sort, répliqua-t-elle. Vous avez vu comme le *Talon* nous a frôlés ? On aurait dit un bâtard s'esquivant de l'arrière-boutique d'un charcutier.

— Ouais. Spit a même pensé un moment qu'il venait nous renifler les chausses.

— Ah oui ? Pourquoi ça ?

Spit se pencha pour regarder la jeune femme par-delà la bedaine de son père.

— Aurais-tu déjà oublié le contenu de nos cales ?

— Non, du tout, mais je le vois mal abandonner les autres pour venir nous détrousser. En plus, Dante doit le tenir à l'œil. Et puis, normalement, un gros butin les attend à Cadix.

— Ouais, grommela Spence. Cadix...

— Pari risqué, marmonna Spit. Mais Dieu les bénisse tous pour avoir le cran de tenter l'aventure.

— À vingt navires contre cinquante ? Ça s'annonce mal.

— Pas forcément, *señor*, objecta une petite voix derrière eux.

Les deux hommes et la jeune femme se tournèrent d'un bloc. Il fallut un moment à Beau pour reconnaître leur ancien otage, la « duchesse » s'étant débarrassée de ses toilettes onéreuses et de leurs encombrantes armatures. Elle portait une chemise d'homme qu'elle avait dû emprunter à Pitt, ainsi qu'une culotte de toile beaucoup trop grande pour elle, retenue à la taille par une longueur de jute tressée. Elle avait les yeux cernés et gonflés, le nez rougi et les traits aussi pâles qu'un drap fraîchement lavé. Plus aucune boucle n'encadrait son visage ; ses cheveux étaient peignés en arrière et noués en une tresse semblable à celle de Beau.

— La plupart des navires à Cadix ont été réquisitionnés par le gouverneur de la province qui leur a enlevé leurs voiles et leurs canons le temps de leur trouver des équipages, afin de les empêcher de quitter le port et de déserter la Marine royale.

— D'où diable tenez-vous ces renseignements, ma petite ? questionna Spence.

— Je suis une servante, *señor*. La duchesse et son mari ne faisaient pas attention à moi quand ils discutaient entre eux.

— En avez-vous parlé à Pitt ? s'enquit Beau.

— Des navires ? Oui, *señora*. Et aussi des canons et des filets qui peuvent être tendus en travers du passage qui mène au bassin intérieur.

— Des canons ? Des filets ?

— Les canons sur les remparts du château. Ils sont très vieux et sont fixés sur place. Ils ne peuvent viser que le centre de la rade. Et le filet est tiré par deux galères, qu'on coule ensuite pour fermer l'entrée du bassin.

— Et Drake va savoir tout ceci avant de lancer son attaque ? demanda Spence avec animation.

Christiana baissa les yeux, sans doute bourrelée par le regret d'avoir trahi sa patrie, mais quand elle redressa la tête, ce fut avec un air de défi qu'elle affronta le froncement de sourcils intrigué de Beau.

— Je voulais que le *señor* Pitt me soit reconnaissant, avoua-t-elle simplement. Je voulais qu'il m'emmène, mais il a dit non, non et non.

— C'est une plaie assez répandue en ce moment, grommela Spit.

— Il veut se marier avec moi et je veux me marier avec lui, mais nous ne sommes pas encore mariés et il ne devrait pas avoir le droit de me dicter ma conduite.

Depuis que la jeune femme était à leur bord, Beau estimait qu'elle ne devait pas lui avoir dit plus de deux ou trois mots, et elle la contemplait maintenant avec stupéfaction.

— Elle a raison, déclara-t-elle avant de se tourner vers son père. Elle a entièrement raison, tu sais.

Les deux regards de tigre se nouèrent un moment sans un mot, jusqu'à ce que Spit intervienne en grognant.

— Doux Jésus… Ne me dites pas que vous êtes en train de penser à ce que je crois que vous êtes en train de penser ?

Spence plissa les paupières.

— Je me disais juste que… parfois, il faut tenir compte du pavillon tout en haut de notre mât. C'est le drapeau anglais. Or l'Angleterre est en détresse et cela implique, selon moi, que nous devrions l'aider de notre mieux, au lieu de nous défiler la queue entre les jambes. Qu'en dis-tu, ma fille ?

— J'en dis que c'est effectivement une tristesse d'entendre Jonas Spence se faire dicter sa conduite.

Le vieux capitaine prit une profonde inspiration qui gonfla son torse.

— C'est entendu, alors ! Mais j'aimerais d'abord consulter nos hommes. Ils ont mérité de rentrer à la maison avec leur or durement gagné – s'ils le souhaitent.

— Très bien. Posons-leur la question et voyons ce qu'ils en pensent.

Troisième partie

Cadix

26

Simon Dante eut très vite des doutes quant à la fiabilité du *Scout*. C'était un navire censé avoir été conçu pour la vitesse et le louvoiement, or ses mâts présentaient des faiblesses évidentes et son gouvernail répondait trop lentement aux manœuvres de la barre.

Les canons étaient de calibres et de qualités différents, la plupart portant la marque d'une fonderie italienne, d'autres celle d'une fonderie anglaise ou espagnole. Pitt avait insisté pour les tester avec des boulets, malgré l'opposition véhémente du jeune Carleill qui désapprouvait un tel gâchis de munitions. Pitt n'aimait pas trop le style italien de leur fabrication, qui consistait en l'assemblage de plaques de fer incurvées, maintenues ensemble par des anneaux, qui étaient ensuite rivetées dans la rigole des affûts. Deux de ces couleuvrines bricolées semblaient d'ailleurs hors d'usage et s'étaient démantibulées dès le premier coup. Il put récupérer leurs pièces pour en faire une bouche à feu utilisable, mais dut jeter à la mer l'un des fauconneaux. Quant à la poudre, il fallut la remoudre pour la rendre plus fine et la sortir des cales pour la mettre à sécher au soleil.

Le *Scout* n'en restait pas moins une embarcation qui flottait, et Dante avait récupéré un commandement. Il mit à profit les deux semaines de trajet pour peaufiner la formation des artilleurs et gabiers, et les habituer à réagir promptement à ses ordres. Ainsi, à n'importe quelle heure du jour ou de la nuit, un soudain roulement de tambour pouvait-il battre le rappel de l'équipage qui, sitôt arraché de son hamac, devait s'emparer de coutelas, mousquets et pics avant de monter sur le pont pour s'entraîner au combat rapproché. Lucifer était responsable de ces exercices d'alerte et, durant ces deux semaines, il réussit à inculquer un semblant de discipline et de qualités combatives chez les marins du *Scout*.

Dans sa hâte de gagner Cadix, Drake ne voulait plus perdre de temps en discussions. Il était tout entier tendu vers l'action et, dès l'avant-dernier jour du mois d'avril, aux premières lueurs de l'aube, la flotte se retrouva alignée en bon ordre devant Sanlúcar de Barrameda, à une trentaine de kilomètres au nord de Cadix.

À midi, il convoqua ses capitaines à bord de l'*Elizabeth Bonaventure* pour un ultime conseil de guerre et leur signifia ce qu'il attendait d'eux.

— Le vent est avec nous, le soleil dans notre dos et, par la grâce de Dieu, nous devrions avoir capturé la majeure partie de la ville de Cadix avant la nuit.

Il ordonna que les pavillons soient baissés pour éviter que la nationalité de la flotte soit identifiée par l'ennemi. Il invita ensuite Dante à leur décrire une dernière fois, de manière aussi détaillée que possible, la configuration de la rade ainsi que son système de défense. Moins d'une heure plus tard, les navires anglais reprenaient leur route, leurs ponts en ordre de bataille et leurs chirurgiens prêts à agir avec leurs scies, leurs pinces et leurs rouleaux de bandage.

Sur le *Scout*, Dante eut le plaisir amer de voir le quatuor des galions les plus véloces de Sa Majesté prendre la tête du convoi. Le *Scout* n'était cependant pas le seul à suivre le gros de la flotte, la plupart des navires corsaires voguant de concert avec lui. Parmi eux se trouvait le *Talon* de Victor Bloodstone qui, par hasard ou intentionnellement, serrait constamment le *Scout* par tribord arrière. Dans leur sillage s'alignaient les cinq pinasses restantes, qui peinaient à négocier les remous provoqués par la flotte et ne cessaient de louvoyer pour franchir les hautes vagues de traîne.

Dante observait leurs manœuvres laborieuses depuis l'arrière, quand Pitt le rejoignit.

— Tout est paré, annonça-t-il.

Dante hocha lentement la tête, avant de reporter son regard vers l'horizon.

— Il est toujours là ? demanda son second.

Le soleil éclatant arrachait des reflets à la moindre projection d'écume, lui donnant l'allure d'une voilure lointaine, mais depuis trois jours, chaque matin et chaque soir, une présence subtile semblait apparaître au ras des flots, une blancheur à peine visible qui hantait les nuits du corsaire.

Dante avait d'abord songé à un *zabra* espagnol ou un *urca* portugais puis, après avoir consulté Carleill et Pitt, il avait pensé à un ravitailleur, voire à un bâtiment de charge ralliant Cadix pour y être radoubé. En fait, ce pouvait être n'importe lequel des milliers de navires qui franchissaient régulièrement les portes de la Méditerranée dans un sens ou dans l'autre. Pour autant, et cela dès le premier jour, Dante et son second avaient échangé un regard entendu.

— Vous ne supposez quand même pas…, avait articulé Pitt.

— Si c'est le cas, avait répliqué Dante sur un ton lourd de menaces, je la tuerai de mes propres mains !

Les deux hommes avaient reporté un regard incrédule sur la vague moucheture qui dépassait de l'horizon, mais trois jours plus tard elle était encore là, à distance, et n'avait pas dévié de sa course qui apparemment se confondait avec la leur, si bien qu'ils durent se rendre à l'évidence : il y avait de fortes chances que ce soit l'*Egret*.

— Elle va avoir droit à une belle correction, grommela Dante en bougeant à peine les lèvres. Je vais l'étrangler jusqu'à ce que mort s'ensuive !

— Peut-être que ce n'est pas eux mais, comme l'a suggéré Carleill, un pêcheur qui rentre à Cadix et préfère ne pas trop s'approcher d'une flotte aussi imposante ?

Dante scruta le vert de l'océan, avant de plonger les yeux dans les iris verts de Pitt.

Aucun d'eux ne croyait à cette hypothèse.

Vers quatre heures de l'après-midi, le grand promontoire de calcaire sur lequel était bâti Cadix surgit de la mer. La rade qui s'ouvrait derrière était hérissée d'une forêt de mâts et de gréements. Drake engagea résolument ses galions dans la baie. Deux grandes galères quittèrent aussitôt le port de Sainte-Marie, à l'autre bout de la rade, pour venir lui demander ses intentions. C'étaient des embarcations à faible tirant d'eau propulsées à la rame qui, dès les premiers coups de semonce lancés par le *Bonaventure*, décampèrent sans demander leur reste vers le passage garni d'écueils où elles savaient que les gros galions ne pourraient les suivre.

Drake fit alors hisser la croix de saint Georges en haut de son grand mât. Quand il y eut ajouté sa propre oriflamme, annonçant ainsi à Cadix l'arrivée du Dragon de l'Apocalypse, des mouvements de panique furent aussitôt visibles sur les quais ainsi qu'à bord des bâtiments qui encombraient la rade. Les rues de la ville se remplirent d'une foule de citoyens qui couraient se réfugier derrière les murs de la citadelle. Des détachements armés furent dépêchés sur les quais.

Drake ordonna que le *Bonaventure* fonde sur la masse de navires ancrés le long des pontons, admirant au passage la similitude de leur disposition avec celle dépeinte sur les parchemins que Dante avait dénichés sur le *San Pedro*, et commanda trois bordées générales avant de faire virer le vaisseau amiral. Les corsaires dans son sillage l'imitèrent dans un bel ensemble, puis rompirent leur formation pour s'attaquer aux proies de leur choix.

La plupart des vaisseaux de transport et des galions qui mouillaient dans la rade étaient là pour être transformés en navires de guerre, si bien qu'ils avaient été dépouillés de leurs voiles et offraient des cibles faciles aux corsaires de la reine. Certaines des plus petites embarcations qui avaient encore leur liberté de mouvement tranchèrent leurs amarres pour essayer de rompre les rangs de la flotte anglaise, mais elles n'étaient pas de taille à rivaliser avec les écumeurs des mers et, en un rien de temps, la baie se remplit de fumée et de vacarme, de bâtiments en feu ou en train de sombrer, très peu étant en mesure de riposter à l'assaut des envahisseurs.

Une deuxième escadre de galères tenta d'intervenir et de repousser les Anglais du passage, pour permettre à leurs camarades de gagner le refuge du bassin intérieur. Avec l'aide des autres vaisseaux de la Marine royale, l'*Elizabeth Bonaventure* n'en fit qu'une bouchée, incendiant cinq d'entre elles et laissant les autres avec leurs avirons brisés et leur courage en berne.

Dante avait veillé à demeurer dans l'ombre du *Bonaventure* et lui avait apporté le renfort de ses propres bouches à feu dans sa bataille contre les galères. Afin de donner confiance à son équipage, il avait jeté son dévolu sur la plus lente d'entre elles et, au risque de heurter les écueils, s'était faufilé en douce vers sa proie avant d'ordonner aux artilleurs de la pilonner avec un feu roulant de boulets.

À un moment, par une ouverture dans la fumée, il avisa un galion espagnol qui cinglait laborieusement vers l'entrée du passage, et comprit aussitôt pourquoi les galères avaient opéré cette sortie suicidaire : à son mât de misaine flottait un pavillon portant les armes réunies du Portugal, du León, de Castille et de Naples, à son grand mât les clés croisées de la papauté, à son mât d'artimon le drapeau rouge et blanc de l'Espagne, et en poupe l'énorme bannière frappée du blason royal.

C'était le *Santa Ana,* bâtiment de quarante-quatre canons commandé par l'amiral favori de Philippe, le marquis de Santa Cruz.

Dante regarda en direction du *Bonaventure*, mais Drake ne paraissait pas avoir remarqué le prestigieux *rata*.

Une fois de plus, il lui fallait user de ruse pour compenser la maigre puissance de feu du *Scout,* son artillerie étant incapable de rivaliser avec celle de l'énorme navire espagnol. Il ordonna donc au pilote de suivre une trajectoire qui l'amènerait à barrer le chenal dans sa partie la plus profonde, afin d'empêcher le *Santa Ana* d'accéder au bassin intérieur.

— Toutes voiles dehors, monsieur Carleill ! Amenez-nous par son travers.

Il leur fallait gagner autant de vitesse que possible pour espérer couper la route au *rata,* or la réponse de la barre se faisait attendre. Dante pivota sur lui-même et avisa les traits livides d'Edward Carleill.

— Timonier ! M'avez-vous entendu ?

— Mais, capitaine… il va nous éperonner !

— Pas si nous lui barrons le chemin assez vite.

— Nous allons nous échouer sur les écueils !

— Soit vous exécutez mes ordres, timonier, soit je vous remplace à la barre.

Le *Santa Ana* avait entre-temps ouvert ses sabords, dont s'échappa une salve qui faucha des hommes dans la mâture du *Scout,* déchirant voiles et cordages. Une seconde bordée pulvérisa un marin au sommet du mât d'artimon, projetant une pluie de sang sur le gaillard d'arrière. Carleill vit avec horreur son pourpoint couleur moutarde se tacher des restes du malheureux.

— *Monsieur Carleill !*

Constatant qu'il s'époumonait en vain, Dante se rua sur la barre et se mit à crier des ordres aux gabiers, eux-mêmes peu habitués à prendre des ris sous la mitraille, pour qu'ils réalignent les voiles afin de donner au navire l'allure souhaitée. Profitant de l'élan acquis pour pénétrer dans le passage, le *Scout* bondit en avant, sous le commandement de l'insensé qui avait pris possession de la barre.

Dante le dirigeait d'une main ferme malgré les canonnades du *Santa Ana* auxquelles Pitt s'efforçait de riposter de son mieux avec l'armement du bord. Le fracas du combat finit par attirer l'attention de Drake qui, jaugeant rapidement la situation et l'enjeu de la manœuvre initiée par Dante, lança le *Revenge* et le *Golden Lion* à sa rescousse.

Lucifer avait rejoint Dante sur l'arrière-pont et le remplaça d'autorité à la barre, pour lui permettre de mieux commander l'équipage.

Le *Scout* dépassa enfin le *Santa Ana*, de si près que Dante put voir la sueur perlant sur le front des artilleurs espagnols. Au bout d'un moment, le vaisseau n'eut d'autre choix que de dévier sa course et, ce faisant, il offrit ses flancs aux bouches à feu de Pitt dont les boulets se mirent à fracasser sa coque, projetant à la mer hommes, canons, voiles et espars. Une demi-douzaine de voies d'eau grêla bientôt ses bordages en dessous de la ligne de flottaison. La mer s'y engouffra, et le *rata* se mit à couler. Il continua cependant à tirer jusqu'au bout, dans un bouillonnement de flammes, de fumée noire et de vapeurs que les flots ne tardèrent pas à avaler.

Pendant ce temps, Dante avait manqué empaler le *Scout* sur les écueils – de si peu qu'il sentit la quille racler le sable et qu'un long crissement de bois frottant sur la roche ébranla le navire. Mais il réussit à le redresser et, délaissant sa victime à l'agonie, vira de bord en jetant son dévolu sur un autre bateau qui, à la faveur de la confusion générale, essayait de traverser discrètement la rade pour gagner le large.

Sur le pont du *Talon*, Victor Bloodstone plissait les yeux pour tenter de percer les nuages de fumée qui enveloppaient la baie. Il avait frémi d'une joie anticipée en voyant le *Scout* se précipiter sur le *Santa Ana*, espérant que Tourville finirait par perdre le contrôle de son navire et l'enverrait se briser contre l'énorme *rata* ou sur les écueils. Mais non : le *Scout* s'en était sorti indemne, ou quasiment.

— Ce salopard doit avoir neuf vies comme les chats, grommela Bloodstone. Qu'est-ce qui pourrait donc le tuer une bonne fois pour toutes ?

Horace Lamprey, dont le nez n'était plus qu'un amas de chairs tuméfiées et de cartilages brisés – souvenirs d'une certaine bôme qui lui était revenue dans la figure sur le *Bonaventure* –, fixa le *Scout* d'un œil haineux et maudit plus particulièrement le barreur, dont il apercevait la haute silhouette d'ébène sur le gaillard d'arrière.

— J'ai moi-même des comptes à régler avec Dante et son cannibale, gronda-t-il. Dommage qu'ils ne soient pas à portée de nos canons. Nos artilleurs pourraient commettre l'erreur de les toucher en visant l'ennemi.

— Cela pourrait peut-être s'arranger, énonça lentement Bloodstone.

Lamprey suivit le regard de son capitaine et avisa le bateau qui essayait de s'éclipser vers le large. Il avait déployé toutes ses voiles et prenait rapidement de la vitesse pour passer la digue, sans doute dans l'intention de se cacher derrière la levée de terre. Le *Scout* le suivait à distance, tel un loup s'approchant de sa proie.

— Amenez-nous au près, monsieur Lamprey. Ce bateau est une cible trop grosse pour un seul navire. Le capitaine de Tourville pourrait avoir besoin de notre... assistance.

— À vos ordres ! répondit l'autre en se fendant d'un mauvais sourire.

Sans se soucier de l'échelle, Dante bondit du gaillard d'arrière pour rejoindre le pont et mettre Pitt au courant de ses intentions.

— Nous allons suivre le bateau hors de la rade pour le coincer contre le rivage, annonça-t-il. Si nous pouvons lui couper le vent, nous aurons une chance de le jeter contre la falaise.

— Monsieur ? Capitaine ?

Dante se retourna et vit Edward Carleill derrière lui. Le jeune homme paraissait s'être ressaisi.

— Capitaine, j'ignore ce qui m'est arrivé tout à l'heure mais je vous promets que cela ne se reproduira plus. Si à l'avenir je mets le plus infime délai à vous obéir, ajouta-t-il en dégainant maladroitement son épée, je vous prie de me passer au fil de ma propre lame.

Dante étudia son visage juvénile et ne put s'empêcher de penser à Beau, regrettant de ne pas l'avoir en cet instant à ses côtés, aussi rebelle et entêtée fût-elle parfois.

— C'est... mon premier vrai combat, capitaine, et je...

Dante étouffa un juron et fit signe au cimarron.

— Allez donc relever Lucifer, Carleill. Et croyez bien qu'à la moindre incartade, je n'hésiterai pas à mettre votre suggestion en pratique.

Le jeune Edward déglutit avec peine, rengaina son épée et monta sur le gaillard d'arrière où il se campa fermement sur ses pieds écartés, les deux mains sur la barre.

Dante croisa le regard de Pitt.

— Je sais ce que vous allez dire et je ne veux pas l'entendre, Geoffrey.

— Je me tais donc, Simon, et m'abstiendrai d'évoquer le pilote et les canons que nous avons laissés derrière nous.

— Elle n'en reste pas moins une femme, sacré bon sang ! s'exclama Dante.

— Cela ne semble guère la déranger. Pourquoi devriez-vous en être gêné vous-même ?

Dante se renfrogna.

— Vos artilleurs sont-ils prêts ?

— Nous sommes à vos ordres, capitaine.

— Alors rallumez vos boutefeux : nous approchons de notre cible, répondit Dante en rejoignant le poste de pilotage. Monsieur Carleill… ?

— Oui, capitaine ?

— Amenez-nous par son travers pour couper sa course, comme tout à l'heure avec le *rata* – sauf qu'il va s'agir de pousser celui-ci contre le rivage.

Sitôt sorti de la rade, le *Scout* profita du vent arrière pour porter grand largue et rattraper le vaisseau espagnol. Le capitaine de celui-ci tenta frénétiquement de gagner plus de vitesse mais le *Scout* était plus léger, donc plus rapide. Sitôt arrivé à hauteur de son objectif, il lâcha une première bordée qui fit osciller l'autre et le poussa vers la côte. Le bateau tenta de riposter mais ses boulets de pierre, mal ajustés à cause du roulis, se perdirent au-dessus du *Scout* avant d'aller ricocher plus loin sur les vagues.

Pitt lâcha une nouvelle salve qui fit frémir le pont. Le *Scout* avait cependant acquis trop de vitesse et risquait de dépasser l'espagnol, compromettant sa propre visée. Carleill eut alors la présence d'esprit de changer d'allure pour les rapprocher encore plus du bateau qu'ils pourchassaient, si bien que la bordée suivante atteignit sa cible presque à bout portant, projetant des éclats de bois jusque sur le pont du *Scout*. Une explosion retentit à bord du vaisseau, suivie d'un tortillon de fumée noire : sa réserve de poudre était touchée – et les marins anglais, quelque peu déçus par la brièveté de l'engagement, virent bientôt l'espagnol baisser pavillon.

Dante ordonna de mettre en panne pour l'abordage. Les artilleurs poussèrent des vivats en lançant bonnets et bandanas en l'air. Ceux de l'autre bord, beaux joueurs, s'apprêtaient à les imiter quand un boulet jailli de nulle part fit exploser le bastingage de leur côté, les aspergeant d'une mortelle douche de bois brisé. Sous le choc, deux des canons reculèrent sur leur affût, dont l'un écrasa un marin contre un tonneau.

À travers la fumée et les hurlements des blessés, Dante vit le *Talon* fondre sur eux. Il jura et lança un avertissement qui se perdit dans le fracas d'une deuxième déflagration.

Mais Pitt avait déjà donné des ordres pour qu'on charge toutes les pièces côté mer et commanda un feu à volonté, tandis que Dante faisait de nouveau larguer les voiles pour tenter de reprendre le vent.

L'espagnol dut être aussi surpris que le *Scout* en voyant un autre vaisseau anglais émerger de la fumée qui masquait l'entrée de la rade. Et encore plus étonné quand le nouveau venu se mit à tirer sur son compatriote. Il préféra cependant éviter de se mêler à leurs querelles et réussit à se faufiler entre le *Scout* et la côte pour regagner le large, laissant les deux Anglais s'écharper mutuellement.

Bloodstone se contentait pour l'instant de canarder le *Scout* à distance avec ses demi-canons, pour lui attendrir la coque avant de porter l'estocade. Dante voulut se défiler, mais il se trouvait dans la position qu'occupait auparavant l'espagnol, coincé contre les écueils du rivage. Bloodstone, pendant ce temps, poursuivait sa canonnade méthodique, pulvérisant rambardes, gréement et mâts, transformant la mer autour du *Scout* en une marmite bouillonnant sous l'averse des éclats... et savourant avec délectation chaque seconde de ce massacre.

27

— Il faut faire quelque chose ! s'écria Beau.

— Oui, ma fille, oui, je le vois bien mais nous ne pouvons pas aller plus vite ! Tu as déjà monté là-haut toutes les toiles du bord, à part la chemise que tu as sur le dos !

Beau jura et se mit à arpenter le gaillard d'avant de l'*Egret* tout en tapant du poing sur la rambarde. Si l'équipage avait décidé à l'unanimité de faire virer l'*Egret* pour suivre la flotte de Drake, c'étaient Beau et Spence qui avaient jugé préférable de rester discrètement en arrière pour ne pas risquer d'essuyer une nouvelle rebuffade. Deux semaines durant, ils étaient ainsi parvenus à tromper la vigilance des écumeurs des mers en demeurant à la limite de leur horizon. Ils n'avaient accéléré qu'une fois en vue du rivage espagnol et se trouvaient encore à deux bonnes heures, voire trois, de leurs compatriotes quand ceux-ci avaient pénétré dans la rade de Cadix. Puis, assez vite, ils avaient vu le ciel gris qui surplombait le port disparaître derrière d'énormes colonnes de fumée et de cendre.

— Il a réussi ! avait alors murmuré Spence, épaté. Drake a incendié la satanée flotte du roi Philippe !

— Et ce dernier ne va pas tarder à l'apprendre, avait renchéri la jeune femme en montrant la ribambelle de fanaux qui s'allumaient progressivement tout le long de la côte.

Quelque temps après, elle avait noté qu'une autre partie du rivage semblait en feu, à une certaine distance de la rade, et avait distingué deux navires aux prises. L'un d'eux était un vaisseau de charge, l'autre...

— Doux Jésus ! s'était-elle exclamée.

Elle venait de reconnaître le *Scout* qui, à côté de l'espagnol, ressemblait à un frelon harcelant un géant léthargique.

— Il m'avait promis de se tenir à un kilomètre de l'action, avait-elle lancé avec un rire amer. De se contenter de « faire des ronds dans l'eau » avec ses boulets... Tu parles !

— Il a juste oublié de préciser que les boulets en question traverseraient auparavant quelques coques, avait suggéré Spit McCutcheon.

Spence avait gloussé, mais Beau ne les écoutait plus tant son cœur lui cognait aux tempes.

— Père... Là ! Un autre navire sort de la rade ! C'est... Oh, mon Dieu, c'est le *Talon* !

Elle avait poussé un hoquet d'effroi et juré de plus belle.

— C'est le vaisseau de Bloodstone, et Dante n'a même pas l'air de s'en rendre compte !

— Avec toute cette fumée qui monte du port, ça ne m'étonne guère, avait grommelé Spence.

— *Jonas !* avait soudain hurlé Spit, à moitié couché sur le plat-bord. Vise-moi ce salaud : il a ouvert ses sabords !

Beau et Spence avaient alors vu avec horreur les canons du *Talon* éructer d'immenses flammes orange. Ils étaient encore à quatre ou cinq milles des embarcations, et les détonations leur parvenaient étouffées par la distance dans le crépuscule qui tombait peu à peu. Bientôt, ils n'apercevraient plus des combats que les palpitations des incendies dans le port et les feux des canons.

— Il faut faire quelque chose ! répéta Beau.

— Ouais. Spit, charge les demis avec des boulets de quinze livres : ça devrait augmenter leur portée. Nous tirerons la première salve dès que Beau nous aura mis en position de lâcher une bordée. Montrons au moins à ce salaud que son crime n'est pas sans témoin. Ça le fera peut-être hésiter.

McCutcheon se mit aussitôt à la tâche et, les yeux rivés sur les deux navires, entreprit de calculer vitesse, force et sens du vent, poids des charges et distance. Pendant ce temps, Beau criait ses ordres aux gabiers.

Dante ne distinguait plus grand-chose. Le crépuscule se conjuguait à la fumée et aux débris retombant de partout pour limiter son champ de vision. Le grand mât n'était plus qu'une pelote d'écoutes traversée d'espars, et le haut de la misaine avait été sectionné net. Des marins avaient été envoyés pour scier les écoutes retenant encore le sommet du mât. Chaque quart de nœud perdu les maintenait sous le feu des canons du *Talon*, et le *Scout* était déjà sévèrement endommagé. Il avait perdu la plupart de ses voiles, sa coque était perforée, et la mer s'engouffrait par les trous percés sous la ligne de flottaison, plus vite que l'équipage n'était capable de la refouler avec les pompes à bras.

Il y avait du sang partout et le pont était devenu aussi glissant qu'une patinoire. Cinq marins de Carleill avaient déjà sauté à la mer pour tenter de gagner le rivage à la nage, préférant se livrer aux Espagnols que de rester au milieu du règlement de comptes opposant les deux corsaires enragés.

Dante avait toutefois un léger avantage : les canonniers du *Talon* étaient loin d'être aussi bons que ceux du *Virago*, même s'ils utilisaient leurs demi-canons. Deux de leurs tirs sur quatre tombaient à la mer en soulevant des geysers d'eau saumâtre, tandis que chaque coup des couleuvrines du *Scout* écrasait bois et os. En plus d'être redoutablement précise, la canonnade de

Pitt était assez soutenue pour dissuader Bloodstone de s'approcher trop près. Hélas, cet avantage n'allait plus beaucoup compter dans les minutes prochaines, car le gouvernail du *Scout* ne répondait pratiquement plus et, de toute façon, il ne restait plus assez de voiles pour le manœuvrer.

— Simon !

Dante servait alors un des canons. Il se recula juste au moment où le boutefeu était appliqué.

— *Simon !*

Il pivota sur lui-même alors que ses assistants repoussaient la pièce vers son sabord après avoir écouvillonné son fût et l'avoir rechargée. Pitt œuvrait sur le canon voisin, le visage maculé de traces de poudre et de sueur, ses cheveux blonds tachés de sang. Il était en train de lui montrer frénétiquement l'horizon en criant quelque chose que Dante ne comprit pas, tant ses oreilles tintaient encore de la détonation.

Il ne distingua d'abord rien qui puisse justifier l'agitation de son second, lequel sautait maintenant sur place en agitant les bras comme un aliéné. Il s'essuya les yeux, et aperçut alors un autre galion qui fondait sur eux toutes voiles dehors, les flancs hérissés de bouches à feu.

Il eut du mal à croire ce qu'il voyait et dut ciller par deux fois avant d'en saisir pleinement la signification.

— Dieu du ciel... Beau !

S'accrochant à un reste de hauban, il se hissa sur le garde-corps et ne put qu'admirer la fluidité avec laquelle l'*Egret* mit en panne. Dans le même mouvement, profitant de son élan, il pivota sur lui-même pour présenter au *Talon* son flanc armé de ses terribles dents de bronze. Aussitôt, sous les hourras des hommes du *Scout*, une formidable bordée jaillit de tous les demis visant le traître.

Dante brandit le poing en joignant sa voix à celle de son équipage.

— Prends ça, Bloodstone, espèce de lâche assassin !

Puis il s'adressa à l'*Egret*, alors même que celui-ci n'était pas plus à portée de voix que le *Talon*.

— Bravo, Jonas ! Montre donc à ce fieffé coquin ce que mes beautés ont dans le ventre !

Spence dut cependant ordonner de reprendre le vent car, même si cette démonstration de force était nécessaire, l'*Egret* était encore trop loin du *Talon* pour lui causer de réels dommages. Certains demis n'en avaient pas moins réussi à l'atteindre et à fendre son plat-bord.

Deux salves plus tard, l'*Egret* rétablissait son allure précédente et repartait à la rescousse du *Scout*.

Bloodstone ne parut guère affecté par cette intervention imprévue. Son navire tira une nouvelle bordée qui emporta une bonne partie du gaillard d'arrière du *Scout* et projeta trois hommes à la mer.

— Il n'a pas l'air de redouter beaucoup Spence ni l'*Egret*, constata Pitt avec dépit. Il tient à nous achever d'abord.

— Il va essayer, du moins, rétorqua Dante avec un rictus féroce. Mais nous lui réservons quelques surprises !

— Ai-je envie de les connaître ? marmonna Pitt, prudent.

Dante eut un sourire canaille.

— Mieux : vous allez les approuver, j'en suis certain. Vous savez, ces caisses de clous que vous avez dégotées dans les soutes ? Montez-les donc. Nous allons en garnir les pièces de proue. Et apportez aussi à la poupe les barils de feu grégeois, pendant que vous y êtes.

Le visage de Pitt s'éclaira sous son masque de crasse.

— J'approuve résolument.

Dante courut vers le gaillard d'arrière où Edward Carleill s'accrochait obstinément à la barre, le regard fou. Il semblait encore plus terrifié qu'auparavant, mais avait jusqu'à présent tenu sa promesse d'obéir sur-le-champ aux moindres directives de Dante.

Quand celui-ci lui eut transmis ses nouvelles instructions, il cilla et blêmit plus encore, si cela était possible.

— Nous allons avoir besoin de toute la vitesse dont nous sommes capables pour réussir ce coup-là, le prévint Dante. Nous reste-t-il au moins un soupçon de manœuvrabilité ?

— J'en trouverai, monsieur. Vous pouvez compter sur moi.

Il se tourna vers ses gabiers restants et les renvoya dans les vestiges de la mâture pour prendre des ris – et les retenir à mains nues s'il le fallait.

Dante redescendit ensuite sur le pont, juste au moment où Pitt y remontait avec des barils de feu grégeois fermés par une épaisseur de bitume. Ils devraient se rapprocher du *Talon* pour pouvoir l'atteindre avec ces projectiles incendiaires, mais il suffisait que l'un d'eux touche au but pour répandre une tornade de flammes sur le pont du galion. Cette opération allait cependant mettre à l'épreuve le *Scout*, déjà fortement handicapé, et s'effectuerait sous le feu roulant de l'ennemi. Leur seul espoir était que l'*Egret* en comprenne le but et entreprenne de distraire Bloodstone.

Les artilleurs du *Scout* reprirent leur canonnade tandis que Carleill parvenait à faire virer le navire blessé et à le lancer dans un dernier sursaut de fierté, proue en avant, à l'assaut du *Talon*. Accroupi derrière les fauconneaux de poupe, Dante pouvait voir Victor Bloodstone, debout sur le gaillard d'avant de son vaisseau, encourager ses artilleurs à redoubler d'ardeur.

Carleill garda le *Scout* aussi longtemps que possible dans l'axe du *Talon*, pour lui offrir la cible la moins large possible. Puis vint le moment de virer. Il donnait des ordres en ce sens quand une bordée du *Talon* arracha l'ensemble du poste de pilotage, anéantissant d'un coup, dans une explosion d'échardes et de chair, le gaillard d'arrière ainsi que les hommes qui l'occupaient.

Dante contempla avec stupeur le trou béant qui s'ouvrait à la place de Carleill – là où Beau elle-même aurait pu se trouver, s'il lui avait permis de les accompagner… Mais il n'avait pas le temps d'y penser pour le moment. Le *Scout* n'était plus qu'à une trentaine de mètres du *Talon* et, démuni de tout moyen de changer de cap, il allait éperonner à pleine vitesse le vaisseau corsaire. Pitt déclencha alors les pièces de chasse, qui déversèrent un déluge de ferraille sur l'équipage du *Talon*. Dix mètres plus loin, ce fut au tour de Dante d'allumer les pièces de retraite.

Beau vit le *Scout* fondre vers le *Talon*. Elle s'attendait à ce que Dante vire au dernier moment, reproduisant sa manœuvre audacieuse contre le *San Pedro*, mais un problème dut l'en empêcher. Même à trois cents mètres de distance, elle put entendre le craquement des membrures et le claquement des bordages quand les deux navires entrèrent en collision. La coque du *Talon* fut perforée. Le vaisseau corsaire roula sur le côté en soulevant une énorme vague. Quand il eut retrouvé son assiette, ce fut avec le *Scout* enfoncé dans le flanc, tandis que les hommes de Dante montaient à l'abordage avec des coutelas, des pics et des mousquets. Deux des feux grégeois lancés par le *Scout* juste avant le choc avaient atteint leur cible et plongé le gaillard d'arrière du *Talon* sous un déluge de feu liquide. Le combustible courait sur les plats-bords et débordait sur la coque ; il se répandait sur les ponts en ondes bleues, or et rouges, dévorant les planches et dardant des doigts enflammés à travers les moindres fissures.

— Cessez le tir ! clama Spence à l'adresse des artilleurs. Nous risquons d'atteindre le *Scout*. Beau, amène-nous à portée d'abordage ! Nous allons lancer un assaut par l'autre côté.

Beau s'exécuta dans l'instant et rapprocha l'*Egret* du lieu de l'action. Les hommes menés par Jonas Spence se tenaient prêts avec grappins, cordages et armes. Les canonniers du *Talon* ne tardèrent pas à s'en prendre à eux, mais Spit leur rendit la politesse avec une telle hargne que ses coups projetaient des débris du navire corsaire jusque sur le pont de l'*Egret*. Entre-temps, Billy Cuthbert envoya des camarades dans la mâture avec des mousquets et des pistolets pour tirer de haut sur les cibles ennemies qu'éclairait l'incendie ravageant la poupe du *Talon*.

Sur le pont du vaisseau corsaire, c'était la folie. Les hommes se battaient dans une sarabande mortelle de lames et de balles, où les flammes soulignaient par moments les profils des combattants.

Beau s'efforça de repérer Dante dans ce pandémonium, mais trop d'ombres s'agitaient dans la fumée pour qu'elle puisse reconnaître aucun des belligérants – à l'exception de Pitt, que distinguait sa longue chevelure blonde et qui brandissait un pistolet dans chaque main, et du géant Lucifer qui, avec ses cimeterres jumeaux, tranchait les membres autour de lui comme s'il abattait encore les cannes à sucre dans son champ des Indes occidentales. Partout autour d'eux gisaient morts et agonisants. Tous les ponts du *Talon* étaient en proie au feu ou au carnage, voire aux deux à la fois.

Beau dégaina son coutelas et, suivie par quatre marins de l'*Egret*, bondit sur la passerelle d'abordage pour se joindre aux combats. Une ombre avec un grappin se jeta sur sa gauche ; elle réagit sans réfléchir avec sa lourde lame, d'un revers à deux mains qui trancha la gorge de l'agresseur. Deux autres silhouettes l'attaquèrent ; elle en abattit une avec son pistolet, dont elle se servit ensuite comme d'une matraque pour assommer l'autre.

Thomas Moone, le charpentier, la flanquait sur sa gauche en les protégeant tous deux du couvercle d'un baril qu'il tenait comme un bouclier. Il poussait un juron à chaque mouvement de son coutelas, qu'il maniait avec autant de dextérité et d'efficacité que ses outils de menuiserie. Des vagues successives de renforts déboulèrent entre-temps sur le *Talon*, dont l'équipage jeta bientôt les armes et leva les bras en criant grâce.

Pendant ce temps, Dante de Tourville demeurait toujours invisible.

Le Français, à cet instant, se trouvait dans le seul endroit à peu près dégagé du *Talon* : sur le gaillard d'avant, en face d'un Victor Bloodstone haletant qui lui tournait autour avec son épée au clair, le regard enflammé de haine.

— « Plus honorable mort que vif », Victor, cracha Dante. Voilà ce qui sera marqué sur votre tombe, avec le sang des hommes que vous aurez sacrifiés à votre cupidité et à votre ambition.

Bloodstone se fendit vers lui. Dante l'esquiva sans peine, alors même qu'il n'avait qu'un bras valide. L'autre avait été blessé dans la collision entre les deux navires et perdait son sang sur le plancher.

Bloodstone recula et se remit à tourner autour de son adversaire, dans l'attente de la prochaine ouverture. Dante était grand, solide, d'une violence presque animale, mais sa puissance était entamée. Surtout, Victor l'avait déjà vu combattre et le savait adepte d'un style qui, aux subtilités des positions, préférait les assauts de taille et d'estoc. Face à un bretteur consommé que n'impressionnait guère ce genre d'attaques brutales, il ne faisait pas le poids, et Bloodstone le prouva avec une feinte parfaite qui laissa un fin ruban écarlate sur le torse de son opposant.

— Pourquoi ? grogna celui-ci. Pourquoi avez-vous fait ça ? Est-ce à cause de l'or ? Parce que vous vouliez tout garder pour vous ?

Bloodstone secoua la tête pour chasser la sueur de ses yeux. L'incendie qui faisait rage dans son dos illuminait d'un éclat mordoré la face haïe de son adversaire. Soudain, au-delà de Dante, jaillit de l'obscurité un autre visage, plus laid que le péché avec son sourire mutilé et son nez écrasé. Victor s'immobilisa et feignit de réfléchir.

— L'or ? répéta-t-il. Oui, mais pas seulement. Il y avait aussi vous.

— Moi ? Et que diable vous ai-je fait ?

Bloodstone eut un rictus dédaigneux, avant de s'esclaffer.

— Rien du tout, mon cher comte. Rien que votre prestigieux et antique lignage puisse vous permettre de comprendre.

Il prononça ces mots tout en hochant lentement la tête, autant à l'adresse de Dante que de Horace Lamprey qui, saisissant le message, leva son pistolet en visant la tête du Français. Il actionna la détente et la poudre du bassinet s'embrasa. Aussitôt après, l'arme lui sautait des doigts pour aller se fixer sur le mât, embrochée par la lame fine d'un stylet. Le coup partit dans les airs sans toucher personne. Dante pivota, juste à temps pour voir Beau lancer un deuxième couteau qui réduisit le hurlement de rage de Lamprey à un gargouillis.

Victor en profita pour se fendre une nouvelle fois. Dante se retourna avec une vivacité de panthère, et les deux épées s'entrechoquèrent dans une gerbe d'étincelles, avant de se bloquer l'une l'autre, garde contre garde. Puis les lames se séparèrent et se heurtèrent encore une fois, avec une violence qui ébranla les escrimeurs. Bloodstone repartit immédiatement à l'assaut en découvrant les dents, cherchant à fatiguer le bras blessé de Dante. Alors qu'il se projetait de nouveau en avant, il contourna la parade de ce dernier d'une méchante torsion du poignet, et prolongea son geste vers la gorge de Dante avec un cri de triomphe.

Mais celui-ci avait compris la tactique de Bloodstone et anticipé sa ruse. Avec une feinte de corps d'une rapidité ahurissante, il se déroba à la lame et, pivotant sur lui-même, frappa son ennemi à la taille avec une telle hargne qu'il le coupa presque en deux. Le choc projeta Bloodstone vers la rambarde qui se brisa sous son poids et le laissa choir dans le brasier dévorant le pont, la lame de Dante fichée dans sa colonne vertébrale.

Dante vacilla vers la balustrade. Beau se précipita pour le soutenir. Il contempla le corps du traître que consumaient les flammes, puis se tourna vers la jeune femme. Elle avait la figure maculée de suie, le pourpoint déchiré à l'épaule et une plaie au menton qui lui tachait le cou de sang. C'était sa pirate entêtée, indisciplinée, provocante – et plus magnifique que jamais.

— Un de ces jours, murmura-t-il d'une voix essoufflée, il va bien falloir que tu commences à écouter ce qu'on te dit.

Elle se pencha vers lui et enfouit le visage contre son épaule.

— Un de ces jours, il va bien falloir que tu commences à me faire confiance.

Il déposa un baiser sur ses cheveux soyeux.

— Oui, je sais, admit-il.

L'incendie devenait toujours plus virulent. Des hommes couraient se mettre à l'abri sur l'*Egret* tandis que Pitt, Spence et McCutcheon battaient le rappel des troupes, de crainte que le feu se communique au navire marchand.

Dante fronça les sourcils et glissa un doigt sous le menton de Beau pour l'inciter à redresser la tête. Tout l'or du monde gisait dans les yeux de la jeune femme, dans ce regard étincelant où il voyait flamber des sentiments aussi vifs et profonds que ceux qu'il éprouvait lui-même.

— Et toi, jusqu'à quel point me fais-tu confiance ?

— Ma vie est entre tes mains.

Il regarda vers l'*Egret*.

— Cela devrait suffire, murmura-t-il.

Indifférent à ses blessures, il souleva la jeune femme dans ses bras pour la faire monter sur le garde-corps, et s'y jucha avec elle en s'accrochant à un hauban. Il attrapa ensuite le cordage que venait de lui lancer Pitt. Passerelle et grappins avaient été rapatriés sur l'*Egret*, que seul un dernier filin rattachait au *Talon*.

Alors Dante prit Beau par la taille et s'élança vers le navire marchand au bout de la corde nouée au sommet de son mât de misaine, tandis que Lucifer tranchait l'ultime amarre avec l'un de ses cimeterres.

Épilogue

La flotte de Drake passa le reste de la nuit à ravager aussi méthodiquement que possible la rade de Cadix. Le lendemain matin, l'escadre de pinasses emprunta le chenal qui menait au bassin intérieur pour y incendier sept galions de charge, ainsi que des ravitailleurs chargés à craquer de vin, de canons et de victuailles. Le raid se solda donc par des dommages considérables pour l'ennemi et très peu de pertes pour les Anglais, mais la patience d'El Draque n'en avait pas moins été mise à rude épreuve, la veille au soir, quand il s'était retrouvé face aux mines noires de suie de Spence, Beau et Simon Dante.

La trahison de Victor Bloodstone ainsi que la perte du *Talon* et du *Scout* avaient donné au fameux écumeur des mers un teint aussi vif que ses cheveux. L'audace de Jonas Spence, qui les avait suivis en dépit de l'ordre de retraite qui lui avait été notifié, aggravait encore sa colère, tant et si bien qu'il en vint à envisager de confisquer l'*Egret* pour châtier son capitaine. Seule l'intervention de Dante l'en retint.

El Draque repartit de Cadix avec sa flotte deux jours plus tard, laissant derrière lui un suaire de cendres. Au cours des six semaines suivantes, il tint sa promesse de semer le chaos dans les plus petits ports ibériques et, ce faisant, détruisit assez d'embarcations et de provisions pour obliger le roi Philippe à repousser d'une année entière la réalisation de son projet d'invasion de l'Angleterre.

Ce fut au retour de cette glorieuse expédition que sir Francis tomba sur un autre navire prestigieux du royaume espagnol, le *San Felipe*. Il lui donna l'assaut avec l'*Elizabeth Bonaventure* et eut l'heureuse surprise d'y découvrir un chargement d'or, d'argent et d'épices encore plus important que celui du *San Pedro*. C'était en fait la plus grosse prise jamais conquise par un vaisseau corsaire, et elle permit à Drake d'assurer sa fortune et sa gloire.

Après que la reine eut fini de compter sa part du butin, elle décréta un mois de festivités pour remercier ses écumeurs des mers non seulement d'avoir durablement sapé la puissance du roi Philippe, mais de lui avoir procuré suffisamment de fonds pour entamer la construction d'une marine royale digne de ce nom.

Beau émergea de la chambre, la mine renfrognée. Elle était sûre d'oublier quelque chose. Malgré les soins attentifs des trois servantes qui l'avaient aidée à se baigner, se poudrer, se coiffer et s'habiller de la tête aux pieds comme si elle n'était qu'une gamine, elle avait la certitude qu'il lui manquait une pièce d'habillement.

— Simon… ? dit-elle en arrivant dans le salon.

Elle avait la tête penchée pour veiller à faire passer par la porte les ailes de son vertugadin et éviter de se prendre les pieds dans les arceaux du panier ainsi que dans les plis des multiples jupons qui gonflaient le bas de sa toilette.

— Tu t'y connais mieux que moi dans ce domaine, ajouta-t-elle. Il n'y a pas quelque chose qui manque à ma tenue ?

Relevant la tête, elle avisa un étranger près de la fenêtre, qui lui tournait le dos.

— Oh, excusez-moi. Je croyais que vous étiez…

Dante pivota sur lui-même. Voilà deux heures qu'il patientait dans ce salon, le monotone tic-tac de l'horloge posée sur le manteau de la cheminée n'étant agrémenté que par les chapelets de jurons étouffés qui s'échappaient de la chambre à coucher. Pitt lui avait tenu compagnie pendant la première heure, jusqu'à ce qu'une convocation de sa petite « duchesse » le ramène dans ses propres appartements. Le second de Dante n'avait pas attendu leur retour en Angleterre pour épouser Christiana Villanueva. Il se trouvait que, outre un fabuleux trésor, le *San Felipe* transportait aussi un prêtre qui, pour le salut de l'âme catholique d'une fille d'Espagne, avait accepté de les marier.

Quant à Spence, il avait paru aussi à l'aise au milieu du délicat mobilier du salon qu'une baleine échouée sur le rivage. Il avait perdu un autre doigt ainsi que la moitié d'une oreille dans l'abordage du *Talon*, et avait proclamé son intention d'utiliser sa part de butin pour armer une petite flottille de navires marchands et laisser d'autres capitaines courir les mers à sa place. Qu'ils risquent leur vie et leur intégrité physique si ça leur chantait. Lui et Spit McCutcheon ne reprendraient la barre que pour le plaisir. Ou lorsque leur réserve de rhum menacerait de s'épuiser.

McCutcheon avait également fait des efforts de toilette pour se présenter devant la reine. Il s'était étrillé, rasé et attifé d'un costume qui lui donnait l'allure d'une marionnette.

Dante ne savait au juste ce qui allait résulter de la transformation de Beau. Il avait vu le trio de servantes pénétrer dans la chambre, les bras chargés de fanfreluches. Il les avait aussi vues en ressortir des heures plus tard d'une démarche épuisée, le cou luisant de transpiration, la coiffe de travers et le dos voûté.

Enfin, la jeune femme elle-même apparut, mettant fin à cette interminable attente.

— Oh, excusez-moi, dit-elle. Je croyais que vous étiez mon mari…

Il se tourna en entendant sa voix et, l'espace d'un instant, la lumière du dehors rendit sa vision trop floue pour qu'il la distingue clairement.

Elle-même se figea en avisant la grande silhouette élégante qui se dressait devant elle, dans l'encadrement de la haute fenêtre à meneaux.

C'était leur première journée à Londres, la première fois qu'elle voyait la ville ailleurs que depuis un quai, en train d'aider Spence à superviser les réparations de l'*Egret*, ou d'un entrepôt pour marchander la revente de leur butin à des négociants. Dante avait attendu le dernier moment pour rejoindre sa maison de ville à Londres, en dépit de la rafale de convocations que lui avaient envoyées Drake et la reine. Il avait même argué d'une fièvre pour retarder leur départ de Plymouth, alors que la seule fièvre dont il souffrait trouvait toujours sa guérison dans les bras de Beau.

Il n'était donc venu dans la capitale qu'à contrecœur, et c'était avec encore plus de réticence qu'il avait quitté leur lit ce matin-là pour se soumettre aux soins d'un barbier, d'un valet et d'un tailleur – tout cela, au final, pour être reçu, fêté et réprimandé par Sa Majesté. Celle-ci lui avait d'ailleurs déjà adressé, dans une série de missives enflammées, des remontrances pour avoir osé épouser une femme du commun. À chacune de ces lettres, il s'était contenté de répondre par l'envoi d'une carte de visite gravée à ses armes, où il exprimait à la souveraine les regrets du comte et de la comtesse de ne pouvoir répondre à sa convocation sur-le-champ, à cause de la fièvre qui le terrassait toujours...

Beau se secoua de sa torpeur. Les cheveux d'ébène de Dante avaient été raccourcis à la perfection, et ses joues débarrassées du chaume noir bleuté qu'elle en était venue à apprécier. Il portait une chemise de satin blanc sous un pourpoint bleu nuit, brodé de passementeries dorées et fermé sur le devant par une rangée de boutons incrustés de joyaux. Une fraise et des manchettes des plus discrètes mettaient en valeur le hâle de son visage et de ses mains, tandis que des bas de la même nuance que celle de son pourpoint moulaient ses longues jambes musclées. Ses souliers, taillés dans le cuir le plus fin, se fermaient par une boucle en or pur. L'épée d'apparat qui pendait à sa hanche était glissée dans un fourreau garni de pierres précieuses, et sa poignée consistait en un entrelacs complexe de filigranes d'or et de cuivre mêlés.

Pour la première fois depuis qu'elle le connaissait, il avait vraiment l'allure d'un membre de l'aristocratie. Le seul signe visible de son esprit rebelle était l'anneau d'or qui chatoyait à son oreille.

Il s'approcha lentement de la jeune femme qui sentit ses poumons se vider plus encore, si cela était possible.

De son regard argenté de loup, il détailla lentement sa chevelure, sa robe, et jusqu'aux minuscules rangées de perles qui agrémentaient sa ceinture. C'était lui qui avait choisi cette toilette – ainsi que tout le reste de la tenue de Beau, en fait, depuis ses mules en soie et son corset, jusqu'au panier en forme de roue qui s'évasait sous ses jupons. Son corsage plat et rigide s'amincissait au niveau de sa taille dont il soulignait la finesse, et se poursuivait en un V profond qui accentuait par contraste le ballonnement de la jupe. Tous ces éléments étaient taillés dans une étoffe du noir le plus pur, parsemée de perles noires et de jais brillants.

La chevelure de la jeune femme entourait son visage d'une vapeur de boucles auburn, avant de se prolonger en arrière en un chignon lâche tissé de joyaux. Autour de son cou scintillait un collier de diamants offert par son mari, qui projetait de tels feux contre sa peau bronzée que toutes les courtisanes allaient en être vertes de jalousie. Enfin, elle portait au doigt un autre bijou de la famille française, une énorme perle entourée de diamants qui, selon la légende, avait appartenu à une princesse Plantagenêt.

Dante ne voyait personne aussi digne qu'elle de porter ce joyau ancien.

— Mon magnifique Cygne noir, murmura-t-il en français, d'une voix si rauque qu'elle se sentit rougir sous son fard. Je n'aurais jamais cru que tu puisses être aussi belle... même sans culotte.

— Tu dis ça par gentillesse.

— Très chère comtesse, répliqua-t-il en prenant ses mains dans les siennes avant d'en embrasser les paumes, puis de lui écarter les bras pour mieux l'admirer, même un couteau sous ma gorge n'arriverait pas à me rendre « gentil », vu mon humeur actuelle. La seule chose qui me remonte un peu le moral, c'est de savoir que Bess risque d'être si envieuse de ta beauté que nous serons sans doute bannis de la Cour pour très longtemps.

— À cause de moi ? s'enquit Beau, atterrée.

— Grâce à toi, mon amour. En outre, ses suivantes devront masquer pendant un moment tous les miroirs du palais afin qu'après notre entrevue, elle n'ait pas à endurer la vision de sa propre peau parcheminée. Les courtisans, en revanche, vont baver devant toi comme des collégiens, et je serai forcé de te défendre contre un millier d'assauts galants avant la fin de la soirée.

Beau s'esclaffa et lui enlaça tendrement les épaules, sans se soucier de froisser sa toilette.

— Tais-toi donc. Ou sers-toi de ta bouche à de meilleures fins.

— Avec plaisir.

Il pencha la tête pour l'embrasser, avec une ardeur possessive qui lui laissa les lèvres plus rouges que n'aurait pu les rendre aucun maquillage.

Quand il la relâcha, elle le considéra un moment de ses grands yeux mordorés. Il éclata de rire et lui donna un nouveau baiser.

— Tu es décidément insatiable, murmura-t-il contre sa bouche. N'as-tu donc pas de respect pour le travail des servantes qui t'ont si bien pomponnée ?

— En cet instant, non, aucun, avoua-t-elle franchement.

— Eh bien, rétorqua-t-il en la gratifiant d'un dernier baiser sur la joue, moi si, car le fruit de leurs efforts est admirable… À ce propos, que me disais-tu en arrivant tout à l'heure ? Tu avais l'impression qu'il manquait quelque chose à ta toilette ?

Elle recula en désignant son décolleté. La coupe du corsage était extrêmement serrée et comprimait tellement ses seins que ceux-ci semblaient sur le point de déborder de sa robe.

— J'ai eu beau essayer d'ajuster l'encolure, j'ai l'impression d'être à moitié nue dans cette tenue.

Dante se retint de sourire.

— C'est la nouvelle mode qui fait fureur en France. Nul doute qu'elle va scandaliser cette cour d'austères protestants.

— Alors pourquoi me l'as-tu choisie ?

Il effleura du doigt le renflement de sa poitrine.

— Pour me distraire de l'ennui des prochaines heures, en imaginant tout le plaisir que je pourrai tirer ensuite de ces divins appas.

La toute nouvelle comtesse Isabeau de Tourville poussa un soupir, et parut soudain si jeune et si fragile que Dante la reprit dans ses bras pour appuyer sa joue contre son épaule.

— Comme j'aimerais être à des milliers de lieues d'ici, avec un pont sous nos pieds et des voiles au-dessus de nos têtes, avoua-t-elle.

Dante la relâcha et lui sourit.

— Peut-être pourrais-je te rendre la soirée un peu plus supportable en t'offrant dès maintenant ton cadeau.

— Un cadeau ? Quel cadeau ?

Il l'embrassa sur le bout du nez et la conduisit devant la fenêtre.

— Je tiens avant tout à préciser qu'il n'est pas entièrement terminé. Pitt doit encore le garnir de ses dents de bronze et Lucifer le baptiser avec des entrailles de poulet, en suivant un rituel dont je préfère te passer les détails.

Les sourcils froncés, Beau regarda par la fenêtre. La maison de Dante se dressait sur la berge de la Tamise et offrait un panorama du fleuve. Ancré au milieu se trouvait un vaisseau neuf, qui ressemblait tellement au *Virago* que la jeune femme en eut le frisson. Quelques changements avaient toutefois été apportés à ce modèle.

Ses lignes étaient plus pures et ses châteaux surbaissés, afin d'accroître la surface de voilure accrochée aux mâts de misaine et d'artimon.

— J'en avais commandé la construction avant mon départ pour Veracruz, expliqua doucement Simon. Mais je ne lui avais pas choisi de nom.

Beau suivit du regard la courbe gracieuse de la proue et vit la figure fixée à son extrémité. C'était une tête de femme, dont les traits lui parurent aussi familiers que ceux qu'elle voyait dans son miroir chaque matin – mais cette tête se prolongeait par un corps de cygne dont les ailes étaient éployées au vent.

— Je te présente mon autre splendide *Cygne noir*, déclara-t-il. Tu l'aimes ?

— Si je l'aime ? chuchota-t-elle, émerveillée. On le dirait... sur le point de s'envoler !

— De fait, je me suis laissé dire qu'il en serait parfaitement capable... à condition d'être guidé par une main ferme.

Il attendit que les grands yeux mordorés se tournent vers lui pour continuer :

— Tu m'as affirmé un jour que jamais tu n'épouserais un homme qui t'empêcherait de prendre la mer. Que dirais-tu d'un mari assez égoïste pour te désirer à la fois pour tes qualités de pilote et pour ta capacité à le sauver de son propre orgueil ?

Beau ouvrit la bouche mais les mots, pour une fois, lui manquèrent.

Ils ne manquèrent cependant pas à la reine lorsque, une heure plus tard, elle reçut une nouvelle carte aux armes de Tourville, l'informant que le comte subissait un nouvel accès de fièvre et qu'il valait mieux pour Sa Très Gracieuse Majesté que son épouse et lui-même s'abstiennent de fréquenter la Cour avant que tout risque de rechute ne soit définitivement écarté.

AVENTURES & PASSIONS

1er septembre

Suzanne Enoch

Les MacTaggert - L'héritier du clan

Inédit

Perséphone Jones est intelligente, riche, indépendante. Coqueluche de la scène théâtrale de Londres, elle cache sa noble naissance. Lorsque Coll MacTaggert, vicomte Glendarril, prétend qu'il veut lui donner son nom pour éviter que sa mère ne lui impose une épouse, la jeune fille refuse tout net. Cet Écossais ne manque pas de culot ! Cependant, la jeune femme comprend que Coll peut la protéger des menaces qui pèsent sur sa vie et accepte son aide. Alors que le Highlander inspire bientôt à Perséphone de profonds sentiments, elle ne peut se résoudre à lui révéler son secret.

✦

Kate Bateman

Les célibataires de Bow Street - Princesse sans couronne

Inédit

La princesse Anastasia Denisova a dû fuir Paris pour se cacher à Londres sous le nom d'Anna Brown. Poursuivie par son cousin, le comte Petrov, un traître qui veut l'épouser pour tirer parti de son rang et la spolier de sa fortune, elle accepte la protection de Sebastian Wolff, comte de Mowbray et agent de Bow Street. Celui-ci l'installe dans une maison de jeu malfamée où elle ne risque pas d'être reconnue. Si leurs fréquentes rencontres attisent la flamme qui les consume, une menace plane au-dessus de leur amour : le comte Petrov a retrouvé la trace d'Anastasia...

Mia Vincy

Longhope Abbey - Les tribulations de Thea

Inédit

Thea Knight, jeune fille espiègle, n'est pas du genre à se plier aux diktats de la bonne société et entend bien se venger de ceux qui l'ont fait souffrir. Pour cela, elle se fait passer pour sa sœur et s'impose trois principes pour parvenir à ses fins. Le premier : commettre des méfaits pour une bonne cause. Le deuxième : tromper les puissants et les méchants. Le dernier : s'amuser de ces facéties. Forte de ses résolutions, la jeune Thea ne pouvait pas prévoir que celui qu'elle vient d'épouser, le comte de Luxborough, Rafe Landcross, un séduisant misanthrope sans fortune, serait si difficile à duper et si facile à aimer...

✦

Beverly Jenkins

Tempête

Inédit

Le Dr Colton Lee a perdu sa femme et cherche une nouvelle épouse pour s'occuper de sa famille. Il y a peu de candidates pour cette vie difficile dans le Wyoming sauvage. Lorsque Regan Carmichael se présente, indépendante et fière, aussi à l'aise en robe qu'en pantalon, le jeune homme se demande s'il n'a pas commis une erreur. Mais la détermination et l'énergie de Regan ne tardent pas à lui redonner espoir et à faire naître en lui un désir grandissant. Malgré l'adversité des siens, Colton Lee est prêt à courir tous les risques pour faire de ce mariage une véritable union, corps et âme.

Lisa Kleypas

La ronde des saisons - Scandale au printemps

Parmi les quatre amies qui semblaient vouées à rester vieilles filles, Daisy Bowman est désormais la seule célibataire. Son père, impatient de rentrer en Amérique où ses affaires l'appellent, lui lance un ultimatum : soit elle déniche un riche époux, soit il la marie à Matthew Swift, son associé. Daisy bondit. Quoi ? Ce Bostonien hautain et sans humour ? Plutôt convoler avec le premier venu, ce qu'elle ne se prive pas de dire au principal intéressé. Mais Matthew Swift se révèle infiniment séduisant et inspire bientôt à Daisy de folles pensées. Alors qu'elle brûle d'entendre sa déclaration, Matthew lui avoue qu'il ne pourra jamais l'épouser...

Regency

1er septembre

Mary Balogh
La lady au parapluie noir

Inédit

En une nuit, la vie de Giles Fairhaven, le vicomte Kincade, a basculé ! Depuis le vol de sa bourse dans une auberge, son agression par trois vauriens et sa rencontre avec un petit bout de femme en chemise de nuit, tout va de travers. Comment imaginer que Daisy Morrison parviendrait à mettre en déroute ses assaillants avec un parapluie ? Lorsque, furieux, il recroise à Londres la jolie effrontée, elle lui demande le plus naturellement du monde de trouver au plus vite un riche époux pour sa jeune sœur, Rose. Inexplicablement, Giles accepte, sans savoir qu'il met le doigt dans un irrésistible engrenage.

✦

Suzanne Allain
La liste de Mr Malcolm

Inédit

Jeremy sait ce qu'il veut ! Aussi, quand il décide de trouver une épouse, il élabore une liste des qualités que devra présenter la future Mrs Malcolm. Furieuse d'apprendre qu'elle ne correspond pas à ses critères, Julia Thistlewaite demande à une ancienne camarade de pensionnat, Selina Dalton, d'être l'instrument de sa vengeance. Le plan est simple : guidée par Julia, la ravissante Selina devra apparaître comme la femme idéale aux yeux du goujat. Puis, quand celui-ci déclarera sa flamme, elle l'éconduira sans pitié...